KB275016

사진으로 보는 저자 오동춘 선생의 발자취

▲ 한글날 국경일 승격 축하 및 제560돌 한글날 기념 짚신작품전에서 자신의 작품 앞에 선 저자 송골 오동춘 시인.
(그림 류은자 화백) (2006. 9. 25. 혜화역 전시실에서)

▲ 한글나무·짚신문학회가 공동 주최한 한흙솔 고희 기념 제13시집 〈흙마을이 그립다〉, 제14시집 〈저기 봄이 오고 있다〉 제15
시·시조선집 〈한글나무〉 출판기념회를 마치고 짚신문학회 회원들과 함께 기념사진을 찍다. (2006. 5. 18. 연세 동문회관에서)

◀ 1970년대 초 맏아들 오안열(현 사이판 한인장로교회 담임목사)
어린이를 데리고 나들이 나온 저자 송골 오동춘과 안송희 부부
(덕수궁 세종대왕 동상 앞에서)

문화공보부 주최, 한국문예진흥원 주관 제2회 흙의 문학상 ▶
시상식을 마치고.
앞줄 왼쪽부터 오유권(소설), 오동춘(시), 정복근(희곡), 박경수
(소설), 네 분이 문화공보부장관상을 받았다.
가운뎃줄 왼쪽부터 김동리 소설가, 박종화 소설가, 이은상
시인, 모윤숙 시인
맨 뒷줄 왼쪽부터 윤재근 평론가, 김성진 문공부장관, 구상
시인, 곽종원 건국대 총장 (당시 한국문예진흥원장), 이병도 박
사(사학자)
(1978. 12. 8. 한국문예진흥원 강당에서)

◀ 저자 송골 오동춘 고희기념시집 출
판기념회를 축하하러 오신 내빈.
왼쪽부터 이상보 국민대 명예교수,
저자 오동춘 시인, 김계곤 한글학회
회장, 문덕수 전 국제팬클럽한국본
부 이사장 (2006. 5. 18. 연세동문회
관에서)

1995년도, 한글학회의 제15회 외솔상 시상식 ▶
을 마치고.
(왼쪽부터 고 곽종원 전 건국대 총장, 고 허웅
한글학회 이사장, 저자 오동춘 시인)

◀ 남한산성에서 갖은 외솔회원들 모임. 왼쪽 두 번째
앉은 노산 선생과 오른쪽 두 번째에 선 저자 오동춘
시인이 담소하고 있다. 그 옆에 문윤희 서울중앙여
중교사가 서 있다. (1973. 9. 23.)

제1회 짚신시낭송회를 마치고 초대시인 황 ▶
금찬, 허영자 두 분을 모시고. (왼쪽부터 허
영자 시인, 황금찬 시인, 저자 오동춘 회장,
이실태 수석부회장 1999. 6. 15. 연세동문
회관에서)

◀ 제27회 외솔상 시상식에서.
저자 오동춘 시인이 공로상을 수상했다. 왼쪽
끝에 저자의 둘째아들 오세혁 군과 오른쪽 끝
에 맏딸 오혜림 선교사가 앉아 있다. 오동춘 시
인에게 안겨 있는 어린이는 외손녀 이해나.
(2005. 10. 19. 프레스센터 19층에서)

◀ 2005년도 제27회 외솔상을 수상한 오동춘 회장과 함께 기념촬영한 짚신문학회 회원들. 가운데 수상자 부부가 꽃을 들고 있다. (2005. 10. 19. 프레스센터에서)

국회본관 귀빈식당에서 한글단체 회원들과 국회위원들이 한글날 국경일 승격 축하모임을 가졌다. 왼쪽부터 김계곤 한글학회 회장, 오동춘 짚신문학회 회장, 전택부 전 기독청년회 총무, 최기호 상명대 교수 (2006. 1. 19. 국회 귀빈식당에서) ▶

◀ 2006년도 한글날국경일 승격 축하 및 제560돌 한글날 기념 짚신문학회 시화작품전이 열리던 9월 24일 오동춘 회장을 비롯하여 여러 인사들이 개막줄을 잡고 있는 모습.
왼쪽부터 조성민 시인, 권세혁 시인, 한문수 시인, 유국봉 서울강서라이온스클럽 354 D지구 부총재, 김계곤 한글학회 회장, 오동춘 회장, 신세훈 한국문협 이사장, 김종상 국제팬클럽한국본부 수석 부이사장, 이실태 목사, 한경원 목사, 김양임 시인이 작품전을 여는 줄을 끊으려 하고 있다.
(2006. 9. 24 혜화역 전시실에서)

한글날 국경일 승격 축하 및 제560돌 한글날을 기념하여 혜화역 전시실에서 짚신문학회 회원 시화작품전을 2006년 9월 24일부터 30일까지 일주일 동안 열었다. 애쓴 짚신문학회 임원들. 앞줄 왼쪽 류은자 사무국장, 저자 오동춘 회장, 뒷줄 왼쪽 한문수 상임부회장, 조일규 수석총무, 노학문 부총무, 이혜너 서기와 함께. (2006. 9. 25) ▶

◀ 정부의 한자병용 추진방안 반대시위에 앞장
서 구호를 외치는 전 국회의원 원광호 님(왼
쪽)과 오동춘 짚신문학회 회장(오른쪽)

마천초등학교 제17회 졸업생 일동 (앞줄 ▶
왼쪽부터 두 번째 김종수 선생님, 세 번째
박영태 선생님, 네 번째 지서주임, 다섯
번째 염동석 교장선생님, 여섯 번째 여중
옥 면장님, 일곱 번째 서명문 교감님, 여
덟 번째 서재익 선생님, 아홉 번째 정위현
선생님, 열 번째 김광수 선생님, 뒷줄 오
른쪽부터 네 번째 저자 오동춘 시인)

▲ 짚신문학회 회원들이 문학기행 도중에 경남 함양군 마천초등학교에서
기념 촬영을 했다. 둘째줄 왼쪽 두 번째 조은환 교장선생님, 네 번째 오
동춘 회장(17회 졸업. 제4대 총동문회장 역임), 다섯 번째 구영복 면장
님, 여섯 번째 최장식 지리산문학회 회장님.

서울 화곡동 화성교회 성도들과 함께 포항 한동대학교 예배당을 방문하고. ▶
앞줄 오른쪽부터 김순영 권사, 김주애 권사, 강정채 사모, 이종옥 권사, 이재
화 권사, 안송희 권사, 저자 오동춘 장로, 뒷줄 왼쪽부터 박준석 장로, 차인환
장로, 허경 장로, 김위식 장로, 신언복 장로, 정중렬 장로가 서 있다. (정중렬,
김순영 부부는 영광교회 교인임. 2004. 8. 27. 포항한동대 예배당 앞에서)

◀ 수원 합동신학대학원대학교 이사회를 마치고 여러 이사님들과 함께. 앞줄 왼쪽에서 첫 번째 성주진 교수(합동신학대학원 대학교), 박범룡 목사(송파제일교회), 안만수 이사장(화평교회), 오덕교 총장(합동신학대학원대학교), 김정식 목사(역곡동교회), 정재선 장로(남포교회), 저자 오동춘 장로(화성교회), 뒷줄 왼쪽부터 임정일 총무처장(합동신학대학원 대학교), 정중렬 장로(영광교회), 윤석희 목사(인천천성교회), 김진학 장로(남서울 은혜교회), 전우식 장로(남포교회), 현삼원 감사(남포교회), 이인성 교수(서울시립대)

제4회 청소년을 위한 시낭송회를 마치고, 오른쪽에서 앞줄 세 번째 화정고교 김진복 교장, 네 번째 저자 오동춘 짚신문학회 회장 (2006. 5. 12 일산 화정고등학교 강당에서) ▶

▲ 조성민 박사(한양법대 교수)가 짚신문학회 임원들을 코리아나호텔로 초대하여 연회를 베풀었다. 그곳에서 회의를 마치고. 앞줄 왼쪽부터 옥태순 시인, 오동춘 회장, 조성민 시인, 김슬옹 교수, 뒷줄 왼쪽부터 임문혁 연신중교장, 허정애 시인, 박진우 사장, 허정무 시인, 한문수 연합뉴스 부국장, 조일규 시인. (2006. 6. 29)

한양대에서 꽃핀 세샘꽃들과 함께 용문사로 가는 다리 위에서. 오른쪽 ▶
부터 해샘 김미자, 별샘 이민하, 저자 오동춘 시인, 달샘 전미영. (2006. 7. 21)

◀ 제자 정양숙 시인의 제9회 한국크리스찬문학상 시상식에 참여하고. 왼쪽부터 송골 시인, 정양숙 시인, 임종대 미래문화사 사장 (2006. 7. 27. 기독교회관 강당에서)

송골 스승집에 세배 온 한글나무 제자들. 뒷줄 왼쪽부터 정석영 박 ▶
사, 소진 검사, 김정호 교수, 앞줄 왼쪽부터 김보영 주부, 송골 시인, 정수아 어린이, 박미연 주부(정석영 부인) (2006. 1. 1. 송골집에서)

◀ 강서문인협회 회원들이 강서문협 가을문학기행으로 제2땅굴, 월정리역, 백마고지 순방 중에 임꺽정 혼이 숨쉬는 고석정 한탄강 강가에서. 뒷줄 왼쪽 두 번째 김종상 아동문학가, 네 번째 김석환 교수, 다섯 번째가 오동춘 회장, 여섯 번째 조일규 시인, 여덟 번째 김종원 교장, 끝에 최병영 교감, 앞줄 왼쪽부터 첫 번째 은학표 시인, 장성연 서예가, 김미옥 수필가, 오은경 시인, 백덕순 시인, 윤정옥 소설가 등이 앉아 있다. (2006. 11. 11.)

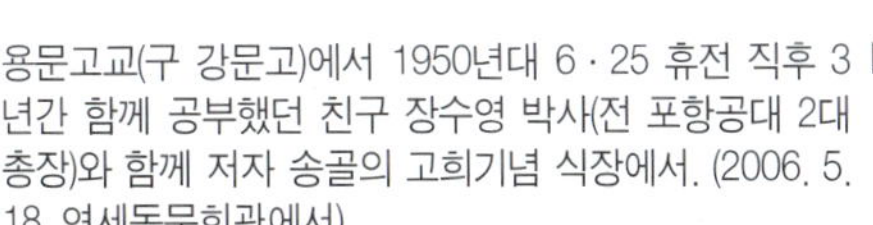

용문고교(구 강문고)에서 1950년대 6·25 휴전 직후 3 ▶
년간 함께 공부했던 친구 장수영 박사(전 포항공대 2대 총장)와 함께 저자 송골의 고희기념 식장에서. (2006. 5. 18. 연세동문회관에서)

▲ 연세대 사회교육원 강의실에서 문학 강의를 하는 저자 오동춘 교수. (2000년 여름)

▲ 도산 안창호 선생 말씀비 앞에 선 저자 송골 오동춘. (강남 도산공원)

▲ 아우 오동해 사장(좌측)과 함께. 흙의 아들 농부 아버님 산소의 벌초를 하러 간 저자 오동춘 형제. (2006. 8. 14. 경남 함양군 마천면 도촌 뒷산 기슭에서)

▲ 연세대 국문과 4학년 학생들이 1961년 가을에 설악산 신흥사, 강릉 경포대, 오죽헌 등지로 수학여행을 가서 경포대 앞에서. 오른쪽 첫번째가 저자 오동춘 시인, 그 앞에 코트 입은 사람이 이송자 미국 다코마한글학교 교장, 바로 앞에 한재헌 전 중앙여중 선생이 앉아 웃고 있다. 뒷줄 왼쪽 첫번째가 박경순 동문, 두 번째가 백봉자 전 연세대언어교육연구원 교수, 맨끝에 수건을 두른 조연희 수필가가 서 있다.)

새끼 서 발과 인간 백발

새끼 서 발과 인간 백발

초판 인쇄 · 2007년 1월 10일
초판 발행 · 2007년 1월 15일

지은 이 · 오동춘
펴낸 이 · 임종대
펴낸 곳 · 미래문화사

등록 번호 · 제 3-44호
등록 일자 · 1976년 10월 19일
주소 · 서울시 용산구 효창동 5-421호 ㉾140-120
전화 · 715-4507, 713-6647
팩스 · 713-4805
E-mail · mirae715@hanmail.net
　　　　miraebooks@korea.com

ISBN 89-7299-333-6
ⓒ2007, 미래문화사

짚신 선생 오동춘 제4수필집

새끼 서 발과 인간 백발

미래문화사

내 삶의 자취

수필은 가장 개성의 문학이요, 고백의 문학이다. 그러므로 자기 고백에 거짓을 말할 수 없다. 진실한 삶의 모습을 보여야 한다. 누구나 생각나는 대로 붓 가는 대로 쓸 수 있다는 수필 한 편 읽어 보면 그 사람의 인간성이나 사람 됨됨을 알 수 있다.

누구나 사람으로 태어났으면 먼저 사람답게 살아가야 한다.

우리 주변엔 사람의 허울은 썼으나 사람이 아닌 짐승 같은 사람도 많다. 사람은 사람의 길을 바로 가야 한다. 게처럼 옆으로 걸어갈 때 멸망의 비극을 맞게 된다. 그 때문에 우리의 구세주이신 예수님은 '내가 곧 길이요, 진리요, 생명이니 나를 따라 살라.'하셨다. 그건 바로 십자가의 길로 살아가라는 생명의 말씀이 아닐 수 없다.

제2차 대전을 무리하게 일으켰던 일본이 망해가던 일제 말기에 순국시인 윤동주는 〈십자가〉라는 그의 시에서,

괴로웠던 사나이
행복한 예수 그리스도처럼
십자가가 허락된다면

모가지를 드리우고
꽃처럼 피어나는 피를
어두워가는 하늘 밑에

조용히 흘리겠습니다.

라고 말했다.

이렇게 한국의 아들로, 짚신겨레로 사람답게 살아가야 할 길을 십자가에서 찾은 것이다.

인류의 죄를 다 홀로 지고 십자가에서 악랄한 인간들에 의해 못 박혀 피 흘려 돌아가셨으나 사흘 만에 사망 권세 다 이기고 승리하신 예수께서 말씀하신 '내가 곧 길이요, 진리요, 생명'이라 말씀하신 십자가의 길을 걷던 윤동주 시인은 예수님보다 더 젊은 나이에 일본 후쿠오카 형무소 이슬로 사라졌다.

그는 시와 나라, 겨레 사랑으로 길이 갈 빛삶의 자취를 남겼다. 베드로, 바울처럼 십자가의 길을 달렸기 때문이다.

나도 한 사람의 시인으로 나름대로 '하나가제시' 곧 하나님, 나라, 가정, 제자, 시문학을 사랑하며 살아가고 있다. 괴롭고 어두운 세상에 먼저 십자가를 바라보고 예수님을 생각하며 하나님이신 그분의 발자취를 따라 살아가기로 했다. 그리고 나고 자란 나라사랑, 행복의 반석이 되는 가정사랑, 꿈이 새파란 제자사랑, 우리말과 글과 얼을 사랑하며 언어예술인 시사랑, 이 다섯 가지를 삶의 사상으로 삼고 내 나름대로 열심히 살아가고 있다. 변계량의 시조에서 말하듯 의義 아닌 길은 좇아 가지 않는다.

나를 대학 강단에서 늘 일깨워 주신 한결 김윤경 선생께서 말

씀하신 성경말씀 '하나님의 온전하심같이 너희도 온전하라'는 가
르침을 마음에 새기고 있다.

역시 나를 대학 강의실에서 가르친 외솔 최현배 박사님의 《나
라사랑의 길》 책에서 말씀하신 '자기 이익만 챙기는 꾀배기가 되
지 말고 좀 손해 보고 양보할 줄 아는 어리배기가 되라.'는 말씀
도 명심하며 살아간다. '죽더라도 거짓이 없어라.' 일깨워 주신
도산 안창호 스승의 말씀도 잊지 않고 살고 있다. 훌륭한 스승
의 만남은 행복이 아닐 수 없다.

일제시대 종로경찰서 고등계 형사에게 '밥을 먹어도 독립운동,
잠을 자도 독립운동, 자나깨나 잃은 조국을 찾는 독립운동을 하
다 죽겠다.'는 도산 안창호 선생의 그 순국정신을 거울로 삼지
않을 수 없다.

완전 자주통일을 부르짖다 순국하신 백범 김구 선생의 통일된
조국의 문지기가 되겠다던 그 분의 큰마음이 어찌 우리의 산 거
울이 아니겠는가!

내가 존경하며 삶의 거울로 모시는 한결, 외솔, 도산, 백범, 모
두가 십자가의 길을 걸어간 애국자로, 우리의 스승들이다.

이런 분들을 비롯해서 애국선열들을 가슴에 모시고 추모하며 고
마워하는 마음으로 나의 사상 '하나가제시'를 펴는 수필집을 엮기
로 했다.

광복 60주년이 되던 2005년도에 수필집을 발간하려 했으나 분

주한 가운데 시간이 흘렀다. 그래서 다시 15세기 한글반포 이후 처음으로 한글날이 국경일이 된 제560돌 한글날을 기념하여 2006년도에 내기로 했으나 또다시 바쁜 삶에 쫓겨 2007년, 돼지해로 넘겨 내게 되었다.

60여 편의 수필로 부족한 내 삶의 자취와 모습을 엮어 보았다. 우리 짚신겨레가 애국가 4절까지 다 잘 부르며 나라, 겨레 사랑과 함께 한반도에 핵공포가 없어지고 분단의 아픔이 낫는 평화 통일이 속히 이뤄지길 빈다. 그리고 세계 평화를 기도해 마지 않는다.

새파랗게 살고 싶은 푸른 마음으로 푸른 꿈을 안고 내는 나의 수필집에 독자의 질책도 기대하며 독자의 사랑받는 수필집이 되길 바라마지 않는다.

또 한결같이 기도와 사랑으로 지아비 뒷바라지를 잘해 주신 안송희 권사님께 감사드린다.

끝으로 송골 수필집 상재에 애써 주신 미래문화사 임종대 사장님과 김한성 주간님, 그리고 직원 여러분께 감사드린다.

2006. 12. 16
저자

차례

머리말 • 4

제1부 : 신앙
성경책이 있잖아요

제2부 : 애국
그대는 나라를 사랑하는가

제3부 : 교육

선생님 펄펄 뛰어요

제6부 : 한글
한글은 세계적 국보다

제1부 : 신앙
성경책이 있잖아요

어머니가 인도하는 생명길

이 세상의 진정한 행복은 어디 있을까? 만복의 근원인 하나님께 있다. 하나님이 없다고 생각하고 그 존재를 믿지 않는 사람처럼 어리석고 불쌍한 사람도 없다.

히브리서 11장 1절에 '믿음은 바라는 것들의 실상이요, 보지 못하는 것들의 증거니'로 기록되어 믿음의 의미를 일깨워 주고, 믿음이 무엇인지 가르치고 있다.

또 시편 14편 1절에 '어리석은 자는 그 마음에 이르기를 하나님이 없다 하도다. 저희는 부패하고 소행이 가증하여 선을 행하는 자가 없도다.'라고 하여 하나님을 모르고 제멋대로 사는 인간들을 따끔하게 일깨워 주고 있다.

오늘날 하나님을 모르고 물질, 권세, 명예에 현혹되어 쾌락주의 인생으로 불쌍하고 어리석게 살아가는 사람이 너무도 많다. 의인은 믿음으로 사는 행복을 모르고 하나님 이름을 부르며 사는 행복의 가치도 모르고 짐승처럼 사는 사람이 너무도 많다. 참 한심한 일이 아닐 수 없다. 그 때문에 시편 39편 20절 말씀에 '존귀에 처하나 깨닫지 못하는 사람은 멸망하는 짐승 같도다'라는 말씀이

있다. 하나님이 살아 계시다는 것을 깨닫고 십자가의 길을 걸어
갈 때 인생의 행복과 삶의 최고 가치가 있음을 일깨워 주고 있는
것이다.

나의 신앙의 아버지로 존경해 마지 않는 목사님 한 분이 있다.
2001년 3월 2일 83세를 일기로 신촌 세브란스 병원에서 하늘 나
라로 가신 분이다. 내가 임종에 참여하여 기도드릴 때 나의 기도
속에 하나님 품에 안긴 어른이다. 인정 많고 눈물 많고 소박하게
살아가시며 그 진실한 체험 신앙을 바탕으로 설교하시어 양들의
가슴에 큰 감화 감동을 주시던 목사님, 곧 장경재 목사님이다.

이 장경재 목사님은 평북 의주에서 부친 장제억 장로와 모친 유
제신 집사 슬하 4남 3녀 중 4남, 막내 아들로 태어나셨다. 불신
가정으로 교회를 모르던 집인데 어느 날 아침 부엌에서 밥을 짓
던 어머니가 갑자기 성령을 받아 교회 종소리를 듣고 교회로 달
려 갔다고 한다. 쌀을 떠넣는 단지를 부엌에 두고 미신에 젖어
살던 어머니가 복의 근원인 하나님을 가슴에 영접했던 것이다.

한학이 깊은 아버지 장 초시가,

"계집이 집안 망치려고 교회 나가느냐? 가지말라!"

하며 담뱃대 꼭지로 뒤통수를 때려 피가 흐르고, 며느리 보는
앞에서 장작개비로 두들겨 맞아도 '영감, 암만 그래도 나는 예수
님을 믿겠소.' 이렇게 믿음의 신념을 보이며 하나님을 모르는 불
쌍한 남편을 위해 기도했다. 그리고 위로 난 두 아들은 귀신한테
빌어 난 아들이니 목사가 되게 해달라고 하지 않겠지만 아래로
난 두 아들 홍재, 경재는 하나님께 기도하여 난 아들이니 '하나
님! 목사가 되게 하여 주옵소서!' 이런 마음의 기도가 어머니 유

제신 집사의 가슴에 늘 불타 오른 것이다.

3천 석 농사를 짓던 큰 부잣집이 불행을 당하여 집이 압류당하고 굶주리는 가난을 맞게 되었다.

엎친 데 덮친다고 남편마저 죽을병이 들어 당시 조선 팔도 병원을 다 다녀도 고칠 수가 없었다. 할 수 없이 의주병원에 입원 시켜 드리고 하나님께 기도만 했다. 막내 아들 경재를 데리고 간 어머니는 남편 귀에 대고 낮은 소리로,

"영감, 예수님을 믿으세요. 마음이 평안 하실 거예요!"

하고 전도를 했다.

아내의 전도를 받은 남편은,

"일주일 전부터 나도 예수를 믿고 있소."

라고 신앙인이 된 것을 고백하는 게 아닌가!

핍박만 하던 남편 입에서 예수님을 영접한 믿음을 알게 된 어머니는 너무 기뻐서 펑펑 울며 기도하고 출석교회 목사님께도 알려 드렸다. 그러자 목사님도 거의 매일 병원을 찾아와 기도해 드렸고 온 교회적으로도 합심 기도했다.

하나님 은혜로 장경재 목사님 아버지는 병이 다 나아 퇴원했다. 간절한 기도와 정성을 하나님이 보시고 낫게 해 주신 것이다.

어머님의 뜨거운 믿음을 보고도 막내 아들 경재는 하나님을 모른 채 가족을 따라 만주 봉천에 갔다. 그리고 그곳에서 공군부대 군속으로 직장생활을 했다.

어느 주일날 어머니와 함께 일본 공군부대에 일을 나가다가 갈림길에 왔을 때 어머니는 사랑하는 아들을 안타깝게 바라보시며 말했다.

“경재야, 너 오늘도 예배당에 안 가고 돈 벌러 가느냐?”

그러자 어머니의 이 간절한 전도를 외면한 경재는,

“네! 어머니, 어서 돈 많이 벌어 가지고 의주에 가서 옛날같이 잘 살도록 해요.”

하며 어머니와 헤어져 공군부대로 갔다.

그 날, 이탈리아에서 온 전투 비행기를 격납고에 넣는 일을 마치고 귀가하다가 정문 초소 헌병에게 붙들리고 말았다. 암호 쓴 종이를 윗 주머니에 꽂은 채 나오다 간첩으로 오인된 것이다.

군대 영창에 갇힌 21세의 청년 장경재는 갈림길에서 말씀하던 어머니의 인자한 얼굴이 떠올랐다. 그 얼굴을 마지막으로 총살을 당할지 모른다고 생각하니 슬픈 눈물이 줄줄 흘렀다. 마침 중국인 인부가 영창 밖에서 변소를 청소하는 소리가 들렸다.

장경재 임시 군속은 드디어 하나님을 찾았다.

“하나님 저를 살려만 주신다면 한 평생 이 부대 똥 푸는 일을 제가 하겠습니다.”

이렇게 간절하게 기도하며 하나님께 매달렸다. 그러자 어머니 따라 생명의 길인 교회로 가지 않고 돈을 더 사랑해서 죽음의 길로 달려 온 자기가 한없이 밉고 후회 막심하기 그지없었다. 깊이 깊이 회개한 것이다.

일주일간 총살 직전의 사형수로 갇혀 있던 장경재는 평소 부대 청소를 잘 하고, 다른 사람들에게 모범을 보여온 청년이었기 때문에 그 간첩 오인사건이 풀리고 석방되었다. 그 후부터 장경재는 죽음에서 살려 주신 하나님 은혜에 감사하며 어머니 기도대로 교회에 나가는 신앙인이 된 것이다.

성령을 방해하며 아내를 구타했던 남편 장제억도 열심히 신앙생활을 하여 장로가 되고, 막내 아들 경재는 교회 집사가 되어 봉천시청 경제과 직원이 되었다. 경제과 다나까 과장이 주일날도 나오라 강요해서 나오긴 해도 일은 않고 화장실에 들어가 혼자 예배를 드렸다. 하나님을 거역하는 일본이 망하고 조선이 속히 해방되길 기도하며 일제의 신사참배를 철저히 물리친 것이다.

박윤선 목사님을 만나 신학공부를 하며 교회도 짓고 집사로서 헌신적으로 주님일을 했다.

광복이 되자 아내와 함께 장경재는 먼저 귀국한 박윤선 목사님 고향인 평북 철산으로 갔다. 그리고 그곳 철산 장평교회 전도사로 교역자가 되어 목회의 길로 들어섰다. 그런 한편 평양신학교에 다니며 평양 근처 작은 교회 전도사로 일할 때 주일날 김일성 투표를 하라 했으나 만주에서부터 신사참배를 거부하고 신앙을 지킨 장경재 전도사는 교회를 투표장으로 내 주지 않고 공산당 투표행위를 거부했다. 그 때문에 가해오는 핍박이 심하고 생명의 위협까지 느끼게 되었다.

장경재 전도사는 신앙의 자유를 찾아 가족을 데리고 6·25직전에 삼팔선을 넘었다. 그리고 박윤선 목사님이 교장으로 계시는 부산 고려신학교에 입학하여 5회 졸업생이 되었다.

1951년 6월, 고려신학교를 졸업하고 그 해 9월에 대한예수교장로회(법통) 제55회 경남노회에서 목사안수를 받았다. 아들이 목사가 되게 해 달라는 어머니의 간절한 기도가 이루어 진 것이다. 사업을 하던 장홍재 형님도 동생의 뒤를 이어 고려신학교에 입학, 졸업하고 목사 안수를 받았다. 어머니의 기도대로 두 아들이 목사가 된 것이다.

진해, 밀양, 마산 등에서 목회를 하다가 1960년 서울로 온 장경재 목사님은 서울의 성막, 성광교회 등에서 시무하다가 1967년 8월, 김성실 권사와 함께 화곡동에 화성교회를 개척하여 25년간 시무하고, 1992년 10월, 원로목사로 자리를 옮겨 앉으시면서 교회 부흥 발전에 많은 기도를 쏟아 주셨다.

교계의 자유주의, 신비주의, 권위주의 등의 불건전한 교리를 강력히 물리치고, 개혁 보수신앙을 견지하며, 박윤선 목사님의 바른 신학사상을 잘 실천했다.

개혁 신앙의 횃불로 바른 신학, 바른 교회, 바른 생활을 교육이념으로 삼는 수원의 합동신학대학원대학교를 설립할 때에 설립자인 박윤선 목사님을 도와 헌신했다. 또한 학교 건축위원장, 후원회장, 재단이사장으로 하늘 나라 가시기까지 최선을 다했다. 그는 장홍재 형님과 함께 개혁 합신총회의 중경 회장을 지내셨다.

유제선 어머니의 끊임없는 기도와 전도로 예수님을 만나 홍재, 경재 형제는 어머니 기도대로 주님의 일꾼으로 목사가 되어 교계의 훌륭한 지도자가 되었던 것이다.

안타깝게도 장경재 목사님은 2001년 3월 2일 밤, 하나님의 부르심을 받고 하늘 나라에 가셨다.

인정과 눈물이 남달리 많고 인자한 어른이시던 장경대 목사님은 영원히 잊을 수 없는 분으로 나의 믿음을 깨닫게 해주신 신앙의 아버지로 존경하고 있다.

하늘 나라 가시기 몇 달을 앞두고 내가 간행위원장이 되어 만들어 드린 《하나님은 우리의 피난처》 설교집과 《죽음에서 살려주신 하나님》 수상집에는 평암 장경재 목사님의 은혜로운 일생이 담겨 있다.

젊은 날 어머니가 인도하는 생명길을 외면하고 돈 벌러 가는 죽음길로 가서 죽음 직전의 위기에서 하나님 은혜로 살아난 장경재 목사님의 한평생은 우리 성도들의 큰 거울이 되지 않을 수 없다.

장경재 목사님의 책을 읽으며 그 인자하신 모습이 한없이 그리움으로 솟구친다. 자신의 체험 신앙을 힘차게 설교로 말씀해 주시던 그 음성도 생생히 귀에 들리는 듯하다. 올해의 3월 2일로 가신 지 두 돌을 맞는 장경재 목사님! 몹시 뵙고만 싶다.

《말씀과 문학》 2003. 봄

올해도 오래 참음

오래 참음은 아홉 가지 성령의 열매 중의 하나이다.

작년 나의 생활 목표를 '다시 생각하고 행동하라'는 주제 밑에 첫째 오래 참음, 둘째 더디 성냄, 셋째 깊이 생각으로 정했다. 무슨 행동을 하든지 다시 생각해 보고 실천에 옮겨야 실수가 없다. 말 한 마디 행동 하나에 이르기까지 나는 다시 생각해 보는 신중을 기하기로 한 것이다.

불쑥 생각나는 대로, 또는 성나는 대로 행동하면 후회만 낳을 뿐이다. 그러므로 무슨 일이든지 참아 가며 행동해야 하고 되도록 늦게 성을 내야 한다. 그리고 깊이 깊이 생각해 보고 행동해야 한다. 분노는 분쟁을 일으켜 멸망으로 빠지게 된다. 더디 노하라. 성경이 가르치고 있지 않는가!

나는 작년의 생활 목표에 이어 올해에도 '오래 참음'으로 정했다. 그리고 부제로 밝은 마음, 바로 걷기를 생활화하기로 했다. 언제나 해처럼 밝게 살고, 십자가의 길로 바로 걸어가야 한다는 신념을 다시 다진 것이다. 작년에 책상 옆에 써 붙인 글 중에는 '다시 생각하고 행동하라', '참자, 참자, 또 참자'로 쓴 글이 있다.

새 해 새 봄의 새 뜻으로 정했던 것이다.

어쨌거나 오래 참음의 생활 자세를 바로 가지면 사랑, 희락, 화평, 오래 참음, 자비, 양선, 충성, 온유, 절제의 성령 열매가 주렁주렁 열리게 될 것이다. 한때 양화 대교 기둥이나 부산 영도 다리 기둥에는 '5분만 참으시오'라는 글로 화가 나서 죽으러 온 사람들의 마음을 진정시켰던 적이 있다. 조금만 참으면 될 것을 빨리 화를 낸 탓에 후회하는 일이 얼마나 많은가!

내가 고등학교 선생으로 재직하고 있을 때 같은 국어과 선생 하나가 나를 시샘하고 질투하여 꽤나 모욕적인 언사를 많이 썼다. 그러나 나는 길이 아니면 가지 말고 말이 아니면 깊지 말라는 말대로 꾹 참고 상대를 안 했던 것이다. 내 가슴에 예수님이 계시기 때문에 하나님도 모르는 그런 불쌍한 인간하고 싸울 생각이 없었다. 그러나 자존심은 몹시 상했다. 그래도 꾹 참았다. 참는 자에게 복이 온다고 하지 않던가!

사람이 지키기 어려운 일 세 가지는 첫째 비밀 지키는 일, 둘째 참을 수 없을 때 참는 일, 곧 모욕을 참는 일, 셋째 시간을 낭비하지 않는 일이다.

자기의 자존심을 짓뭉개고 모욕을 가해 오는 상대를 꾹 참고 모욕을 당하며 참는 행위는 여간 힘든 일이 아닐 것이다. 상대방이 아예 바보로 취급할 게 아닌가!

어떤 모욕도 참고 견디는 인내심은 위대한 보람의 삶을 낳을 것이다. 남의 비밀이나 자신의 비밀을 지키는 일도 참기 어려운 일이며, 우리 일상 생활 중에 아까운 시간을 낭비하지 않고 살아가는 생활자세도 여간 어려운 일이 아니다. 지키기 어려운 일 세

가지를 잘 지키는 몸가짐, 마음가짐이 우리는 절대로 필요한 것이다. 훌륭한 사람은 인내심이 강하고 이해심이 너그럽고 항상 여유 있는 삶을 살아간다.

참고 참고 또 참아 사법고시를 19전 20기로 나이 40에 합격의 영광을 본 사람도 있다. 지옥에서 온 악마라는 별명의 카라스키야에게 4번 넘어지고 다섯 번만에 일어나서 끝내 인내로 케이오 KO시키고 챔피온 월계관을 썼던 홍수환 선수의 장한 일도 우린 잊을 수가 없다.

꾸준히 땀 쏟으며 뼈삶의 성공을 기다리는 사람에게 행복의 열쇠는 주어지는 것이다. 그 때문에 "인내는 쓰다. 그러나 열매는 달다."는 말이 있지 아니한가!

솔로몬왕도 한 아이를 두고 두 엄마가 서로 자기 아들이라고 다투는 중에 참고 기다리는 엄마가 진짜 엄마라고 아기를 찾아 주었다. 참고 기다리면 영광의 열매가 생긴다. '참을 인忍 자 세 자면 살인도 면한다.'는 말이 있지 않은가!

조선조 어느 한 사람이 관상을 보니 장래 정승감이나 살인할 수가 있으니 집집 곳곳에 참을 인자를 써 붙이게 했다.

어느 날 영의정에 오른 그는 아내가 처제와 나란히 잠든 모습을 보고 순간적으로 정부와 자는 것으로 착각하여 하마터면 처제를 부엌칼로 살해할 뻔했다. 베개 모서리에 써붙여 두었던 참을 인자가 참으라고 타일러 주었기에 그 칼은 살인을 면하고 더욱 행복한 가정을 이루었다는 이야기이다.

우리의 영은 성령과 악령들인데 성령대로 살면 성령의 열매를 낳게 되고, 악령을 따라 살면 악마짓밖에 할 것이 없다. 우리가 성령의 인도대로 살아가자면 새벽부터 쉬지 말고 기도해야 한다. 성령이 충만해 살면 그 집에 성령의 열매가 크게 열려 행복의 김이 모락모락 솟아오르는 것이다.

순간의 악령에 사로잡혀 일생 의절하고 완전히 모르는 남처럼 살아가는 사람도 있다.

악령은 잔인하다. 오직 못된 짓만 시킨다. 악령의 자식은 거짓말을 좋아하고 남을 해치는데 큰 매력과 취미를 느낀다. 우리의 가슴에 틈만 생기면 악령은 찾아든다. 악령의 노예가 되지 않게 새벽부터 우리는 뜨거운 기도를 해야 한다. 악령은 예수님까지도 광야에서 세 번이나 40일간 시험하지 않았던가!

오늘날은 돈의 유혹이 우릴 함정에 자주 빠뜨린다. 그러므로 '돈을 사랑함이 일만 악의 뿌리가 되나니 이것을 사모하는 자들이 미혹을 받아 믿음에서 떠나 많은 근심으로써 자기를 찔렀도다.'(디모데전서 6:10)라고 성경은 가르친다. 악령의 유혹을 물리치기 위해 우리는 '의와 경건과 믿음과 사랑과 인내와 온유를 좇아 살라.'고 성경은 일깨우며 하나님의 전신갑주를 입으라 한다. '믿음의 선한 싸움을 싸우라.' '영생을 취하라.' 이런 성경 말씀이 우리의 온유 겸손과 인내의 인격을 북돋워주는 것이다.

나는 새벽 기도를 마치면 거의 매일 목욕탕을 간다. 온탕에서 온화한 인생과 열탕에서 펄펄 정이 끓는 인생을 발견하고, 냉탕에서 맑고 곱게 새 정신을 가다듬는다. 그리고 그린바이오 사우나로 들어가 땀나는 인생과 인내를 배운다. 모래시계가 다 내려가는 데에는 오분이 걸린다. 오분을 참게 하는 모래시계가 나의 인내심을 가르친다. 웬만하면 허허 웃고 말 인내의 여유가 있어

24

야 한다. 목욕탕에서 마음의 때까지 깨끗이 씻는다. 에덴 같은 목욕탕에서 적나라한 진실을 배운다. 더운 김이 솟는 목욕탕에서 삶의 진실과 인내를 나는 배우고 있다. 그래서 자주 목욕을 하러 간다. 탕 속에서 '하나가제시(하나님, 나라, 가정, 제자, 시)'의 기도를 쏟는다. 악령을 쫓는 기도를 잊지 않는다. 자연스럽게 알몸으로 알몸에게 전도도 한다. 올해도 '오래 참음'을 삶의 몸과 마음가짐의 교훈으로 내걸고 밝은 마음으로 바로 걷기를 실천 목표로 정한 나는 모든 생활에서 성령의 승리를 빌고 있다.

　참자, 참자, 또 참자. 나는 오래 참으며 살아갈 것이다. 어떤 핍박과 모욕이 와도 가시면류관을 쓰시고 십자가를 등에 지고 골고다 산상으로 오르던 예수님의 그 거룩한 삶을 본받아 살기 위하여 올해도 나는 오래 참을 것이다. 빨리 성내서 엄청나게 후회하는 잘못을 다시 되풀이하지 않을 것이다. 이를 악물고 어떤 역경도 참고 살아가는 나 송골松鶻이 될 것이다. 오래 참는 마음으로 푸른 하늘 우러러 기도하는 나의 마음에는 하늘 축복이 소복소복 내릴 것이다.

《기독교 수필》 제6집 1996

성경책이 있잖아요

1990년 3월 16일 밤, 동료교사의 상가에 다녀오던 나는 밤늦게 시청 앞에서 탄 62번 좌석버스에서 거의 죽음에 이르는 고통을 겪었다. 갑자기 전신에 땀이 쏟아지고 배가 찢어지게 아프기 시작한 것이다.

밤 12시가 넘어서 병원을 찾아 갈 수도 없었다. 가까스로 집에 도착한 나는 구토를 하다가 그만 잠이 들었다. 새벽 3시경 잠이 깬 나는 배가 칼로 베이는 듯이 아파 앉을 수도, 설 수도, 누울 수도, 어쩔 수도 없었고, 심한 고통으로 죽을 지경이었다. 아내의 부축을 받으며 화곡초등학교 뒷담을 살살 붙잡고서 간신히 걸어 행길까지 겨우 나가 택시에 올랐다.

찾아간 성모병원의 간호사는 눈을 부비며 귀찮은 듯이 일어나 젊은 외과 의사의 지시대로 내 팔뚝에 혈관 주사를 놨다. 그런데도 구토가 멎지 않고 배의 통증은 여전했다. 집에 가지 못하고 그 젊은 의사를 다시 찾으니 항생제 주사를 엉덩이에 놔주게 하고 더 큰 병원으로 가 보라고 했다.

새벽 5시가 다 되어 병원 앞에서 택시를 잡아타고 아내와 급히

온 누이 동생과 함께 신촌 세브란스로 달려갔다. 응급실은 초만 원이었고 누울 곳조차 없었다. 간호사는 땅바닥에라도 누우라고 했지만, 기가 막혔다. 아내가 세척대를 발견하고 그 위에 누우라고 했다. 눕자마자 젊은 인턴의사가 응급 환자가 오면 어쩌라고 그러느냐고 내려오라고 말한다. 그렇지만 나는 내려 갈 수가 없다고 버티었다.

나의 딸이 초등학교 동창인 친구에게 전화를 걸어 의사인 그의 아버지 도움을 청했다. 그가 병원으로 전화를 걸어 주어서 곧 진찰을 받게 되었는데 병명은 췌장염으로 밝혀졌다. 불안해하던 아내가 젊은 의사에게 이 병이 어떤 병이냐고 묻자, 낫기 힘든 병이라고 좀 절망적인 말을 한 모양이었다. 아내가 땅바닥에 털썩 주저앉으며 어쩌면 좋으냐고 사색이 되어 절망하자, 의사가

"아, 그 성경책이 있잖아요. 기도하세요."

하고 위로했다. 아내는 그 말에 용기를 얻어서 아직도 자리가 없어 세척대에 누워 있는 나를 극진히 간호해 주었다. 의사들의 긴급조치로 나의 심한 통증은 멈췄다.

2층 응급실에 자리가 생겨나는 조용한 방으로 옮겼다. 우선 고통을 멎게 한 하나님께 감사했다. 이물질異物質을 빼낸다고 코에 고무호스를 끼우고 양팔에 주사 바늘을 꽂아 놓는 바람에 나는 자유를 잃었다.

내과 입원실이 없어 외과 의사의 배려로 우선 외과 입원실 6인용 방으로 갔다. 고마웠다.

같은 방에 있는 외과 환자 다섯은 순대도 사다 먹고, 담배도 피우고, 휠체어를 타고 돌아다니는 자유가 있었다. 그러나 나는 꼼

짝도 못하고 누워 아내의 간호를 받으며 심한 신음소리만 냈다.

며칠 후 4인용 내과 입원실로 옮겼다. 소주를 심히 마셔 위를 버린 환자, 위암 초기 환자가 입원해 있었다.

나는 당시 한양대에서 박사 학위를 받은 지 보름만에 췌장염으로 쓰러졌던 것이다. 학위를 받자마자 죽는 줄 알았다. 집도 이웃들이 새로 짓는 바람에 우리도 주택은행에서 돈을 융자받아 헌집을 헐고 다시 지어야 할 급박한 상황에 놓여 있었다.

그러나 집보다도 나의 생명이 더 중요했다. 아내는 세브란스 기도실에 아침, 저녁으로 가 나의 건강을 오직 하나님께 매달려 기도했다. 원목실 목사님, 전도사님이 자주 오셔서 기도해 주시는 사랑에 나의 병은 차도가 있기 시작했다. 19일간 아무 것도 못 먹고 영양제, 링거주사 하나로 연명한 것이다. 식욕을 잃어서 안 먹어도 사는 것으로 생각되었다.

몹쓸 병 췌장염이 다 나아갈 즈음 초음파에 담석이 잡힌다고 담석 수술을 해야 한다고 했다. 담석이 췌장을 누르면 다시 재발할 수도 있다고 했다. 다시 재발할 수 있다는 말에 너무 놀라 나는 몇 년 전에 발견한 담석증 수술을 미뤄왔는데 수술하기로 결론을 내렸다. 입원실도 6인용 외과 병실로 옮겨졌다.

췌장염 치료 19일만에 또 담석증 수술을 받은 것이다. 수술대에 누운 나는 주기도문, 사도신경을 외며 수술을 기다렸다. 3시간에 걸친 수술도 잘 끝났다.

입원실에서 복도로 나와 보면 신촌 철길에 힘차게 달리는 기차가 보였다. 그럴 때면 저 기차처럼 힘차게 살아가야겠다는 의지가 솟구쳤다.

연세의 뜰에 온 봄이 나무마다 파랗게 움을 틔우고 있었다.

내가 출석하는 화성교회에서 온 성도들이 합심 기도해 주고, 아내의 한결 같은 기도를 받는 나는 죽는다는 생각은 추호도 없었다. 나는 하나님께 매달려 기도를 쏟았다. 봄처럼 새파랗게 살리라는 나의 신념은 변함이 없었다.

하나님은 나를 살리시어 두 달만에 퇴원하게 해 주셨다. 그러나 담석증 수술한 배에 죽 그어진 흉터는 이등병 인생 계급장이 되었다. 하나님은 겸손한 인생을 살아가라고 내게 가장 낮은 이등병 계급을 배에 달아 준 것이다. 그래서 나는 가장 낮은 자로 지렁이처럼 낮게 낮게 살아가고 있다. 그러나 밟으면 꿈틀대는 지렁이로 주께 향한 밝은 자존심의 등불을 켜고 살아간 것이다.

하나님 은혜로 다시 새파랗게 살아난 나는 우리 화성교회와 그 당시 봉직하던 학교의 선생님들의 병 문안에 깊이 감사하며, 헌신적으로 남편을 간호해 준 아내 안송회 권사의 기도와 사랑에 감사하고 또한 잊을 수가 없다.

완전히 건강을 회복한 나는 지금 새파란 제자들을 강단에서 가르치고 있다. 하나님이 부르실 때까지 나는 늘 푸른 건강으로 십자가의 길을 달려가면서 새파란 믿음과 신념으로 힘차게 살아 갈 것이다.

《건강과 생명》 5월호 2001년

말구유에 태어난 그분은 누구신가

　당신은 어디서 태어났는가? 모르긴 해도 따뜻한 안방이나 시설을 잘 갖춘 병원 분만실에서 태어났을 것이다.

　그런데 추운 겨울에 베들레헴 땅에서 방도 구하지 못하여 어느 집 말구유에서 태어나신 분이 있다. 바로 이 험한 세상에 가장 낮게 태어나신 아기 예수님이다.

　본래 하나님이시나 성령을 받아 나사렛 목수 요셉을 아버지로, 잉태한 마리아를 어머니로 하여 인간 세상에 너무도 낮은 신분으로 태어나신 분이 인류의 구세주 예수님이시다. 지극히 높으신 하나님이 지극히 낮은 종의 신분으로 오시어 새까만 인류의 죄를 십자가 형틀에서 피 흘려 몸 버리는 죽음으로 대속하기 위하여 태어나신 것이다.

　아기 예수님이 태어나신 베들레헴 다윗 동네에 천사를 보내어 '너희를 위하여 구주가 나셨으니 곧 그리스도 주시니라.'하고 기쁘고 복된 소식을 온 세상에 알려 주었다. 또 홀연히 천군 천사의 찬송은 '지극히 높은 곳에서는 하나님께 영광이요, 땅에서는 기뻐하심을 입은 사람들 중에 평화로다.'하고 찬양했다. 별을 보고 아기 예수님 나심을 알고 베들레헴 말구유에 찾아 온 동방박사 세 사람은 황금, 몰약, 유황을 선물하고 경배한 후에 떠났다. 죄 많은 우리 인간들의 죄를 대속하기 위해 이 땅에 종으로 오신 예수님은 열두 제자와 함께 전도하고 많은 이적을 베풀었다. 그리고 많은 병자들이 낫게 사랑을 쏟으며 내가 곧 길이요, 진리요, 생명이니 나로 말미암지 않고는 아버지께로 올 자가 없으리니 나를 따르라는 말씀으로 우리 인류를 일깨워 주셨다. 그러나 내일에 갈 하늘 나라도 모르고 돈과 권력, 명예에 날뛰는 악랄한 인간들이 예수님을 십자가에 못박았던 것이다. 그 얼마나 무지몽매한 행위인가? 낮고 낮은 사람의 형체로 오신 예수님이 만왕의 왕이신 줄 깨닫지 못한 어리석은 인간들이 그저 한낱 목수의 아들로 가벼이 생각하고 십자가에 쾅쾅 못박아 죽게 한 것이다.

우리 인간들이 그 얼마나 교만한 행동을 했던가? 하나님을 못박는 극악무도한 죄를 지은 것이다. 개, 돼지, 짐승처럼 본능대로 사는 인간들이 종으로 오신 예수님을 낮고 낮은 인간이라고 못질을 한 것이다.

사망 권세를 다 이기고 사흘 만에 예수님이 다시 살아나실 줄을 누가 알았겠는가? 당시 회칠한 무덤 같은 유대인이나 배신자 가룟유다를 앞세워 예수님을 잡아다 십자가에 매단 로마 병정들이 얼마나 놀랐을까? 너무 어리석은 인간들은 놀라기는커녕 더욱 예수님을 조롱하는 교만을 부렸는지도 모른다.

오늘날도 이 세상 가장 낮게 오신 예수님이 가장 높은 만왕의 왕, 구세주임을 모르는 무지의 인간들은 자신들의 정욕이나 탐욕에 이끌리어 예수님을 십자가에 못박고 있다. 바로 죄투성이인

당신이 지금 예수님 팔과 다리에 못질하는 가룟유다 같은 배신자
가 아닌가? 조용히 가슴에 손을 얹고 깊이 깊이 뉘우쳐 보라!

　한때 예수님이 누구신지 모르고 길길이 날뛰며 믿는 사람들을
핍박하던 바울처럼 십자가를 등에 지고 골고다 비탈길을 오르는
신앙인들에게 지금 당신은 돌을 던지고 있지는 않는가? 허연 게
거품을 뿜으며 예수님을 헐뜯고, 교회를 마구 비판하고 있지는
않는가? 무서운 하나님 심판이 기다리고 있음을 깨쳐야 할 것이
다.

　현대판 맘모스 대형 교회를 지어놓고 예수님보다 더 높은 곳에
서 목이 굵은 목회자들이 날뛰고 있다. 말구유에서 태어나시며
가장 낮게 이 세상에 오신 예수님의 겸손을 깨닫지 못하고 현혹
적인 그럴듯한 설교로 몇 천 명, 몇 만 명 성도들이 교회로 몰려
오자 그만 목이 뻣뻣해지고 거짓스런 권위를 내세우게 된다. 그
리고 성경 진리를 어지럽히고, 인위적인 교파를 만들어 집단의
우두머리가 되려고 돈을 뿌리며 명예욕에 날뛰는 종이 된다. 심
지어는 교계 지도자랍시고 이름 높여 설치던 목회자가 법을 어겨
쇠고랑을 차는 불행도 보여준다. 목사, 장로, 권사, 집사 등의 직
분을 가진 인간들도 밥 먹고 변소 가는 평범한 인간에 지나지 않
는다.

　이 누리 가장 낮게 오신 예수님의 겸손을 왜 모르는가 말이다.
밥 먹기 위해 십자가를 세우지 말고, 권위의 노예가 되려고 대형
교회를 만들지 말고, 하나님을 모르는 불쌍한 영혼들을 하나님
앞으로 인도하는 구원 사역의 소명감을 가지고 목회 강단에 서야
할 것이다.

오늘날 한국 교회를 돌아오면 말구유에 나신 구세주 예수님을 높여 구원의 길로 인도하지 않고 어지러이 교파를 만들어 지방색을 드러내며 하나님을 조각조각 나누어 섬기고 있다. 이런 교계의 분열 행위가 과연 예수님이 바라시는 일이겠는가? 교계에까지 거짓이 판을 치면 이 나라는 어디로 가야 할까? 이 세상은 캄캄한 암흑천지가 되지 않겠는가?

'교만은 패망의 선봉이요, 거만한 마음은 넘어짐의 앞잡이니라'(잠언 16:18)라고 성경은 가르치고 있으니 우리는 누구나 나보다 남을 낮게 여기는 겸손으로 믿음의 길, 십자가의 길을 걸어가야 할 것이다. 그리고 이 세상에 가장 낮게 오셔도 인류의 구세주로 만왕의 왕이신 예수님이 누구신가를 깊이 깨달아 낮아질수록 높아진다는 겸손의 진리를 잘 실천해야 할 것이다.

《기독교 수필》 제 13집 2003

서른 세 살의 예수님 만나 볼 때까지

예수님이 누구신지 아십니까?

으뜸 제자 베드로의 고백에 의하면 그분은 그리스도시오, 살아 계신 하나님의 아들입니다. 하나님의 아들인 예수님이 인간 육신의 옷을 입고 이 세상에 오신 것입니다. 나사렛 목수 요셉과 마리아를 부모로 모시고 성령으로 태어나셨습니다. 베들레헴 말구유에 태어나실 때 하늘에 이상한 별 하나가 광채를 띠었고 그 별을 표준으로 동방박사 세 사람이 황금, 유향, 몰약 선물을 가지고 베들레헴 말구유를 찾아와 아기 예수님께 경배하고 돌아갔습니다. 서른 살까지는 평범한 사람으로 살았습니다.

예수님은 서른하나, 둘, 셋. 곧 서른세 살 되기까지 공생애 3년 동안에 생명의 말씀을 하시고 나를 따르라 하셨습니다. 베드로 안드레, 요한, 야고보, 빌립, 바돌로매, 도마, 마태, 알패오의 아들 야고보와 다대오, 가나인 시몬 및 가룟유다 등 예수님의 열두 제자가 길이요, 진리요, 생명의 길을 걸으며 스승 예수님의 발자취를 열심히 따라 갔습니다.

예수님을 핍박하던 바울도 회개하여 예수님의 뒤를 따르는 전도자가 되었습니다. 예수님과 십자가의 길을 함께 걷던 베드로는 예수님을 구세주와 살아 계신 하나님의 아들로 고백까지 한 으뜸 제자임에도 불구하고 자신의 목숨이 위급한 상황에 다다르자 예수님 말씀대로 닭 울기 전에 세 번이나 예수님을 모른다고 부인했습니다. 참 슬픈 일입니다.

오늘날 돈과 권력, 명예를 하나님보다 더 사랑하는 당신들은 예수님을 모른다고 부인하지는 않습니까? 극도의 이기주의에 빠진 오늘의 영혼들은 돈의 유혹과 거짓에 깊이 빠져 예수 스승을 은 삼십 냥에 유대인 지도자들에게 팔아넘긴 가로롯유다 행위에 동조하고 있지는 않습니까? 유황불 타는 불못의 지옥도 겁내지 않고 오늘의 인간들이 마음에서 나오는 악한 생각과 살인과 간음과 음란과 도적질과 거짓 증거와 훼방 행위를 밥 먹듯 하고 있습니다. 세상에 가라지가 무성하고 어둠이 깊이 잠듭니다.

잉태한 욕심에 죄를 날마다 낳으며 사망의 길을 앞당기고 있는 것입니다. 이 간악한 인간들의 눈에는 십자가가 보이지 않는 것입니다. 본체는 하나님이시나 겸손하게 인간으로 오신 예수님도 도무지 눈에 보이지 않는 것입니다. 예수님을 모르니 안타깝고 불행의 길이 위험해 보이지 않습니까?

예수님은 누구든지 제 십자가를 등에 지고 나를 따르라고 하셨습니다. 고통과 정의와 승리의 상징인 십자가의 길을 쓰러져도 일어서며 하늘 나라 갈 때까지 끝까지 힘차게 걸어가야 합니다.

예수님의 물로 포도주를 만드신 일, 죽은 나사로를 살리신 일, 물 위를 걸으신 일, 떡 두 개와 물고기 다섯 마리로 5천 명을 먹이고도 남은 일 등의 기적은 성령으로 다 믿어야 합니다. 믿음의 확신을 가져야 합니다. 생명의 말씀을 믿어야 합니다. 도마처럼 결코 의심해서는 행복을 누릴 수 없습니다. 인류의 참빛인 예수님을 믿는 믿음에 우리 인간의 참행복이 꽃피어 성령의 열매가 주렁주렁 열립니다. 그 알량한 지식으로 예수님을 비판하는 교만을 버려야 합니다. 교만은 바로 멸망의 앞잡이가 됩니다. 어찌 바람에 나는 겨처럼 건방지게 살아갈 수 있습니까? 겨는 아궁이에 넣어 불태워 없애야 합니다. 좋은 복음이 옥토에 뿌려져 60배, 100배의 큰 가을걷이를 거둬야 합니다. 항상 온유 겸손하게 나보다 남을 낮게 여겨야 합니다. 주 하나님을 사랑하고 이웃을 내 몸같이 사랑해야 합니다. 결코 사이비 미신의 노예가 되어서는 안 됩니다.

어느 목회자의 사모가 목회자가 성공하려면 돈과 여자만 조심하면 된다고 말했습니다. 오늘날 돈에 넘어지고 여자에 빠져 간음하는 목회자가 더러 세상을 어지럽히며 전도의 길을 막습니다. 또 어느 대학 교수는 오늘날 교인 수가 5천 명 이상 하는 교회는 그 교회의 주인이 거룩하신 하나님이 아니고 건방진 그 교회의 목사인 경우가 많다고 비판하는 소리도 들어 보았습니다.

그렇습니다. 큰 교단의 교계 지도자가 돈과 여자 문제로 세상의 쇠고랑을 찼습니다. 세습 목회자를 세웁니다. 그러고도 회개 없이 떳떳합니다. 인류의 죄를 대속하시기 위해 하나님 뜻에 따라 십자가 희생의 종으로 오신 예수님을 제대로 이해도 못하고 그저 삯군 목사로 양을 속이는 사이비 목사도 수두룩합니다.

맘모스 대형 교회를 짓고 비서까지 두고 군림하는 목사가 과연 하나님의 종소릴 들을 수 있습니까? 성도들이 피땀 쏟아 헌금한 돈을 영수증도 없이 함부로 쓰는 목회자를 정말 백 프로 신뢰할 수 있습니까? 뻔질나게 선교나 성지순례를 빙자하여 외국을 드나드는 행위도 예수님을 슬프게 하는 거짓입니다. 더욱 자신의 삶을 절제하며 목자는 양의 모범을 보여야 존경을 받게 됩니다.

지극히 낮은 몸으로 우리의 죄를 대속하시기 위해 이 험한 누리에 오신 구세주 예수님이 왜 가시면류관을 써야합니까? 왜 십자가를 등에 짊어져야 합니까? 왜 십자가에 못 박혀 죽어야 합니까? 죄도 허물도 없는 예수님은 죄구덩이에 빠진 불쌍한 만백성을 구원해 내시기 위해 이 누리 종의 몸으로 오시어 십자가에 못 박혀 죽으신 것입니다. 그러나 사흘 만에 사망 권세 이기시고 다시 사셨습니다. 십자가 영생의 승리를 보여 주신 것입니다.

우리는 '누구든지 제 목숨을 구원코자 하면 잃을 것이요, 누구든지 나를 위하여 제 목숨을 잃으면 구원하리라.(눅 9:24)'라고 말씀하신 예수님 말씀대로 주님 위한 순교정신으로 담대히 복음을 땅 끝까지 전도하며 믿는 자로서 전도의 사명을 잘 감당해 나아가야 할 것입니다. 그러자면 날마다 기도하며 빛과 소금의 구실을 다하는 성도가 되어야 하며 어떤 고통과 환난도 이겨 나아가야 할 것입니다. 서른세 살로 하늘 나라 가신 예수님을 만나 볼 때까지.

《기독교 수필》 제14집 2004

술은 독약이다

사람의 목구멍을 타고 술술 넘어가는 술은 독약이다.

정신을 흐리게 하고, 실수를 만들고, 후회를 낳는다. 너무 습관적으로 즐기면 알콜중독자가 된다.

술로 죽는 사람도 많이 생긴다. 음주운전은 죽음을 몰고 오는 살인행위가 아닌가.

성경은 술 취하지 말라고 가르친다. 그런데 술을 벗삼는 사람들은 성경에도 '술 취하지 말라고 했지 먹지 말라는 말이 없지 않느냐? 그러므로 술은 마셔도 죄가 되지 않는다.'는 논리를 펴면서 독약인 술을 술술 마신다. 술은 인류의 적이니 마셔서 없애야 한다는 논리도 편다. 그러나 대화의 매체로 사업상 교제상 필요를 느끼는지 몰라도 대체로 술은 마신 입을 시끄럽게 하고, 말을 험하게 하도록 만들고, 나중에는 싸움까지 벌여 터지고 깨지고 때로는 살인도 한다.

어느 봄날, 조그만 개척교회에 나갈 때 그 교회 목사님을 모시고 세조의 능이 있는 광릉으로 야유예배를 간 일이 있었다.

연초록 숲이 비단처럼 아름답고, 아지랑이가 즐겁게 아른거리는

초봄의 경치가 마음을 사로잡았다. '참 아름다워라 주님의 세계는'
이라는 찬송이 절로 넘치는 아름다움에 마음껏 취할 수가 있었
다.

우리가 점심을 먹는 건너편에도 젊은이들이 떠들고 술을 마시며
봄을 즐기고 있었다. 우리는 믿음의 대화를 나누며 사진도 찍고
세조의 능도 둘러본 후에 귀로에 올랐다.

아내와 나는 어린 남매를 안고 숲길을 가는데 한 청년이 얼굴에
피가 낭자한 청년을 업고 내려가는 모습이 보였다. 나는 청년을
업고 가는 청년에게 왜 그렇게 다쳤느냐?고 물어 보았다. 대답인
즉 술 먹고 양쪽 청년끼리 시비가 되어 싸우다가 상대편 청년이
깨진 맥주병으로 머리를 찔러 중태라는 것이다. 그래서 지금 급
히 병원으로 달려가는 길이라 했다. 그러나 그 청년은 그 숲길도
다 가기 전에 숨지고 말았다. 참 안타깝고 슬픈 일이었다.

독약인 술이 청년들을 독사로 만들었고, 그 독사끼리 싸우다 한
청년이 물려 죽은 것이다.

술 취한 혈기가 없었다면 그런 불행한 살인행위는 없었을 것이
다. 살인을 부르는 술은 악을 부르는 독약이 아닐 수 없다.

술이 독약이란 말은 내가 두 달 간 세브란스병원 병상 나그네로
지내다 퇴원할 때 담당 의사가 내게 한 말이다. 한양대에서 학위
를 취득하던 해 봄에 나는 갑자기 췌장염에 걸려 죽을 뻔했다.
담석증 수술까지 겸해 1990년도의 봄은 내게 큰 시련의 계절이었
다. 우리 화성교회 장경재 원로목사님을 비롯한 온 교우들의 합
심기도와 밤낮 가림 없이 남편을 위해 기도한 아내의 정성으로,
그리고 나를 걱정해 준 이웃들의 사랑으로 두 달만에 나는 세브

란스 병원을 나오게 된 것이다. 그때 의사의 한마디 충고가
"오선생님, 술은 독약입니다. 조심하세요."
였다.

젊은 대학 시절이나 해병대생활을 할 때 나는 막걸리를 마셨다. 중, 고교 교편을 잡으면서도 막걸리나 소주를 마셨다. 그러나 많이는 마시지 않았다. 십이지장궤양 같은 진단을 받으며 술에 대한 경고가 있기도 했다. 같은 학교에 근무하는 여선생님 몇 사람과 집들이를 간 어느 교수댁에서 더운 여름인지라 얼음 섞인 양주 몇 잔을 조심없이 마시고 그 교수에게 '장가 잘 드셨습니다.'라는 말을 수없이 되뇌이다가 몹시 취한 채 귀가한 일이 있었다. 결례를 행한 큰 실수로 생각한다. 그 교수에게 사과하니,
"술 먹으면 누구나 실수해요."
하며 너그러이 이해하여 주셨다.

교회 집사 시절에는 회식하는 자리에서 술 한두 잔 정도는 마지 못해 받아 두거나 조금 마시긴 했다. 30대 때에 강원도 횡성군 안홍면 덕초현에 10년간 농촌봉사를 갔을 때 두메산골 농촌에 고교생을 데리고 농촌봉사 활동을 오는 내게 마을 농민들이 고마운 뜻으로 빠알간 빛깔의 옥수수 술을 열심히 권했으나 나는 '술을 못합니다'하며 단호히 사양했다. 아쉬운 표정들을 짓긴 했으나 술을 더 권하진 않았다.

현진건의 《술 권하는 사회》라는 단편소설이 일제시대 발표되었고, 박정희 유신독재 시절에 권일송 시인은 《이 땅은 나를 술 마시게 한다》라는 시집을 냈다. 시대적 상황이 억울과 분노를 술로 달래볼 수밖에 없었음을 잘 말해 주는 것이다.

목회하는 목사들 주변에서도 술이야기가 나온다.

어느 저명한 목사가 맥주병을 들고 장충단공원을 자주 간다는 이야기도 들은 바 있다.

내가 어느 시인의 딸 결혼식에 참여하고 오는 길에 지하철을 탔는데 그 자리에서 다른 몇 시인들과 대화 끝에 어느 시인이 오늘 결혼식에 불참한 목사시인을 가리켜 '목사라도 술 잘 먹어요.'라고 하는 말을 들었다.

또 어느 목사는 술을 한 잔 하고 설교하니 설교가 더 잘 되더라고 말하기도 했다.

목사라고 술 먹지 말라는 법은 없다. 그러나 세계 어느 하늘 밑에도 목사가 술을 즐기고 살면서 목회한다는 말은 없다. 장로 중에도 술을 잘 마시는 사람이 적지 않은 줄로 알고 있다. 어느 집사 시인은 '예수 형님이 나 술 마시는 것 나무라지 않으실 거야!' 하면서 술고래로 살다가 위가 구멍 나서 죽을 뻔한 벌을 받고서야 술을 끊은 사람도 있다. 알콜의 유혹에 걸리면 너나없이 실수를 하게 된다. 술주정꾼은 공연히 아내를 때리고 자식들을 불안하게 만든다.

술을 마신 후 떠들어서 깨는 사람, 남과 시비 걸어 싸움으로 깨는 사람, 길거리 가다 자는 사람, 집에 들어와 가구를 부수는 사람 등등 사람에 따라 술 취한 사람은 별의별 짓을 다하게 된다.

남자가 조심할 점이 돈, 술, 여자라 했다. 마찬가지로 여자도 돈, 술 남자를 조심해야 할 것이다.

오늘날 술 취한 추태는 남녀를 가리지 않는다. 오히려 여자가 한술 더 떠서 간음행위에 앞장선다. 갈라디아서 5장 21절에 가면 육체의 현저한 일로 투기와 술 취함과 방탕함을 지적하고 있다. 술 취하는 일은 바로 방탕죄에 해당되는 것이다. 이런 술 취한 방탕의 인간 입으로 양들 앞에서 설교하며 기도할 수 있겠는가? 특히 행실을 바로 해야 할 믿는 자들은 술을 독약으로 알고 일체 외면해야 할 것이다.

술에 취해 자기집 앞 50미터 전방에 쓰러져 밤새 눈길을 긁다가 오한으로 죽은 사람도 있고, 만취 상태에서 르망 승용차를 몰고 가다 양화대교 난간을 받고 물에 빠진 은행원도 어느 해 신문을 어지럽혔다.

내가 전북 진안의 어느 마을 개척교회를 방문했을 때 그 동네 어느 집에서 담배엮기 등 농사일을 도와준 일이 있는 50대쯤의 그 집주인은 왼팔이 없었다. 아내에게 술을 끊는다는 맹세를 한 다음에 경운기를 샀고, 산 지 사흘만에 술에 잔뜩 취해 경운기를 몰고 집 뜨락에 들어오다가 넘어지면서 그 줄에 왼팔이 감겨 팔이 그만 떨어졌단다. 전주병원으로 긴급히 달려가 접합 수술을 시도했으나 끝내 실패하고 외팔이가 되었다 했다. 그런 일을 겪고도 저녁밥을 먹을 때 그는 막걸리를 벌컥벌컥 마시는 것이었다. 마약과 같은 술에 홀리면 참으로 헤어나기 힘든 것이다.

내가 독약으로 알고 술을 안 먹는 까닭은 몇 가지로 요약된다.

첫째 술고래의 아버지께서 술에 취해 실수하던 전철을 아들은 안 밟겠다는 것이다.

둘째 신앙인으로 술을 마시는 것은 방탕죄에 해당됨으로 술을 안 마시겠다는 것이다. 더욱이 신분이 누구보다 모범이 되어야 할 장로가 아닌가!

셋째 세브란스 병원에서 췌장염, 담석증 치료를 하고 나온 내게 의사는 술은 독약이라 했다. 그때 양약을 먹어야지 독약은 안 먹기로 다짐했다.

서포 김만중이 지은 《구운몽》에서는 술은 광약, 곧 미치는 약이라 했다. 나를 치료하는 의사는 미치는 약보다 더 독한 아예 독약으로 규정했다. 술을 즐기는 사람들에게는 싫은 소리가 될지 모르지만 사회에 많은 피해와 악을 낳는 술은 분명 독약임에 틀림없다. 참말을 하는 입으로 양약을 먹는 정상인이 되어야지 어찌 사람을 미치게 만드는 독약을 먹겠는가?

한해 한국인이 마시는 술의 양도 천문학적 숫자였다. 백해무익한 담배는 물론, 사람의 목숨을 빼앗으며 가정을 파괴하고 사회를 어둡게 만드는 술은 이 사회에 없는 것이 하나님의 뜻으로 생각되며 술, 담배 없는 사회가 바로 하늘 나라일 것이다.

술은 정말로 독한 독약이다. 그러니 마시고 죽는 불행을 겪지 말자! 취해서 방탕하지 말고 맑고 깨끗한 맨정신으로 하늘 나라의 의를 위해 희생, 봉사해야 할 것이다.

청소년에게 술, 담배를 파는 파렴치 행위는 절대로 없어야 한다. 세계 평화와 행복을 위해 우리는 담배도 먹지 말고, 독약인 술도 마시지 말자! 누구에게나 그런 다짐과 의지가 필요하다. 술, 담배 없는 영원한 낙원을 보고 싶다.

《기독교 수필》 제14집 2004

예수님을 슬프게 하지 말라

어느 교회 헌당예배를 드리러 갔을 때 목사실에 몇 사람의 목사님과 장로 한 분이 계셨다. 대화 중에 기독교 윤리에 기도하며 애쓰는 ㅅ장로는 이렇게 말했다.

"아마 교인이 5천 명 이상 모이는 교회는 예수님이 하나님이 아니고 목사 자신이 하나님 노릇을 할 것입니다."

순간 서글픈 생각이 왈칵 들었다. 비서실까지 두고 대형교회 목회를 하는 목사들의 인간적 교만이 얼마나 큰가를 지적하는 말이 아닐 수 없었다. 기독교의 큰 덕목 중의 하나가 낮아지는 겸손인데 교회를 담임하는 목사가 교인 수가 엄청나게 많다고 멸망의 앞잡이가 되는 교만의 노예가 되어서야 어찌 한국 교회의 교회상이 바로 설 수 있겠는가.

여기에서 예수님의 겸손을 살펴보자.

'그는 근본 하나님의 본체이시나 하나님과 동등됨을 취할 것으로 여기지 아니하시고, 오히려 자기를 비워 종의 형체를 가져 사람들과 같이 되었고, 사람의 모양으로 나타나셨으매 자기를 낮추시고 죽기까지 복종하셨으니, 곧 십자가의 죽음심이라.'(빌립보서 2:6~8)

예수님은 하나님이시면서 사람의 모양으로 나시어 십자가에 죽기까지 자기를 낮추신 것이다. 종의 형체를 가져 자기를 비우고 죽기까지 하나님 말씀에 복종한 예수님이야말로 인류의 구세주요, 만왕의 왕이신 하나님이 아니신가!

그런데 오늘날 신학적 바른 지식이나 건실한 신앙도 없는 삯군 목사들이 교계를 어지럽히는 일이 많이 있다. 교회는 전과자라도 올 수 있고, 목사, 전도사도 될 수 있다. 때로는 성직자가 7계명을 범하여 세상의 지탄을 받게 하고, 우리 전도의 길을 가로막을 때가 더러 있다.

사흘 만에 부활하신 예수님의 삶이나 전도의 사명은 설교하지 않고 정치비판이나 딴 소리만 늘어놓는 목회자도 있다. 부활이요, 우리의 생명이 되시는 구세주 예수님의 사랑과 그 진리를 힘차게 증거해야 하지 않겠는가.

내가 장로고시 볼 때 구두시험에서 목사는 하나님의 종이라 대답했더니 고시위원 목사는 틀린 대답이라 했다. 하나님의 사도라는 것이다.

나는 그 목사에게서 자만심을 느낄 수 있었다. 하나님의 종이라는 인식은 없었다. 하나님과 동등됨을 가지려는 위험이 보였다. 하나님의 청지기로 겸손하게 주님의 일을 묵묵히 해 가는 목사는 훌륭한 목사로 볼 수 있다. 그러나 하나님의 이름을 팔며 마치 자기가 하나님이 된 것처럼 교만한 자기도취에 빠진 목사의 행위는 거짓인 것이다. 잃은 양을 찾아 헤매거나 주님을 위해 순교할 절대 신앙이 필요하다. 베드로의 고백처럼 살아 계신 하나님의 아들이요, 그리스도이신 예수님은 우리들에게 '내가 곧 길이요,

진리요, 생명'이라 말씀하셨다. 이 말씀을 지키며 예수님이 걸어가신 십자가의 길을 충실히 따라갈 때 삶의 행복이 있고 삶의 승리가 있는 것이다.

고기 낚는 어부에서 사람을 낚는 어부로 삶의 길을 바꾸고, 예수님 수제자로 살아가던 베드로도 한때는 예수님을 모른다고, 닭 울기 전에 3번이나 부인했다. 그런데 돈을 사랑하고 권력을 즐기고 명예의 종으로 살아가는 오늘의 우리들이 과연 진정으로 예수님을 하나님으로 모시고 있는가? 양심마비 환자들이 예수님을 시커멓게 비난한다. 마귀행위가 아닐 수 없다. 교회의 머리는 예수 그리스도이어야 한다. 결코 양을 농락하는 목사가 교회의 주인이 아니다.

예수님은 '자기 목숨을 얻는 자는 잃을 것이요, 나를 위하여 자기 목숨을 잃는 자는 얻으리라.'(마 10:39)고 말씀하셨다.

하나님이신 예수님을 위하여 핍박을 받거나 고통을 당하는 것이 더 주님을 위한 영광이 아닐 수 없다. 주님을 위한 순교는 영원한 영생의 영광이 된다.

예수님은 동정녀 마리아의 몸에서 사람의 모습으로 태어난 참사람이요, 참하나님이다. 감정도 가진 인격체였다. 33년의 청년 예수님은 천하를 주고도 바꿀 수 없는 자기 목숨을 우릴 위해 십자가에 못 박히신 것이다. 악랄한 유대인들이 예수님을 자기가 하나님이라 한다는 구실을 죄로 삼아 소란죄로 빌라도 법정에 고발했다. 유대인들의 요구대로 살인범 바라바는 풀어주고 죄없는 예수님은 십자가 형틀에 올렸다. 그러나 보라! 예수님은 하나님의 뜻에 따라 전지전능의 하나님으로 다시 사신 것이다.

《사도신경》에 나오는 대로 예수님은 '하늘에 오르사 전능하신 하나님 우편에 앉아 계시다가 저리로서 산 자와 죽은 자를 심판하러 오시리라.'의 존재로 지금 하늘 나라 하나님으로 계신다.

누가 하나님이 없다 하는가?

누가 예수님은 하나님이 아니라고 부인하는가? 하나님이 마음에 없다 하는 사람은 어리석은 자들이요, 불쌍한 사람들이다. 우리는 우리의 자만심이나 온갖 더러운 욕심을 다 버리고 내가 곧 길이요, 진리요, 생명이라 말씀하신 예수님의 가르침을 따라 쓰러져도 다시 일어서며 십자가의 길을 힘차게 걸어가야 할 것이다. 여기에 참으로 보람찬 인생의 행복이 있다.

만복의 근원은 오직 예수님을 나의 구주로 하나님으로 성실히 잘 믿는데 있는 것이다.

우리는 예수님을 구주 삼고 날마다 예수님께로 더 가까이 가는 믿음생활을 잘 해야 한다. 결코 잘못된 행실로 예수님을 슬프게 하지 말자.

날마다 예수님 기쁘시게 하는 성도의 생활을 바로 하자.

《기독교 수필》 제12집 2005.

아름다운 질투

밝은 새해 햇살이 이프가든 음식점에 쏟아지고 있다. 나의 사랑하는 제자 세 사람이 학부 때의 은사 한 분을 모시며 대접하고 있다. 자리를 주선한 나도 교수의 이름으로 함께 기쁘게 음식을 나누며 대화를 나누었다.

내가 아끼는 이 세 제자는 피와 눈물과 땀을 쏟으며 사랑의 실천을 교훈으로 하는 한양대에서 각고의 노력을 거쳐 사회교육원 삼년 과정을 우등으로 수료하고, 독학사 자격도 취득하여 둘은 벌써 대학원에까지 진학한 자랑스런 제자들이다.

세 제자는 빛의 자녀들처럼 진실하고 의롭고 착하여 참삶, 뼈삶, 빛삶의 길로 힘차게 달려가고 있다. 푸른 눈동자에 밝은 꿈이 불타고 있다. 부족한 나를 따르고 존경하는 영광을 참으로 기쁜 보람으로 고맙게 송구하게 생각하며 나도 이 세 제자들이 큰 별과 같은 인물이 되길 기도해 왔고, 지금도 기도하고 있다. 팔이 빠지도록 무거운 가방을 들고 출강하여 내 정성껏 주경야독하는 제자들을 가르쳐 온 것이다.

정말 하늘의 해, 달, 별같이 귀한 제자들이므로 1993년 5월 15

일 스승의 날에 제자들을 사랑하는 마음으로 나는 맏언니가 되는 김미자에게 해와 같이 빛나는 빛삶의 인물이 되라는 뜻에서 〈해샘〉이라고 아호를 지어 주었다.

다음 동생이 되는 전미영에게는 달같이 빛나는 빛삶의 인물이 되라고 〈달샘〉으로, 막내가 되는 이민하에게는 큰별과 같이 빛나는 빛삶의 인물이 되도록 〈별샘〉이라는 아호를 지어 주었다. 샘자가 다 통용되므로 이 세 자는 세샘꽃으로 아름다운 하늘꽃의 영광을 이룬다.

나는 정말이지 단 한 순간도 이들의 장래와 꿈을 기도 안 한 적이 없다. 세샘꽃을 기도하는 마음은 항상 기쁨이 샘솟는다.

남편을 모두 한결같이 하늘처럼 섬기며 알뜰한 주부로, 엄마로, 조금도 손색이 없는 이들은 정말 열심히 공부하는 학구파 제자들이기도 하다. 선생의 기쁨은 이런 자랑스런 제자들을 두는 데 있을 것이다. 존경받는 스승, 사랑받는 제자로 사는 보람이 그 얼마나 아름다운가.

세샘꽃은 나의 오른팔로, 내가 지극히 사랑하는 보배 제자들이다. 나는 이 세샘꽃을 행여 잘못하여 잃을까 늘 두렵게 생각한다. 그러므로 내게는 생명꽃 같은 존재라 할 수 있다. 오직 이 세샘꽃의 참삶, 뼈삶, 빛삶의 열매가 날로 커가고, 이들이 쌓아가는 삶의 보람이 날로 더 빛나길 빌고 있다. 그들은 늘 나의 건강을 기도하며 안부를 물어 온다. 나도 그들의 학업과 가정의 평안을 물으며 한결같이 사랑을 쏟는다. 그리고 세샘꽃 연가로 시에 서정적 자아의 대상으로 등장시켜 아름답고 곱게 찬양하고 있다.

이토록 사랑하는 제자들을 나는 결코 어느 누구에게도 빼앗기고 싶은 생각이 추호도 없다. 철저히 지도하고, 이끌고, 사랑하며, 앞날을 기도해 줄 것이다. 큰나무로 키우는데 최선을 다해야 하는 것이다.

해샘도 어느날 내게 '우리(세샘꽃)보다 다른 제자들을 더 사랑하면 안 돼요!'라고 말한 적이 있다. 나의 사랑을 독차지하려는 시기나 질투심이 아니겠는가? 사랑스런 말이 아닐 수 없다.

그런데 오늘은 맏언니인 해샘에게 오늘 모신 모교의 노 박사님을 앞으로 잘 모시라고 하였더니 나 보고

"오 교수님! 질투하시지 않겠어요?"

하는 게 아닌가!

십계명 제2에 보면 하나님도 질투하시는 내용이 나온다. 하나님을 미워하고 우상을 섬기는 자는 그 아비로부터 3~4대에 이르기까지 죄를 갚아야 하는 벌을 주시겠다고 했다. 그러나 하나님께서는 하나님을 사랑하고 계명을 지키는 자에게는 천대까지 그 은혜를 베푸시겠다고 말씀하셨다. 이처럼 하나님도 성령의 질투를 하시는데 어찌 연약한 사람이 질투하지 않겠는가!

그러나 나는 훌륭한 교수님을 찾아 뵙고 가르침을 받는 일에까지 질투할 만큼 옹졸하지 않다. 넓고 푸른 하늘을 보며 살아가는 나의 가슴은 그렇게 좁지가 않다. 오히려 세계를 다 담고도 남음이 있을 것이다.

질투도 사랑이므로 없을 수는 없다. 질투를 느끼지 않으면 사랑이 없다는 증거가 될 것이다. 나의 순수한 바램은 세샘꽃의 장래 기도에 있다. 이들이 빛이 많은 큰인물, 많이 담을 수 있는 큰그릇 되길 하나님께 기도하는 일이다. 결코 부질없는 질투는 하지

않는다. 그들이 원하고 뜻하는 일이면 무엇이든지 이해하며 밀어줄 수 있다 그러나 세샘꽃을 사랑하는 나의 가슴은 양보할 수도 없고, 내가 첫째로 사랑하는 스승이길 바랄 뿐이다.

남자들은 여자들이 아무렇지도 않게 무심코 행한 행동에 크게 오해를 하기도 하고, 충격을 받기도 한다. 그러므로 여자들의 몸가짐이 무겁고 신중해야 할 것이다. 특히 부부지간에는 오해 살 일이 생기지 않도록 각별이 주의할 필요가 있다. 아내 사랑을 하나님 다음으로 생각해야 한다. 자신의 가벼운 행동이 자기를 사랑하는 사람의 가슴에 상처를 낸다면 그 얼마나 죄스러운 일인가! 그렇다고 이해할 수 있는 조그마한 일을 가지고 노발대발 화내는 일도 삼가야 할 것이다. 나는 생각보다 앞선 행동은 후회를 낳게 된다고 학생들을 가르치고 있다. 신중하고 깊이 생각하며 행동해야 할 것이다.

나는 하나님, 나라, 가정, 제자, 시 곧 '하나가제시'를 사랑한다. 세셈꽃은 제자사랑에 해당된다. 어느 제자보다도 아끼며 사랑한다. 하나님 축복과 사랑이 넘치도록 기도하고 있다.

제자 중의 제자로 사랑하는 나의 세샘꽃! 때에 따라서는 나도 크게 질투할 수 있다. 하나님도 자기 백성을 위해 질투하시는데 벌레만도 못한 인간인 내가 내 참보배 제자 사랑에 솟구치는 질투를 어떻게 참을 수 있겠는가? 그러나 질투는 아름다워야 한다. 생산적이어야 한다. 나는 변소에 가는 지극히 평범한 서민의 하나이다. 짚신이다. 그래도 내심의 등불은 밝다. 양심의 심지도 밝다. 신념과 자존심의 등불도 높고 밝다. 누구도 내 의지를 꺾을 수 없다. 세샘꽃 사랑하는 내 마음 누구도 빼앗아 갈 수 없다.

나는 '노하기를 더디하는 자는 용사보다 낫고, 자기의 마음을 다스리는 자는 성을 빼앗는 자보다 나으니라.'의 말씀을 명심하고 있다. 그리고 세샘꽃에게 주고 싶은 나의 기도는,

'사랑하는 자여, 네 영혼이 잘됨같이 네가 범사에 잘 되고 강건하기를 내가 간구하노라.'(요한3서 1:2)'의 성경말씀이다.

해샘, 달샘, 별샘의 세샘꽃이 꿈꾸는 범사의 일이 잘 되길 기도하는 것이다. 모두 석,박사가 되어 해샘, 달샘은 번역자가 되어 내 시집을 잘 번역하여 노벨문학상 수상이라도 받을 수 있는 영광의 그날이 있길 기도한다. 그리하여 강화도에 세샘꽃대학교라도 하나 세울 수 있길 비는 것이다.

별샘은 현재 시인이니 역사에 남을 시를 창작하고, 하나님 기뻐하는 훌륭한 믿음의 일꾼이 되길 빈다.

내가 낳은 세샘꽃! 내가 키우는 세샘꽃나무! 나보다 누가 더 사랑하여 가꿀까? 나는 아름답게 시샘하며 결코 그 누구에게도 지지 않겠다. 하나님도 하시는 질투, 제자 사랑엔 내게도 질투가 있다. 세샘꽃은 내 가슴을 슬프게 하는 일이 결코 없어야 할 것이다. 그러자면 항상 행실을 깨끗이 해야 하며 세샘꽃 향기가 항상 고와야 한다. 세샘꽃 제자는 물론 모든 송골 제자들을 뜨겁게 사랑하고 기도해야 할 것이다. 나도 또한 더욱 거울 같은 십자가의 길을 걸어가야 하며 스승답게 살아가야 할 것이다.

하나님! 세샘꽃 앞길을 길이 축복해 주시고 사랑해 주옵소서!

송골 제자들이 참삶, 뼈삶, 빛삶으로 승리하도록 사랑으로 인도해주소서. 나는 오늘도 두 손 모아 제자들을 위해 기도하고 있다.

(1995. 1. 11)

새파랗게 살고 싶다

암만 모진 겨울 추위가 대지를 짓밟아도 끝내 봄은 오고야 만다. 새파란 나무 움으로 오고, 쏙쏙 땅 밖으로 고개 내미는 새싹으로 온다. 호랑나비, 범나비 등을 타고 훨훨 산 넘어 오기도 하고 매화, 진달래, 목련, 복숭아 등의 봄나무 봄꽃으로 오기도 한다. 해마다 봄은 어김없이 온다.

기어이 겨울을 이기고 오는 봄뜻을 안민영은 옛 시조에서 아래와 같이 읊고 있다.

바람이 눈을 몰아 산창山窓을 부딪치니
찬 기운 새어 들어 잠든 매화를 침노한다
아모리 얼우려 하인들 봄 뜻이야 앗을소냐

겨울바람이 거친 눈보라를 치며 산가 창에 들이쳐서 그 찬 기운이 잠든 매화를 얼게 하려 하나 봄 뜻을 따라 꽃피는 것을 누가 감히 막을 수 있겠는가?

일제 시대 그처럼 대쪽같은 지조를 잘 지킨 선비 위당爲堂 정인

보가 지은 시조 '매화사 삼첩'의 그 첫째수를 보면

쇠인 양 억센 등걸 암향부동暗香浮動 어인 꽃고
눈바람 분분紛紛한데 봄소식을 외오가져
어즈버 지사고심志士苦心을 비겨볼까 하노라

봄소식 지닌 매화를 고심하는 한 지사로 보고 있다.
안민영이나 정인보가 읊은 매화는 푸른 봄을 보여 주는 봄벗이
아닐 수 없다. 푸른 마음을 품고 다른 봄꽃보다 먼저 봄뜻을 알
리는 매화의 의지는 끈질기다. 매화의 봄뜻을 누가 꺾을 것인가?
정인보의 시조에 나타난 것처럼 매화는 고고한 지사요, 선비의
상징으로 봐도 좋을 것이다.
사육신의 하나인 성삼문은 소나무를 사랑하여 그의 지조를 독야
청청으로 그의 시조에서 표현하여 만고충신의 지조를 새파랗게
보여 준다.
윤선도의 시조 오우가에서 소나무는 눈 서리를 모르고 뿌리 곧
은 지조를 사랑하고 있다. 또 대나무는 겸허하고 사시에 푸른 그
지조가 아름다워 윤선도의 한 벗이 되고 있다. 윤선도는 솔과 대
의 푸름을 지조의 상징으로 찬양하고, 자신의 선비 정신을 잘 보
여 준다.
가람 이병기의 사랑을 받는 난초 또한, 새파란 꽃이다.

산듯한 아침이 발 틈에 비쳐 들고
난초 향기는 물밀 듯 밀어 오다

잠신들 이 곁을 두고 차마 어찌 뜨리오.

가람의 〈난초〉 8수 중의 한 작품으로 난초 속에 사는 가람이 새파란 난초를 얼마나 사랑하는지 잘 알 수 있는 시조이다. 자생 난을 사랑하며 난초의 향기 속에 살아간 가람이 마음도 푸르기만 했다.

겨울을 이기고 봄뜻을 곱게 꽃피우는 매화, 지조의 소나무, 대나무, 난초는 다 푸르게 사는 나무요, 풀이다. 겨울 산 넘어 온 봄이 봄꽃 봄풀로 새파란 출발을 보이며 더욱 여름으로 새파랗게 잎이 피고 꽃이 핀다. 그러나 소나무, 대나무는 다 사시사철 푸른 자연이다. 난초 또한 선비 방에서 일년 내내 푸른 지조를 보이는 꽃이다.

이런 푸른 나무나 풀의 모습을 보며 살아가는 나는 늘 새파랗게 살고 싶은 느낌을 받는다. 새파란 삶은 인생의 봄이다. 봄은 잠깐 흐른다. 노들강변 민요에도 짧은 인생을 푸른 버들에 잡아 매려 한다. 그러나 불가능한 일이다. 인생의 세월은 한계가 있다. 물과 같이 흘러 갈 뿐이다. 흘러 가면 다시 오지 않는 게 인생이라고 황진이도 그의 애인 서경덕을 잃고 삶의 허무를 시조에 노래한 바 있다. '인걸도 물과 같아야 가고 아니 오노매라.' 이렇게 노래 했던 것이다. 흐르는 푸른 물을 누가 막을 것인가?

삶의 흐름 속에 주름꽃이 피어가는 인생은 비록 몸은 늙어도 마음만은 언제나 새파랗게 살아갈 수 있는 것이다. 겨울 이긴 지조 의 푸른 매화로 봄뜻을 품고 살아갈 수도 있다. 소나무, 대나무를 가슴에 깊이 심고 살아갈 수도 있다. 가슴을 난초밭으로 꽃 피게 할 수도 있다.

나는 매화, 솔, 대, 난초처럼 푸르게 살아가고 싶다. 내 푸른 가슴에 새파란 풀이 우거지고 봄꽃이 늘 만발해 왔다. 낫 놓고 ㄱ자도 모르는 나의 할머니였으나 장손자를 사랑하여 지어 준 이름 동춘, 곧 동쪽의 봄이란 뜻의 이름을 지어 주셨다. 동쪽에 밝은 해가 돋고 푸른 봄이 늘 펼쳐지는 이미지는 얼마나 아름다운가! 송골松骨 사전에는 결코 늙음은 없다.

늙었다고 인생의 고목이 아니다. 고목에도 꽃이 피고 나비가 온다. 새들이 날아와 노래한다. 고목도 삶의 벗이 있다. 외롭지 않다. 나무의 고목도 이러하거든 어찌 사람이 늙었다 한들 인생의 꽃이 없겠는가? 노인들이 빨간 넥타이를 매고 늙음을 모르는 푸른 마음으로 건강하게 사는 사람들이 너무도 많다. 건강한 마음, 건강한 몸에 젊음이 있음을 잘 보여주는 일이다.

늙어도 일해야 한다. 죽도록 일해야 한다. 일을 하면 젊어진다. 바쁘게 일하면서 살면 늙을 겨를이 없다. 항상 푸르게 살 수 있다. 한 그루 매화나무가 된다. 성삼문, 윤선도가 그의 시조에 밝힌 한 그루 소나무가 된다. 대나무가 된다. 한 포기 난초가 된다. 새파란 인생으로 살게 되는 것이다.

부지런히 바쁘게 사는 삶이 곧 건강의 비결이다. 일을 찾아서 하고, 만들어서 하고, 혼자 할 일은 혼자 하고, 여럿이 할 일은 여럿이 힘을 합쳐 함께 해야 한다. 항상 젊은 마음으로 닥치는 일을 기쁘게 처리해 가야 한다. 이렇게 살면 새파란 삶이 창조된다. 싱싱한 젊음이 꾸준히 이어진다. 결코 늙을 틈이 없다. 건강하게 오래 살게 된다. 장수는 누구나 바라는 큰 행복이 아닌가?

잠언 12장 27절에 보면

"게으른 자는 잡을 것도 사냥하지 아니 하나니 사람의 부귀는 부지런한 것이니라. 의로운 길에 생명이 있나니, 그 길에는 사망이 없느니라."

로 가르치고 있다.

게으른 자는 먹지도 말아야 한다. 부지런한 새가 벌레를 잡듯 부지런해야 잘 살아갈 수 있다. 부지런은 부귀를 낳고, 의로운 길에 영생이 있음을 성경은 잘 일깨워 주고 있다. 사망 권세를 이기는 행복은 예수의 부활에 있다. 인류의 새까만 죄를 사하기 위해 성탄절에 오신 아기 예수는 청년 예수 때 십자가에 못박혀 죽고 다시 사흘만에 살아나는 삶의 승리, 정의의 승리, 신앙의 승리를 보여 주었다. 비록 몸은 흙이 되고 재가 될지라도 영혼은 부활 승리로 영생의 영광을 얻는 것이다.

믿음으로 기쁘게 살고, 하늘 나라와 그 의를 구하기 위해 충성 봉사하며, 부지런히 살면 그만큼 젊어진다. 항상 젊은 마음으로 주님을 사랑해야 한다.

우리가 새파랗게 살고 싶어도 사탄의 장난에 넘어질 때가 많다. 마귀의 시험을 이긴 예수처럼 물질, 권세, 명예의 그 많은 유혹을 깨끗이 물리치고 하늘 나라와 그 의를 위해 십자가의 길로 열심히 달려가야 한다. 십자가의 언덕을 오르며 항상 기쁘게 살며 기도와 감사로 살아가면 오직 젊음이 있을 뿐이다. 우리는 새 꿈을 품고 항상 봄처럼 새파랗게 살아가자.

《건강과 생명》 1998년 1월호

코수술과 불로 만난 하나님

1956년의 일이다.

그 당시 강문고교(현 용문고교) 2학년이던 나는 축농증에 걸려 머리가 띵하니 아팠다. 겨울방학이 왔을 때 적십자 단원으로 충청도 지방에 농촌봉사를 가려던 마음을 바꾸어 나의 아픈 코를 수술하기로 결심을 했다.

대입시가 코앞에 다가오는데 나는 누우런 콧물을 쏟으며 두통에 시달려야 했다. 기억력도 감퇴되어 가는 느낌을 받았다.

그 해 겨울 나는 부산 우리집으로 갔다. 어머니의 안내로 초량 천주교병원으로 가 코를 진단받았다. 수술날짜가 잡혔다. 약간의 두려움은 있었으나 나는 수술대에 누워 수술을 받았다.

먼저 왼쪽 코의 고름을 기계로 긁어냈다. 그야말로 뼈를 깎는 아픔을 느꼈다. 입술 안쪽을 칼로 쨴 후 코의 통로에 있는 고름을 샅샅이 긁어내는 것이었다. 어지간히 아팠다. 왜 수술을 시작했을까 후회도 했다. 의사는 간호사 둘을 데리고 나야 아프건 말건 콧속을 팍팍 긁어 고름을 없애는 수술을 40분간 진행했다. 열쇠구멍으로 나의 수술현장을 목격한 아버지는

"야야, 꼭 소잡아 놓은 것 같더라."

고 하셨다.

왼쪽 코수술을 마친 후 나는 6인용 입원실 환자가 되었다. 입술을 쨌기 때문에 아무것도 먹을 수가 없었다. 우유나 달걀을 입에 넣고 고개를 흔들어 목구멍에 흘러들어가게 했다. 침도 혀로 내밀어 휴지로 겨우 닦았다. 볼이 산처럼 부어올라 비닐봉지에 찬물을 가득 채워서 줄에 매달아 놓고 내 볼에 닿게 해주었다. 일종의 물리치료요법이었다.

이 입원실에 곱고 인자한 수녀 한 분이 내게 와 위로하며 전도를 하셨다. 하나님께 의지하여 결혼을 포기하고 천사 같은 수녀 생활을 하는 수녀님의 모습은 참 아름다워 보였다. 큰누님 같은 사랑이 넘치기도 하고, 어머니처럼 인자한 인격과 사랑이 넘치기도 했다. 까만 머리를 덮은 하얀 가운은 참으로 백학같이 고고하고 순결해 보였다. 나는 당시 고등학생으로서,

'왜 천주교를 믿어야 하느냐, 그 신앙생활을 하면 뭐가 좋으냐? 신부나 수녀는 결혼을 않는데 성도도 결혼을 않는다면 신자가 있을 수 있느냐?'

등의 호기심 어린 질문을 많이 던졌다. 수녀님은 여유있게 미소까지 띠시면서,

"학생, 신부님이나 수녀님은 결혼 안해도 신자는 얼마든지 자유롭게 결혼할 수 있어요. 이 다음에 착한 색시와 결혼하세요."

하시며 더욱 밝게 웃으셨다. 나의 삼위일체설 질문에 그 수녀님은 삼각형을 하나 그리셨다. 그리고 내게 물었다.

"학생, 변이 몇 개지요?"

"세 갭니다."

"각은요?"

"그것도 세 갭니다."

"그럼 삼각형은요?'

"한 갭니다."

"삼위일체는 꼭 이 삼각형의 이치와 같아요. 그래서 성부, 성자, 성령이 하나지요. 이해가 가요? 더 물으면 나도 몰라요. 더 묻지 마세요."

이렇게 수녀님과 대화를 나눈 나는 수녀님이 지정해준 서울 돈암동에 있는 돈암성당에 나가기로 약속했다. 코수술이 너무 고통스러워 오른쪽 코수술은 포기해야겠다는 나의 나약한 의지에,

"사나이 대장부가 뭐 그래요. 오른쪽 코수술을 안하면 수술한 왼쪽코는 무효가 되잖아요. 용감하게 수술하세요."

하고 격려를 주며 용기를 돋구는 수녀님 말씀에 힘입어 오른쪽 코는 수술시간이 1시간이나 걸렸으나 꾹 참고 수술을 마쳤다. 간호사와 대화에 열중하며 수술하던 의사가 내가 너무 잘 참으니까

"학생, 잘 참는데, 잘 참는데, 이담에 큰사람 될꺼야."

하고 칭찬까지 해주었다.

두 코수술에 일주일 입원한 나는 수녀님의 심방과 전도를 더욱 강하게 받았다. 며칠간 통근치료를 받다가 개학날이 다가와 서울로 왔다.

수녀님과의 약속대로 나는 돈암성당에 갔다. 새로 지어 성당이 더욱 엄숙해 보이고 깨끗했다. 누구 하나 아는 사람도 없고 맞아주는 사람도 없어 남자석에 앉아 앞의 성도들이 하는 대로 따라

만 했다. 미사는 꼭 1시간이 걸렸다.

고3이 되었으므로 미사만 끝나면 숙부댁으로 달려와 입시준비를 했다. 인권 변호사가 되기 위해 서울법대를 꿈꾸고 있었다. 일체 학원은 가지 않고 혼자서 교과서 중심으로 입시공부를 했다.

주일날 성당을 가도 재미가 없었다. 아무것도 모르는 햇병아리 초신자인데 누가 맞아주지도 않고 말을 거는 사람도 없었다. 나 역시 물어보거나 누구와 대화하려 하지 않았다. 그 시간에 빨리 집에 가 입시공부를 해야 하기 때문이다.

그런데 신부 앞에 엎드려 입을 딱 벌리면 입에 넣어주는 저게 뭘까? 궁금했다. 누구한테 물어볼 수도 없었다. 직접 나도 나가 다른 사람들처럼 입을 벌리고 앉았다. 하얀 동전 같은 것이 입에 들어왔다. 금방 녹아 버렸다. 생각보다는 참 싱거웠다. 뭐 씹을 것이 좀 있는가 했다. 그러나 뒤에 알고 보니 그것은 영세 받은 신자로 한 주 동안 죄없이 살았다고 생각하는 사람이 겸손히 신부가 주는 영생체를 받아 먹는 한 의식이었다.

나간 지 두 달도 안 되는 고등학생이 교만하게 영생체를 먹은 것이다.

영세는 안 받았으나 그때 나는 죄짓는 일은 하지 않았다. 사춘기 때였으므로 이름도 성도 모르는 여고생을 혼자 짝사랑한 적은 있어도 누구에게 죄가 될 일은 하지 않았다. 천주님을 믿는 것이 뭔지도 모르면서 한 주도 안 빠지고 열심히 돈암성당에 나갔다.

그러나 우리 숙부댁이 용산역 근처로 이사를 하는 바람에 나의 성당 발길도 끊어졌다. 두 달만의 일이다. 용산에서 동대문까지 전철을 타고 오가며 어디 성당이 없는가 살펴보다가 가을을 맞았다. 그때는 서울의 고교생에게도 가정실습 기간에 3일간 집에서 일을 돕는 가을방학이 있었다. 나는 일기장을 챙겨 넣은 책가방만 들고 부산집으로 내려갔다.

부모님을 반가이 뵈며 부산 좌천동 산비탈의 우리집에 도착하자마자 숙부님 전보가 날아왔다. 내용은 '동춘아, 불이 나 네 책이 다 탔다. 속히 오너라.'였다.

어머니와 함께 즉시 열차를 타고 가보니 집터엔 김만 모락모락 오르고 화재 만난 사람들이 천막을 쳐놓고 처량하게 기거하고 있었다. 숙부댁 뒤에 있는 제재소에서 불이 나 인근 몇 집까지 태우고 기어이 용산 쌀창고까지 태우는 큰 화재가 된 것이다.

나는 숙부님댁에 더 있을 수가 없었다. 같은 반 친구가 자취하는 자취방으로 갔다. 그때만 해도 시골 같은 아현동 산 7번지의 친구 자취방에 함께 자취를 하게 된 것이다. 책도 옷도 다 태워버린 나는 가방에 넣어 부산에 가져갔던 교과서 몇 권만 남게 되었다. 중3 때부터 써오던 일기가 타버려 참으로 원통한 일이었다. 내 추억의 사진은 가장자리만 타다 만 것을 누가 한 뭉치 주워서 내게 주었으므로 고교 시절의 사진이 아직도 내게 남아 있다.

같이 자취하던 친구가 어느 수요일 밤 교회를 가자 해서 스스럼없이 따라나섰다. 천주교나 개신교나 다 하나님을 믿는 종교이므로 큰 상관은 없으리라 믿었다. 기독교도 하나님을 믿는 종교이므로 천주교에서 기독교로 옮겼다 하여 부산 초량천주교병원(현 초량 성분도의원)의 그 수녀님이 나무라시진 않을 것으로 생각되었다.

찾아간 교회는 판잣집 교회였다. 방석을 놓고 조용히 몇 사람만 앉아 기도하고 있었다. 참 가난한 교회구나! 생각했다. 그러나 기쁘고 재미가 있어 열심히 나갔다.

한 학기 동안 열심히 나가다가 졸업과 더불어 부산으로 갔다. 대학도 실패하여 재수의 길을 밟았다. 다시 찾은 아현동 산칠교회에 청년으로 출석했다. 주일학교 반사도 하며 청년회 회장일도 맡는 등 나름대로 교회생활에 열중했다. 하나님께서는 이 교회에 내가 이상형으로 정하고 기도해온 아내감마저 예비해 놓으셨다. 처음 만나 내 이름이 우습다고 웃음을 보이던 그 아가씨는 오늘 시인의 아내, 장로의 아내가 되어 잘 살아가고 있다. 자신도 권사 직분을 맡아 책임을 다하며 밤낮없이 기도에 힘쓰고 있다.

나를 처음 전도한 분은 부산 초량천주교병원의 한 고운 수녀님이고, 기독교로 전도한 사람은 목사가 된 친구였다.

지리산 기슭에서 토끼와 발맞추며 살아온 산골 출신 나를 서울로 불러 올려 믿음의 사람이 되게 하여 주시고 복된 가정을 이루어 잘 살아가게 해주신 하나님께 눈물로 감사할 뿐이다. 나도 땅 끝까지 주님의 말씀을 전하는 전도의 사명을 다하는 것이 주님 은혜에 눈꼽만큼이라도 보답이 되리라고 믿으며, 나를 전도해 준 수녀님, 목사님께도 신의를 지키는 일로 생각된다.

하(하나님)나(나라)가(가정)제(제자)시(문학)를 기도로 사랑하며, 오늘도 나는 주님 가신 십자가의 길로 힘차게 걸어가고 있다.

《기독교 수필》 제8집 1998.

예수님 때문에

성경에,

"악한 자를 대적치 말라. 누구든지 네 오른편 뺨을 치거든 왼편도 돌려 대라."

고 했다.

"원수를 사랑하고 핍박하는 자를 위해 기도하라."

고 했다. 이런 삶의 실천이란 결코 쉬운 일이 아니다. 오른편 뺨을 치면 왼편 뺨도 마저 때리도록 돌려대는 행위는 바보나 하는 짓이요, 바보철학이라고 세상은 비웃고 있다.

놀부가 판을 치는 세상이요, 가는 말이 거칠어야 오는 말이 고운 세상이 되어 있다. 내 이익을 위해서는 남이야 어찌 되든 상관이 없는 극도의 이기주의가 날뛰는 세상이 되어 있다. 어떤 거짓 수단을 쓰더라도 돈만 벌면 된다는 세상이 되어 있다. 거짓을 합법으로 가장해서 돈을 잘 벌고, 좋은 집에, 좋은 옷에, 좋은 음식을 먹으며 떵떵거리며 잘 살아가고 있는 사람들이 많다.

한참 과외가 성할 때 남들은 방과 후에 세 탕 네 탕 뛰면서 월수입 몇백만 원씩 올릴 때에 나는 학생들을 인솔하고 강원도 횡성에서 주로 농촌봉사활동을 했다. 돈하고는 거리가 먼 삶을 살아왔다. 부모님에게 값진 유산으로 물려 받은 것은 가난과 진실뿐이다. 가난해야 인간을 알게 되고 인간을 알면 진실하게 살아갈 수밖에 없는 것이다.

농부의 아들, 노동자의 아들인 나는 오늘도 가난이 가장 뜨거운 벗으로 되어 있다. 아내나 자식들에겐 미안하나 나로서는 가난이 벗이므로 더 이상 어쩔 수 없고, 사실 가난을 사랑하기도 한다. 오늘날 같은 세상에 한때나마 집이 비가 새서 여러날 잠을 제대로 못자고, 책이 비에 젖어 썩는 그런 가난이 무슨 자랑이겠는가! 내가 무슨 황희 정승이라도 된단 말인가? 만고충신 성삼문의 독야청청 지조라도 있어 가난을 즐긴단 말인가?

교사요, 선비요, 장로요, 시인인 나의 신분으로 도저히 부자 소리 들을 수 없다. 박봉 이상의 무슨 수단을 취할 수도 없다. 경제를 마련하는데는 내가 그처럼 무능하단 말인가? 그러나 늘 정신적으로는 백만장자가 부럽지 않고, 한국의 어떤 재벌도 부러워해 본 일이 없다. 참말이다. 재벌들이 정말 그 엄청난 돈을 진실로 벌었을까? 양심껏 벌었을까? 나라와 겨레를 위해 바로 쓰이고 있을까? 또 공무원이 얼마나 수입이 좋으면 저리 잘 살까? 봉급에 비해 너무 잘 사는 것도 일단 의심이 간다. 자유주의 시대에 나름대로 법에 안 걸리는 삶으로 잘 살아가면 괜히 시비할 것 뭐 있겠는가? 문제는 스스로의 양심에 가책을 느끼는 재산인가 아닌가에 따라 삶의 가치가 평가될 수 있다.

아무튼 나는 돈하고 멀리 살아가고 있다. 그런데 이러한 나를 내 책이나 팔아 이익이나 취하고 사는 장사치로 생각한 사람이 있다. 바로 내가 근무하는 직장 동료 중 한 사람이 그렇다.

사립 명문대 국문과 출신으로 천안의 어느 공고에서 서울에 있는 명문대에 합격되었던 두 명 중의 하나라고 뽐내기도 하는 사람이다. 뭐, 그만한 일로 천안 모공고의 신동이라고까지 불렸단다. 아침 저녁만 먹고 점심은 안 먹는 하루 두 끼 먹는 사람이며, 커피도 안 마신다. 성질이 까다롭다. 선생들과 사귐도 적다. 그 나름의 고독이 습관이 되어 있다. 중학교 교사로 부임했다가 고교로 올라 온 선생이다. 나도 중학교에서 동료 교사로 만났는데 별로 대화를 나누어 본 일도 없고 그저 평범하게 지내 왔다. 내가 고등학교로 올라와 같은 국어과 교사로 또 만났다. 내가 국어과 주임으로 공사간 일을 진행하는데 비판이 많고 공연히 비협조적인 일이 많았다. 다 참았다. 내 가슴에 예수님이 계시기 때문이다.

1986년 4월 29일의 일이다. 한 8년만에 그가 먼저 나를 조용히 좀 만나자고 했다. 비판심 많은 그가 만나자고 할 땐 좋은 소리가 아닐 것으로 생각되었으나 그날 나의 6교시 시간이 비어 만나기로 했다. 그가 나를 끌다시피 앞서서 학교 설립자인 일은 선생의 동상 밑으로 갔다. 아니나 다를까, 그가 꺼낸 말은 예상했던 바대로 비판이었다.

내가 4월 24일자로 중·고 전교직원에게 나의 두 번째 수필집 《무엇을 심고 살까》를 기증한 일이 있다. 이 책에 대해 말을 꺼내는 김 선생은 우리 직장에 와서 내 책을 세 번 받았는데 한 번은 찬조금을 냈고, 《하늘 한 조각》 시집을 출판했을 때에는 찬조금을 낸 바 없으며, 이번에도 찬조금 2천 원을 안 뺏기기 위해서 수필집을 돌려주겠다고 했다. 나는 여섯 번의 책을 내서 자유로

이 선생님들에게 기증해 왔다. 충심으로 기증했다. 그러나 네 번째까지는 직원회에서 출판기념 찬조로 얼마씩 돕자하여 책값의 반액에 약간 못미치는 돈으로 10만원 남직하게 찬조해 주었다. 큰 도움이 되었다. 참으로 감사했다.

《한 알의 밀알이 되어》는 출판 기념패를 만들어 주고, 교내 교직원 식당에서 간단한 출판기념회도 열어 주었다. 참으로 눈물 겹게 감사한 일이다. 《한 알의 밀알이 되어》는 《흙의 문학상》 상금으로 만든 책이었고, 이때 《흙의 문학상》 수상도 축하해 주었다. 그 일을 늘 고맙게 생각하고 있다.

《하늘 한 조각》은 교직원 자유 의사에 의하여 중·고 교직원 중에 7명만 거절하고 모두 협조해 주어 20여만 원의 찬조금으로 책값 일부를 충당하는데 큰 도움이 되었다. 정말 감사한 일이다.

그러나 그 출판비 일부는 아직도 빚으로 남아 있다. 그런 가운데 《무엇을 심고 살까》는 내가 일부 팔아 주기로 하고 고교 후배 선생을 통해 알게 된 강나루 출판사에서 원고를 검토한 뒤 엮을 만한 책이라 하면서 기꺼이 내 준 수필집인 것이다.

나는 이 책이 출판되었을 때 중학교 교장선생님, 중·고 교감선생님, 일부 선배 선생님과 상의해 보았다. 여러 번 책을 기증해서 찬조를 받은 나로서는 또다시 책을 기증하는 일이 오히려 폐가 될 수 있기 때문이다. 그러나 기증하려면 간부 교사에게만 하지 말고 전 교직원에게 다하라고 했다. 그런데 나는 이런 잘못을 저질렀다. 찬조에 2천 원 정도는 돼야 큰 도움이 되겠다고 말한 일이다. 이 말을 한 것에 대해서 나는 뼈아픈 후회를 한다. 또 그 잘못을 뉘우쳤다. 그런 말을 설사 내가 했더라도 또 반대가 많아

한 푼도 찬조 안 한들 무슨 말을 할 것인가? 선생님들이 독자가 되어 읽어 주었으면 하는 생각으로 수필집을 편 것이다. 그런데 끝내 나는 하나님께서 때리시는 매를 맞고 말았다.

가슴에 하나님이 없는 김 선생을 통해 왜 수필집을 강매했느냐는 소릴 듣게 된 것이다. 내 마음이 순수하지 않았다는 동기에 채찍이 내려진 것이다. 이 수필집은 박 교감, 전 선생 등의 발의로 간부회의에서 별 반대 없이 나의 뜻대로 도와주기로 한 것이다. 간부 선생님들이 몹시 고맙고 그 후의를 잊을 수 없다.

그러나 이 일은 교사들의 자유 의사에 맡기기로 한 것이다. 3천 원짜리 책을 2천 원씩 찬조해서 어려운 나를 돕는 일에 누구도 반대가 없었고, 평교사들 모두가 싫든 좋든 간에 표면상은 다 간부회의에서 결정한 일에 동조하면서 5월 봉급에서 2천 원씩 찬조금을 내기로 한 것이다. 오직 반대 의사를 일은 동상 밑에서 김 선생이 말한 것이다. 내가 그에게 책을 준 지 5일만의 일이다. 사실 나는 같은 국어과 후배 교사가 반대할 줄은 몰랐다.

그는 강매이므로 책값을 받지 말라 했고, 또 2~3십만 원 없어도 살 수 있지 않느냐고 했다. 그렇다. 내가 아무리 가난해도 2~3십만 원쯤 없어도 산다. 내가 중학교 교장선생님이나 박 교감선생님에게 상의해서 그렇게 하겠다고 했다.

김 선생은 왜 오 선생 수필집을 전교직원에 팔려 하느냐고 박 교감에게 따진 모양이다. 교감이 직접 내게 책값을 안 받도록 말하라고 하여 교감은 자신은 그런 말을 할 수 없다고 하여 김 선생 자신이 교도실 나의 책상 앞에 왔던 모양이다. 그런데 내가 박사과정을 공부하러 나가고 없으니 자기 혼자 분통을 터뜨렸던 모양이다. 전체 교직원 앞에서 나를 규탄하듯 말하려는 것을 그나마 박 교감이 내게 조용히 말하라고 한 모양이다. 그래서 잔인한 달 4월의 그믐께 곧, 29일날 오후 학교 설립자 일은 동상 앞에 나를 데려와 자기가 하고자 하는 말은 다한다. 나는 밝은 동상 밑에서 이 사람과 싸울 필요는 없다. 참자고 생각했다. 또 예수 믿는 사람이 아닌가.

이날 김 선생이 말한 것은 첫째, 수필집 책을 강매했으니 책값을 받지 말라는 것, 둘째, 왜 박사과정을 나가면서 국어과에 알리지 않았느냐는 것, 셋째, 나의 수업시간표를 짜면서 수업계 선생이 투덜거리더라는 것, 넷째, 왜 외출부에 기재 없이 나가느냐는 것 등이다.

첫 번째 일은 내가 순수하지 않게 또 단순히 내 딱한 사정만 생각하고 박 교감에게 2천 원 소릴 했으나 그건 나의 잘못으로 김 선생의 충고를 받아들이며 사과한다고 했다. 김 선생 뿐만 아니라 전 교직원에게도 사과하는 것이라고 나는 말했다. 중학교 교장선생님, 고교 박 교감선생님과 상의해서 책값이라 하니 찬조금 격려금 아닌 책값을 안 받기로 하겠다 하였으며, 돈에 관계없이 충심으로 수필집을 기증하겠다고 했다. 그러니 충심으로 주는 나의 수필집을 반환 말고 그냥 맡아 두라 했다. 그랬더니 한 줄도 읽을 것이 없어 꼭 돌려주겠다고 했다. 정녕 그렇다면 돌려주는 사람이나 돌려받는 사람이나 다 덕될 것 없으니 조용히 내 책상 위에 갖다 두라 했다. 그는 그 책을 끝내 내게 반환해 주었다.

박사과정 나가는 일은 국어과에만 안 알린 것이 아니라 조용히 나가기 위해 교장, 교감 선생님에게도 안 알렸고 또, 알리는 일은 나의 교만같이도 느껴져 안 알리다가 교장, 교감 선생님께 말씀드리고 사실은 내가 자신도 뒷통수가 뜨겁게 한 주일에 두 번 정도, 그것도 오후 3시경 나가고 있으며, 올해로 나가는 일도 끝나니 이해해 주길 바란다고 설득했다.

또, 내 시간표를 박사과정 나갈 수 있게 짜느라고 다소 불편해서 수업계의 짜증이 있었을 것이라 생각되어 미리 미안하다는 말을 해 둔바 있다.

외출부에 기재하지 않은 것은 교장선생님께 허락 받은 고정 외출이기 때문이라 했다. 김 선생은 필요 이상의 말까지 서슴지 않았고, 그와 대학동기 동문인 ㅈ고교 채 선생이 나의 후배라 하니 그 체면을 보아 좀 봐 주겠다는 말도 했다.

만약 내 가슴에 예수님이 안 계셨으면 대판 싸움이라도 할 일이었다. 제 싫으면 책 돌려주고 돈 안 내면 그만이지 간부회의와 여러 선생님들의 자유 의사를 거쳐 결정된 일을 두고 유독 자기가 불쑥 나서서 책의 지은이인 나보고 감놔라 배놔라 할 필요가 무엇인가? 여섯 번이나 찬조금을 내고도 오히려 책 출판을 축하한다고 격려의 말을 잊지 않는데, 같은 국어과로 그것도 근 10년 같은 솥 밥을 먹어 왔으면서 돈 2천 원을 안 뺏기기 위해 책을 돌려준다는 그런 몰인정이 어디 있단 말인가? 나는 속으로 야속하기 그지없었다. 해병정신으로 들이 받을 수도 있다.

그러나 치미는 분노를 참고 김 선생의 충고에 감사하다고 말하고 일은 동상 앞을 내려 왔을 때 교도실 선생님들이 창밖으로 우리 일을 다 지켜보았던지 수필집 때문에 말하더냐고 했다. 그렇다고 했다. 이익을 남기려는 문제집이나 참고서도 아니고 자기의 피와 땀을 담은 창작집을 동료들이 읽어 달라고 기증하고 또 고맙다고 얼마든지 격려하는 일은 아름다운 일이 아니냐? 이런 일은 몇 번이 되어도 아름다운 일이 아니냐?고 나를 격려하고 위로해 주는 한 선배 선생님 말씀이 큰 위로가 되었다.

나는 박 교감선생님에게 김 선생 말을 잘 들었으며 그런 소리까지 들어가며 찬조금을 받고 싶지 않으니 잘 처리해 달라고 상의드렸다. 알았으니 당신에게 맡겨 달라고 하셨다. 어느 사회든 반대하는 사람이 있기 마련이라고도 했다. 김 선생을 동조하는 몇 사람이 있는 것 같다고 했다. 나는 교감선생님께 폐를 끼쳐 죄송하다고 했다. 교감선생님은 너무 상심말라고 내게 위안을 주셨다. 중학교 석 교장선생님께 김 선생에게 그런 가슴 아픈 소릴 들었기 때문에 중학교 교직원에게도 수필집 찬조금을 안 받겠다고 했다. 자상하시고 인자하신 석 교장 선생님은 같은 국어과 교사로서 김 선생이 앞장 서 책을 팔아라도 줄 만한 처지인데 오히려 '강매'라는 심한 말을 했으니 너무 심한 말을 했다면서 상심을 하지 말라고 위로해 주셨다. 중학교에서는 누구도 반대하는 사람이 없으며 오히려 기쁘게 격려하고 있으니 조금도 개의하지 말고 더욱 좋은 글을 쓰라고 격려해 주셨다.

《무엇을 심고 살까》 수필집은 전국 교직자에게 다 읽히고 싶은 수필집이라 하면서 수필집에 담긴 교육사상이 얼마나 감동적이냐고 송구스럽게 칭찬해 주신 것이다. 수필집에 담긴 그 정신적 자산이 얼마나 큰 것이냐고 하시면서 석 교장선생님은 나의 수필집을 높이 평가해 주셨다.

또, 고교 김 교장선생님도 금일봉을 주시면서 나의 수필집 발간에 대해 따뜻한 격려를 해 주신 바 있다. 그러나 말은 안 해도 나의 수필집을 찬조라는 이름으로 2천 원에 사는 일이 싫은 선생님들도 더러는 있을 것으로 생각도 된다. 그렇지만 직장 동료의 책이고 하니 울며 겨자먹기 식으로 말 없이 대세에 수긍한 것으로 볼 수 있다. 어쨌든 감사한 일이며 나는 내심 미안하기도 하다.

모 대학 교수는 어느 대학의 ㅇ교수 수필, 어느 대학의 ㄱ교수의 수필은 모두 철학적이거나 교훈을 의식해서 지적으로 꾸민 수필이겠지만 오 선생 수필은 거짓없이 소박하게 쓴 수필로 재미있고 더 좋은 감동을 많이 받았다고 한다. 특히 '당신도 선생이오'하는 이 수필이 가슴을 뜨끔하게 만들었다고 어떤 회식석상에서 나의 수필집 독후감을 말해 주신 것이다.

지난 봄에 소풍을 갔다 오는 차 중에서 어느 학생은 '선생님 수필집을 읽고 다시 한번 존경하게 되었습니다.' 하면서 나를 보고 웃었다. 내가 존경 받을 만한 스승인가? 다시 한번 나를 돌이켜 보았다. 더욱 학생들을 잘 가르쳐야 하겠다는 생각이 들었다. 이들이 송골 제자로서 참삶, 뼈삶, 빛삶의 인물이 되어야 한다고 생각했다. 대부분은 솔직한 내용에 좋은 느낌을 받았다고 호의적 반응을 받았다. 몇 년 전부터 수필집으로 엮으려고 애쓰다가 하나님의 은혜로 햇빛을 본 수필집이 그래도 반응이 그렇게 나쁘지 않았다는 생각에 다소 안도의 위안이 되기도 했다.

그런데 같은 동료 교사인 김 선생이 책을 돌려주며 읽을 가치도 없다는 비판을 한 일이나, 기증한 일을 강매로 표현한 폭언, 돈 2천 원을 안 뺏기기 위해 책을 돌려준다는 말은 가슴 찢는 말이었다. 김 선생은 고교 80명 교사들 가운데 자기 하나만 빼고 돈을 다 냈기 때문에 자기만 병신되었다고, 또 용기를 내서 어려운 충고를 내게 했는데 안 들어 주었다고 내게 계속 도전적이었다. 내가 먼저 청해 바둑도 둬 주고, 사이다도 사는 등 호의로 접근을 보였으나 그의 가슴에는 나를 우습게 보는 감정이 늘 도사리고 있었다.

지난 해 여름, 기말고사를 보는 중에 국어과 선배 교사와 과학과 후배 교사 간에 큰 언쟁이 있었다. 하여 김 선생 보고 우리 함께 화해시켜 보자고 제안했더니 그는 그 문제에 동조할 수 없다고 거절하고 국어과 선배 교사가 먼저 와 사과해야 할 것이라고 했다. 그리곤 오히려 나한테 화살을 돌리며 '당신 요즘 내 맘에 안 들어!'하며 시비를 걸어 왔다. 목구멍에 화가 확 치미는 것을 꿀꺽 참고 왜 그러느냐 했더니 왜 선생들 돈을 봉급에서 2천 원씩 뜯어 갔느냐고 했다. 그리고 그의 폭언이 쏟아졌다. 당신 돈 2천 원은 가져 간 일이 없지 않느냐? 또 선생님들이 자기 돈을 뜯어 갔다고 누가 생각하느냐? 하고 우리가 서로 인간을 알아야 하니 더 사귀어 보자고 말하고 나는 싸움을 피해 교도실로 와 버렸다. 그 광경을 본 국어과 선배 교사인 이 선생님이 어느 날 식당에서 왜 김 선생이 왜 큰소리 쳤느냐고 했다. 나의 수필집을 내게 돌려준 그가 수필집 강매했다고 틈 있는 대로 시비를 걸어 온다고 했더니 기가 찬듯 누가 강매했느냐? 오히려 오 선생을 더 도와주지 못해 안타깝지 않느냐? 그것 뭐 그렇게 출판비에 도움이 되는 것이냐면서 나를 위로하고 김 선생의 폭언에 놀라는 빛을 감추지 못했다. 그 사람도 나이 50이 되어 가면 교만한 태도가 달라져야 할 것이라 했다.

그 김 선생은 그 외에도 내게 시비를 자주 걸어 왔다. 글을 남기고, 책을 남기는 일은 부질없다는 등, 기독교 신자들에게 많이 당했다는 등, 자기를 사귀려면 자기에게 접근하라는 등의 소릴 교도실 내 책상 앞으로 와 지껄이었다. 선한 말로 대답해 주고 그가 걸고 있는 마귀의 시험을 물리쳤다.

가을 어느날, 나는 그를 만날 필요가 있어 학교 근처 다방에서 만난 일이 있다. 그는 대뜸 나 보고 학교 일이 주된 일이냐? 학교 밖 일이 주된 일이냐? 고 따졌고, 왜 작가연하느냐? 학교에서 왜 교재연구 않고 원고 쓰느냐? 하며 건방진 간섭을 했다. 이 건방진 김 선생은 출판사를 하다 망해서 전수학교 교사로 갔다는 말도 있고, 자기 대학 모교 동문회 신문 기자생활을 하기도 했다고 한다. 동남아 순회한 일을 자랑 삼아 말하고, 천도교에 대해 조예 깊은 것을 말하고, ㄱ교육대학원에서 종교교육전공을 했다면서 그가 공고 고교생 때 교회에서 회계일을 맡아 보았다는 경력까지 들춰내며 지금은 까맣게 하나님을 버리고 오직 비판의 화살만 모질게 쏘고 있는 것이다. 그는 그가 속한 고3학년 담임 모임이나 그밖의 선생들 모인 자리에서 나의 종교, 나의 한글 전용, 나의 문학, 나라는 인간까지 독설로 비판했다는 소릴 간접으로 들었다. 학생들에게 나의 수업내용도 물어가며 내 생활 전반에 관해 수사관처럼 조사해 나의 허점을 찾아 공격의 화살을 직접, 간접으로 쏜 것이다.

자기는 마치 예수님이나 석가인 양 군림하는 자세로 자기가 가장 모범적이고 100점짜리 교사인 것처럼 여러 사람과 싸우기도 하며 교무실에서 큰소릴 냈다. 박 교감선생님은 그가 책임감은 있다고 말하고, 자기를 추켜올려주면 잘 협조한다고 했다. 지금 고3학년 주임이 그를 고3 담임모임의 총무를 만들어 그의 성격을 잘 이용하고 있다는 말도 했다. 이 고3학년 주임은 내가 타교에 있을 때 함께 근무하면서 사귄 동료 교사로, 신의와 박력이 있고 학교 일에 충성하는 사람이어서 내가 근무하는 학교에 소개했었다. 고3 담임을 오래하고 지금 학년주임이라는 간부가 된 것이다. 이 고3 학년주임이 김 선생의 나에 대한 비판이 80%는 맞다고 말해 나를 실망시켰다. 한 20년 사귀어 오는 그 ㄱ 선생이 그런 소릴 할 줄은 몰랐다.

사람은 길게 겪어 봐야 한다. 그 교만한 김 선생에게 아부하느라 그러는지 몰라도 내 마음은 몹시 섭섭하였다. 까닭없이 내 일에 간섭하고, 시비 걸고, 걸고 넘어지려는 김 선생을 두둔하면서 나를 독선적, 이기적이라고 말하는 고3 학년주임 ㄱ 선생에게 나는 큰 실망을 느꼈다.

나는 중·고 교감, 교장선생님에게 늘 훌륭한 일꾼으로 그를 추천해 왔다. 또 사실 그는 표창도 서너 번 받을 만큼 학교 일에 헌신적인 것은 사실이었다. 그러나 역시 ㄱ 선생도 가슴에 하나님이 없기 때문에 기독교인을 비방하는데 남에게 지지 않았다. 김 선생하고는 같은 평안도 출신이라 통하는 모양이었다. 사람은 변한다는 진리를 알 수 있었다. 그 ㄱ 선생은 내가 변질되었다고 했다. 무엇이 어떻게 변질되었는지 모르나 ㄱ 선생 자신이야말로 독선적, 이기적인 사람으로 비판이 많은 사람이다.

누구도 믿을 사람이 없다. 안 믿는 사람의 신의란 그런가 생각하고 나는 나를 괴롭게 구는 김 선생이나 학년주임 ㄱ 선생을 오히려 미워하기보다 교회에 나가 하나님을 아는 사람, 하나님을 두려워 하는 사람이 되어 달라고 기도했다. 또 미워하지 않게 해 달라고 기도했다.

1986년에 가장 내 가슴을 깊이 찢어 놓은 사람이 김 선생이다. 심장병까지 생길 뻔했다. 김 선생은 돈에 민감했고, 계산도 빨랐다. 대화를 들어보면 증권 관계, 은행 관계를 잘 알았고, 학교에서 무슨 공금으로 100만 원 정도가 부족하다고 하니 자기가 꾸어 줄 수 있다고 했다. 언젠가 난로 변에서 자기는 저축을 하며 산다고 했다. 누구 말을 들으면 천안에 땅 판 돈이 예금되어 있다는 말도 있다. 가진 자라고 설치는지, 나보다 모든 것이 후배인 그가 나를 이기기 위해 나를 두고 10년 간이나 연구했다는 말을 했다. 또 다른 교사들의 허점도 찾으려 늘 신경을 쓰는 사람이라는 말도 들었다. 내게 늘 시퍼런 칼로 보이지 않게 찔러오는 사람으로 느껴졌다. 김 선생이 공연히 나를 암암리에 도전 대상으로 만들어 놓고 꾸준히 나를 공격해 온 모양인데 하나도 겁날 것 없고 또 크게 관심 쓸 것도 없다. 나는 나 이상도 나 이하도 아닐 뿐 아니라 나는 하나님 가까이 살려고 노력하고 있다. 김 선생이 교회에 나가 내 부족한 믿음보다 앞서 가는 사람이 되면 좋겠다.

성경은 원수도 사랑하라 했으니 나를 괴롭히고 핍박하는 한이 있어도 나는 참고 이기며 나의 최선을 다하여 주님께 영광 돌리는 일을 해야 한다. 김 선생을 채찍으로 들어 하나님께서 나를 치신 것이다. 그 매는 지금도 아물지 않고 아프다. 아마 길이 갈 것이다. 내가 얼마나 독선적인가? 얼마나 이기적인가? 깊이 회개하고 반성해 봐야 한다. 《무엇을 심고 살까?》 수필집을 펴내고 가장 먼저 내 가슴에 심긴 것은 고통의 칼이 아니던가?

지금도 그 칼은 심장을 자꾸 찌르고 있다. 내가 너무 명예의 노예로 혹 타락하지나 않는가 두렵게 회개하고 있다. 믿는 자가 믿는 자의 길로 가지 않을 때는 늘 하나님의 채찍이 있음을 명심해야 한다. 생활에서 길이 아니면 가지를 말고 말이 아니면 듣지 말라는 말도 늘 명심해야 할 것이다.

내가 수필집에 사람의 이름을 몇 군데 언급해서 쓴 글이 몇 편 있는데 그 이름들에 누가 되지 않기를 기도하고 있다. 오직 진실하고 솔직한 글을 쓰느라고 직설적 표현을 했던 것이다.

이 부족한 수필집에 출판기념회까지 열어 준 우리 열두얼회에 가슴 깊이 감사를 드리며, 열두얼회 회원으로서의 영광을 주시고, 늘 열두얼회 회원들의 사랑을 받게 해 주시는 하나님께 눈물로 감사를 드리지 않을 수 없다.

출판기념회 때 미국에서 오신 김점순 집사님과 그 아들 정석원 군을 만나게 되어 정말 벅찬 기쁨을 느꼈다. 존경하는 정만수 얼을 뵌 것이나 다름없이 반가왔다.

공산권 선교에 열열한 횃불이신 임경섭 장로님, 늘 뜨거운 기도로 양들에게 꼴 먹이는데 열심인 강선영 목사님, 진해에서 내외분이 오셔 나를 축하해 주신 허귀송 얼, 내게 늘 물심양면으로 큰 사랑을 베풀어 주시는 박주봉 장로님, 내 일을 잘 도와주시는 임문혁 장로님, 열두얼회 총무로 동서남북을 뛰며 일 잘하시는 헌신적인 이이형 장로님, 늘 내게 뜨겁게 봉사적으로 도와주는 김효중 얼, 그밖에 안철수 얼, 이영위 얼, 박수영 얼, 이승덕 얼, 채명헌 얼, 빈틈없이 열열히 전도하며 봉사적인 정상 얼, 김성수

얼, 송창영 얼 등 모두에게 감사를 드려 마지않는다.

또 날 낳아 잘 길러 주시고 밑거름이 되어 주시며 기도해 주시는 우리 어머님, 그리고 늘 남편에게 뜨거운 기도로 봉사하며 어려운 살림 잘 꾸려가는 아내 안송희 집사님, 학교에서 나를 잘 도와 주는 정석산 선생의 고마움도 잊을 수 없다.

우리 화성교회 장경재 목사님을 비롯해서 여러 장로님, 권사님, 집사님들 모두에게 감사하며 신복윤 목사님, 허웅 박사님 다 감사한 은혜를 잊을 수 없다.

바쁜 시간에 6월 14일 그 황금 토요시간에 나의 출판기념회에 오신 모든 손님들에게 뜨거운 감사를 드린다.

예수님 때문에 학교 김 선생의 그 날카로운 채찍을 달게 받고 오늘의 살얼음 세상을 걸어가는 나는 더욱 거짓없이 바르게 살아가야 한다. 수필집으로 영광보다는 아픔이 더 깊은 내게 하나님은 그 상처를 어루만지듯 생각해 본 일도 없는 제2회 기독교문학상이 1987년 1월 16일 한국기독교문인협회로부터 주어져 하나님께 더욱 감사드리며 어떤 고통도 참아 이기며 전도에 힘쓰고 담대히 십자가 앞세우고 앞으로 나아갈 각오를 해야 하겠다.

나는 나를 핍박하는 자를 위해 더욱 기도하며 누가 바보라 해도, 어리석다 해도, 나는 오직 주의 길로만 나아가며 열두얼회 회원의 긍지를 잃지 않겠다. 그리고 오직 십자가를 바라보며 하늘나라 시민권을 갖는 인간이 되도록 믿음 더욱 뜨거운 인간되기에 최선을 다하며 예수님 때문에 날로 변화되어 가는 사람이 되어야 하겠다.

《믿음을 심는 사람들》 제14집. 1988. 3. 12

루마니아를 다녀 와서

아사야 41장 10절 말씀으로 위로 받으며 어려워도 선교 잘하라고 늘 당부했던 오혜림 선교사의 선교지인 루마니아는 꼭 한번 가고 싶은 나라였다. 기도해 오던 끝에 지난 2월 19일, 아내와 함께 네덜란드 비행기인 866번의 케이엘엠KLM을 타고 암스텔담으로 11시간을 날아갔다. 거기 아이비스IBIS호텔에서 일박한 우리 부부는 다음 날 10시 25분, 다시 317번 케이엘엠을 타고 3시간만에 드디어 루마니아 브카레스트 공항에 닿았다. 사랑하는 딸 오혜림 선교사가 기다리고 있었다. 무척 반가웠다. 아내와 딸은 벌써 얼싸안고 눈시울을 적시고 있었다.

루마니아 청년 빅토르가 운전하는 독일제 중고 벤츠를 타고 돌아 본 루마니아 수도 브카레스트는 많이 낙후되어 보였다. 건물도 낡았고, 다니는 전차와 버스도 다 낡았다. 사람들은 거의 방한모에 겨울 잠바를 입었고, 여자들은 치마를 많이 입고 있었다. 공산 치하에서 얼마나 많이 시달렸을까 하는 안타까운 느낌이 들었다. 거리의 건물은 다정하게 붙어 있었고, 마차도 달리고, 개도 자주 눈에 띄었다. 그러나 십자가가 서 있는 교회는 보이지 않았다.

브카레스트에서 딸이 선교하는 선교지 갈라티까지는 4시간 걸렸다. 오면서 본 차창 밖의 들판은 넓고, 기름지고, 아름다워 보였다. 오엠OM의 자매숙소로 가 우리 부부는 여독을 풀었다.

한국과 7시간의 시차가 있는 갈라티의 새날이 밝았다. 혜림 선교사 아파트로 갔다. 갈라티호텔이 있는 근처의 낡은 아파트였다. 그 집 주인의 딸인 아우그스타(23세)가 나와 서툰 영어로 인사를 나누었다. 한국에서 전화하면 자주 전화를 받아주던 여대생 아가씨다. 아직 교회를 안 나가므로 교회에 나가라고 전도했다. 오혜림 선교사가 지도하는 오하나(9세)라는 예쁜 여자 어린아이도 있었다. 오혜림 선교사를 무척 따르고 좋아한다고 했다.

아파트를 나와 길가 희랍정교회에 들어갔다. 교회 입구에 산 사람과 죽은 사람을 위해 불을 켜는 곳이 있었다. 손가락 하나 길이의 촛불을 켜고 들어가 기도한다.

교회 안에 할머니 시체가 한 구 놓여 있다. 사람이 죽으면 교회에 시체를 갖다 두고 장례를 지낸다고 했다. 미신적인 종교행위임에 틀림이 없었다. 그러나 이들이 오히려 기독교를 이단시하는 모순이 루마니아에 있다. 빨리 선교해야 한다. 희랍정교회가 90%를 넘게 차지하고 있는 현실이 참 안타깝다.

갈라티 오엠선교팀은 남자 2명, 여자 5명 모두 7명으로 구성되어 있다. 그 리더는 죤(네델란드인)이며 성경 인도자는 레이(영국인)였다. 영국 여선교사 빌랍과 세라가 있고, 오혜림 선교사, 그리고 부산대학을 졸업하고 온 서경진 선교사, 대구 효성여대를 졸업하고 온 조유진 선교사 등 한국인 선교사 셋이었다. 서경진, 조유진 두 선교사는 지금 루마니아 가정에서 두 달째 루마니아어를 배우고 있었다.

토요일밤은 오엠사무소에서 청년들의 성경공부가 있었다. 오후 6시 반쯤 찾아가니 벌써 성경공부가 진행되어 레이 미국인 선교사가 읽혀가며 루마니아말로 된 성경을 잘 가르치고 있었다. 가끔 존 리더가 보충하는 모습도 보였다. 어느 청년이 나보고 중국인이냐고 묻기도 했다.

그곳을 나와 코르넬시아 교인 집을 방문했다. 정답게 맞아주며 차를 끓여준다. 47세에 남편을 공산치하에서 잃고 두 아들과 고생하면서 살아 왔다고 한다. 큰아들이 세례받고 장가들어 브카레스트에 따로 살고 있으며, 미혼인 작은아들은 회사원이라고 했다.

밤 10시경, 작은아들 카시안이 왔다. 훤칠한 키에 잘 생긴 얼굴을 가지고 있었다. 영어도 아주 잘 했다. 혜림이를 보고 '공주 혜림'이라 부르면서 나보고 참 훌륭한 딸을 두었다고 했다. 코르넬시아도 그런 말을 했다. 루마니아 사람들에게 오혜림 선교사는 존경을 받고 있음을 알 수 있었다. 지난 해 겨울 크리스마스 때, 연극의 한 배역인 공주역을 맡아 주었더니 그 후로 공주 혜림으로 자주 부른다고 했다.

2월 23일, 루마니아 침례교회를 가 보았다. 만나는 사람마다 "바헤!(평안) 바헤!"하며 인사를 한다. 초면인데도 모두 반갑게 인사한다.

앞자리에 가 앉으니 성경공부하시던 오비기쩌 목사님이 나를 소개하고 인사를 하게 한다. 만나서 반갑다는 짧은 인사말을 했다.

오전 9시부터 시작하는 예배의 순서는 1시간은 기도회, 1시간은 성경공부, 1시간은 예배로 모두 3시간이나 걸린다. 오후 예배는 5

시부터 시작하여 먼저 독창, 중창, 합창, 연주, 시낭독, 성경구절 암송하기 등 특순이 있고, 설교가 있다.

우리는 한국 선교사와 함께 492장을 특송하고 나의 시 〈루마니아의 봄〉을 먼저 오혜림 선교사가 루마니아말로 낭독하고, 내가 우리말로 우렁차게 낭독했다. 루마니아를 긍정적으로 찬양해 주어 모두 기뻐했다. 청년 중 한 사람이 사사기 7장1-7절을 인용, 설교하는 목사님은 계시록 20:8을 인용, 설교했다. 은혜로웠다.

오혜림 선교사가 어린이들을 모아 선교했던 집을 찾아갔다. 귀여운 어린이들이 사슴이 그려진 그림을 보며 규시, 모니카 두 여선생, 그리고 코즈미나 남선생과 노래하며 성경공부를 하고 있었다. 오혜림 선교사가 루마니아 교인들에게 가르치도록 해준 어린이들이다. 모두 귀엽게 혜림, 혜림하며 따른다. 11명쯤 어린이들이 모여 기쁘게 신앙생활을 하는 모습을 보여 주었다.

초대받은 스탄네드쿠 씨 집은 혜림 선교사에게 루마니아어를 가르쳐 준 집으로 루마니아 전통음식으로 우릴 기쁘게 맞아 주었고, 루마니아 말을 잘 하는 오혜림 선교사를 루마니아 청년에게 시집 보내지 않겠느냐고 했다. 우린 그럴 수 없다고 했다. 딸 하나와 셋이 연금으로 사는 집이었다.

철도청 강당을 빌려 열린 청년전도집회에 참석했다. 월요일 밤 6시에 열린 이 전도집회는 음악 중심의 전도집회로, 연극도 있고 목사님 설교도 있었다. 많은 청년들이 강당을 메꾸었다. 월요일밤 안송회 권사님은 갈라티 시장에 가서 찬거리를 좀 준비하고 밥을 지어 뷔페형식으로 오엠선교사들과 이웃 아주머니들을 초청해 저녁대접을 했다. 모두 기쁘게 먹었다. 한국 음식에 큰 관심도 가졌다. 그중에도 미국인 레이가 제일 많이 먹었다.

갈라티에 있는 오엠 선교사들을 행정적으로 뒷받침하는 영국인 선교사 부부가 브라소브에 살고 있었다. 어느 교인의 봉고차를 타고 5-6시간을 달려 우선 프레디알 관광지에 2박을 하며 페레스 궁전을 둘러보고 그 건축양식의 웅장함과 서구 궁전의 기묘한 모습을 보았고, 근처 어느 수도원을 찾아보고 희랍정교회의 장식된 내부도 살펴 보았다. 그러나 어디에도 활기와 생명력은 보이지 않았다. 곳곳에 교회가 많이 서 있다면 얼마나 좋을까 생각해 보았다.

기차를 타고 프레디알에서 브라소브에 가니 영국인 남편 폴과 아내 일레인 부부가 차로 마중을 나와 있었다. 얼마 후, 갈라티에서 기차를 타고 온 서경진, 조유진, 세라 등 세 여선교사까지 합류하였다.

먼저 우리는 브라소브 시외에 있는 드라큘라성을 둘러보았다. 드라큘라라는 흡혈귀가 연상이 돼서인지 음산하게 느껴졌으나, 이 집은 오래된 루마니아 문화재로 많은 관광객이 둘러보고 있었다. 러시아 사람들 약 20여 명이 와서 드라큘라집을 둘러보고 간다. 그곳 바란 사람들이 약 3백 년 전에 이 집을 지은 것으로 기록에 보인다.

폴 부부가 기다리는 그의 아파트로 찾아가니 빵, 과일, 우유, 달걀 등으로 저녁 준비를 해서 우릴 대접한다. 나보고 한국말로 기도하게 해서 나는 여기로 오게 된 기쁨과 루마니아의 복음화에 대해 기도했다. 폴 부부는 각각 배우자를 암으로 잃고 성경공부 하는 모임에서 만나 재혼한 부부로 둘이 합친 자식이 모두 5남매라 했다. 결혼한 지 11년이 되었는데 일생 선교를 하며 살아갈 것이라 했다.

라소브에 있는 오래된 루터란교회의 시설을 살펴 보았다. 약 700명 정도의 인원이 정도의 인원이 앉을 의자가 놓여 있는데 시설이 낡아 교회의 오랜 전통을 말하고 있었다. 사람 많은 거리에서 청년들이 루마니아말로 전도하는 모습도 보였다. 미신과 우상숭배가 많은 루마니아이지만 순수한 신앙인도 0.3%는 있으므로 루마니아의 신앙은 앞으로 푸른 봄을 맞아 성령의 열매를 거둘 것으로 생각되었다.

6시에 갈리티로 오는데, 열차 안에서 오혜림 선교사가 별만 반짝이는 기차 창밖 어느 지점을 손으로 가리키며 전에 기차를 잘못 타서 고생한 곳이라고 했다.

3월 2일 주일엔 작은 다른 교회로 가 보았다. '크레슈틴스퍼에반겔리이'교회였다. 조그만 예배당에 남녀가 가득 앉아 경건하게 예배를 드리고 있었다. 성경공부 중에 갔으나 우릴 도중에 소개하고 시도 읽을 기회를 주어, 나는 〈루마니아의 봄〉 자작시를 큰소리로 낭독하기 시작했다. 두 사람이 나와 차례로 빌립보 1장 1절~20절을 인용해 설교하고 또 한사람은 요한계시록 22장 17절을 인용하여 설교했다. 예배가 끝나니 "바헤! 바헤!" 하며 반가이 인사를 한다.

갈리티 침례교회의 장로로 있는 라듀RADU 교인집에 초대를 받았다. 안송희 권사와 딸과 함께 찾아갔다. 라듀 부인이 우리를 반갑게 맞는다. 마나게 되어 만나게 되어 대단히 기쁘고, 오신 것을 환영한다면서 말이 안 통해 유감이라고 딸을 통해 말했다. 교회에 다녀 온 라듀 장로도 우릴 반갑게 맞았다. 정성 들여 차린 점심식탁에 오늘의 주인공은 초대된 나라고 하면서 굳이 식탁의 상석에 나를 앉힌다. 극구 사양하다가 나는 권하는 자리에 앉아 그들의 전통 음식을 차례로 대접 받았다. 특히 '사르말래'라는 만두형 음식이 맛이 좋고 별미였다. 오혜림 선교사는 음식도 제대로 못 먹고 부지런히 통역했다.

이 집의 사위 티티와 딸 미하엘라의 집에 오혜림 선교사가 처음으로 3개월 간 기숙하면서 루마니아말을 배웠기에 이들과는 특별히 친했다. 티티 부부의 자녀인 빌립, 오하나 자매는 다 귀엽게 잘 생겼다.

라듀 장로는 아직 하나님을 영접 못한 아내가 올해 교회에 나가는 것이 가장 큰 기도 제목이라 하면서 한국의 교회 형편을 소상하게 질문했다. 특히 몸과 영혼의 이분설과 삼분설에 대해 질문하면서 한국에서는 성경공부를 어떻게 하느냐고 물었다. 그리고 한국 노동자의 데모행위, 또 대학생들의 통일을 부르짖는 데모행위는 어떻게 된 것이냐고 관심 있게 물었다. 나는 한국은 신앙이 크게 부흥하고, 늘 기도하고 있으며, 노동자나 대학생의 데모는 다소 과격해보이지만 사실은 한국의 민주주의를 말하는 한 표현도 된다고 응답해 주었다.

저녁예배 때에는 내 곁에 앉은 라듀 장로가 성경구절을 찾아주고 나를 눈치껏 도와 루마니아 말로 진행되는 예배에 적응하도록 협조해 주기도 했다. 그리고 기도를 할 때 울먹이며 진지한 태도를 보여주었다. 설교를 마친 목사님은 우릴 위해서도 기도해 주셨다. 나는 한국어로 작별의 인사를 했다.

오비기쩌 목사님은 한국은 기도가 많은 나라이니 루마니아와 함께 기도하자면서 로마서15:5 - 6을 한국교회에 보낸다고 했다.

우리가 선물한 넥타이를 당장 매고 온 라듀 장로도 정답게 그리고 섭섭한 마음으로 이별의 악수를 청해 왔다. 자기 이름을 '아리안'이라고 소개하면서 다가 온 사람은 자기는 루마니아 감옥에서 5년 간 옥살이를 하다가 예수님을 영접하고 새 사람이 되었다고 했다. 한국의 감옥 죄수들에게 히브리서 11:3-12말씀을 전한다고 했다. 그리고 나한테 자기가 만든 비누꽃을 선물했다. 고맙다고 말하고 오래 잘 간직하겠다고 했다.

이제 갓 선교사로 나온 서경진 아가씨가 기거하는 마리아나의 집에 가니 아파트가 깨끗했다. 아들 두 형제의 T셔츠에 〈VISIT KOREA 1994〉라고 써 있었는데 우리를 환영하는 표시였다. 남편은 미국 동생집에 가고 없었다.

차후세스크 공산정권 밑에서는 한국을 나쁘게 들어서 그렇게 생각했으나 88서울올림픽 개막식을 텔레비전으로 봤을 때 참 아름다운 나라라고 생각했다고 한다. 마리아나는 아직 교회를 안 나가는 남편이 큰 기도제목이라고 했다. 서경진 선교사에게 루마니아말을 잘 가르쳐 달라고 당부하고 차를 마신 우리는 집을 나왔다.

좀 잘 산다는 아오리커 씨는 직접 차를 가져와 우릴 태워 자기 집으로 안내했다. 아파트에 아내 누카와 함께 사는데 자식이 없고 조카딸을 양녀로 키워 시집보냈다고 했다. 누카 여인이 혜림 선교사를 자주 불러 식사 대접을 하고, 한번은 루마니아 돈으로 만레이를 준 일도 있다고 했다. 부부가 아주 정이 뜨겁고 대접이 융숭하다. 우리의 무사귀국을 위해 아침에 금식기도를 한 후 음식의 맛을 맞추었기 때문에 맛이 있을지 모르겠다고 하면서 많은 루마니아 음식으로 잘 대접해 주었다. 공산치하에 살 때 소련으로 자주 관광을 가서 소련에서 뭘 사먹으며 허기를 면했다고 한다. 루마니아의 좋은 것을 소련에 갖다줘서 루마니아는 상당히 삶이 어려웠었다고 했다. 하루에 빵 세 조각과 치즈 50g을 먹고 살았다고 했다. 그러나 이제는 좀 잘 살고 있다고 했다.

좀 못 산다는 집에도 심방을 가 보았다. 크리스티나, 마리아, 플라야, 세 딸이 교회에 잘 나오는 집에 갔더니 35세의 아우리카 여인은 2남3녀의 어머니로 돼지 키우는 일을 한다고 했다. 허름한 집에 빵을 주식으로 연명하며 살고 있었다. 두 딸은 우리가 가져간 운동화가 맞아서 퍽 기뻐했고, 어머니도 우리가 채워 준 시계를 처음 찬다면서 무척 기뻐했다.

무엇을 한지도 모르게 18일 간의 일정이 다 지나갔다.

루마니아는 우리 나라보다 30년 정도는 뒤떨어진 나라로 생각되었다. 1960년대 말이나 70년대 초 정도로 보였다. 40년간 차후세스크 공산치하에 시달린 40대 이후의 세대는 나이보다 더 늙어보였고, 고생한 흔적도 역력했다. 집시가 구걸을 하고, 루마니아인 중에도 구걸을 하는 사람이 많았다. 차는 고철이 구르는 것 같았고, 지나치게 많은 외제담배 광고가 눈살을 찌푸리게 만들었다. 사람들은 정이 많고 친절하였으나 희랍정교회에 젖은 신앙과 아직도 많은 우상숭배, 미신은 큰 문제거리들이었다.

우리 화성교회가 기도하며 파송한 오혜림 선교사는 오엠 여선교사들을 지도하며 하루도 쉴 날이 없이 전도하며 성경공부에 여념이 없었다. 영적으로 승리하고 성령의 열매를 많이 이루려고 무척 애쓰고 있었다. 오혜림 선교사가 하나님이 주신 사역을 잘 감당할 수 있도록 화성교회 교우들의 많은 기도를 부탁한다. 그리고 이웃에 살면서 앞으로 선교센터를 지어 선교를 하겠다는 장재선 김안나 씨를 위해서도 기도해 주시기를 바란다. 짧은 영어를 써 가며 18일 간 딸이 고생하고 있는 루마니아를 잘 다녀왔다. 하나님께 감사와 영광을 돌린다.

《화성가족》 제11호. 1997. 3. 30

제2부 : 애국·고향

그대는 나라를 사랑하는가

그대는 나라를 사랑하는가

　오늘날 정치, 경제, 문화, 사회 모든 면에서 나라는 너무도 어지럽고 불안하기 그지없다. 자칭 애국자는 많은데 진정 참된 애국자를 찾아보기 어렵다. 도대체 누구도 믿을 수가 없다. 곳곳에 거짓이 난무하고 곰팡이 꼴이 되고 있다. 그 때문에 우리 나라가 세계에서 부패지수가 굉장히 높은 나라로 타락을 보이는 것 같다. 참으로 부끄러운 일이 아닐 수 없다.

　우리가 일본에 의해 강제로 을사보호조약을 맺었던 지도 올해로 100년이 되고, 일제의 쇠사슬에서 풀려난 지도 어언 60주년을 맞게 된다.

　뼈저린 아픔과 수치가 앞선다.

　청일전쟁, 노일전쟁에서 승리를 거둔 일본은 자신감을 가지고 한국 침략의 마수를 휘젓기 시작했다. 1904년 2월, 우리의 을사오적의 하나인 이지용과 일본의 하야시로 하여금 내정 간섭과 군사 기지 확보를 주요 내용으로 하는 6개조의 한일의정서를 만들어 발표하고, 1904년 8월 우리의 윤치호와 일본의 하야시가 3개조의 제1차 한일협약을 맺어 일본은 고문 정치를 통해 우리의 재정과

90

외교권을 빼앗아 갔다. 보호 정치를 내세우며 을사오적의 하나인 박제순과 일본의 하야시 공사가 1905년 11월 을사보호조약(제2차 한일협약)을 맺었던 것이다. 이때부터 사실상 우리는 나라를 잃은 것이다. 그 때문에 민영환, 조병세 등이 비분강개하여 스스로 목숨을 끊지 않았던가.

차관 정치로 우리의 내정을 모두 장악하려는 일본의 이토와 매국노 이완용이 한일신협약(정미 7조약)을 맺었다. 또한 이완용은 사법권과 감옥 사무를 관정하는 기유각서(1909. 7), 경찰권을 장악하게 하는 경찰권 이양(1910. 6) 등에 매국 행위를 하고, 드디어 1910년 8월 29일 일본의 데라우찌와 합병조약에 도장을 찍어 조선총독부가 설치되었고, 우리는 35년간 일제의 압박과 설움을 받게 된 것이다. 가증스럽고 통탄해 마지않을 일이었다.

한국을 식민 통치하기 위하여 1895년 미우라 공사를 앞세워 경복궁의 민 황후를 살해하고 시신을 불태운 을미사변을 일으킨 악랄한 일본은 힘 없는 왕실을 위협하고 친일 매국노들을 이용하여 각본대로 우리 나라에 지울 수 없는 1910년 경술국치의 비극을 안겨 준 것이다. 한국의 의병이나 애국지사들의 저항에도 불구하고 한국을 삼킨 일본은 만주를 손에 넣고 그 침략의 야욕을 세계에 뻗치다가 원자탄 두 알의 하늘 심판을 받고 패망의 비극을 맞은 것이다.

우리의 조국 광복은 잠깐 기쁨을 맞은 채 나라는 두 동강이 나서 아직도 분단의 한을 안고 살아가고 있다. 미, 소, 중 3개국의 세력 판도에 춤추며 동족끼리 피비린내 나는 전쟁을 일으킨 6·25전쟁은 우리 천추의 비극이 아닐 수 없다. 이 우리의 불행 속

에도 도요타 자동차를 팔아 패망의 질고에서 일어선 일본은 아직
도 35년간 식민통치에 대한 반성도 없이 독도를 죽도라고 부르며
독도 침략의 선전포고를 꾸준히 보내고 있다. 일제 군국주의 망
상을 떠올리는 일본의 고이즈미 수상은 우리를 무시하며 예사로
동경 야스쿠니 신사에 참배하고 있다. 그런데도 우리 정부는 따
끔한 충고나 항의도 않는다. 새로 경찰청장 직무를 맡은 허 경찰
청장이 독도를 지키는 부하 경찰을 격려차 가려는데 외무부가 일
본을 자극한다고 못 가게 하는 이런 저자세나 굴욕이 그 얼마나
분통 터지게 하는 일인가?

 일제 시대 우리의 땅인 만주를 중국에 넘겨 준 일본은 우리 한
국을 영구 통치할 목적으로 우리 한반도 심장인 경북궁 앞에 조
선총독부를 1926년에 세워 내선일체에 박차를 가하며 우리 말과
글과 성도 빼앗아 가며 조선민족을 말살하려 했던 것이다. 이때
일제의 앞잡이가 되어 동족을 괴롭히며 호의호식했던 친일분자들
이 오늘의 애국자란 말인가?

 제헌국회가 친일파를 척결하기 위해 반민특위를 만들었으나 이
승만의 정권 야욕 때문에 해체되고, 민족 정기를 짓밟은 친일파
가 나라의 주도권을 쥐게 되어 나라의 정통성이 바로 서지 못하
고 나라의 혼란이 끊임없이 일어난 것이다. 매국노의 손자들이
할애비가 나라 팔아 사놓은 땅을 뻔뻔스럽게 법적으로 찾아먹겠
다는 오늘의 행위가 그 얼마나 한심한 일인가? 이승만 정부가 매
국노 재산을 나라에 귀속시키고 친일파 문제를 잘 처리했다면 오
늘날 아직도 나라의 실세로 있는 친일파 후손들의 저항을 받으며
과거사 진상 규명 문제로 이처럼 시끄러울 일도 없지 않겠는가?

미군정이 끝난 후 이은 우리 정치의 첫 단추가 잘못 채워진 까닭에 그 후유증이 오늘에 이르고 있는 것이다.

지금 우리의 동족인 북한이 핵무기를 가지고 있다고 세계에 선포하고 육자회담 참가도 거부하며 우리의 머리맡에서 불안을 안겨 주고 있다. 북한의 공산 체제가 싫어 탈북자는 날로 증가하고 있다. 김대중 대통령이 북한의 김정일을 얼싸안는 극적인 평화의 모습을 세계에 보여 주고 자랑스러운 노벨 평화상을 탔지만, 한반도의 민주 평화통일은 언제 올지 안타깝게도 감감해 보인다. 오히려 안보 불안만 커지고 있다. 그런데도 병역 기피자가 더 큰 소리를 치고, 젊은이가 군에 가는 병역의무를 기피하는 오늘, 누가 국방의 일선에서 총을 들겠는가? 이중 국적자가 나라의 요직에 앉아 한국인 행세를 하며 거짓을 밥먹듯 하고 있다.

노동자가 노동자를 착취하여 취직 장사를 하고 조합의 돈을 유용하는 거짓이 큰 실망을 안겨 주며, 고등학교 담임 선생이 특정 학부모의 아들 시험 답안지를 대리 작성해 주며 금품을 받는 행위나, 청소년들이 손전화로 입학 시험을 치루는 행위는 교육자의 책임도 크거니와, 오늘의 교육이 무질서하게 썩고 있는 일면이 아닐 수 없다. 이런 교육에 어찌 나라의 미래를 바라볼 수 있을까? 이미 학교 행정 책임자로 비리 때문에 물러난 자를 교육의 수장인 장관 자리에 앉히는 그런 인사 조치 또한 교육의 본질을 망각한 인사 행위가 아닐 수 없다.

어찌 비리가 합리가 되고, 불법이 합법이 될 수 있겠는가? 지금도 사학의 부조리는 끊임없이 속출하고 있다. 제발 껍데기는 다 물러가야 할 것이다.

우리 안보에 북한이 주는 불안 속에 중국은 고구려사를 왜곡하여 동북공정의 검은 음모를 꾸미고 있다. 한강 이북을 삼킬 침략 행위를 꿈꾸고 있다. 일본은 을사보호조약을 맺을 당시 한국에서 이권을 우선해 갖는 조건으로 만주는 중국에 넘겨주면서 독도는 죽도로 이름을 고치고 일본 땅으로 만든 것이다. 가증스런 행위가 아닐 수 없다. 〈삼국사기〉에 의해 분명히 독도는 한국 땅인데, 일본이 자기네 영토라고 억지를 부리며 사실상 우리를 얕보고 선전포고를 하고 있는 것이다. 북한, 중국, 일본의 군사적 위협으로부터 나라가 위기를 맡고 있는 오늘, '그대는 정말 나라를 사랑하는가?' 묻고 싶다.

순국 애국자요, 교육자인 도산 안창호 선생은 사랑하는 학생들과 청년들에게 이렇게 말씀하셨다.

"그대는 나라를 사랑하는가? 그러면 먼저 그대가 건전한 인격이 되고, 백성의 질고疾苦를 어여삐 여기거든 그대가 먼저 의사가 되고, 의사까지는 못 되더라도 그대의 병부터 고쳐서 건전한 사람이 되고……"

우리는 도산의 이 말씀을 깊이 새겨듣지 않을 수 없다. 2005년 3월 10일로 순국 67주기를 맞는 도산이야말로 건전한 인격체로서 가슴 깊이 나라를 사랑한 애국자가 아닐 수 없다. 도산 안창호 선생이 지은 애국가를 무슨 행사 때마다 예사로 생략하고 있다. 시간이 없어 안 부른다는 구실로 애국가를 무시하고 있다. 애국가를 무시하며 나라를 사랑한다고 할 수 있을까? 뜻깊은 일 절부터 사 절까지 다 잘 불러야 나라사랑하는 애국의 도리를 다하는 국민이 될 것이다.

나라를 사랑하려면 도산의 말씀대로 국가 민족관이 투철하고 언어 문자관도 철저하여 지식인, 교양인으로서 건전한 인격자가 되어야 할 것이다. 그리고 나라를 사랑하지 않는 비애국의 병균이 뭔지 발견하여 자신의 병부터 고치는 의사가 되어야 할 것이다.

을사보호조약 100년, 광복 60주년을 맞이하여 자주, 민주, 문화의 한글정신으로 뼈대 있는 나라, 거짓이 없는 나라, 잘 사는 나라, 힘이 센 나라, 세계 으뜸 나라를 이루어 가야 한다. 나만 사랑할 것이 아니라, 나라를 사랑해야 한다. 광복 60주년을 맞으면서 한글로 된 광화문 현판을 한자현판으로 바꾸는 일은 나라사랑의 일이 아니다. 한글 시대의 반역사적, 반시대적 행위가 되기 때문이다. 속히 한글날도 국경일로 만들고 한글사랑, 나라사랑의 자주 독립국가를 이루어야 한다.

남북 칠천만 겨레의 염원인 조국 통일도 이루고, 우리가 세계를 다스리고도 남을 큰 힘을 길러야 한다. 우리 힘으로 우리를 넘보는 그 어떤 오랑캐도 다 물리쳐야 할 것이다. 우리는 저마다 맡은 분야에서 정직하게, 성실하게 일하면서 '그대는 나라를 사랑하는가?'라는 도산의 질문에 '예, 사랑합니다.'하고 누구나 힘차고 분명한 대답을 할 수 있는 우리 모두가 되어야 할 것이다. 그래야 월드컵 축구 경기에서 보여 주었던 우리 한국의 미래가 참으로 환히 밝게 보일 것으로 믿는다.

애국가는 생략하는 노래인가

　요즘 흔한 노래방에 가서 유행가는 즐겨 부르면서 우리 애국가는 일절마저도 부르기 싫어 생략해 버린다. 무슨 행사 때 시간이 없어 생략한다는 것이다. 핑계가 참 좋다. 무슨 단체장들의 그 너절한 인사말 5분만 줄이면 애국가 4절까지 다 부르고도 시간이 남는다.

　어떤 애국단체, 말글모임, 대학동문회, 대학 백일장, 문학단체, 학교 애국조회 등에서 아예 애국가를 생략해 버리는 추세가 바로 인색하고 각박한 요즘 세태이다.

　애국가는 생략해도 좋은 노래인가?

　지식인들이여! 교양인들이여! 생각해 보라. 우리 위정자들이 애국가 가사를 4절까지 알기나 하는지 모르겠다. 그저 말만 번질번질하게 애국, 애국 뇌까리고 정작 애국가를 불러 보라면 일절을 넘지 못한다. 그 일절마저 생략하는 이기주의 사회이니 위정자나 국민이나 애국가에 대한 관심도 없는 것이다. 참으로 한심한 일이 아닐 수 없다. 나보다 나라를 더 사랑해야 할 텐데 애국가 4절 가사의 일부인 '나라 사랑하세'는 까맣게 잊어버린 채 열심히 모두 '나만 사랑하세'로 외치며 눈알이 시뻘겋게 다투며 살아가고 있는 현실이 바로 오늘인 것이다. 한심하기 그지없는 세태가 아닐 수 없다.

그 나라를 상징하는 국기, 국가, 국화는 똑바로 알고 있어야 할 게 아닌가? 우리 국기는 태극기로, 국가는 애국가를 대신해 부르고 있으며, 국화는 무궁화이다. 애국가는 바로 도산 안창호 작사의 노래로 이제 새천년을 맞은 오늘 국가로 지정해야 할 것이다. 1955년 국사편찬위원회에서 애국가 작사자가 미상으로 결론이 나자 정부는 더 이상 애국가 작사자를 규명하려 하지 않고 방치하고 있는 상태인 것이다. 정부는 애국가에 대하여 안창호 작사, 안익태 작곡으로 확정하여 학생들에게 가르치고 온 국민이 그렇게 알도록 해야 할 것이다. 애국가를 통하여 한글세대에게 애국애족 정신을 잘 가르쳐야 할 게 아닌가.

1992년 발행된 강원도 항일독립운동사(Ⅱ)를 보면 애국가(3)에 안창호 작사, 안익태 작곡으로 되어 있다. 또 애국가(2)는 윤치호 작사로 되어 있고, 애국가(1)은 노백진 작사, 선우유경 편곡으로 되어 있다. 광복회는 전 서울대 총장 장이욱 박사, 소설가인 춘원 이광수, 시인인 송아 주요한 등의 증거와 증언을 신뢰하고 오늘날 부르는 '동해물과 백두산이' 애국가는 도산 안창호가 작사자임을 밝혀 바로 인정한 것이다. 가문의 명예를 위해 친일파의 거두 좌옹 윤치호가 애국가 작사자라고 윤씨 집안에서 안간힘을 쓰고 있으나 민족에게 어록 한 마디 남김없이 변절 이후 일제 30년간 친일 일편 단심으로 살다 죽은 윤치호를 애국가 작사자라고 우겨 본들 누가 믿을 것인가. 결코 수긍될 수 없는 일이다.

파평 윤씨 집안에서 내세우는 임종 직전에 윤치호가 직접 썼다는 애국가 친필 가사지도 과학적인 필적 감정을 해봐야 한다. 보편적인 근거자료가 될 수 없다. 맞춤법, 글씨체에 이상을 보이며 의혹의 증언도 엇갈리고 있는 것이다. 1908년에 재판으로 나온 역술 찬미가 책 속에 15번째의 애국가가 어찌 윤치호 작이라 할 수 있는가? 독선 편파적으로 윤치호가 애국가 작사자라고 〈애국가 작사자 연구〉라는 저서를 낸 김연갑의 윤치호 작사설은 신빙성이나 타당성이 없다. 애국가를 지은이라면 일생의 삶이 애국가 정신을 보여 주어야 하지 않는가?

105인 사건에 연루되어 옥고를 치루고 전향을 전제로 1915년 2월 13일 풀려난 윤치호는 철저히 일제에 협력하면서 그의 일기에 일본이 동양의 낙원이라 말하고, 일제 말기 일본인 귀족 대열에 오른 것이다.

윤치호는 일제 30년간 친일행위 외에 한 일이 없다. 초기 105인 사건으로 옥고 5년을 치룬 애국활동은 높게 인정할 수 있으나 변절 친일로 얼룩진 그의 생애는 우리 한민족 앞에 큰 수치가 아닐 수 없다. 그런데 친일행위는 감추고 마치 애국행위를 한 것처럼 무조건 그의 생애를 미화하여 그가 애국가 작사자라는 윤씨 집안의 주장은 그만 두거나 삼가야 할 것이다.

오직 조국광복을 위해 독립투쟁을 하다 옥고를 두 번이나 치루고 끝내 순국한 도산 안창호의 생애야말로 애국가 작사자 다운 겨레의 존경받는 삶이 아닐 수 없다. 미국에서 흥사단을 조직하여 교포계몽을 하며 애국활동을 꾸준히 했고 상해 임시정부 내무총장으로 그 밖의 요직에 있으면서 행한 독립운동, 애국비밀단체인 신민회조직 활동 등을 보면 도산의 그 투철한 애국애족정신이 그대로 웅변적으로 증명되는 것이다. 자신이 지은 애국가를 평양 대성중학 학생들을 위시해서 상해임시정부요인들이 다 뜨거운 애국심으로 불렀고, 도산은 누구보다도 자신이 지은 애국가 보급에 앞장섰던 것이다. 이천만 동포가 빙그레 웃는 얼굴을 가지자고 말한 도산은 금싸라기 같은 어록을 많이 남겨 오늘날 우리의 교훈이 되고 있다. 도산의 한평생 독립투쟁의 삶과, 사상과, 인격을 보면 애국가는 도산 안창호가 지은 것이 틀림없다. 이제 정부의 그런 공식발표가 속히 이루어져야 할 것이다. 정부는 투철한 애국의식을 가지고 작사자에 대한 토론을 이제 지양하고 순국 애국자 도산 안창호가 애국가의 지은이임을 떳떳이 국민 앞에 발표해야 할 것이다. 그리하여 우리 남북 칠천만 한국겨레가 기쁘게 잘 불러야 할 것이다.

애국가 정신으로 굳게 뭉쳐 조국통일을 이루고, 대한민국을 온 세계에 빛내야 할 우리가 공식행사 때마다 예사로 애국가를 생략하면서 어떻게 나라의 발전을 바라 볼 수 있겠는가? 나라의 지도자부터 바른 국가 민족관을 가지고 솔선수범하여 애국가 4절까지 잘 부르는 일에 모범을 보여야 할 것이다. 우리가 애국가 정신대로만 살아간다면 우리의 염원인 남북통일도 앞당겨 올 것이며 나라도 온 세계에 힘세고 잘 사는 나라로 크게 발전해 갈 것이다.

한글 겨레여! 우리 애국가를 절대로 생략하지 말고 4절까지 다 같이 잘 부르자. 생략하는 어리석은 국민이 되지 말자.

《신문예》 2005. 11~12 합병호

시조 두 수와 애국가

　나는 옛 선비 중에 고려 충신 정몽주와 조선조 사육신의 한 사람인 성삼문을 존경하며 사랑한다. 그러므로 이 두 분의 시조도 사랑한다. 바로 정몽주의 〈단심가〉와 성삼문의 〈충의가〉인 것이다.

　이성계의 다섯째 아들인 이방원이 고려를 없애고 새로 조선조를 세우는데 걸림돌이 되는 정몽주를 제거하기 위하여 그의 마음을 떠보는 시조 〈하여가〉를 읊었다.

　　이런들 어떠하며 저런들 어떠하리
　　만수산 드렁칡이 얽혀진들 어떠하리
　　우리도 이같이 얽혀져 백년까지 누리리라

　현실 정치와 타협해 잘 살아보자는 이방원의 이와 같은 〈하여가〉 시조에 정몽주는 의연하게 자기 일편단심의 충성이 담긴 〈단심가〉 시조로 대답한 것이다.

　　이몸이 죽고죽어 일백 번 고쳐 죽어
　　백골이 진토되어 넋이라도 있고 없고
　　임향한 일편단심이야 가실 줄이 있으랴

　정몽주는 일백 번 고쳐 죽는 한이 있어도 이방원과 타협하는 변절은 있을 수 없다는 고려 사랑의 신념을 이방원에게 떳떳이 〈단심가〉로 보여 준 것이다. 이방원에게 자신의 신념과 신의를 밝히고 귀가하던 정몽주는 이방원의 심복인 조영규에게 개성 선죽교 다리 위에서 테러를 당해 암살된다. 아직도 선죽교 다리 위에는 충신 정몽주의 붉은 피가 비만 오면 흐른다는 말이 있다. 이와 같이 일편단심으로 나라와 겨레를 사랑한 정몽주의 애국사상은 우리가 오늘날 노래하는 애국가 3절의 가사에 잘 나타나 있다.

　　가을 하늘 공활한데 높고 구름 없이
　　밝은 달은 우리 가슴 일편단심일세
　　무궁화 삼천리 화려강산
　　대한사람 대한으로 길이 보전하세

　높고 넓고 구름 없는 그 푸른 가을 하늘에 떠 있는 밝은 달이 바로 우리 짚신겨레의 가슴이요, 일편단심임을 애국가 3절은 노래하고 있다. 이 애국가 3절에 가을 하늘의 밝은 달 같은 나라사랑의 일편단심과 그 나라를 위하여 순국정신을 발휘하자는 정몽주의 〈단심가〉 사상이 깊이 깔려 있는 것이다. 일제시대 순국한 애국자로 교육자인 도산 안창호 선생은 정몽주의 애국애족의 일편단심을 사랑하여 애국가 3절을 지은 것으로 생각된다.

고려 충신 정몽주의 순국정신을 이어 받은 사육신 성삼문은 세조가 보낸 내시가 읊은 〈하여가〉 앞에 다음과 같은 〈충의가〉로 대답한 것이다.

이몸이 죽어 가서 무엇이 될고 하니
봉래산 제일봉에 낙락장송 되었다가
백설이 만건곤 할제 독야청청 하리라

오늘의 용산 새남터에서 세조에게 능지처참형으로 죽은 성삼문은 낙락장송의 독야청청으로 자신의 신의와 애국사상을 잘 보여준 것이다. 말 잘하고 사람 좋고 학문도 깊은 선비 성삼문을 차마 죽이기 아까워 세조는 단금질로 심한 형벌까지 가하면서 마음을 자기에게로 돌이키려 했으나 그는 단종의 복위를 꾀하다가 끝내 죽음으로 단종 사랑의 독야청청을 드러낸 것이다.

흰눈이 천지에 펄펄 내려도 나 홀로만은 푸르고 푸르게 나라사랑의 한 마음으로 살아가겠다는 그 매섭고 질긴 성삼문의 사상과 신의는 만고불변의 거울이 아닐 수 없다. 성삼문은 자신의 끈질긴 기개와 신의의 의지를 불변의 소나무에 비유한 것이다. 삼신산의 하나인 금강산 제일 높은 봉우리에 우뚝 선 한 그루 소나무로 길이 푸르게 살아가겠다는 그 신념이야말로 그 얼마나 고귀하고 아름다운 사상인가?

성삼문은 세조가 '너는 왜 나를 배신했나?'라고 심문할 때 '하늘의 해도 하나요, 달도 하나요, 내 가슴의 임도 하나이기 때문이다.'라고 대답한 것이다. 성삼문의 임은 바로 단종이었다.

수양대군 숙부의 세력에 밀려 억지로 임금 자리를 내주고 왕위를 빼앗긴 그 단종을 세종이나 문종의 고명대로 잘 받드신 신의를 지키다가 성삼문은 잔인한 능지처참의 죽음을 맞은 것이다. 성삼문을 죽인 세조 자신도 성삼문의 그 매서운 지조가 불의의 자신에게는 역적이 될지라도 훗날에는 꼭 충신으로 명예회복이 될 것을 알고 있었다. 우리말과 글을 사랑하며 세종의 훈민정음 창제에도 크게 이바지한 성삼문은 독야청청의 선비로 순국정신을 보여준 충신인 것이다.

성삼문의 독야청청 지조와 순국정신은 애국가 제 2절에 잘 나타나 있다.

남산 위의 저 소나무 철갑을 두른 듯
바람 서리 불변함은 우리 기상일세

남산 위에 우뚝 서 있는 소나무의 푸른 기상이 우리 짚신 겨레의 정신이요, 모습임을 애국가 2절 가사가 잘 말해주고 있다. 애국가 가사를 지어 평양 대성중학교 학생들이 부르게 한 도산 안창호 선생은 성삼문의 낙락장송 정신, 독야청청 사상을 존중하고 흠모하여 우리 짚신나라, 한글겨레의 기상을 남산 위의 소나무에 비유한 것이다.

애국가 1절은 하나님 사랑의 사상, 2절은 소나무 사랑의 사상, 3절은 가을 하늘의 밝은 달 사랑의 사상, 4절은 2절의 소나무 기상과 3절의 밝은 달의 일편단심 사상을 나타낸 것이다.

장로교 신자인 도산 안창호 선생은 하나님이 보호하고 도우시는 금수강산 이 나라의 겨레는 불변의 소나무 기상과 가을 하늘의 밝은 달을 품는 일편단심으로 괴로우나 즐거우나 나라사랑하자고 애국가 가사를 손수 지은 것이다. 애국가를 지은이가 지금까지 미상으로 되어 있으나 도산 안창호 선생의 일관된 애국애족 사상을 살펴볼 때 애국가의 지은이는 누가 뭐래도 나는 도산 안창호 선생이 지었다고 주장하며 그런 확신을 갖는다. 나라도 이제 애국가의 지은이가 안창호임을 공식적으로 밝혀 애국가를 지은이가 윤치호 친일파라는 불행을 막아야 할 것이다.

정몽주의 〈단심가〉, 성삼문의 〈충의가〉, 두 수의 시조 사상이 담긴 애국가는 4절까지 다 불러서 우리 국민의 가슴에 일편단심, 독야청청의 순국정신과 투철한 애국애족 의식을 깊이 심어 주어야 할 것이다. 애국가 4절에 나오는 '괴로우나 즐거우나 나라 사랑하세'를 오늘날 극도의 이기주의자들은 '괴로우나 즐거우나 "나만" 사랑하세'로 부르고 있다.

애국가 4절까지의 가사도 모르는 얼간이 국민들도 많이 있다. 우리가 국민된 도리로서 하나님께서 한결같이 도우시는 대한민국을 위하여 월드컵 4강 신화 때 열화같은 애국심으로 불렀던 애국가를 그야말로 일편단심, 독야청청의 순국정신으로 부른다면 우리의 염원인 조국통일도 속히 이루어지고, 우리 짚신 나라도 세계 으뜸나라로 길이 발전해 갈 것으로 믿는다.

《건강과 생명》 2002. 12월호

의병활동의 시대 배경

　의병이란 정부의 명령이나 소집을 기다리지 않고 나라가 위기에 처해 있을 때 스스로 군인이 되어 조국 전선에 나가 싸운 민간 병사들을 말한다. 최초의 의병활동은 1592년 선조 25년에 일어난 임진왜란 때 경상도 의령의 곽재우가 낙동강을 오르내리며 의병을 모집하여 일본군과 용감히 대항한 데서 비롯된다. 관군의 방해까지 받아가며 일본군을 물리친 곽재우 의병장은 한때 의령·삼가·합천 등지를 수복하였고, 이를 계기로 전국에서 의병이 벌떼같이 일어났던 것이다. 고경명, 조헌, 영규, 서산대사, 사명당 등의 의병활동은 특히 장렬한 싸움이었고, 전과도 컸었다.

　우리 금수강산 강토를 7년 간이나 짓밟던 임진왜란 때 우리 조선을 먹으려던 일본은 끝내 그 고삐를 늦추지 않고 1910년 경술년 8월 29일 경술침략으로 우리의 주권을 빼앗아 갔다. 조선조 말에 러시아, 미국, 프랑스, 독일, 일본, 영국, 중국 등의 제국주의 열강들이 그들의 근대산업의 자원 확보에 잇권 쟁탈로 서로 조선을 삼키려 했던 것이다. 이에 간악한 일본은 1895년 7월에 부임한 일본 공사 미우라(三浦梧樓)가 그해 8월 대원군을 앞세우고 일본

낭인을 모아 경복궁으로 난입하여 궁내부 대신 이경직과 시위대장 홍계훈을 죽이고 친러파 명성황후를 살해했다. 자기들 뜻대로 청·일전쟁, 러·일전쟁에까지 모두 승리를 거둔 일본은 본격적으로 조선을 삼키려 여우같은 계획을 세운 것이다.

일제가 우리 한국 침탈에서 취한 3단계 조처는 한·일 의정서 체결, 을사조약 체결, 국권 강탈이었다. 본격적인 침략정치의 제1단계 조치로서 일본은 1904년 2월 23일, 우리의 이지용 대신과 일본 공사 하야시(林權助)에 의해 6개 조항의 한·일 의정서를 체결하여 우리 정치에 내정간섭을 하기 시작하고, 황무지 개척의 명분으로 일제의 군사기지 확보에 성공을 이룬 것이다. 그해 8월에 다시 한·일 협정서(제1차 한·일 협약) 3조를 우리의 윤치호와 일본의 하야시간에 체결하여 우리의 외교권, 재정권을 박탈해 갔다. 이리하여 외교고문으로 미국인 스티븐스를 두고, 재정고문으로 일본인 메가다를 앉혔다. 고문정치로 외교권, 재정권을 빼앗은 일제는 1905년 11월 박제순, 하야시 간의 을사조약(제2차 한·일 협약)을 체결하여 5개 조약 내용에 통감부 설치, 외교권 완전 박탈로서 허울 좋은 한국 보호정치를 하기에 이르고, 그 첫통감으로 이토오 히로부미가 부임하여 우리의 외교와 내정을 관장하기 시작한 것이다. 이때부터 우리 나라는 사실상 일제의 식민통치 밑에 들어가게 된 것이다.

이 을사조약이 체결되자 국민의 맹렬한 반대운동이 일어났고, 언론기관이 반대하고, 상소문과 연설이 끓일 사이가 없었다. 시종무관 민영환은 나라가 망하는 분을 참지 못하여 〈2천만 동포에게 고함〉의 유서를 남기고 자결했다. 그 뒤로 조병세, 홍만식, 이상

철 등이 분사했고, 전국 각처에서 의병이 열렬히 일어났다.

당시 언론인 장지연은 1905년 11월 20일자 〈황성신문〉에 〈시일야방성대곡是日也放聲大哭〉이라는 논설을 실어 민족의 울분과 일제의 침략, 매국노에 대한 공격을 맹렬히 가했다.

이토오는 한·일 신협약(정미7조약)을 1907년 7월, 이토오 통감 자신과 이완용 사이에 체결하여 차관정치를 실시함으로써 입법 및 행정상의 모든 정치를 완전히 장악하기에 이르렀다.

1907년 7월에는 이완용과 소네 사이에 기유각서 4조를 체결하여 사법권과 감옥사무 관장의 권한까지 빼앗아 갔다. 그리고 도처에서 의병이 일어나고 항일운동이 거세게 일어남을 본 통감 이토오는 1907년 8월 1일자로 순종황제를 협박하여 당시 서울에 있던 9천 명의 군대마저 해산시킨 것이다.

고종은 정미 7조약이 체결되기 전에 헤이그 평화회의에 이준, 이위종, 이상설 등 세 사람의 비밀 특사를 보내어 일제의 만행을 세계에 알렸다. 그러나 이준 열사는 우리의 억울한 내용을 세계 만방에 다 알리지 못하게 되자 자결로써 일제에 항거했던 것이다. 을사조약도 끝내 무효를 선언하고 인준하지 않아 항일정신을 보인 고종은 이토오와 이완용에 의해 강제로 폐위되고 말았다.

1906년 6월, 이완용과 데라우찌 사이에 경찰권마저 이양하는 체결을 하자 사법권과 경찰권마저 손에 쥔 일제는 드디어 1910년 8월 29일 8조로 된 합병조약을 체결하고, 일제의 식민정치가 시작되면서 조선 왕조는 27대 519년만에 멸망해버렸던 것이다.

오적의 수석인 이완용과 한·일합병조약을 체결한 데라우찌 육군 대신이 초대 조선총독부 총독이 되었다. 그 후 그는 경찰권,

사법권을 쥐고 헌병 경찰제를 실시하여 가혹한 무단정치를 행했다. 잠잠히 10년 간 압박과 설움을 당하던 우리 짚신겨레는 힘차게 뭉쳐 우리 나라가 독립국임과 자주 민주국민임을 세계에 알리는 삼일 독립만세를 외쳤다. 우리 만족정기와 독립정신이 살아있음을 세계에 알린 것이다. 이 3·1운동은 전국 218개 군 중에 211개 군이 참여했으며, 만주·연해주까지 번져 갔다. 일제는 정주, 사천, 맹산, 수안, 남원, 합천 등지에서 우리 양민을 총격하여 수십 명씩 살해하였으며, 수원 제암리에서는 주민들을 교회에 집합시켜 놓고 불질러 학살했다. 3·1운동 시위 피해로는 피살자 7,509명, 부상자 15,961명, 체포된 사람 46,948명이었고, 헐리고 불태워진 민가도 715호, 교회가 47개소, 학교가 2개소였다.

을사보호조약으로 사실상 일제 식민지가 된 것을 분히 여긴 애국지사 중에 전명순, 장인환 등은 1908년 친일 외교고문 스티븐스를 미국 샌프란시스코에서 저격 살해했으며, 안중근 의사는 의병장 자격으로 우리의 원흉 이토오를 1909년 10월 하루빈역에서 저격 총살시켰다. 이재명도 매국노 이완용을 명동 성당에서 칼로 찔러 중태에 빠뜨렸다. 그리고 꾸준한 의병활동은 강렬한 민족정기와 일제 저항의식 속에서 우리 조국광복을 위해 국내는 물론 만주, 간도 지역의 해외에서도 활동했다.

우리 의병장 석상용 장군이 함양 중심가에서 의병활동을 한 시기는 1907년 군대가 강제 해산되던 시기였고, 이때는 통감부가 설치되고 차관정치로 내정 일체를 일제가 장악하여 우리는 주권을 상실하고 일제의 식민통치를 받기 시작한 때였다. 이때 석상용 의병장도 조국의 주권을 되찾기 위해 분연히 일어나 함양, 산청,

거창, 합천 등의 서부 경남 의병들과 인근 남원고을 의병들을 합하여 마천의 쑥밭재전투, 벽소령전투, 삼성재전투, 그리고 남원군 산하의 실상사전투를 전개하여 혁혁한 공로를 세웠다. 그는 5년 전투 끝에 잡혀 진주감옥에서 5년형을 살고 나와 그 옥고의 휴유증으로 3·1운동 이듬해인 1920년 애국애족의 50세로 한평생을 마쳤다.

일제는 한국의 탄압과 식민 통치의 고삐를 늦추지 않고 내선일체를 강요하고 조선어 말살정책, 조선민족말살정책을 펴면서 우리의 성도, 이름도, 말까지도 빼앗아 갔다. 그런 무리한 통치로 하늘의 뜻을 거슬러 1945년 8월 6일, 9일 히로시마, 나가사끼에 원자탄 두 개를 심판받은 일제는 무조건 항복을 하기에 이르렀다.

2차대전의 쓰라린 패망을 딛고 다시 일어선 일본은 경제 군사적으로 오늘날 우리를 위협하고 제2의 한·일합병 망상에 사로잡혀 있다. 일본의 내각 출신들의 잇단 한국경시의 망언이 바로 그 망상을 뒷받침하고 있으며, 신사참배의 부활이 군국주의 일본으로 가는 불길한 예고가 아닐 수 없다.

바야흐로 광복 50년! 우리는 석상용 의병장의 전적비를 세우면서 이를 거울 삼으며 다시 한번 신흥 일본을 경계하고 우리의 염원인 조국통일을 이루어 온 세계에 정치, 군사, 문화, 경제, 사회 교육 등 모든 면에서 으뜸나라를 이뤄야 할 것이다.

외솔 얼로 나라 더욱 빛내자

1. 먼저 외솔얼을 이어받자

한힌샘 주시경 선생의 큰제자 외솔 최현배 박사님은 겨레의 스승으로 존경받는 빛삶의 인물이다. 매죽헌 성삼문의 시조 〈충의가〉를 즐겨 읊으시던 독야청청의 푸른 얼이 바로 외솔 얼이 된다. 목숨 바쳐 나라와 지조를 지킨 외솔은 함흥 감옥의 옥중 시조 〈임생각〉 6수 중 셋째 수에서,

　　임이여 못 살겠소, 임 그리워 못 살겠소
　　임 떠난 그날부터 겪는 이 설움이라
　　임이여, 어서 오소서, 기다리다 애타오

로 읊어 조국 광복을 애타게 기다리는 외솔의 나라 겨레사랑의 얼을 잘 보여 준다.

주시경 선생의 국어사랑, 곧 나라사랑의 가르침을 잘 실천에 옮긴 분이 외솔이다. 《조선민족갱생의 도》에서 이미 우리 민족이

다시 사는 길은 민족적 생기 진작과 민족적 이상 수립임을 힘차게 주장하여 한글겨레의 횃불이 되신 것이다.

《우리말본》을 지어 우리 흰옷겨레의 말·글·얼 뼈대를 이루시고, 옥고를 치루면서 우리 말·글·얼을 지켜 펴쓰기에 남달리 앞장서 땀을 많이 쏟으신 것이다.

외솔은 《나라사랑의 길》 머리말에서,

"겨레는 나의 어머니요, 나라는 나의 아버지다. 겨레가 아니고는 나는 목숨을 타고나지 못하였을 것이며, 나라가 아니고는 나는 타고난 목숨을 누릴 도리가 없었다. 나는 겨레와 나라를 잠시도 떠날 수가 없다."

라고 말하여, 외솔은 나라사랑의 화신으로 볼 수 있다. 외솔도 도산 안창호처럼 거짓을 싫어하였다. 그는 《나라사랑의 길》에서

"거짓의 온상은 돈이다. 어디든지 돈이 관계되는 데에 거짓이 생긴다. 돈이 적고 작으면 거짓도 적고 작으며, 돈이 많고 크면, 거짓도 많고 크다."

라고 거짓의 피해를 일깨워 준다.

오늘날도 나라의 거짓이 얼마나 악랄하게 판을 치고 있는가? 부정의 수단으로 파렴치하게 돈을 번 사람, 세금도둑들이 잘난 체하고 우글거리며, 거짓의 상징처럼 성수대교가 느닷없이 무너진 것이다. 이 어지러운 세상에 그 얼마나 겨레의 스승이신 외솔

이 아쉽고 그리운가!

광복 50년이 되어도 분단의 비극을 벗어나지 못하고, 한글전용법을 제헌국회가 만들어 공포했는데도 아직 한글전용이 안 되는 말과 글의 시대의식이 오늘의 우리를 슬프게 하고 있다.

우리 성도 이름도 다 빼앗아 가고, 말과 글을 죽이고, 게다말과 게다글을 국어로 인식시키며 우리 겨레의 얼까지 마구 짓밟아 없애려던 그 일제의 설움과 압박을 우리가 어찌 잊을 수가 있을까! 아직도 곳곳에 친일파가 설치며 애국자로 둔갑하여 어려운 한자 노예가 되자고 외치는 오늘, 과연 민족 정기가 살아 있는지 죽었는지 알 수 없다.

우리는 외솔 최현배 선생의 나라사랑의 큰뜻을 받들어 슬기와 힘과 용기, 사랑과 검소와 겸손에 부지런과 끈질김과 억셈까지 고루 갖추어 먼 앞날을 내다보며, 막힘이 없고 굽힘이 없이 힘차게 살아나가는 떳떳한 사람이 되기에 힘씀으로써 이웃을 아끼고 섬기며 도와가는 따뜻한 집을 이루어, 자유와 평화와 번영을 영원히 누리는 싱싱하고도 밝은 배달 겨레의 숨은 기둥이 되어야 할 것이다.(나라사랑 42집 참조)

먼저 온겨레와 외솔 회원들은 외솔의 인격과 나라, 겨레사랑의 외솔 얼을 먼저 익혀 이 나라, 이 겨레를 더욱 빛내야 할 것이다.

2. 외솔회가 할 일을 깨닫자

외솔회는 1970년 8월 1일, 시내 회현동 〈송정〉음식점에 모인 강성원, 정봉화, 권태웅, 정환철, 최근학, 이종학, 유제한, 박종국,

최창식, 홍이섭, 문제안, 전규태, 박병호, 최철해, 남욱 등 15명이 발기위원이 되어 조직된 것이다. 외솔회의 회칙 제2조에 명기된 목적을 보면,

"외솔회는 나라 사랑의 큰 뜻을 품으시고 평생을 나라와 겨레를 위하여 몸바치신 외솔 최현배 선생의 높은 뜻을 받아, 이를 널리 펴냄과 아울러 이 뜻을 같이하는 동지들이 친목을 도모하고, 이로써 사회에 애국애족하는 새 마음을 드높이는 데 목적을 둔다."

라고 되어 있다.

외솔 선생의 높은 뜻과 나라 겨레사랑의 얼을 기리는 대한민국 국민이면 누구든지 외솔 회원이 될 수 있다. 외솔을 기리는 전국의 국민들이 기쁘게 외솔 회원이 되어, 삽시간에 회원이 2천 명을 넘어서고, 1994년의 《나라사랑》 88집에 2,352명의 회원으로 조직되어 있음을 알려 준다.

재단법인 외솔회 아래 중앙외솔회(서울 외솔회를 겸함), 인천, 춘천, 원주, 충북, 충남, 전북, 전남, 경북, 경남, 부산, 마산, 제주 등지에 지역 외솔회가 조직된 것이다. 1993년 12월에 외솔이 탄생한 울산시에서 울산외솔회가 조직되었다. 지역 외솔회가 13개로 된 것이다.

외솔회는 초기에 매달 23일 모이다가 분기별로 1년에 4번 모임을 열어왔다.

외솔회는 《나라사랑》 제1집을 최현배 박사 특집으로 내고, 이어 한용운, 신채호, 주시경, 손병희, 이윤재, 이원록, 안희재, 박

은식, 최익현, 안창호, 윤봉길, 김구, 김좌진 등 많은 애국자들의 특집을 엮어 나갔다. 이 《나라사랑》은 학계에 크게 공헌하였고, 지금도 《나라사랑》을 찾는 사람들이 많다.

요즘 민족시인 윤동주의 시비가 그의 출생지인 용정에 세워지고, 모교인 일본의 동지사대학 교정에 시비가 서게 되어, 윤동주 추모행사가 해마다 보람 있게 열리게 되자 그의 특집인 《나라사랑》 23집을 찾는 사람들이 많은 것을 보아도 알 수 있다.

외솔회는 단순히 외솔 추모단체가 아니라 국문학, 국어학, 고고학 등 한국학 중심의 연구 발표도 세 번이나 열었다. 친목의 일로 1976년 9월에 남한산성으로 들놀이를 간 것을 비롯하여, 다음 해에는 인천 송도로, 그 다음 해에는 원주 치악산 구룡사로, 또 대전 동학사로 들놀이를 가서 외솔회원 상호간의 친목을 도모하기도 했다.

초기 외솔회의 기틀을 다지시던 홍이섭 박사님도 갑자기 사고로 돌아가시고, 외솔회 일과 한글전용의 기수로 열심히 활동하시던 부회장 모기윤 교수, 김성배 박사 등도 돌아가시어 중앙 외솔회는 큰 일꾼들을 잃은 것이다. 곽종원 회장이 홍이섭 님 뒤를 이어 2대 회장이 되셨고, 어려운 외솔회 살림에 애를 많이 쓰셨다.

그런 가운데 외솔의 큰아들 최영해 사장님이 돌아가시고, 이어 청량리 정신병원 원장이신 최신해 박사도 갑자기 돌아가셨다. 유일하게 최철해 막내 아드님이 실질적으로 외솔회를 이끌어 오시면서 땀을 많이 쏟으셨다. 그러던 중 최철해 사장님마저 건강이 좋지 못하여 1993년 4월에 돌아가심으로, 그간 침체되어가던 외솔회가 더 기를 펴지 못한 것이다.

그러던 중에 1993년 10월 문화인물로 외솔 최현배 선생이 지정되어 '외솔의 달'을 맞게 되었다. 이를 계기로 1993년 8월 28일 한글회관에서 외솔회를 재창립하게 된 것이다.

새 회장님으로 김석득 박사님(연세대 부총장)을 모시게 되고, 중앙의 외솔회 부회장으로 김계곤, 박종국, 우인섭 세 분을 모시고, 지방을 대표하여 전주의 최승범 교수, 인천의 조용란 교수를 부회장으로 뽑고 25명의 이사를 선임했다. 이 때 나는 외솔회 사무국장 일을 맡게 되었다.

그간 70년대 초부터 나는 홍이섭 초대 회장님, 그 이후 곽종원 회장님을 모시고 외솔회 감사 일을 계속했던 것이다. 한 해 한 번씩 10월의 외솔회 시상식을 두고 서울에서 열린 평의회는 서울과 지방 회원 간의 큰 친목의 의의가 있었으며, 외솔을 추모하는 정신이 흘렀다.

충무로 5가에 외솔회관을 마련하여 외솔회 사무국을 두고 재단법인 외솔회를 운영해 왔다. 백낙준, 김두종 님 등이 재단의 일을 보았으며, 곽종원 회장은 재단 이사장도 겸직했다.

충무로에 있던 외솔회관(정음사 건물)은 나와는 남다른 인연이 있는 건물이기도 했다.

내가 군 복무를 마치고 교직의 첫발을 디딘 곳이 바로 오늘의 외솔회관이던 충무로 정음사 건물이었다. 이 건물은 성만여자상업전수학교로 썼던 집이다. 박후진 장로가 설립했던 학교였다. 좁은 건물에 주야로 학생들을 수천 명씩 몰아넣어 닭장우리 같았다. 참으로 고생하며 어려운 교직생활을 하던 그 학교가 외솔회관이 될 줄은 몰랐다.

이 건물에서 나는 현 한겨레 한글나무 고등학생모임의 전신이었던 전국 국어운동 고등학생 연합회를 열었던 것이다. 남녀 고교생들이 믿음직하게 학술 활동을 폈던 곳이다. 나는 이 건물에 자주 드나들며 회원도 많이 가입시켰다.

이 외솔회관으로 정음사가 오기 전에는 회현동과 퇴계로 길가의 두 곳에 있었다. 충무로로 오게 되자 더 넓은 공간을 차지하게 되면서 외솔이 만든 정음사도 크게 발전을 이루었으며, 외솔회도 전국 어느 단체보다도 큰 단체가 된 것이다.

충무로 5가에 있던 외솔회관에 우리 한글나무모임 학생들이 5년 만에 한글학회로 이사온 것이다. 초기 이 모임을 외솔회의 최철해 사장이 크게 밀어 주고 키워 주었다.

그밖에도 적극적으로 도와주신 분으로 김석득 박사님, 전규태 박사님, 김계곤 교수님, 김승곤 교수님, 박종국 님, 성원경 님, 안재식 님, 문윤희 님 등이 강연으로 도와 주셨다. 늘 고맙게 생각했다.

외솔은 내게 《우리말본》을 직접 가르쳐 주신 은사님이시다.

겨레의 스승이시요, 이 나라 교육 및 애국애족의 사표이신 외솔의 추모단체인 외솔회가 무엇을 해야 외솔회를 더 발전시키고 활성화할 수 있을 것인가?

첫째, 외솔의 기념관을 마련해야 한다. 외솔의 각종 유품이 전시되어야 할 것이다.

둘째, 외솔의 전기가 나와야 한다. 말·글·얼 사랑의 가장 앞장선 횃불이기도 한 외솔의 전기가 지금까지 없는 것은 부끄러운 일이다. 70년대에 나는 외솔의 대흥동 집을 외솔회의 외솔기념관으로 쓰자고 주장하며 수필도 썼다. 무슨 이유에서인지 최철해 사장은 나의 그런 수필 중에 기념관을 세우자는 부분은 생략하고 그냥《나라사랑》에 발표했다. 속히 외솔의 전기가 나와야 하겠다.

셋째, 외솔 저서가 외솔전집으로 나와야 한다.《우리말본》,《조선민족 갱생의 도》,《나라사랑의 길》등 외솔의 저서는 한아름이 넘는다. 외솔의 이 모든 책이 기념관에 전시되도록 외솔전집이 나와야 하겠다.

넷째, 외솔도서관이 마련되어야 한다. 외솔은 이 나라 겨레의 스승이요, 큰 학자요, 선비이다. 외솔 정신을 이어받으며 외솔도서관에 비치된 책을 이용하여 많은 석학이 배출되어야 할 것이다.

다섯째, 외솔상도 꾸준히 시상되어야 한다. 외솔회 사정 때문에 9년 간 시상이 중단되어 왔다. 제15회부터 다시 외솔상이 소생되어 1993년도부터 외솔상을 시상하고 있다. 가장 공정하고 신뢰도 있게 엄격히 학술 쪽의 문화 부분과 우리 말·글·얼 사랑에 앞장서 활동한 실천 부분의 수상 후보를 캐내고 있다. 문학 분야의 시상도 고려하여 문학인의 창작 의욕을 북돋워 주는 것도 큰 나라사랑의 하나가 될 것으로 믿는다.

여섯째, 외솔회 주최 백일장도 열어 우리말, 우리글, 우리얼 사랑의 새싹들을 새파랗게 길러가야 할 것이다. 백일장 개최는 우리 국어교육에도 크게 이바지하는 일이 될 것으로 본다.

일곱째, 외솔회 모임을 꼭 정기적으로 가지며 친목 도모를 잘해야 할 것이다.

여덟째, 한국학 세미나를 자주 열어 우리 한국 문화에도 크게 이바지해야 할 것이다.

　아홉째, 지역 외솔회도 자체적으로 장단기 계획을 세워 중앙 외솔회와 유대를 이뤄가며 그 나름의 지역 특성을 살려 문화 및 친목 활동에 최선을 다해야 할 것이다.

　열째, 각 대학에 대학생 외솔회가 조직되어 나라 겨레사랑의 활동 및 우리 말·글 지켜 펴쓰기에 앞장서야 할 것이다.

　열한째, 외솔회 들모임도 연 한두 회 실시하여 회원 상호간의 친목을 도모하는 것이 좋겠다.

　열둘째, 외솔회 기금을 마련해야 한다. 현재 기금 부족으로 활동을 제대로 할 수 없다. 일반 회비와 특별 회비 등의 의무를 철저히 해야 하며, 외솔회 발전을 위해 찬조금도 많이 내는 회원이 있으면 더욱 좋겠다.

　열셋째, 외솔회도 출판사업 및 다른 수익사업을 통해 외솔회 재단 수입을 많이 마련해야 하겠다. 그리하여 외솔회 활동비 지급을 제때 해 주어야한다.

　열넷째, 외솔회는 외솔 선생이 《조선민족 갱생의 도》에서 일찍 밝힌 대로 한글 전통의 횃불이 되어야 한다. 국어사랑 곧 나라사랑의 길을 힘차게 밀고 나아가야 한다.

　열다섯째, 우리 외솔회 발전을 위해 나라에서도 적극적으로 후원해야 할 것이다. 교육부, 문화관광부 등의 기관에서 외솔회 발전을 위한 문화기금을 많이 도와 주어야 할 것이다.

　열여섯째, 외솔회 회원은 외솔을 비판하지 말고 외솔 선생의 높은 뜻과 나라사랑의 얼을 되살려 외솔회를 사랑하는 마음을 가지고 저마다 외솔회 발전에 이바지해야 할 것이다.

《나라사랑》 제90집 1995.

쪽박을 차도 자식은 가르쳐야 한다

광복 직후 경남 함양에 살던 우리집은 참 가난하였다.

아버지께서 일본까지 가시어 석탄 파는 노동을 하시면서 고향땅에 장만한 논은 두 마지기였다. 암만 흙을 열심히 파고 농사를 지어도 우리집 보릿고개는 너무 높았다. 쌀밥 한 그릇이 정말 부러웠다. 그런 가난 가운데도 우리 어머니께서는

"쪽박을 차도 자식은 가르쳐야 한다."

고 말씀하시면서 나와 우리 형제를 잘 가르치시려는 교육 신념이 투철하셨다. 항상 진주 하씨를 자랑삼아 말씀하시며 뼈 있게 살라고 가르쳐 주셨다. 겨우 한글을 쓸 줄 아시는, 이제 팔십대 노인으로 구십을 바라보고 있는 어른이시다.

우리 아버지께서 일자무식인지라 글에 한이 서린다고 하시면서 자식만은 잘 가르쳐서 글포부를 갚겠다고 형제를 철저히 교육시키려 하셨다. 짚신을 신고 다니는 십 리 길 초등학교에 꾀부리고 안 가면 사정없이 회초리로 종아리를 때리면서 나와 아우가 학교를 꼭 잘 다니게 무섭게 가르쳐 주셨다.

내가 함양읍내 함양중학으로 진학하기 위해 어머니는 망설이는

아버지를 설득하시어 논 두 마지기를 팔아 읍내 밭 하나를 사면서 읍내 근처로 이사를 하셨다. 이사를 하자마자 여섯살 난 예쁜 누이동생이 불의의 사고로 죽는 비극도 겪었다.

어머니의 기도대로 나는 함양중학에 진학하여 3년 개근으로 우등상도 받으며 졸업했다. 큰형수가 일본에서 중학교육을 시켜 주어 고마움을 느낀 오문환 시동생이 형수의 은혜를 생각하여 나와 아우를 서울로 오게 하여 나는 숙부댁에서 고등학교를 다녔다.

밥상을 지게에 지고 장사를 하시며 열심히 사신 아버지와 그 내조를 잘 하신 어머니의 교육열은 남달리 뜨거웠다. 어머니께서는 당시 하나밖에 없는 비로드 치마를 팔아서라도 아들의 학비를 마련하시려 했다. 여자는 약하나 어머니는 강하다는 말이 새삼스럽기도 했다.

'쪽박을 차도 자식은 가르쳐야 한다.'는 진주 하씨, 우리 어머니 하석임 여사의 교육신념이 없었다면 오늘의 내가 명문 사학으로 진학하여 문학박사의 학위까지 취득하며 중, 고, 대학 강단에 서는 교육자가 되지 못했을 것이다. 또 교회 장로 직분이나 시를 쓰는 시인도 되지 못했을 것이다. 나라와 겨레를 사랑하는 마음으로 교단에 서서 거짓 없이 살고, 뼈 있게 살고, 빛있게 살자라는 나의 교육정신을 심으며 짚신정신을 가르치는 이 기쁜 일은 모두 어머니의 훌륭한 교육정신에서 비롯된 것이다. 우리 어머니는 한석봉 어머니나 신사임당 어머니 못지않게 5남매를 잘 가르치신 분이다. 중국의 맹자 어머니보다 더 투철한 교육정신을 가진 인자하시고 성실한 어머니시다. 물론 아버지의 농부정신도 교육의 밑거름이 되었다.

‘쪽박을 차도 자식은 가르쳐야 한다.’ 이 명언의 말씀을 남기신 우리 어머니는 교회 집사님으로 오늘도 우리 5남매를 뜨겁게 기도해 주신다. 훌륭한 어머니를 모시게 해주신 하나님께 감사하며 어머니께 불효를 용서빌며 그 은혜에 감사한 마음으로 어머니의 만수무강을 빈다.

새끼 서 발과 인간 백발

어버이 살아실 제 섬길 일란 다 하여라.
지나간 후면 애닯다 어이하리
평생에 고쳐 못할 일 이뿐인가 하노라

　1975년 가을, 내가 대신중·고교 교사로 있을 때 임종도 못한 아버님의 별세 소식을 전해 들은 내 머리에 순간적으로 떠 오른 시조가 바로 위의 송강 정철의 훈민가 중의 한 수였다.

　송강의 말처럼 불효는 평생 씻지 못할 죄로서 다시 고쳐 못할 일이다. 청개구리처럼 어머님이 죽고 난 뒤에 아무리 애닯다고 개굴개굴 울어야 소용없듯이 〈백마야 나는 간다〉 외치며 하늘 나라로 떠나가신 아버님을 두고 슬피 통곡해봐야 아무 소용없는 일이었다. 송강의 말처럼 부모님이 살아 계실 때 섬기는 효도를 다 해야 한다는 가르침을 가슴 깊이 깨친 나는 아버님을 고향땅에 모셔놓고 해마다 아우와 함께 벌초를 다닌 것이다. 거의 한평생 흙과 지게인생을 살아오신 아버님은 일제시대엔 일본땅에서 석탄 파는 노동일도 하시다 귀국하시어 다시 고향인 경남 함양의 마천

땅에서 농사를 지으셨다.

그래봐야 일본에서 뼈빠지게 번 돈으로 산 논 두 마지기에 지나지 않았다. 그래서 지게 품팔이를 열심히 하시면서 가족의 입에 풀칠을 해 주신 것이다. 항상 보릿고개가 너무 높았던 것이다.

쪽박을 차도 자식은 가르쳐야 한다는 어머님의 강력한 교육열에 논 두 마지기마저 팔아버리고 함양읍내로 이사를 했다. 산골논 두 마지기 값은 함양읍내의 먼 산밑에 있는 조그만 밭 한뙈기밖에 살 수 없었다. 그 때문에 읍내로 이사를 했어도 아버님의 어깨는 부양책임으로 더 무거워졌다. 그래서 때로는 갈치 장사도 하시며 생계유지에 최선을 다하셨다. 한 동안 부산으로 가시어 밥상을 파는 행상으로 부산 거리를 누비셨고, 부산 밖으로는 멀리 강원도 땅까지 가시어 역시 밥상 파는 장사에 땀을 많이 쏟으셨다. 항상 어깨가 빠지는 고된 노동의 피곤을 구수한 민요로 읊어 당신의 착한 마음을 달래시곤 하였다.

내가 중학생 때 고향 마천으로 갈치 장사를 가시면서 오도재를 넘다가 두툼한 돈주머니 하나를 주우셨더란다. 누가 소 판돈을 잃었나보다 생각하신 아버님은 눈이 휘둥그레져 가지고 돈주머니를 찾으러 되짚어 고개를 넘어온 한 농부에게 갈치 궤짝에 얹은 돈주머니를 고스란히 그대로 전해 주었다. 쓴 막걸리 한 잔도 대접 않고 돈주머니만 찾아 달아난 그 농부가 야속하긴 해도 아버지의 정직한 성품과 밝은 양심은 우리 자식들의 거울이었다. 이른 새벽부터 달뜨는 저녁까지 부지런히 흙과 함께 사신 아버님은 어느날 지게질이 서툰 나를 데리고 산에 나무하러 가셨다가 내 나무짐을 새끼로 묶어 주시면서

"새끼 서 발은 쓸 데 있어도 인간 백발은 쓸데 없는 기라."고 말씀하셨다. 소박한 삶의 체험에서 우러나는 이 말씀은 늘 내 머리에 남는 교훈이요, 명언이었다. 새끼줄 서 발은 나뭇짐이나 물건을 묶는데 쓸 데가 있어도 인간의 하얀 백발은 암만 길어도 쓸데가 없는 것이다. 뜻 깊은 생활철학이 아닐 수 없다.

아버님의 이런 소박하고 정직한 삶과 거울 같은 진실이 우리 자식들의 큰 가르침이었다. 인간을 참된 삶, 곧 참삶으로 살아가라고 가르친 교훈이 아닐 수 없다.

가난한 농부의 아내로 어질게 살아오신 어머님도 우리 자식 교육에 최선을 다하시며 '너희는 뼈 있게 살거라.' 하시면서 우리를 바로 교육해 주셨다. 어머님의 그 뜨거운 사랑 교육에서 나는 인생은 꼭 인생 설계도를 그려놓고 뼈있게 살아가야 한다는 뼈삶을 배운 것이다. 아버님의 참삶, 어머님의 뼈삶 교육을 잘 실천해 살면 바로 빛삶의 보람이 창조될 수 있는 것이다. 그래서 근 40년 교단에 선 나도 사랑하는 학생들에게 목청 터지게 참삶, 뼈삶, 빛삶을 외쳐 힘껏 가르치고 있다.

처음 마련해 드린 아버님의 유택은 산새소리, 냇물소리 고운 백무동의 지리산 등산로로 가는 길가, 우리 밭이었다. 아버님이 젊은 날에 괭이질하시던 밭은 큰길의 도로 확장 때 많이 잘려 나가고 감나무 몇 그루에 할아버지 할머니의 정이 묻어 있고 아버님 어머님의 근면 성실한 흙의 정신, 농부의 사랑이 어려 있다. 이 대대로 유서 깊은 밭의 위쪽에 모신 아버님의 산소를 더 좋은 곳으로 옮기자는 어느해 어머님의 강력한 말씀에 따라 효도의 마음으로 마천에서 20킬로미터쯤 떨어진 함양읍 근처인 고모네 밭으로 옮겼다. 20여 년 다니던 산소를 다시 옮긴 곳으로 한6년 다니면서 별 연고 없는 땅에 잠드신 아버님의 산소가 늘 내 마음에 개운치 않았다. 당신이 나고 자란 고향 중에도 고향인 마천땅으로 옮겨야 한다는 생각을 지울 수가 없었다. 하여 제57회 식목일을 전후하여 나는 아우와 함께 마음에 들지 않는 아버님 산소를 옮기기로 결정했다.

봄빛이 온갖 꽃으로 만발한 고속도로를 아우의 차로 달렸으나 나들이 차량이 너무 많아 3시간이면 가는 함양을 무려 8시간이나 걸려 함양읍내에 들어섰다. 우선 고모네 집에 들려 인사를 나누고 내일 무덤을 팔 인부를 부탁하고 마천으로 갔다. 짚신 신고 풀밭 신작로를 걸어 십리길 마천초등학교를 다니던 추억이 생생이 떠올랐다. 나는 아우와 새끼 서 발이 아닌 인생 백발로 고향을 찾은 것이다. 미수를 넘기신 숙부님과 아직도 건강하신 숙모님께 먼저 인사를 드리고, 지리산교회 김태근 목사님을 찾아갔다.

약속한 포크레인 기사가 봇도랑 내는 공사를 하고 있었다. 곧 일을 마친 그 기사를 데리고 백무동 가는 길가의 우리 밭으로 안내하여 산소를 파 달라 했다. 그 기사는 포크레인 진입로가 경사가 급하여 길을 내야 하므로 작업 시간이 이틀이 필요하며 진입로 공사를 할 때 지리산 국립공원 관리사무소의 허락도 필요할 것이라고 했다. 그리고 내일 비가 온다 하므로 자기는 이 산소 파는 일을 할 수 없다고 했다. 그 대신 다른 기사의 전화번호 하나를 남기고 무정한 젊은 기사는 떠났다. 나와 아우는 이 일을 어떻게 처리해야 하나? 참 난감했다.

집안 형님을 찾아가 부친 산소 이장 문제의 어려움을 상의했다.

성경에 여호와이레라고 하나님은 이 형님을 통해 우리가 살던 도촌 마을 뒷산에 자리가 마련되어 있었다. 산소로 쓸 수 있는 밭 임자가 자기 아버지 산소에 들리느라 마침 마을에 와 있었고, 그 사람에게 허락을 받아주겠다고 했다. '하나님 감사합니다.' 하는 기도가 저절로 나왔다.

4월 6일 한식날, 전국에 비가 내렸다. 가뭄을 해갈하는 단비였다. 이 단비를 달게 맞으며 나와 아우는 인부 하나와 함께 옮겨 묻은 지 6년만에 아버님 무덤을 다시 팠다. 묻을 때 노랗던 뼈가 시커먼 흙이 묻어 있다. 아버님 뼈를 안고 '아버님 이 불효자를 용서하소서.'하고 속으로 말씀드렸다.

오동선 집안 형님 주선으로 동원된 포크레인이 파놓은 무덤에 지리산교회 김태근 목사님의 기도를 받으며 아버님의 뼈를 새 유택에 묻었다. 숙모님, 형수님, 지리산교회 사모님 등의 협력을 받으며 나와 아우는 오십 년만에 잔디를 지게에 지는 지게질도 해보았다.

걱정하던 아버님 산소가 당신이 나고 자란 마을 뒷산의 산자락에 자리잡고 도촌, 강청, 실덕 마을과 함양, 남원으로 가는 길까지 시원히 바라보며 지리산 냇물소리까지 곱게 들으며 주무시게 되었으니 얼마나 기쁜 일인가? 나는 아버님 말씀처럼 쓸 데 없는 인간 백발보다 꼭 쓸 데가 있는 새끼 서 발처럼 꼭 쓸모있는 인간이 되라는 아버님의 교훈을 다시금 가슴에 새겼다.

유일하게 임종한 아내에게 고향 마천 땅에 묻어 달라고 유언하신 아버님 말씀 따라 지리산교회 뒤에 있는 마을 뒷산 아늑한 곳에 정직하게, 순수하고, 진실하게, 어질게 흙사랑의 한평생을 살

고 가신 아버님 산소를 마련해 드린 나와 아우의 마음은 한없이
기뻤다. 오랜만에 지게질로 온몸이 아파도 마냥 기쁨에 젖으면서
부친 산소 이장을 인도해 주신 하나님께 감사 기도의 고개를 깊
이 깊이 숙였다.

연대교육대학원 동창회보 제43호 2002.

사랑하는 아들아 그리고 딸아

   사랑하는 아들아, 그리고 딸아!

   사람은 누구나 다 죽는다. 그 죽는 날이 언제, 어디일지 아무도 모른다. 죽음은 불안과 공포가 있으나 나는 죽음에 대해 두려움이 없다. 하나님께서 지금이라도 오라 하시면 가고, 더 남아 일하라 하시면 하나님 뜻에 따라 부지런히 일할 것이다.

   오, 사랑하는 나의 아들, 딸아!

   나는 하나님이 천생배필로 짝지어 주신 너희 어머니를 만나 너희 삼남매를 낳고 잘 살아왔다. 주님 안에 잘 자라 준 너희들이 참 자랑스럽고 고맙구나! 그리고 내가 부모님한테 물려받은 가난을 너희에게도 물려주어 참 미안하구나! 그래도 농부이신 너희 할아버지 할머니께서 소박 진실한 삶과 농사짓는 근면 성실한 목표의 뼈삶을 보여 주셨다. 너희 조부모님 가르침에서 나는 첫째, 거짓없이 살자〈참삶〉, 둘째, 뼈 있게 살자〈뼈 삶〉, 셋째, 빛 있게 살자 〈빛삶〉하는 가훈을 만든 것이다. 이 가훈은 내가 중, 고교 담임선생을 할 때 급훈으로 학생들을 가르치기도 했단다. 그리고 대학 강단에서도 힘주어 솔뼈세얼로 가르친 것이다. 너희 삼남매는 이 가훈을 잘 실천하고 십자가의 길로만 걸어서 승리하는 인생을 살아가길 바란다. 하늘 나라에서 너희 삼남매를 위해 늘 기도할 것이다.

한평생 살아보니 뭐니뭐니해도 만복의 근원은 하나님이요, 예수님 믿고 살며, 날마다 생명의 양식을 먹는 삶이 너무도 행복한 생활임을 깨친 것이다. 어리석은 사람들이 하나님이 없다고 하지만 너희는 살아 계신 하나님을 확실히 믿고 우리 오씨 집안을 완전히 신앙의 집안으로 개혁을 해 주기 바란다. 부디 믿음 소망 사랑 안에 겸손하게 이웃을 도우며 잘 살아 가 다오.

사랑하는 아들아, 그리고 딸아!

너희 삼남매는 부디 불의와 타협하지 말라. 세상의 빛과 소금이 되거라. 세상에 너무도 거짓이 많구나.

나라 겨레를 위해 찬송하며 기도하며 온 국민이 도산 안창호 선생이 지은 애국가를 4절까지 다 부르게 하여 그야말로 하나님이 주신 우리 금수강산을 남산 위의 소나무 기상과 밝은 달의 일편단심 마음으로 잘 지켜 나가도록 너희 삼남매는 그 횃불이 되어 주길 바란다. 그리고 한국 사람으로서 국어사랑 나라사랑 정신으로 우리 말, 우리 글, 우리 얼을 사랑하여 나라의 든든한 뼈대를 이루어 주기 바란다.

사랑하는 아들, 그리고 딸아!

나는 짚신을 사랑한다. 그래서 중고 교단에서 실내화로 신기도 하며 대학에 이르기까지 짚신은 한국의 얼임을 교육해 왔다. 너희도 구두나 게다 정신을 떠나 조상의 빛난 얼이 담긴 짚신정신대로 살아가길 바란다. 그래서 내가 만든 짚신문학회가 잘 되도

록 크게 발전해 가도록 기도 많이 해주기 바란다. 그리고 삶의
지침이 되도록 송골의 일깨움 23가지 가르침이 있다.

1. 피땀을 쏟아라! 그만큼 빛삶이 있다.
2. 거짓은 오래 못 간다.
3. 약속은 지켜져야 한다.
4. 시간은 화살보다 더 화살이요, 금보다 더 금이다.
5. 인생은 연습이 없다. 일초일초 본 경기다.

등 23가지가 있는데 너희가 먼저 잘 익혀 나의 이 교육철학이
잘 전해지게 해 다오. 부탁하노라.

그리고 나의 기도 제목은 '하나가제시' 곧 하나님, 나라, 가정,
제자, 시, 다섯 가지다. 나의 이 기도도 너희가 잊지 말고 잘 이
어가다오. 거듭 부탁하노라.

내 사랑하는 아들, 딸아!

비가 오나 눈이 오나 일편단심 주님 앞에 너희 삼남매를 위해
기도하시는 너희 어머니께 부디 효도 잘 해라.

성경에도 네 부모를 공경하라 하셨느니라. 불효는 평생 고쳐 못
할 일이라고 송강 정철이 시조에 읊었느니라. 큰아들 네가 주의
종이 되어 사이판에서 목회활동을 하고 큰딸이 루마니아에 4년
간 선교사로 다녀와서 목사 사모가 된 일, 그리고 막내아들이 착
실한 믿음의 청년이 된 것이 다 하나 같이 너희 어머니 기도 때
문인 것을 잘 깨쳐 주길 바란다. 늘 하나님과 너희 어머니께 감
사해야 한다. 알겠느냐?

항상 사랑하는 아들, 딸아!

내가 옛 선비로 존경하는 분은 정몽주, 성삼문, 장군으로는 이

130

순신, 임금으로는 세종대왕이시다. 그리고 현대 스승으로 도산 안 창호, 백범 김구, 직접 나를 가르치신 한결 김윤경, 외솔 최현배 박사님을 존경한다. 너희도 이 어른들의 나라 겨레 사랑의 정신 을 잘 배우기 바란다.

시인으로는 순국시인 윤동주를 존경하고, 그의 서시를 애송시로 외우며 살아왔다. 너희도 애송시가 있길 바란다. 그리고 꼭 이루 고 싶은 일로 한글날이 국경일로 지정되는 일과, 잘못된 인천국 제공항 이름이 세종국제공항으로 이름을 바꾸는 일과, 남대문이 국보 제 1호가 아니라 한글이 국보 제 1호로 바꾸는 일이다. 너 희 한글세대가 꼭 이 일을 이루어 주기 바란다.

나는 진해에서 해병생활을 마치고 어머니가 주시는 돈 6백 원을 밑천으로 가정을 이루고, 너희 삼남매를 낳고, 많은 제자들을 두 고, 백만장자처럼 정신적인 부자로 살아왔다. 12권의 시집과 3권 의 수필집, 그리고 석, 박사 논문이 길이 평가받기를 바란다. 한 평생 일기를 쓰며 교육자, 신앙인, 한글 운동가, 시인 그리고 한 가정의 가장으로 큰 허물없이 길이요, 진리요, 생명이신 주님 안 에 잘 살다가 하늘 나라 하나님 품으로 부르시는 하나님께 감사 감사하노라.

지리산 기슭의 고향 흙이 그립구나!

내 사랑하는 아들, 딸아!

기도의 어머니 모시고 부디 하나님 축복 속에 잘 살거라. 그럼 안녕 다시 만날 그때까지.

《한국문학》 2003. 10~11월 합병호

늘 그리운 누이동생

　나의 첫 누이동생은 정자였다. 광복 이듬해 태어났다. 태어나면서부터 예뻤다. 모두들 예쁘다고 귀여워했다. 그런데 나라는 광복이 되었으나 먹거리가 너무 없었다. 죽을 힘을 다해 농사를 지어도 늘 쌀독이 비고 밥은 모자랐다. 식구의 밥을 다 푸고 나면 부엌 아낙네 밥은 아예 없었다. 보릿고개가 너무 높았다.

　일본까지 가서 광부 노동자로 일한 아버지께서 고향인 마천에 나오니 산수 빼어난 고장은 무릉도원처럼 아름다웠으나 모두 너무 가난하게 살고 있었다. 부자라고 해야 봄에 보리밥에 쌀이 조금 섞인 밥을 먹을 정도였다.

　이런 가난 속에 일본에서 태어나 엄마 등에 업혀 온 남동생 하나는 백일해를 앓다가 제대로 약 한 첩 써 보지도 못한 채 어느 날 밤 가족이 보는 앞에서 마지막 눈을 감았다. 내가 어려서 처음 본 인간의 죽음이었다. 가난 속에 서럽게 죽어간 그 어린 남동생은 지금 백무동 계곡의 입구가 되는 도촌마을 앞 송알소 아카시아 밭에 단지 속에 넣어 돌무덤을 만들어 주었다. 그 후 수년간 큰물진 송알 냇물 언덕은 많은 변화를 보였고, 남동생의 뼈

한 조각도 아무 흔적이 없다. 고향에 갈 때마다 삶의 무상함이 숫구치고 그 남동생 생각이 떠오른다.

젖을 토하고 기침을 심히 하던 그 남동생이 엄마 품에서 죽은 이듬해 나의 사랑하는 누이동생 정자가 태어난 것이다. 누이동생을 갖는 기쁨은 컸다. 남자 동생이 둘이다가 하나 죽고 그 밑에 처음으로 오빠라 불러 주는 누이동생을 맞으니 어린 마음에 기쁨이 넘쳤던 것이다. 큰오빠인 나는 예쁜 정자를 많이 업어 주었다. 어머니는 남의 집 모심기를 할 때 업고 간 정자를 푸른 논둑에서 젖을 먹이곤 했다. 하얀 사랑의 젖을 먹는 정자는 참 순진해 보였다.

찢어지게 가난뿐인 우리집 귀염둥이로 잘 자라던 정자가 여섯 살 때였다. 어머니가 먹을 양식이 떨어져 진주 친정으로 쌀을 얻으려 가려고 집을 나설 때 정자는 엄마 따라 가겠다고 한사코 떼를 썼다. 마구 울었다. 엄마는 먼 오도재 험한 길을 어린 딸을 데리고 갈 수 없었다. 따라오지 말라고 너무 엄마가 때리니까

"그럼 큰오빠한테 데려다 줘!"

하며 흐느껴 울었다.

그 무렵 여수·순천 반란사건을 일으킨 공비들이 마천초등학교를 불질러버려 우리는 교실을 잃었다. 그래서 여기저기 빈 공간을 임시 교실로 쓸 때 우리 6학년 교실은 면사무소 안에 있었다. 한참 수업 중에 어머니의 부름을 받고 교실 밖으로 나가보니 정자가 몹시 몸을 떨며 흐느끼고 있었다. 참 안쓰러 보였다. 마음도 몹시 괴로웠다.

"엄마 외가집에 빨리 다녀 오실 거야, 오빠하고 놀자."

달래는 나의 말에 정자는 눈물이 글썽한 고개를 끄덕여 주었다.
내게 정자를 맡긴 어머니도 몹시 아픈 마음을 안고 오도재를 넘
어 가셨다. 엄마 떨어진 정자와 나는 공기줍기로 좀 놀아주다가
교실에 가 공부하면 금방 우는 것이었다.

어째야 좋을까? 안타깝던 그 순간에 먼 친척되는 아저씨가 면
사무소에 민적을 떼러 오신 것이다. 나는 그 아저씨에게 정자를
우리집에 좀 데려다 달라고 부탁했다. 그 때 우리집은 밤이면 공
비가 오는 도촌부락에서 소개를 당해 우낙정 정 씨댁 뒷방에 임
시로 살고 있었다. 아저씨가 정자를 잘 데리고 가실까? 걱정되는
내가 면사무소 밖 대나무가 많은 언덕에서 우낙정으로 가는 신작
로 길을 바라보니 정자는 그 아저씨 팔에 안겨 잘 가고 있었다.
다소 마음이 놓였다.

수업이 끝나기가 무섭게 나는 집으로 달렸다. 침침한 방문을 열
자마자 시무룩이 혼자 앉아 있던 예쁜 정자는

"아, 큰오빠다."

하면서 나를 참으로 반갑게 맞아 주었다. 우리 남매는 땅따먹기
놀이를 하며 시간을 보내고 땅거미가 짙어오면 엄마가 오는가 하
고 냇물 건너 신작로가 보이는 우낙정 길모퉁이에 서서 엄마를
애타게 기다렸다.

"엄마가 안 오나보다."

풀죽은 말을 남기는 정자는 내 손을 잡고 여러 날 동안 엄마를
몹시 기다렸다. 그때마다 내 마음도 참 아프고 괴롭기만 했다.

그러던 어느 날 수업을 마치고 집에 온 내게 과자를 먹으며 달
려온 정자는

"큰오빠야! 엄마 왔어. 빨리 방에 가봐."

하는 것이었다. 엄마를 본 정자의 눈동자가 샛별처럼 초롱초롱 살아 있었다. 어머니를 본 나도 기뻤다.

6·25가 나기 전 그 해 가을에 우리집은 함양읍으로 이사를 했다. 쪽박을 차도 자식은 가르쳐야 한다는 어머니의 교육정신 때문에 도촌마을 뒤에 있는 논 두 마지기를 헐값에 팔아 거면마을 건너편에 있는 산 밑의 밭 한뙈기를 농토로 마련하면서 우리집은 인당 어느 집에 거처할 방을 얻었다. 나와 정자는 그 집 근처 감나무 밑에서 잡기놀이를 하며 기쁘게 놀았다. 나는 그 때 졸업 몇 달을 남기고 집을 이사했기에 집 가까운 석복초등학교로 전학을 가려했다. 그러나 염동석 교장선생님이 마천초등학교에서 다 가르친 오동춘이를 석복으로 보낼 수 없다고 전학서류를 해 주지 않아 나는 함양중학으로 진학할 몇 친구와 염 교장선생님 사택 아랫방에서 자취를 하며 공부하게 되었다. 나를 아끼고 사랑해 주시는 염 교장선생님과 여러 선생님이 고마웠다.

그 해 가을 마천초등학교 학예회 발표가 있었다. 나는 6학년 학예회 발표 중에 제목도 알 수 없는 연극의 주연으로 할아범역을 맡았다. 일본제국주의에 나라 잃은 우리 조선이 광복을 해야 한다는 내용으로, 독립투사의 활동이 담긴 애국심 풍기는 연극이었다. 수업이 끝나면 날마다 연습을 했다. 그런데 갈아 입어야 할 옷을 아버지가 가져오지 않았다. 내옷엔 이가 불불 기어다녔다. 아버지가 몹시 기다려졌다.

가을 볕이 따스한 어느 날 막 학예회 연극연습을 하려 할 때였다. 눈이 십리나 들어간 아버지가 중병을 앓은 사람처럼 마천면

사무소 뜰에 서 계셨다. 너무 반가워

"아버지!"

하며 내가 재빨리 아버지 곁으로 가자마자

"동춘아 나좀 보자."

하시며 면사무소 문 밖으로 불러낸 아버지의 첫마디는

"동춘아, 정자가 죽었다."

는 말씀이었다. 아, 그 순간 나는 눈 앞이 캄캄했다. 그만 땅바닥에 쓰러져 뎅굴뎅굴 구르며 엉엉 울었다. 친구들이 나와 보며 함께 울먹였다.

생후 처음 통곡의 강물을 이루었다. 이 사간 그 집 같은 또래의 계집아이가 툇마루에 선 정자를 떼밀어 가슴에 얼병이 든 정자는 아무 약도 소용없이 만 일주일을 앓다가 증조부 제삿날 사 준 꽃 고무신을 찾더니 하늘 나라로 훨훨 날아갔다고 한다.

살았으면 오십대 중반쯤 되었을 나의 사랑하는 누이동생 정자는 지금도 이 큰오빠의 가슴에 그리움의 꽃으로 항상 살아 있다. 하늘 나라에 가면 꼭 만나리라 믿는다. 오늘도 가슴 저리게 한정없이 그립다.

《짚신문학》 제 7집 2005, 겨울

행복하지 뭐요

아이를 안은 곽 선생이 먼저 휙휙 달아난다. 대화를 나누며 그 옆을 나도 따라갔다. 침침한 철길을 건너 우리의 걸음은 아래쪽으로 꺾어졌다. 한 20미터쯤 갔을까? 한데,

"아이참, 이 사람들이 왜 이렇게 못 따라 오나?"

하며 곽 선생이 고개를 뒤로 휙 돌렸다. 나도 돌아봤다. 뒤따라 오는 줄 알았던 내 아내와 곽 선생 아내가 보이지 않았다.

"아니, 여태 못 따라 왔나?"

우리는 위생병원 가는 쪽으로 되돌아 가 보았다. 없다. 골목이 너무 많아 길을 잘못 든 줄 알고 몇 군데의 옆골목을 찾아보았다. 안 보인다. 이상하다. 어찌 된 일인가? 어디로 갔단 말인가? 우리의 아내들이 없어졌다.

혹 우릴 놓쳐, 오늘 우리 마향회 모임 장소였던 휘경다방에 늦게 오는 자기 남편을 기다렸다가 같이 오려고 지금까지 있을 줄도 모르는 곽태영 씨 부인을 찾아 갔을까? 허겁지겁 나는 휘경다방으로 뛰어가 보았다. 곽태영 씨 부인의 말이 내 아내와 곽 선생 아내가 안 왔다는 것이다.

허참, 귀신 곡할 노릇이다. 두 아내가 하늘로 솟았는가? 땅으로
꺼졌는가? 늦게 올 남편 때문에 지금까지 기다리고 있는 곽태영
씨 부인하고 함께 그 남편을 기다렸다가 윤위수 선생 집으로 길
을 나섰더라면 나와 곽재희 선생은 아내를 잃어버리지 않았을 것
이다. 곽태영 후배의 아내 혼자만 두고 초대한 윤 선생 집으로
향한 내 발길을 한없이 후회하면서 다시 골목길에 들어 서니,
"아니 없드요?"
구수한 경남 함양군 마천 말을 불쑥 내던지며 그의 어린 아들을
안은 채 눈이 휘둥그런 채로 골목길에 그냥 서 있던 곽 선생이
실망하여 물었다. 처량해 보였다.
"예술극장에나 갈 걸."
나는 후회가 왔다.
어느 모임에서 받은 관람권 두 장이 있었다. 제목은 《남한산
성》이었다. 육영수 여사가 불행하게도 저격당한 문제의 예술극장
이 어디에 있고 어떻게 생긴 건물일까? 호기심도 있고, 극 내용
은 또 무엇일까 관심도 있고, 하여 네 살짜리 막내를 집에 두고
서대문 화양다방으로 저녁 6시경 나오도록 아내에게 전화를 해
두었다. 오늘의 친목 모임엔 얼굴만 내밀고 이내 빠지려 했었다.
예술극장에 구경 가려고 아내와 며칠을 벼르기도 했었다. 학교
일이 끝나는 대로 달려와 화양다방에 마주 본 내 아내의 얼굴은
화장도 잘 되어 있고 오늘 따라 더 예뻐 보였다. 여느 때보다 투
피스의 옷차림도 더 멋있어 보였다. 내가 짙은 화장은 싫어하므
로 아내는 엷은 화장으로 그저 수수하게 몸단장을 차렸다. 키가
훌쩍 커서 무슨 옷이나 걸치면 꽤 어울렸다. 그날따라 무슨 사건

이라도 일어 날 듯이 괜스레 가슴이 뛰고 예감 같은 것이 번득였다. 아내의 하늘색 투피스 차림이 내 신경을 잔뜩 긴장시켰다. 예쁘긴 한데 혹시나 하는 방정맞은 생각도 없지 않았다.

약속시간보다 한 30분이 더 지난 뒤에야 곽재희 선생이 그의 아내와 함께 화양다방에 나타났다.

"아, 같이 나올라니까 그만……."

곽 선생은 시간을 못지킨 미안감을 적당한 웃음으로 얼버무렸다.

"아, 마향회 총무가 이렇게 늦어 되겠소?"

나는 회장으로서 한 마디 웃음으로 책임을 묻고 끝냈다.

내 아내보다 다섯 살쯤 더 젊은 곽 선생 아내도 검은 빛깔에 빨간 무늬가 힘차게 줄줄이 어울린 투피스를 입었고, 알맞게 가늘고 균형 잡힌 몸매가 참 아름다워 보였다. 최신식 미장원을 갔다녀온 듯한 머리 손질도 산뜻하게 돋보였다. 딸 셋을 얻도록 마음 조리다가 네 번째 기쁘게 얻은 어린 아들을 안고 곽 선생 부부는 싱글벙글 다방에 나타난 것이다.

우리 부부는 예술극장으로 가야겠다고 내가 운을 뗐더니 곽 선생은

"아, 그래 회장 부부가 빠지면 마향회 친목이 어찌 되겠소?"

하는 것이었다.

굳이 회장이라는 책임을 씌워 못빠지게 쐐기를 박는데는 어쩔 수 없었다. 예술극장 표 두 장은 다방 레지한테 주어 버렸다.

우린 서울역으로 달려 처음으로 청량리행 지하철을 탔다. 땅속을 달리는 기차 속이 대낮처럼 밝았고, 신기하기도 했다. 한국의

개성 짙은 광고도 마음에 들고, '아는 것이 힘이 아니라 실천하는 것이 힘이다'라는 벽에 쓰인 글도 가슴에 와 닿는 것이 있었다.

신호에 걸려 굼벵이 가듯 느린 버스에 비하면 시원하고 빨랐다. 15분쯤 달렸는가 싶은데 벌써 청량리 종점역에 왔다. 오늘따라 더 곱고 예뻐 보이는 나와 곽 선생의 아내를 태우고 택시로 위생병원 근처의 휘경다방에 왔다. 다방에 들어서기가 무섭게 차 한 잔도 안 마신 채 나와 곽 선생은 부부동반하여 오늘의 친목 장소인 휘경중학 윤위수 선생 집으로 가기 위해 다방문을 나섰다. 좀 어둑한 골목길을 한참 걸어 철길을 따라 아래로 팍 꺾어진 길을 가다가 뒤를 돌아보니 두 아내가 안 보였고 찾으니 없어 우린 좋지 않은 예감을 느끼며 당황했던 것이다.

"오 선생, 이번엔 이 골목에 가서 찾아봅시다."

곽 선생도 아내를 잃어 어지간히 똥줄이 탄 모양이었다. 서 있던 곳에서 오른쪽 골목으로 한참 뛰어 가 보았다. 없다. 사람도 드물게 다닌다. 늦가을인데도 때 아닌 훈기가 훅훅 몰려온다. 땀이 흐른다. 그쪽 방향으로 간 것 같지 않다. 우리는 되돌아 와 다시 좀 큰 골목길 복판에 서 있었다. 집을 모르는 아내들이 헤매다가 어느 방향에서 툭 튀어 나올지도 모르니 곽 선생을 골목길에 그대로 세워 둔 채 행여나 하여 또 휘경다방으로 뛰어갔다. 그러나 여전히 찾는 아내들은 없고 늦게 온 회원 몇이 더 늘어 길 안내를 기다리고 있었다. 다방에 몇 모인 회원들에게 나는,

"아마, 납치당한 모양이야!"

하고 내가 예감했던 말을 비로소 쏟아 놓고 말았다.

"아이가! 납치는 무슨……. 어른을 누가 납치해?"

회원들은 대수롭잖게 말했고, 또 회원들의 부인은 그저 웃기만 한다. 그렇게 믿기엔 너무도 얼토당토 않다는 웃음이었다. 그러나 나는 휘경동 깡패들이 오늘따라 유난히 예뻐보이는 두 아내를 못된 짓을 위해 꼭 납치해 간듯한 참으로 불길하고 방정맞은 생각에 사로잡혀 표정이 사뭇 심각해졌다. 그런 내 표정을 알아차렸는지 같이 찾아보자면서 한 회원이 따라 나섰다.

"아직도 안 왔드요?"

걱정 어린 표정으로 애를 안고 서 있던 곽 선생이 묻는다.

"아, 곽 선생이 좀 천천히 걷지 않고 너무 빨리 걸어 가지고 여자들이 못 따라와서 그만……."

내가 성난 듯이 말을 하자,

"아이가, 오 선생이 이제 날 탓하네."

하면서 본격적으로 더 찾아 보자고 했다.

나는 아무래도 어떤 불량배들이 두 아내를 강제로 납치해서 어디론가 데려갔다고 느껴지고, 상상은 자꾸 상상을 낳아 신경이 극도로 날카로와졌다. 서 있는 근처에는 여관, 술집도 많고 음침한 골목들이 여러 개 있어서 깡패들이 납치해 갔다는 의심이 더욱 짙어져 깡패들이 시퍼런 칼로 위협하여 깜쪽같이 납치해서 근처의 어떤 여관으로 갔을 것이라고 추리되었다. 하마 지금쯤 못된 일이 실시되어 엄청난 피해를 입고 있을지도 모른다고 생각했다. 참 기가 막혔다. 피가 꺼꾸로 도는 듯한 분노가 일었다. 도저히 깡패들을 그냥 둘 수 없었다. 위기에서 아내를 구해내야 한다고 생각했다. 나는 골목길 근처의 여관문을 열고 들어섰다.

"여기, 하늘색 옷하고 검은색 옷을 입은 두 젊은 여자가 오지 않았습니까?"

부엌에서 일을 하던 중년 정도의 여자가 오지 않았다는 대답을 했다. 숨기는 듯한 인상을 받아 몇 번이나 되물어 다짐해도 오지 않았다고 했다. 물러 나왔다.

오늘 모임을 초대한 윤 선생 집에서는 음식을 차려놓고 기다리는데 왜들 이렇게 안 오느냐고 쪼그만 소년이 채근하러 나왔다. 늦은 까닭을 곽 선생이 말했다. 곽 선생은 어린애를 그 소년에게 맡겨 집으로 보내고 '설마 어른이 납치 됐을라고?, 하던 생각을 고쳐 눈이 벌겋게 되어 빨리 찾아보자고 나보다 더 설쳤다. 어쩌면 깡패들이 택시에 납치해서 멀리 갔을지도 모른다고 내가 말했다. 연약한 여자들이 반항해 봤자 무슨 소용이 있겠는가? 꼼짝없이 깡패들에게 당하는 것이라고, 이 일을 어쩌면 좋으냐고, 나는 발을 동동 굴렀다. 어느 날 아내가 말해 주던 불행해진 여성의 이야기도 생각났다.

어느 여성잡지에서 읽은 수기인데 내용이 좋아 일등 당선된 줄거리를 아내가 말했던 것이다.

결혼식을 바로 내일로 앞둔 약혼녀가 늦은 밤 약혼자가 태워 주는 택시를 혼자 탔다고 했다. 시골서만 자라서 순박하기 그지없는 이 약혼녀는 손님을 더 태우자는 운전기사의 말을 거절하지 못하고 승낙했더니 중간 중간에서 남자 손님만 넷이나 태웠고 이들은 모두 술에 취해 있었다고 했다.

이 택시는 어느 공동묘지로 운전해 갔고, 늦게서야 상황을 파악한 아름답고 순진하기만 한 이 약혼녀는 살려 달라고 외치며 공포의 분위기에 온몸을 떨었다. 소름이 돋았다. 공포에 벌벌 떠는

142

이 연약한 남의 약혼녀를 운전기사까지 포함한 다섯 명의 이리떼
가 아랫옷을 발기발기 찢어놓고 천인공노할 악마의 짐승짓을 해
서 약혼녀의 정조를 짓밟고 말았다. 택시 한번 잘못 탄 죄로 귀
중한 인생의 일생을 망쳐버린 이 엄청난 사건 앞에 겨우 목숨을
부지한 이 약혼녀는 약혼자에게 아무 연락도 취하지 못한 채 영
영 스스로 이별을 결심하고 도시의 악마들을 한없이 저주하면서
슬픈 귀향길에 오르고 말았다는 그 이야기를 듣고 나는 그 다섯
의 이리를 당장 때려 죽여야 한다고 아내 앞에 주먹까지 불끈 쥐
어 보이기도 했다. 다섯의 술 취한 이리떼의 행위, 그것은 분명
지옥의 유황불 속에 영원히 타는 형벌감이라 생각했던 그 일이
그날밤 생각났던 것이다.

'아, 내 아내가 이런 꼴을 당한다면? 아니야, 그럴 순 없어! 그
럴 리가! 상상조차 할 수 없는 일이야.

하나님 아버지! 내 아내를 무사하게 보호하여 주소서. 나는 왜
아내가 오는지 안 오는지 뒤도 안 돌아봤을까? 단 한번도 안 돌
아 보고 앞으로만 빨리 갔을까?'

한없이 나의 잘못을 나무랐다.

'차라리 예술극장으로 가서 《남한산성》이나 구경할 걸.'

새삼 후회가 뼈에 스민다. 지금쯤 춘향 같은 아내의 반항 때문
에 깡패들은 따귀를 때리고 발로 차고 실신시키고 아니 여럿이
달려들어……. 아, 더 참을 수가 없다. 의분의 피가 부글부글 끓
었다.

"곽 선생! 여기 여관부터 다 디집시다."

눈이 뒤집힐 듯한 곽 선생도 나를 따라 길이 음침하게 어둡고

좀 꼬불꼬불 하게 돌아간 곳의 여관을 화살표대로 찾아 갔다.

"여기, 젊은 여자 둘이 조금 전에 안 왔소?"

식모인 듯한 아가씨한테 물었다.

"둘은 아니고 남자 하나 여자 하나는 왔는데요."

여관 아가씨의 대답이 나와 곽 선생을 긴장시켰다.

"아, 그래요? 옷은 무슨 빛깔입디까?"

"……."

"하늘색이던가요? 검은색이던가요?"

"하늘색이던가?"

아가씨가 고개를 갸우뚱 했다.

"뭐? 하늘색?"

내가 눈이 휘둥그레지니까,

"검은색이던가?"

아가씨가 또 고개를 갸우뚱 했다.

"뭐? 검은색?"

이번엔 곽 선생이 펄쩍 뛰었다.

"저, 옷 빛깔은 잘 모르겠는데요. 아무튼 젊은 한 쌍이 들어 왔어요!"

"방 좀 열어 볼 수 없소?"

"아이, 어떻게……."

묻는 내 말에 아가씨가 몹시 난처해 했다.

"그럼, 신발을 봅시다!"

곽 선생 말에 아가씨는 굽이 높은 여자 구두 한 켤레를 가져왔다. 낡았고 코가 무딘 샌들형 구두였다.

"아, 아니야! 아니야! 오 선생 나갑시다!"

곽 선생은 제 아내 구두만 아니라고 확인하면서 벌써 여관 문을 밀고 있었다. 코가 없는 벙어리 구두를 신었던 나무 빛깔의 아내 신발이 아닌 것도 다행이었다.

"미안하오."

여관을 나선 나는 근처에 사는 친구집을 찾아가 가끔 이 동네 골목에서 사람이 납치되는 일이 있었느냐고 물어 보기 위해 윗골목으로 올라갔다. 곽 선생은 아랫골목으로 아내를 찾아 나섰다.

친구집 벨을 눌렀다. 그 부인이 나왔다. 나를 잘 아는 그는 나의 애타는 속도 모르고 어서 들어오라고 반긴다. 애기 아빠는 아직 안 왔으나 들어오라고 계속 인정을 베푼다. 나는 같이 오던 아내가 갑자기 없어져 찾는 중이라는 내 딱한 말을 했다.

"뭐, 어른인데 괜찮겠지요."

하면서 친구의 아내는 위로까지 해 주었다. 거기 더 머무를 수 없었다. 다시 골목길로 달려 나오면서 경찰에 고발해야 한다고 생각했다. 밝은 골목길에 나서자 아내를 못 찾은 곽 선생이 풀이 죽은 채 서 있었다.

"우리 파출소에 연락합시다."

"아이가, 연락해봐야 소용없어!"

내 말에 곽 선생은 신고해 보기도 전에 포기하는 태도였다. 이보다 더 급한 사건에 쫓기는 경찰이니 신고하나마나라는 것이었다. 또 어려운 수사비에 우리가 협조할 만한 능력도 없지 않느냐면서 부지런히 더 찾아보자고 했다. 정녕 못 찾으면 그때 경찰에 신고하자고 했다.

더 어찌해 볼 수도 없고 참 막연했다. 행여 어느 골목에서 두 여자가 나올까 기다려 봐도 아무 소식이 없다. 버스 찻길에서 불과 오백 미터 정도의 거리를 두고 아내를 잃고 헤매는 신세가 참 바보스럽기도 하고 기가 찼다. 앞을 지나가는 여자 행인들을 낱낱이 훑어 봐도 아내는 아니었다. 근처 대폿집에는 횡설수설하는 술꾼들이 기분좋게 취하고 있었다.

아, 혹시 만에 하나라도 깡패의 변을 당했다면 그 아내와 살아야 할까? 헤어져야 할까? 또 깡패들의 추행에 한사코 반항하다가 아내가 죽기라도 했다면 세 자식을 데리고 어떻게 살아야 할까? 방정맞은 생각이 좀처럼 내 머리 속을 떠나지 않았다.

어느 젊은 선생 하나가 교무실의 겨울 난로가에서 하던 말도 생각이 났다.

남편이 없는 사이, 집에 든 강도에게 강간당한 부인을 돌아 온 남편은 그 불가항력의 처지를 이해는 하면서도 애가 여럿인 그 아내를 끝내는 의식적으로 멀리하여 할 수 없이 아내가 먼저 이혼을 요구하고 헤어졌다는 이야기였다.

아, 어디서 아내를 찾나? 아내를 잃은 채 어떻게 집에 가나? 엄마 잃은 자식들 얼굴을 어떻게 바라 볼 수 있을까? 아내만 찾아 봐라, 이 친목회 회장직을 당장 내놔버려야지……. 길바닥에 퍼질고 앉아 펑펑 울고만 싶었다.

바보들 같으니! 그만 이 밝은 골목으로 나오던가, 서 있기만 해도 될 텐데. 바보들 같으니라고? 에이, 바보 같은 것들……. 자꾸만 아내의 모습이 머리에 떠올랐다. 깡패들에게 시달리며 어디선가 '살려줘요, 사람 살려요.'하는 소리가, 구원을 요청하는 소리가 들리는 듯했다. 정말 미칠 것 같았다. 마지막 실오라기 만한 기대를 걸고 휘경다방으로 가 보았다. 없다. 찻집에서 나오는 회원들이 아직도 못 찾았느냐고 조금은 걱정인 듯이 물었다.

"아— 이젠 영영 아내를 잃고 마는 것인가?"

아무 말도 나오지 않았다. 참 귀신 곡할 노릇이라고 계속 맥이 풀린 곽 선생은 그저 길거리에 서 있기만 했다. 눈이 움푹 파인 듯했다.

"아— 음식 다 식는데 왜 얼른 안 오고 그래?"

우리를 초대한 윤위수 선생이 기다리다 못해 골목길까지 나왔다. 하나도 반갑지 않았다. 이런 음큼스럽고 무서운 골목길 동네에 살아서 친목은커녕 나와 곽 선생은 사랑하는 아내만 잃었다는 뼈저린 원망이 속에서 부글부글 끓었기 때문이다. 두 여자 가운데 하나만 초대한 집을 안대도 이런 일이 없을 게 아닌가? 아니지. 설사 알아도 깡패들의 계획적인 집단 납치를 어떻게 당해 낼 수 있단 말인가?

"아, 윤 선생, 마누라 찾아내야겠어!"

"아이가, 아직도 못찾았구마."

결코 농담이 아닌 내말에 윤 선생은 아직도 마천의 향토색 짙은 말로 놀란다.

"말마! 나도 집 찾는데 마누라하고 한 시간이나 걸렸구마. 걱정마!"

나보다 연장인 박병기 회원이 퍽 안정제 같은 말을 한다.

"그럼, 지금 아내는 우릴 찾고 있는 것일까?"

그렇게 느껴지진 않았다. 그렇다면 30분이 넘도록 이 짧은 골목길에 아직도 나타나지 않는다는 말인가? 틀림없어, 납치당한 거야. 깡패들한테 납치당한 게 확실해. 어떤 서울인데……. 우리 고향 같을라구……. 나는 목이 탔다. 근처 술집에 들어섰다. 손님도 없다. 여기 젊은 여자 둘이 온 일이 없느냐고 물었다. 없다 했다. 그럼 이 앞길에서 더러 사람 납치당한 일 봤느냐 했다. 못 봤다고 했다. 그럼 어찌된 일일까? 나는 우선 물 한 그릇을 청해 마셨다. 아내를 찾아 헤매는 긴박한 신경은 목을 몹시도 가물게 했다. 물 한 그릇이 금방 사라졌다.

"고맙습니다."

하고 나오자 다른 회원들은 멀리 가고 없었다. 같은 병을 앓고 있는 곽 선생만 나를 기다리고 서 있었다. 둘은 맥빠진 걸음으로 천 번도 더 훑어 본 택시 한 대 정도 다닐만한 행길을 터벅터벅 걸었다. 가면서 두어 군데 여관에 또 고개를 들이밀고,

"여기, 젊은 여자 둘 안 왔소?"

참 딱한 말을 쏘았다. 어찌보면 실성한 사람같기도 했다. 아내 찾는 모습이 처량해 보이는지 여관집 사람들은,

"안 왔는데요!"

하면서 동정어린 눈빛으로 바라보았다.

"이 골목으론 안 가 봤지. 내가 가 볼게."

곽 선생은 후닥닥 어두운 골목길로 아내를 찾아 달아난다. 나는 이제 남보다 유달리 큰 목소리로 아내를 불러 볼 수밖에 없다는 최후의 궁여지책을 생각하지 않을 수 없었다. 비참한 일이었다.

"안 - 송 - 희 -"

하면서 큰 소리로 아내의 이름을 외치기엔 아직도 쑥스러운 심

정이 남아 있었다. 정말 어른만 아니라면 맨땅에 팍 주저앉아 펑펑 울음을 쏟고 싶었다.

"안열아 - 안열아 -"

차가운 밤하늘의 허공에 대고 나는 큰아들의 이름을 불러 간접적으로 아내를 불렀다. 지나가는 사람들이 웬일인가하고 쳐다본다. 근처 가게 사람들도 유달리 큰 내 목소리에 관심을 가지고 의아해 한다. 아랑곳없었다. 아내를 찾아야 했다.

"안열아 - 안열아 -"

또다시 골목길이 떠나가게 외칠 때였다.

"여기, 찾았어, 어서 와."

연장 회원의 가라앉은 듯한 목소리가 저만큼에서 들려왔다.

"뭐? 찾았다고?"

믿기지 않아서 나는,

"정말이야?"

하고 재차 강조했다.

"아이가, 참! 여기 있단께 그래, 어서 와."

조금은 역정 섞인 말로 연장 회원이 말했다. 천길만길 뛸 듯이 기뻤다. 하늘 끝까지 날아오르고 싶었다.

"오, 아내는 무사하였구나!"

"오, 아름다움 그대로 무사하였구나!"

"하나님 감사합니다."

환희에 찬 나의 마음은 창공을 거푸 헤매고 있었다.

"곽 선생 찾았소, 어서 오시오!"

어디까지 달려갔는지 알 수 없으나 내 기차 화통 같은 소릴 들

고 곽 선생이 허겁지겁 달려왔다. 우리가 달려가자 두 아내는 철
길에 서 있었다.

"아이참, 창피하게 왜 큰 소리로 불러쌓고 야단이야."

아, 이 서운한 소릴 듣자고 내가 오간장을 다 태우며 여태 그처
럼 심각하게 찾아 헤맸던가! 속으로 사무치게 찾던 아낼 막상 눈
앞에 찾아놓고 나니 이젠 갑자기 화가 치밀었다.

"병신같이 아, 사람도 제대로 못따라 다녀?"

고래 같은 고함을 치자,

"여자들은 돌아도 안 보고 자기들만 달아나는 법이 어디 있어?"

아내도 지지 않았다.

"아, 다리가 없나, 왜 빨리 못따라 오고 바보같이 속을 썩여?"

곽 선생도 화난 소릴했다.

"여자 걸음하고 남자 걸음하고 같아요?"

곽 선생 아내도 만만치 않았다.

"우린 철길 너머 골목 골목 찾으면서 '무슨 남자들이 찾으러 오
지도 않노' 하고 원망을 했단 말예요!"

내 아내의 오히려 퉁명스런 말에,

"아, 그럼 밝은 행길에 나와 서 있거나 아니면 아까 그 휘경다
방으로 가 기다리거나 해야지. 그래 두 여자가 미쳐 찾는 남편들
의 심정은 모르고 어디서 뭘 하고 있었느냐 말이야? 병신 같은
것들……."

아, 끝말은 실수였다. 곽 선생의 아내까지 포함된 욕이 되어 버
렸다. 내 커다란 목소리에 싸움이나 하는 듯 느꼈는지 근처 사람
들이 모이게 되고, 보던 회원들은 그만 하라고 말렸다. 아내는 창

피하다고 집으로 가겠다고 발길을 돌렸다.

"아, 그만큼 사랑해서 그런 건데 가긴 어딜 가요?"

사람 좋은 회원들이 서로서로 달래고 말리기도 해서 나도 더 이상 화를 내지 않았고 아내도 고집을 버렸다.

이윽고 윤 선생 집, 잘 차린 음식상 앞에 마향회 회원들이 둘러앉았다. 모두 우리들 이야기로 심심찮은 꽃을 피웠다. 아내를 잃어 나와 함께 한참 풀이 죽어 있던 곽 선생은,

"아, 오 선생님 참 민감하시던데, 대번에 그만 깡패 소행으로 단정하시던데, 나도 그만 말려들었어요. 오 선생님 눈이 아주 벌개지더라구요."

심각했던 긴장을 느긋이 풀고 이젠 농담까지 여유롭게 던졌다.

"서울을 믿을 수가 있어야지……."

나는 공연히 서울을 못 믿겠다는 소릴 했다. 속고 속이고 하는 살벌한 생활이 계속 부딪치고 있지 않은가?

"하긴 눈 뜨고 있어도 코 베가는 세상이 돼서 그럴 수도 있지 뭐."

한 회원이 우리의 길이 엇갈렸던 사건을 이해하는 듯 말했다.

"그렇다고 교사가 거리에서 소리를 지르고……. 게다가 자기 부인을 꼭 학생 나무라듯……."

아내는 애교어린 눈을 흘겼다.

"다 그만큼 뜨겁게 사랑해서 그런 거 아니요. 행복하지 뭐요."

회원의 어느 아내가 내 대신 말을 받았다.

"맞소! 맞소! 사랑해 그런기라."

하며 남자 회원들이 일제히 맞장구를 쳤다. 아내도 싫지는 않은

모양이었다. 얼굴에 밝은 웃음꽃이 피고 있었다.

참을 수 없을 때 참는 일이 바로 인격인데 아까 길에서 홧김에 아내에게 큰소리 쳤던 일이 뉘우쳐졌다. 오히려 반가움에 덥석 손이라도 쥐거나 꽉 껴안아 줄 걸 하는 생각도 났다. 성경에 더디 노하라고 하지 않았던가.

복숭아꽃 살구꽃 아기진달래 울긋불긋 꽃대궐 정말 차린 내 고향의 봄은 눈부시게 아름답다. 산 높고 물 맑고 마음씨 비단 같은 마천의 초등학교를 다닌 고향의 선후배들이 마향회라는 친목 모임을 몇 해 전에 만들어 두고 회원 여남은 명이 부부동반하여 달마다 한 집씩 찾아 모이는 퍽 다정한 사귐을 이루어 갔다.

매연이 자욱한 서울! 하늘의 해도 달도 삼킬 듯한 빌딩숲 날카로운 서울 속에 살면서 정작 믿을 수 있고 가슴에 늘 뜨거운 인정이 흐르는 향토인들이 함께 모여 서로 돕고 밀어 주며 사랑을 나누고 산다는 것이 얼마나 즐겁고 갸륵한 일인가!

싸리울타리 새로 복슬강아지 숨바꼭질하는 초가집에서 살다가 서울의 기와집에 사는 우리들이, 그 때묻지 않은 가슴들이, 결코 서울의 공해에 오염될 수는 없었다. 항상 소박 진실한 우리 회원 가운데 하나인 윤 선생이 차린 알뜰한 갈비찜이 좀 식긴 했으나 맛있게 뜯었다. 고향의 호박꽃 피는 이야기로 정다운 이야기꽃을 피우다가 우리는 헤어지기 시작했다.

그런데 내가 변소를 들려 대문을 나서는데 또 아내가 없다. 다른 사람들은 정다운 인사의 악수를 나누고 있었다. 나는 아내가 아직도 화가 나서 먼저 갔나 하고 사방을 두리번거렸다. 눈이 또 휘둥그레가지고……

“아, 형님은 또 어딜 갔어! 참말로 없어지기도 잘 하네.”

하면서 후배 회원의 아내 한 사람이 내 눈치를 보며 말했다. ‘요 깍쟁이가 나를 놀리려고 어디 또 숨었구나’ 하는 눈치를 채고 나는 아내를 찾지 않았다.

아니나 다를까, 모두 헤어져 뿔뿔이 흩어져 가자 남의 집 대문 뒤에 숨었다가 웃음을 띠고 나온다.

곽 선생 아내의 연애담을 듣다가 정신없이 철길에서 아래로 꺾어 우릴 따르지 못하고 철길에서 바로 질러 한참을 나갔다가 그 근처에서 우릴 애타게 찾았다는 아내의 손을 꽉 쥐어 주었다. 벌써 뜨겁게 쏟아져 나온 밤하늘 별들이 우리 부부를 부러운 듯 내려다 보고 있었다.

1974. 11. 18. 밤

제3부 : 교육

선생님 펄펄 뛰어요

왜 착한 어린이들이 불타 죽는가

착하고 순진한 어린이야말로 어른의 거울이 아닐 수 없다.

거짓 많고 허물 많은 어른들은 어린이의 마음에서 진실을 배워야 한다. 어른의 마음에서 나오는 것은 무엇일까? 마태복음 15장 19절에 '악한 생각과 살인과 간음과 음란과 도적질과 거짓 증거와 훼방이니 이런 것들이 사람을 더럽게 하는 것이요.'라고 말하고 있다. 어른들의 마음속에는 이 세상의 악랄한 죄가 가득 차 있고 그런 죄들이 하늘의 심판으로 나타나는 것이다.

지난 6월 30일 오전 1시 20분경, 경기도 화성군 서신면 백미리 씨랜드 청소년수련원에서 원인을 알 수 없는 불이 나서 301호실에서 고이 자고 있던 서울 송파구 문정동 소망어린이집 원생 고가연, 고나연, 천수영 양 등 유치원생 19명과 마도초등학교 김영재 선생 등 모두 23명이 숨진 화재사건이 발생했다. 김이현 양 등 4명이 화상을 입었으며, 불은 3층 건물을 모두 태우고 3시간여 만인 오전 4시 25분경에야 꺼진 것이다. 참으로 끔찍한 사건이 아닐 수 없다.

1957년 5월 5일 어린이날에 공포된 '어린이헌장'에는 '어린이는

156

나라와 겨레의 앞날을 이어나갈 새 사람이므로 그들의 몸과 마음을 귀히 여겨 옳고 아름답고 씩씩하게 자라도록 힘써야 한다.'는 전문 아래 어린이를 잘 키우고 가르치고 보호해야 할 어른들의 행동지침이 9가지로 나와 있다.

그 가운데 다섯 번째에 '어린이는 위험한 때에 맨 먼저 구출하여야 한다.'로 철저한 어린이 보호 조항이 들어 있다. 옳고 아름답고 씩씩하게 자라도록 어른들이 힘쓰고 위기에서 맨 먼저 구해주어야 하는 데도 우선 씨랜드 시설 자체가 콘크리트 1층 건물에 52개의 컨테이너를 얹은 가건물에 지나지 않는 엉성한 시설공간이 거짓스런 허가를 거쳐 어른들의 보호가 허술한 가운데 어린이들만 잠자다가 불 속에서 숯이 된 비극을 맞은 것이다.

사람의 목숨은 천하를 주고도 바꿀 수 없는 귀중한 것이다. 새파란 꿈나무로 나라와 겨레를 이어가야 할 예닐곱 살짜리 어린이를 잃은 부모의 가슴은 그 얼마나 찢어지겠는가? 하나님은 왜 소망어린이집 유치원 어린이들을 불타 죽게 하시는 걸까?

이 나라 이 겨레가 먼저 하늘 나라와 그 의를 구하는 하나님의 일은 아랑곳하지 않고 나만 잘살아 보겠다는 극도의 이기주의와 사리사욕의 온갖 욕심에서 빚어지는 어른들의 죄값으로 순진한 어린이들이 희생된 것이다.

현재 전국에 487개의 청소년수련 시설이 안전하게 제대로 갖추어진 건물인지 정부는 다시한번 재점검을 해봐야 할 것이다. 늘 소 잃고 외양간 고치기식으로 사고가 나면 행정 관리 책임자나 사고 책임자들을 징계한다. 먼저 사고가 나기 전에 안전대책을 바로 세워야 하지 않겠는가?

　청소년을 수련한다는 핑계로 유치원과 수련원간에 장삿속으로
검은 돈이 오고 간다면 하늘의 심판은 언제나 있을 것이다. 어린
이들은 어린이헌장에 있는 그대로 어른들의 장사 대상으로 결코
악용되어서는 안 된다. 어린이들은 천사처럼 자고 있는데 인솔
교사는 옆방에서 술이나 마시는 그런 무책임한 행동이 화를 부르
는 것이다. 예수님도 어린이를 사랑하는 마음이라야 천당에 갈
수 있다고 하셨다.

　오늘의 우리 어른들은 주홍같이 붉은 죄를 눈같이 씻는 회개를
철저히 해야 할 것이다. 숨진 어린이들의 희생을 마음 아파하며
유가족들에게 깊이 애도해마지 않는다.

《기독교개혁신문》 제239호. 1999. 7. 14.

선생님 펄펄 뛰어요

청잣빛 하늘이
육모정 탑 위에 그린 듯이 곱고
연못 창포잎에
여인네 맵시 위에
감미로운 첫 여름이 흐른다.

라일락 숲에
내 젊은 꿈이 나비처럼 앉는 정오
계절의 여왕 오월의 푸른 여신 앞에
내가 웬 일로 무색하고 외롭구나.

여류 시인 노천명은 '푸른 오월'의 시에서 오월을 계절의 여왕으로 높이 노래하고 있다.

밀 익는 오월이면 보리 냄새 새파랗게 물결치고, 암수 한 쌍의 종달새가 하늘 높이 솟구쳐 지지배배 고운 노래를 부른다. 아카시아 향기에 취한 가슴엔 나비가 난다. 난초꽃 또한 한결 아름답고 "오월은 푸르구나 오월은 어린이날" 크게 외치는 어린이들 노래가 파란 벌판을 수놓는다. 한결 산도 들도 냇물도 더욱 건강해 보이는 오월은 참으로 곱고 멋진 달이 아닐 수 없다. 그래서 노천명은 일년 열두 달 가운데 가장 아름다운 계절로 '푸른 오월'을 찬양한 것이다.

나는 오월을 사랑한다. 어른의 거울이 되는 어린이들을 사랑하는 날로 소파 방정환 선생님이 만든 5월 5일의 '어린이 날'이 해마다 우리 어린이들을 기쁘게 하는 잔치를 벌이고, 어른들도 이 날만은 더욱 어린이 사랑하는 마음이 뜨겁기 때문이다.

즐겁고 기쁜 '어린이 날'을 이어 곧 부모님을 공경하며 효도해야 하는 '어버이 날'이 5월 8일로 다가서고, 또 한 주일 정도 오월의 신록이 더욱 싱싱해지면 세종임금의 생일날이자 '스승의 날'이 되는 5월 15일이 우리들의 마음을 뜨겁게 하며 존경받는 스승과 사랑 받는 제자들이 서로 아끼고 사랑하는 사제간의 기쁨의 충만한 사랑 꽃이 피게 된다.

"사람들이 예수의 만져주심을 바라고 어린 아이들을 데리고 오매 제자들이 이를 꾸짖거늘, 예수께서 보시고 분히 여겨 이르시되 어린 아이들이 내게 오는 것을 용납하고 금하지 말라. 하나님의 나라가 이런 자의 것이니라."(마가 10 : 13 ~14)

예수님은 사람이 하늘 나라에 가려면 어린 아이와 같이 진실하고 순수한 마음으로 믿음의 실천을 행해야 한다는 가르침을 보여주고 있다. 예수님께서 어린 아이를 안으시고 축복도 해 주신 것이다. 예수님께서도 이처럼 사랑한 어린이의 자는 모습은 바로 '하나님 얼굴'이라고 그 고요하고 평화로운 아름다움 때문에 방정환 선생님은 그렇게 극찬을 한 것이다.

어린이를 잡아다 돈을 요구하는 악인의 갈 곳은 지옥이다. 어린이의 생명을 무시하는 인간은 사람이 아니다. 바로 악마인 것이다. 어찌 순진한 새싹의 어린 생명을 함부로 돈을 요구하는 대상으로 삼을 것인가? 어린이는 어린이 헌장에서 밝힌 것처럼 철저히 보호받으며 교육받게 해야 하고 튼튼하게 길러 나라의 큰 기둥감이 되게 해야 한다.

나도 즐거운 '어린이 날'이 오면 교보문고 문방구나 동네 문방구에 가서 어린이 선물용으로 공책, 연필, 필통, 책받침, 물감 넣는 통 등의 학용품을 산다. 집에 가져 와 밤 늦도록 나의 몇 제자들의 어린자녀들에게 주기 위해 곱게 포장을 한다. 참으로 순진하고 천진난만한 어린이들의 얼굴을 떠올리며 예쁜 카드에 하나님 잘 믿고 무럭무럭 자라서 나라 겨레를 사랑하는 큰 빛삶의 인물이 되라는 글을 쓴다.

어린이 날이 아닌 날이거나 어린이 날쯤으로 어린이들에게 선물이 가면 제자인 어린이 엄마의 전화가 걸려온다.

"선생님! 고마워요. 우리 지연, 승연이가 펄펄 뛰어요."

라고 말하면서 남매가 너무너무 좋아한다는 것이다. 그리고 그들은 엄마로부터 전화를 넘겨받고,

"교수님, 감사합니다. 교수님, 참 고마워요."

라는 인사를 잃지 않는다. 또다른 엄마의 전화에서도,

"교수님, 우리 정훈이가 좋아 펄펄 뛰어요. 전화 바꿔 달래요."

하면서 아들에게 전화를 넘긴다.

"교수님 감사합니다. 공부 잘할께요."

라고 씩씩한 음성으로 말한다.

또다른 엄마의 아들인 신웅이도 준호도 다 내게 감사한다는 말을 씩씩하게 말하는 것이다. 어린이들에게 이런 감사 인사를 받자고 선물을 보내는 것은 결코 아니다. 이름을 안 밝히고 보내고도 싶었다. 그러나 주어서 기쁘고 받아서 기쁜 사랑과 마음의 꽃이 아름답게 꽃피기 위해서는 부득이 내 이름을 적어 보낸다. 제 자인 어린이들의 엄마를 사랑하니까 그들의 자녀 또한 친손자 손녀처럼 사랑스러운 것이다.

조그만 선물을 보내고 큰 감사를 받고 기뻐하는 철없는 어린이처럼 멋쩍게 느껴지기도 한다. 그러나 그 어린이들의 엄마로부터 감사의 가정 교육이 잘된 예의는 참으로 아름다운 것이다.

'존귀에 처하나 깨닫지 못하는 사람은 멸망하는 짐승 같도다.'라는 성경 말씀이 있다. 사람의 허울만 쓰고 잘났다고 교만만 부리고 삶의 감사를 모르는 인간은 짐승이나 다름없다.

개도 주인의 사랑이 고마워 술취한 주인이 잔디밭에 누워 잘 때 주인한테로 번져 오는 불을 개울에 가서 꼬리에 물을 묻혀 불을 끔으로써 기어이 주인의 생명을 건진 그 개는 지금 전북 남원 가는 길 오수 마을에 동상으로 그 빛이 푸른 하늘에 빛나고 있다. 개도 사람의 은혜를 알거든 하물며 사람이 사람의 은혜를 모른다면 그야말로 개만도 못한 인간인 것이다.

우리 주위에는 겸손을 모르고 자기 자만이나 극도의 이기심에 폭 빠져 약삭빠르게, 눈치 빠르게, 영리한 꾀배기로 살아가는 인간들이 너무도 많다. 만물보다 거짓된 것이 인간이요, 하나님이 사람 만든 것을 첫째로 후회하신다는 성경 말씀처럼 나도 한 갑자를 벌써 살아오면서 가끔은 희망적인 삶의 인간도 봤지만 실망을 안겨 주는 인간도 많이 보고, 겪어도 보았다. 누구든지 사람을 믿으면 끝내 실망한다는 철학도 발견되었다. 오직 하나님만 불변의 사랑으로 인류를 사랑하시고 죄를 용서하시며 참빛으로 우리를 영생의 길로 인도하심을 깨닫게 된다.

로마 폼페이 동상 앞에서 시저 장군이 자기의 가장 심복 부하였던 부르터스의 칼에 암살당할 때 그 당한 배신감은 분노로 하늘까지 솟구쳤을 것이다. 그러나 시저는 부르터스의 배신에 일기당천의 용기를 잃고 그의 몸을 부하의 칼에 맡겼던 것이다. 상관을 배신한 부르터스는 삼십 냥에 스승을 유태인 종교 지도자에게 팔아넘긴 가룟유다와 함께 지옥의 유황불에서 지금도 타고 있다. 우리의 박정희 대통령도 가장 믿었던 심복 부하요, 한고향 사람이던 김재규의 총알에 죽지 않았던가!

나의 지극히 작은 사랑의 선물 학용품 선물을 우편 소포로 받고 너무 좋아 펄펄 뛰며 기뻐하는 어린이들! 그리고 깍듯이 감사할 줄 아는 그 예절 바른 아름다운 어린이 마음! 어찌 어른 세계에서나 있는 더러운 시기, 질투, 배신, 거짓 같은 낱말이 우리 어린이 세계에 있겠는가?

하늘 나라 일꾼, 우리 나라 일꾼, 큰 빛삶의 인물이 될 내 사랑하는 어린이들이 푸른 꿈도 펄펄 뛰어서 인생의 승리를 이루며 꼭 하늘 나라 생명책에 그 이름 길이 기록되는 하나님 축복과 사랑이 넘치길 난 오늘 새벽에도 기도했다. 또 내일도 잊지 않고 우리 어린이들을 위해 기도할 것이다.

《기독교수필》 제6집. 1996.

시인이 된 두 제자

　어느 전문대학 복도에서였다.
“어머나! 선생님!”
　하며 내게 다가서는 여인이 있었다. 제자 정연이였다. 이 대학 가정과 강사로 출강한다는 것이었다. 대견스러웠다. 그는 중학교 때 가르친 제자요, 내가 담임이기도 했다.
　어느 국어시간에 적십자사에서 모집하는 ‘우리 선생님’ 제목으로 글짓기를 한 일이 있었다. 적십자에 보냈더니 특등이 되어 상장과 상품을 받았고, 그 아버지와 함께 텔레비전 출연까지 한 일이 있다. 착하고 공부도 잘 했었다.
　그가 여고로 진학한 뒤로 크리스마스 무렵 꼭꼭 연하장을 보내 안부를 전해 왔다. 내가 학교를 옮기자 그 아버지와 한 교무실에서 근무하게 되었다. 그 아버지 이 선생님은 내가 딸의 은사였다는 인연을 두고 많은 정을 베풀어 주셨다. 건강하시던 그 이 선생님은 어느 해 추석을 막 지낸 가을에 고혈압으로 쓰러져 끝내 고려병원에서 돌아가시고 말았다. 고향을 북에 둔 실향민이었다. 딸이 서울대에 들어갔다고, 또 졸업 후 대학원에 진학했다고 은

164

근히 자랑삼아 내게 말씀하던 제자의 아버님 이 선생님은 쓸쓸히 타향에서 눈을 감으셨다.

정연이가 맏딸인지라 2남 2녀의 자녀들이 모두 학생이었다. 조객이 뜸했다. 내가 찾아가 조문할 때 반가워하는 정연이는 그때 대학원 1학년이었다. 그의 어머니가 날 보고,

"우리 정연이가 시를 잘 써서 대학신문에도 자주 발표되고 어느 잡지 주최 백일장에서 장원을 한 일도 있다."

고 글소질을 말씀해 주셨다. 나는 그럼 시인 제자가 되면 좋겠다고 했다. 그 어머니로부터 잘 지도해 달라는 부탁을 받았다.

아버지 장례를 치루고 꽤 여러 달 지난 뒤 초여름쯤인가 보다. 정연이는 내가 가져오라는대로 그의 시를 여러 편 가져 왔다. 지상에 발표된 것도 있었다.

혜산 박두진 선생님을 같이 찾아뵙고 정연이의 사람됨과 글솜씨를 말씀드렸다. 나의 은사이신 혜산 스승은 제자가 또 제자를 소개하니 참 기쁘시다고 하시면서 그 자리에서 가져 온 것을 읽어 보시고 시상 전개나 표현 등 몇 가지를 자상히 지도해 주셨다. 그 뒤론 아무 소식이 없었다. 그러다가 강의차 나간 그 여전 복도에서 마주친 것이다.

그는 벌써 딸을 하나 둔 어머니였다. 그해 9월이면 모 시전문지에 혜산 선생으로부터 마지막회의 시가 추천된다고 했다. 그래서 정식으로 시단에 등단이 되면 우리 집에 찾아오겠다고 했다.

9월 어느 주일날 오후, 정연이가 들고 온 그 시전문지에 그녀의 이름이 있었다. 시가 깔끔하고 시상이 선명했다. 혜산 스승께 감사를 드리며 제자 시인 탄생이 한없이 기뻤다.

여중 땐 그처럼 자존심이 강하던 정연이가 아주 겸손하고 시가의 세 며느리 중에도 가장 시부모를 잘 섬겨 칭찬을 받는다고 그의 친정어머니가 말씀하기도 했다.

어느 스승의 날 기념으로 정연이는 내게 백화점에서 제일 큰 남방을 하나 사 왔다. 안 맞으면 그 백화점에 가서 바꿔도 된다고 했다. 안 맞았다. 나는 다시 그 백화점에 가서 더 큰 것을 찾아 바꿔 입었다. 그 제자가 대견스럽고 고맙기도 했다.

훌륭한 시인, 훌륭한 교수로 이 나라 이 겨레에 크게 이바지하길 빌고 있다.

또, 한 제자는 모 공업고교 근무할 때 가르친 제자다. 바로 정연이가 중학생이던 그 여학교에 내가 갔을 때 공고에서 가르친 그 제자는 필경사로 있었다.

"아, 선생님!"

하며 처음 만날 때 참 기뻐했다. 나는 박봉에 시달리는 그 제자를 고교 모교로 가도록 지도했다. 고3 때 담임이 바로 학교 경영자의 아들이며, 지금은 그 병설 중학의 교장으로 계시니 성실하고 착한 너를 꼭 필경사로 채용해 줄 것이라 했다. 과연 내 말대로 대뜸 채용되었다.

그 학교는 정식 사서 교사가 없으니 너는 다시 열심히 공부해서 준사서시험을 보라 했다. 내가 근무하는 학교도서관에서 몇 권의 책을 빌려 주었다. 피땀을 쏟은 그 제자는 준사서 시험에 거뜬히 합격되었고, 강습을 거쳐 준사서 자격증을 취득했다. 사서교사 겸 필경사로 모교에서 일하게 되었다.

나는 또 제자가 방통대에 가도록 지도했다. 두어 번 떨어졌으나 끝내 서른 살이 넘어서 2년제의 방통대에 합격이 되었다. 2년을 잘 마쳤다. 4년제 대학 야간으로 가 3학년으로 진학하라고 했다. 국문과를 원했다.

그러나 전공한 과도 틀리고 방통대라 그런지 3학년 편입이 쉽지 않았다. 2학년으로 온다면 받아 준다는 대학이 있었다. 그는 갔다. 장가도 가서 딸과 아들이 있는 만학으로 남달리 땀 흘려 국문과 수석 장학생도 되고 신문 편집일도 맡아 보았다.

고등학생 때 서예도 잘 하고 시에도 소질이 있었다. 그래서 교지에 시가 실리기도 했다. 나는 문예지도를 잊지 않았다. 열심히 시를 쓰고 다듬어 대학생 문예모집, 또는 신춘문예 모집에 글을 어김없이 보내라고 다그쳤다. 몇 군데 잡지에 글이 가작으로 뽑히기도 했다. 시조도 써보라 하여 습작한 것이 시조문학에 한번 실리기도 했다.

대학 졸업을 하고 내게 찾아와 상의했다. 모교 담임이셨던 중학교 교장선생님은 바로 제자 임문혁이 졸업하면 채용하겠다고 국어교사 자리 하나를 3년간 비워 두고 제자의 졸업을 기다린 것이다. 그런데 본인은 공립을 가고 싶다고 했다. 모교에 남는 것도 좋으나 발전을 위해 공립으로 가는 것이 좋겠다고 나도 내 의견을 표시했다. 중학교 교장선생님께는 한없이 죄송한 일이나 제자의 발전을 위해서는 공립의 방향으로 지도하지 않을 수 없었다. 제자가 차마 입에서 말이 떨어지지 않으나 공립으로 가겠다고 교장선생님께 말씀드렸다고 했다.

'야, 너를 3년이나 기다렸는데 이제 와서 그게 무슨 소리냐?'

하시면서 퍽 섭섭해 하셨다고 한다. 나도 미안한 느낌은 금할 수가 없었다.

제자는 모범교사로 교장선생님의 총애를 받던 중 1983년도 한국일보 신춘예에 시가 당선되었다. '물의 비밀'이라는 시로 김남조 시인과 미당이 심사위원이었다. 시인이 된 것이다. 참으로 기뻤다.

지금은 모 여고 교사로 근무하면서 교원대 대학원에 적을 두고 있다. 내가 교회에 이끌어 지금은 그 교회 장로로 시무하고 있다.

여제자 이정연과 남제자 임문혁을 하나님께서 사랑해 주셔서 나와 함께 교단에 서게 해주시고, 시인이 되게 하여 사제가 함께 생활하도록 해주시니 늘 기쁨이 가슴에 넘친다. 나보다 앞서고 있음을 더 기쁘게 생각하며 그들의 큰 앞날을 빌고 있다.

《믿음을 심는 사람들》 제14집. 1998. 3. 12.

외솔의 제자 사랑

옛날에는 스승을 존경하여 스승의 그림자도 안 밟는다고 하였다. 임금, 부모, 스승은 하나라 하여 스승도 임금님과 부모님 섬기듯 깍듯이 존경했던 것이다. 그런데 산업정보시대인 오늘날은 선생은 많으나 스승이 없고, 학생은 많은데 제자가 없다는 교육 부재의 소리가 들려 온 지도 오래 되었다. 교사, 교수도 성직이 아니라 한낱 똑같은 일반 직업인의 하나로, 그 가치나 품위가 짓밟히고 있다. 교사, 교수 되는데 검은 돈이 오가고, 인격이나 자질, 덕망이나 학문보다 인맥, 지맥, 학맥, 금맥의 연줄로 선생답지 않은 저질의 인간들을 강단에 세우니 나라의 교육이 바로 될 수 없다.

교육부 장관이 바뀔 때마다 입시 정책이나 교육 정책이 까닭없이 바뀌는 혼란도 자주 겪는다. 교원노조가 합법화된 이상 선생도 하나의 교육노동자로 인정된 것이다. 그렇다면 정당한 노임을 받고 자신의 교육적 책임을 다해야 할 것이다.

나라가 교사의 정년을 단축하고, 촌지를 문제 삼아 선생들의 사기를 떨어뜨리고, 사학이 학교의 비판 교수를 재임명에서 탈락시

키는 횡포 등이 교사나 교수의 꿈을 좌절시키고 교육의 갈등을
자주 빚어내고 있다. 존경할 만한 스승상이 없다. 바람직한 제자
상이 확립되지 않는다. 애국가 4절 가사에 '괴로우나 즐거우나 나
라사랑하세'가 있는데 〈나라사랑〉을 〈나만사랑〉으로 바꿔 부르는
각박한 세태가 바로 우리의 현실이요, 현주소인 것이다. 외솔 선
생이 걱정했던 꾀배기 투성이요, 촛불과 같은 어리배기 인간들을
찾아보기 힘들다.

그 선생에 그 제자라고 훌륭한 스승 밑에 훌륭한 제자가 나오게
된다. 예수님 밑에 베드로를 비롯한 열 두 제자가 있고, 공자님
밑에 맹자, 석가님 밑에 가섭을 비롯한 제자들, 소크라테스 밑에
플라톤, 아리스토텔레스 같은 인물이 나온 것이다.

극도의 이기주의가 판을 치는 오늘날, 과연 스승의 제자 사랑이
있는가?

도산 안창호, 남강 이승훈 선생 같은 겨레의 스승이 있다. 내가
직접 학문과 인격, 사상과 신앙을 배운 외솔 최현배, 한결 김윤경
두 분의 제자 사랑에 감동을 받지 않을 수 없다.

중절모를 쓰시고 중·고등학교 교장실로 제자를 데리고 가서 내
가 가르친 제자인데 품행과 성적이 교사로 추천할 만한 사람이니
귀교 교사로 일하게 해 달라는 간곡한 부탁을 드리는 외솔 선생
이나 한결 선생의 고개가 교장 선생보다 더 아래로 숙여진다.
훌륭한 애국자로 교육자로 겨레의 스승인 외솔, 한결 스승의 그
뜨거운 제자 사랑의 부탁을 어느 누가 거절할 수 있겠는가?

일제 시대 외솔 선생이 잠깐 계셨던 동래고보에서 외솔 선생의
학문과 인격과 애국 애족사상에 감동을 받은 허웅 제자는 다시

연희전문에서 외솔의 제자가 되었다. 또 광복 후에는 연세대 교수로 진출하는데 도움을 주시기도 했다. 그는 오늘날 외솔 선생의 수제자로 외솔의 학문과 사상을 이어가며 한글학회 회장으로 국어사랑, 나라사랑의 지도자로 평생을 몸바치고 있다.

역시 연세대에서 배운 수제자의 한 분으로 외솔의 《우리말본》 정신을 펼치며 외솔의 학문과 사상을 철저히 이어가는 김석득 제자는 외솔회 회장으로 이 어려운 시대에 외솔회를 열심히 보람차게 잘 이끌어 가고 있다. 김석득 박사가 모교 국문과 교수로 재직 중일 때 외솔 선생이 앉으셨던 문과대학장, 부총장직을 지내셨고, 한결 김윤경 선생이 지내신 대학원장도 맡아 일하신 것이다. 훌륭한 스승의 발자취를 따르는 일은 참으로 갸륵하고 아름다운 일이다.

일제 말기 외솔 선생의 연희 제자인 모기윤 교수가 외솔 선생이 고창중학 교사로 가라고 추천해 주실 때 거기는 시골이라는 이유로 망설였더니,

"고창은 조선땅이 아닌가?"

하시면서 일깨워 주시는 바람에 1년만 있다 오겠다고 말씀 드리니 3년은 근무하고 와야 한다는 당부가 엄숙하였다고 한다. 그렇게 내려간 모기윤 교수는 고창중학 학생들과 사제간의 정이 깊어져 8년을 가르치고 상경하였다는 말을 외솔회 모임 어느 자리에서 한 적이 있다. 모기윤 교수는 모윤숙 시인의 동생으로 문학에도 능한 시인이기도 했는데, 외솔회 부회장을 지내며 외솔찬가도 지었다. 늘 외솔 제자임을 자랑으로 여기던 분이다.

지난 해 인하공전에서 정년 퇴임한 조용란 교수는 서울사대에서

외솔 선생의 《우리말본》 강의를 들으며 외솔의 제자가 되었다. 외솔 선생이 인하대학에 추천해 주셔서 강단에 서게 된 조 교수는 인하공전 외솔회 동아리 지도교수를 맡아 외솔정신을 열심히 강의로, 수필로, 실천한 분이다. 지금도 외솔 선생의 은혜에 늘 감사하며 외솔회 부회장으로 외솔회 일에 열과 성을 다하고 있다.

한글학회 일을 하며 외솔 선생을 스승으로 모시고 일하신 김계곤 교수도 허웅 박사의 수제자이면서 외솔 선생을 스승의 스승으로 깍듯이 모셨다. 그리고 지금도 외솔 선생의 학문과 사상, 그리고 인격을 좇아 국어사랑, 나라사랑의 지도자로 꾸준히 활동하고 있다.

세종대왕기념사업회 회장 일을 맡아 밤낮 땀을 쏟는 박종국 회장은 외솔 선생의 연세대학교 제자로 한글학회와 세종대왕기념사업회에서 한글전용운동, 세종대왕의 기념사업운동에 평생을 몸바쳐 일하고 있다. 외솔회 부회장으로 외솔정신의 실천에 늘 앞장서서 최선을 다하고 있다.

외솔의 연회전문 제자인 주영하 박사는 외솔 선생께서 꼼꼼하게 교단에 서시어 한글사랑, 나라사랑을 가르쳐 주시던 그 모습을 늘 잊을 수 없다고 하면서 외솔 선생을 높이 기리고 있다. 외솔회 고문으로 국어순화추진회 활동에 91세의 고령에도 불구하고 열심히 일하신다.

재작년에 돌아가신 이가원 박사도 성균관대학에서 파면당한 당신을 백낙준, 최현배 두 어른께서 연세대 강단에 세워 주신 은혜가 크다고 늘 말씀했다. 비록 학문은 한문학이라 해도 외솔 선생의 나라사랑 정신이나 한글 전용 정신만은 높이 평가한다고 하면서 나의 권유로 외솔회에 기꺼이 입회했다. 연세에서 외솔 선생을 가까이 모셨던 이가원 박사는 무슨 일이든 책임을 질 줄 아는 외솔 선생을 깊이 존경했다.

외솔 선생 제자로 직접, 간접으로 외솔의 사랑을 받지 않은 제자는 하나도 없을 것이다. 강단에서 가르쳐 주시고, 선생으로 추천도 해 주시고, 주례도 서 주시고, 격려도 해 주시고, 제자라면 다 따뜻하게 정을 베풀어 주신 것이다. 존경하는 스승과 사랑받는 제자 사이가 그 얼마나 아름다운 일인가!

외솔 선생은 성삼문 시조를 사랑하셨다. 그 독야청청의 지조를 흠모한 나머지 아호마저 외솔인 것이다. 그 때문에 일제시대 조선어학회 사건으로 3년의 옥고를 치르시면서도 민족정기와 선비정신을 잘 지키셨다. 존경받는 겨레의 스승이신 외솔 제자들이 어디간들 거짓을 행하며 허튼짓을 할 수 있겠는가?

이 짚신땅에 마지막 남기신 외솔 선생의 유언은 〈한글을…〉이다. 주시경 선생 수제자로 한평생 세종의 뜻을 받들어 자주 민주의 정신으로 한글의 뼈얼을 부르짖고 한글문화, 세종문화가 온 세계에 활짝 꽃피길 바라며 그 일에 77세의 한평생을 바치셨다.

오늘의 교단에 선 선생들은 사심 없는 외솔 선생의 그 순수한 제자 사랑을 잘 깨치어 제자들의 앞길을 잘 인도하며 덕을 세우면서 존경받는 스승이 되어야 할 것이다. 그래야 바람직한 제자를 낳게 된다. 외솔이나 한결 같은 제자 사랑을 본 받는 많은 스승이 나오는 한국교단이 되면 얼마나 좋을까?

《나라사랑》 제103집. 2002

한글나무 모임과 나

어느새 잔인한 세월의 수레바퀴는 내 나이를 일흔 고개 위에 얹어 놓았다. 나라 잃은 일제시대 노동자로 일본에 건너간 우리 부모는 눈이 많이 오는 다까야마에서 나를 낳았다.

할머니께서 병환이 위독하다는 조선의 국제전보를 받고 경남 함양군 소재 마천 고향으로 가족이 다 나왔다. 위독하시던 할머니의 뇌졸중 병세가 좀 호전되어 우리 가족은 다시 일본으로 가려고 준비하던 차 귀국 1년 만에 감격의 광복을 맞은 것이다.

산 높고 물 맑고 인심 좋던 마천에서 짚신 신고 초등학교를 다니며 어린 날을 보냈다. 어지러운 좌우익 충돌의 정치 속에 지리산 공비가 출몰하던 마천에서 보릿고개를 힘들게 넘고 함양읍내로 나와도 농토가 없는 우리집은 아버지의 지게가 우리의 땅이었다. 함양중학 3년을 개근으로 졸업하고 숙부님의 힘을 입어 서울로 진출한 나는 서울의 명문고에 응시했으나 실패하고 동대문 강문고교(현 용문고교)에는 아주 우수한 성적으로 합격했다.

포항공대 2대 총장을 지낸 장수영 박사와 몇 년 전 아깝게 작고한 이중모 사장과 함께 삼각형 친구로 절친하게 지내며 고교를 졸업하고 각자 대학으로 진학했다.

언더우드 선교사가 세운 연세대에 입학하여 최현배, 김윤경 같은 훌륭한 애국자, 겨레의 스승을 만나 한글사랑 나라사랑의 교육을 잘 받은 것이다. 고전은 양주동, 장덕순, 정병욱, 이가원 교수 등에게 배우고, 현대문학은 박두진, 곽종원 교수 등에게 배웠다.

4·19 정의의 거리를 뛰고, 5·16 군사 쿠데타를 겪으며 학업의 어려움도 겪었다. 연세대 국문과 졸업과 동시에 해병대에 지원하여 귀신 잡는 해병이 되었다. 하나님의 은혜로 군항 진해에서 해병 진해기지사령부 정훈참모실에 근무하게 되었다. 영선중대에 있다가 반공웅변대회에 일등을 했더니 정훈참모실로 발탁되었다. 해병진해주보 편집 일을 3년 간 맡아 보다가 자랑스럽게 제대했다.

화폐개혁된 돈 600원을 어머니에게 받아 300원은 열차비로 쓰고 300원을 가지고 시베리아 벌판 같은 서울 거리를 누벼 성만상업전수학교(현 신경여상) 교사가 되었다. 충무로 5가에 있었고, 이 학교건물이 나중에 정음사가 되어 이 건물에서 나는 전국 국어운동 고등학생연합회(뒤에 한겨레 한글나무 고등학생 모임으로 바뀜) 지도교사로 꿈 푸른 남녀 고교생들과 한글운동, 국어운동을 펼쳤던 것이다.

영등포공고, 중앙여고를 거쳐 독립문에 있는 대신고교에 근무할 때 나는 한글학회 병설 한글문화협회의 부설로 생긴 전국국어운동고등학생연합회 지도교사가 된 것이다. 이 모임이 조직될 때 허웅 한글학회 이사장, 고 유제한 한글학회 상무이사, 문제안 교수, 이봉원 기독교방송 피디(PD) 등이 참여했다. 학생으로는 덕수상고생으로 강태성, 김태선, 이덕배 도령이 참여했고, 배재고교에서 유희진, 황원용, 변성섭, 대신고교에서 김상민, 김경민, 신종휴가 참석했다. 동국사대부고에서는 최원봉이 참여하고, 이화여고에서 김옥희, 장봉숙, 이경순, 계성여고에서 주설령, 경희여고에서 김일호, 배화여고에서 유종순, 조경희, 중앙여고에서 최은희, 최희자, 덕성여고에서 송정선이 참여했다. 20명의 남녀 고교생이 창립회원이 되고, 덕수상고 강태성 도령이 초대회장, 이화여고 김옥희 아씨가 부회장, 배재고교 유희진, 계성여고 주설령은 감사, 이화여고 장봉숙은 서기 일을 맡게 되었다. 나는 허웅 한글학회 이사장님으로부터 전국국어운동고등학생모임의 지도교사로 지명받았다.

 이봉원 님은 우리 학생들에게 금수현 작곡의 〈우리말과 우리글의 노래〉를 가르쳐 주었다. 그 노래 가사는 다음과 같다.

1. 제 것일랑 버려두고 남의 것만 찬양하던
   조상이 예 있어서 검은 구름 펴 놓았네.
   배달이여, 잠을 깨어 이 땅을 밝게 하세.
   내 말 내 글 내 조국이 그 얼마나 빛나는가.

2. 제 것 여기 없었던들 남의 속에 묻혔을 걸
   핏줄이 살아 있어 풍랑조차 물리치니~
   배달이여, 힘을 모아 겨레탑 쌓아 올리세
   내 말 내 글 내 얼이 그 얼마나 굳셀 손가.

이 노래는 고교 국운회(전국국어운동고등학생연합회의 줄인 이름)의 모임이 끝날 때 꼭 부르는 주제 노래였다. 모임을 열 때는 애국가를 4절까지 다 부르며 나라사랑의 마음을 깊이 다졌다.

고교 국운회가 만들어지자 그 활동 장소는 충무로 5가에 있는 외솔회관으로 정했다. 매주 오후 3시면 남녀 고교생이 모여 열띤 토론을 벌였다. 진지하고 열렬한 이들의 토론은 때로 밤 9시가 되어도 끝날 줄 몰랐다. 정음사 고 최철해 사장님 배려로 외솔회관에서 4년간 활동하던 고교 국운회는 애산 이인 선생의 3천만 원의 성금과 우리 학생들 성금까지 보탠 국민의 성금으로 한글회관이 우뚝 세워지자 고교 국운회 5대 회장인 박덕영(서라벌고 2) 도령은 회원들의 뜻에 따라 1978년 9월 11일 한글회관으로 활동 장소를 옮겼다.

매주 토요일 오후 3시에 모여 한글전용문제, 국어순화문제 등으로 토론을 벌이고 때로는 소설 작품이나 교양서적의 내용을 주제로 열띤 독서토론도 벌였다. 공휴일에는 어린이대공원, 경복궁, 덕수궁 등지에서 우리말과 글을 사랑하자는 계몽지를 시민들에게 나누어 주며 한글계몽을 했다. 때로는 광화문, 서울역, 고속터미널 거리에서 거리계몽도 했다. 한글날이면 덕수궁 세종대왕 동상 앞에서 '꽃 바치기' 글을 읽고 꽃을 바쳤다.

고교 국운회 학생들은 동양방송의 '밤을 잊은 그대에게'에 자주 출연하여 우리 말과 글을 사랑하는 대담을 황인용 아나운서와 나누었으며, 차인태 아나운서가 사회를 보는 문화방송의 '별이 빛나는 밤에'도 출연하여 한글사랑, 나라사랑의 활동을 열심히 했다. 한국방송공사의 '우리는 고교생', 기독교방송의 '명랑백일장'에도 출연하여 고교 국운회의 한글 사랑의 이미지를 크게 드러내기도 했다.

나라의 새마을운동이 한창 전개되던 70년대 중반에 시작된 고교 국운회의 농촌봉사활동을 강원도 횡성군 안흥면 월현리 덕초현에서 10년 간 전개했다. 어린이들에게 글짓기, 그림그리기, 찬송가를 비롯한 노래지도, 주민들에게 새마을정신 등을 가르친 것이다. 옥수수를 주식으로 살아가던 덕초현을 고향처럼 찾아 간 것이다.

종로, 명동, 신촌, 청량리 등의 거리 간판에 쓰인 말과 글을 조사하여 우리의 간판 언어실태를 비판하며 《한글 새소식》에 발표하기도 했다. 10여 년간 써오던 긴 고교 국운회 이름을 1988년 6월 25일 14대 회기에 와서 한글세대에 알맞은 '한겨레한글나무 고등학생모임'으로 고쳐 부르기로 했다. 그 줄인 이름으로 한글나무모임으로 부르자 했다.

한글나무모임은 학생들의 친목을 이루기 위해 서울 교외로 소풍도 갔으며 주시경, 최현배 선생 묘소에 참배도 했다. 주로 대신고교 운동장에서 체육대회를 벌여 선후배간의 정을 더욱 뜨겁게 달구었다. 대개 연말쯤에는 열악한 조건을 무릅쓰고 '한글나무 큰 잔치'를 벌여 방송제, 연극문학작품 낭독, 계몽강연, 한글나무재판정 등을 열어 우리말, 우리글 사랑잔치를 종합예술제로 보여주었다.

학생들의 국어 공부를 (한글학자) 북돋워 주고 국어 교양을 더욱 높이기 위하여 한글나무모임을 국어교실로 활용하여 저명한 명사를 초청하여 강연을 듣기도 했다.

이 국어 교실에 오시어 우리 학생들에게 강연을 해 주신 인사로는 한글학회 이사장 허웅 박사님을 비롯하여 대학교수인 김석득(연세대), 박두진(연세대), 전규태(연세대), 이현복(서울대), 이태극(이화여대), 김계곤(인천교대 현 경인대), 곽종원(건국대), 정재도(한글학자) 등이 자상하게 고교 국어교과서 중심으로 강연해 주셨다. 그 밖의 인사로는 안재식(문교부 연구관) 황선길(방송인) 등이 기쁘게 강연해 주었다. 삼일여성동지회 고 전창신 회장, 독립운동가요 시인인 고 조애실 여사의 강연을 통해 일제 항일투쟁 강연으로 우리 학생들의 국가 민족관을 붇돋워 주었다. 문윤희(경희여고 교사), 임문혁(경기여고 교사 현 연신중 교장) 선생은 한글나무 모임을 잘 도와주셨다. 참 고마웠다.

한글나무모임은 기관지 《한글나무》를 4호까지 발행했다. 한글나무모임 활동상을 잘 기록했다. 창간호에 허웅 박사님은 '사랑의 힘에는 한계가 있다'는 글을 써 주셨고, 이경복, 정대구 고교 선생님들의 글이 실려 있다. 외솔회 총무 박대희 님, 문윤희 선생, 《한글 새소식》 주간이신 성원경 선생 글이 실려 있고, 한글학회 사무국장 유운상 님의 격려글도 실려 있다. 한글학회 회원으로 박종국, 김계곤, 조재수, 리의도, 허종진 님 등이 우리 한글나무모임의 발전에 많은 기도를 해주셨다. 세종대왕기념사업회 사무국장 차재경 님의 격려와 대학생 국운회 지도교수였던 상명대 최기호 교수의 협력도 한글나무모임의 밑거름이 되었다.

1975년 2월 22일부터 2000년까지 지도한 한글나무 학생은 500명이 넘는다. 그 가운데 김옥희(한국체대), 김슬옹(목원대), 박덕영(숙명여대), 이은령(숙명여대) 고수일(전북대) 등은 대학교수로 활동하고 있다. 김태선(신한은행), 전세운(하나은행) 이덕배(우리은행) 등은 은행지

점장으로 금융가의 일꾼이 되어 활동하며 한글나무 큰잔치 배우였던 주종휘, 서갑숙은 연예계에서 활동하고 있다. 또 변정수, 고길섭은 문화평론가로 큰 활동을 보여 준다.

유희진, 신종휴, 구정우 등은 회사 사장으로 발전을 보이며, 모의재판정 검사역을 맡았던 소진은 현재 중견 검사로 부지런히 일하고 있다. 정석영은 서울대에서 공학박사 학위를 취득하고 대덕기술단지 국가방위산업체 연구원으로 활동하면서 한글나무 동기생 박미연과 부부가 되어 행복하게 살고 있다.

유종순은 고교교사로, 장봉숙, 손명화, 윤경옥 등은 초등학교 교사로 학생들을 잘 가르치고 있다. 김희상은 번역가로 조은희는 한솔회사 상무로 일하고 있다. 그 밖에 여러 한글나무들이 열심히 자기 업무에 열중하며 한글사랑 활동에 앞장서고 있다.

새파란 한글나무 꿈나무를 가꾸고 키우는데 4반세기!

여기에 나의 푸른 젊음을 다 바쳤다. 고교 제복을 입고 외솔회관, 한글회관에서 한글사랑 나라사랑의 열띤 토론을 보이던 한글나무 학생들 모습이 눈에 선해 마냥 그립기만 하다.

한글사랑으로 나라사랑의 뼈대를 이루고 한글나라를 한글깃발 앞세우는 으뜸 나라로 만들기 위해 오늘도 우리 한글나무는 힘차게 일하고 있다.

고희를 맞아 한글나무모임을 돌아보는 마음은 감회도 깊고 보람찬 삶으로 느껴진다. 아낌없이 금싸라기 같은 청춘세월을 바쳐 피와 땀으로 키운 자랑스런 우리 한글나무가 모두 대한민국의 큰 기둥 일꾼이 되길 빌어 마지 않는다. 재학시 부르짖어 가르친 참삶, 뼈삶, 빛삶의 큰 인물이 되길 기도한다. 사랑하는 제자들이

나의 만류에도 무릅쓰고 12권의 송골 시집에서 대표작을 골라 송
골 시선집을 발간하여 고희기념 잔치를 열어 주는 그 고마움을
길이 잊지 못할 것이다.

'문화민족으로서의 긍지와 이상을 갖고 나랏말과 나랏글을 아끼
고 사랑하며 민족 주체성을 확립시켜 국민정신과 문화를 창조 발
전시키며 나아가 인류문화발전에 공헌함을 목적으로 한다.'의 한
겨레 한글나무 고등학생 모임의 목적대로 우리 자랑스럽고 꿈 푸
른 한글나무가 날로 달로 우뚝우뚝 자라 이 나라와 온 세계의 아
름드리 한글기둥의 되길 빈다.

제15시 · 시조선집 《한글나무》 머리말. 2006. 5

한글나무 잘 키우자

우리는 자랑스런 한글 겨레다. 오랜 역사와 빛나는 전통을 자랑하는 문화 민족이다. 오늘 우리가 이처럼 해와 같이 기쁘게 살아갈 수 있는 것은 하느님이 보우하사 우리 나라가 만세할 수 있도록 하나님께서 세종임금님을 통하여 우리 짚신 겨레에게 쉽고 고운 한글을 주셨기 때문이다.

하나님이 주신 한글, 세종임금 만든 한글! 그야말로 우리 짚신 겨레가 알뜰히 가꾸고 사랑해야 할 한글을 오히려 너무 배우기 쉬우므로 권위가 없다 하여 한자에 미친 양반들이 한문만 숭상하며 한자는 진서라고 하고 한글은 언문이라 하여 연산군을 비롯해서 한글을 핍박한 비극의 역사를 만들었다. 그 알량한 권력 다툼으로 티격태격하다가 우리 금수강산까지 일제의 총칼에 짓밟히게 했던 것이다.

35년간 나라 잃은 설움 속에 일본어가 우리 국어라고 우격다짐으로 가르치며 우리 민족주의자들을 하나하나 변절시키던 일제는 죄지어 남 안준다는 속담처럼 원자탄 두 알의 불세례를 받고 망했던 것이다. 우리 한글 겨레를 압박한 죄의 댓가였다. 강대국이

182

약소 국가를 짓밟거나 거짓을 행하면 망한다는 산 교훈이 바로 일본의 패망이었던 것이다. 패망의 일본은 다시 일어나 경제와 군사로 세계를 위협하는 오늘, 우리는 분단의 비극을 오래 겪으며 민주화 투쟁으로만 나라가 시끄러웠다.

이제는 우리도 경제가 크게 일어나고 잘 사는 나라, 힘센 나라로 세계 위에 올라 서 있다. 역사적인 88올림픽을 치른 후 우리 한국의 이름은 참으로 세계의 하늘에 높이 빛나고 있다. 세계 사람들이 아름다운 우리 국토를 보았고, 예의바른 한글 겨레를 보았던 것이다. 우리말도 한두 마디씩 배워가기도 했다.

그 세계 사람들이 보고 간 10월의 가을 하늘엔 한글날이 어려 있다. 10월 9일은 우리의 뜻깊은 한글날인 것이다. 이 한글날은 1926년 11월 4일(음력 9월 29일)에 우리 국어를 사랑했던 애국지사들이 조선어연구회(현 한글학회)와 잡지사인 신민사 공동 주최로 요리점 식도원에 모여 한글 반포를 기념하고 그 보급, 연구를 장려하기 위해 가갸날(한글날)을 만든 것이다. 한글날을 기리고 사랑함으로써 잃어져 가는 민족정기를 되찾고, 잃은 조국을 다시 찾자고 광복 투쟁의 하나로 한글날이 선포된 것이다. 그 때문에 조선어학회를 독립 단체로 보고 탄압하여 일제는 조선어학회 사건을 조작해서 많은 국어학자들을 투옥시켰다. 한 징, 이윤재 같은 어른은 광복을 못 본 채 옥중 이슬로 사라진 것이다.

이렇듯 사상적으로 뜻깊은 한글날이 광복 후 공휴일이 되어 40여 년간 겨레의 축제일로 기쁘게 지켜져 왔다. 한자의 사대 사상에서 벗어나고 우리 말·글·얼의 새로운 인식으로 외래어 홍수를 막으면서 한글날의 한글 사랑을 더욱 가슴 깊이 10월 9일의 이 겨레 기쁜 축제일이던 한글날이 그만 내년부터 없어지게 된 것이다. 참 슬픈 일이다.

전기가 대낮같이 밝고 신간벽지 구석구석까지 자동전화가 들어가고 온 세계가 한 이웃인 오늘, 세계의 가장 과학적인 우리 글자 한글의 생일날인 한글날을 공휴일이 많다고 국군의 날과 함께 빼버린 것이다. 구정에는 사흘이나 쉬고, 하루 쉬던 추석도 사흘이나 늘여 쉬며, 석가탄일도 새로 공휴일로 지정하면서 그 때문에 한글날이 빠지는 비극을 겪다니! 너무도 어처구니없는 슬픔이 아닐 수 없다. 문화의 눈이 밝아져 가는 오늘, 한글을 보는 눈이 이처럼 어두워서야 되겠는가?

한글세대가 밀물처럼 밀려오고 있다. 2천년대 통일 조국의 주인공들이다. 순수 한글세대가 그릇된 한글의 물줄기를 바로잡아 줄 것이다. 한글세대의 푸른 눈동자에 한글 조국, 한글 겨레를 크게 기대한다. 기어코 한글날은 다시 살아날 것이다.

우리는 영원한 우리 나라 겨레의 발전을 위해 한글나무를 잘 가꾸고 키워야 한다. 무럭무럭 한글나무로 자라는 한글 세대의 모임인 〈한글나무 모임〉이 있다. 16년째 자라 온 이 모임이 이번에 열네 번째 〈큰 잔치〉를 연다. 우리 어른들은 씩씩하고 믿음직한 이 한글나무들을 아끼고 사랑해 주기 바라며 큰잔치에도 참여하여 사랑의 물주기를 소홀히 하지 않기를 바라마지 않는다.

우리 한글나무 아름드리로 잘 키우자. 한글 나라는 한글세대의 것이다.

《믿음을 심는 사람들》 제16집. 1991. 3. 12

정란의 눈물

"어머! 선생님 왜 이래요?"

느닷없이 내 병실을 찾아 온 두 처녀가 눈물이 글썽하다. 누굴까? 내가 지도하는 〈한글나무 모임〉을 거쳐 간 제자가 아닌가 하는 생각이 들어 아무개냐고 말하자 그 중에 한 처녀가 안타깝다는 듯 소리친다.

"선생님! 저 정란이예요"

"뭐 정란이가? 그럼 넌 정미구나!"

두 처녀는 정란이 형제였다. 참 반가웠다. 소박한 이 두 제자의 얼굴만 봐도 내 병이 낫는 듯했다.

1970년 강원도 횡성군 안홍면 월현1리 덕초현으로 중앙여고생들을 데리고 농촌봉사를 가서 가르친 두 형제가 나의 입원을 어찌 알고 찾아 왔을까? 이들을 처음 만났을 때 정란이는 유치원 어린이였으며 정미는 네 살쯤으로 젖을 먹고 있었다. 그 후 대신고교생, 한글나무 고교생들을 인솔하고 10년을 농촌 봉사하러 가서 성경말씀과 찬송과 그림그리기, 글짓기 등을 가르치며 새싹어린이집 어린이들의 벗이 되어 주었다.

정란이는 발랄하고 명랑했다. 그리고 날 무척 따르고 좋아했다. 삶은 옥수수를 갖다 주기도 하며 거의 팔에 매달리고 함께 놀아 주기를 바랬다. 농촌 봉사를 가면 으레 정란네 집에서 묵었다. 그래서 더 정이 든 것 같다. 동생 정미는 떼가 많았고 샘도 많았다.

스물 넷의 동생이 며칠 후 시집을 간다고 한다. 언니인 정란을 앞질러 시집을 가는 것이다. 정란이가 정미보고 먼저 시집가도 좋다고 허락했다는 것이다. 딸 여섯에 아들 하나의 7남매 중에 정란은 여섯째요, 정미는 막내다. 다 결혼하고 이제 정란이만 남게 된다. 정란은 아버지의 별세로 학업이 중단되어 다니던 고교는 그만 두고 서울에 몇해 취직을 했었다는 것이다.

서울에 살다가 건강을 잃고 요양차 덕초현 고향으로 갔다가 이젠 서울이 싫어 흙냄새 좋은 고향집에 남기로 했고, 어머니를 모시고 오빠 집에 있는 것이 마음 편하다고 했다. 어린 날 선생님이 가르쳐 주신 성경말씀과 찬송에 많은 감동을 받았고 남녀 고교생들과 함께 여러 가지 놀이를 하며 지내던 그 시절이 그립다고 했다.

"오 선상님은 술도 안 잡수시고 무슨 재미로 사십니까?"

마을 이장을 지내시던 정란이 아버지가 어느날 내게 한 말이다. 옥수수술을 즐겨 마시던 그는 끝내 54세를 일기로 간암으로 고향 흙에 묻혔다. 그도 나처럼 신촌 세브란스병원에 입원해 있을 때 내가 찾아 심방했던 어느 가을날 병상에서 나를 바라보며,

"나는 오 선상님처럼 학생을 가르치고 농촌봉사를 하며 나라에 많은 일은 못해도 낳아 놓은 자식들 끈이나 맞춰 놓고 눈 감으면 좋겠소!"

　어떤 죽음의 예감 같던 소릴 하더니 이듬해 2월에 운명했다는 소식을 들은 것이다. 몸매는 작아도 다부지고 담이 크며 새마을 발전에 힘쓰던 선량한 농부였다. 아까운 농부의 죽음을 나는 깊이 애도했던 것이다.

　그의 어린 두 딸이 다 커서 막내가 시집을 가게 되고 정란이도 고향에서 신앙 좋은 청년을 구해 시집 갈 것이라 했다.

　심은 대로 거둔다더니 농촌봉사를 통해 가르친 많은 제자 중에 정란이 형제의 만남은 정말 기뻤다. 정란은 그 후에도 두 번이나 더 왔다. 올 때마다 뜨거운 기도도 잊지 않았다. 한 알의 밀알이 되어 있는 정란이 얼굴을 보며 나는 기쁨을 느꼈다. 시집 가서 잘 살기를 바라는 내 마음은 4월 그날의 그 뜨겁고 진실했던 정란의 눈물을 잊을 수 없다.

《믿음을 심는 사람들》 제17집. 1992. 5. 18

세 번이나 잃어버린 책가방

　몇 년 전, 연세대 사회교육원 문창과정을 졸업하는 제자들이 내게 까만 가방 하나를 사주었다. 그 가방에 책을 넣고 다니며 사랑하는 제자들을 가르치는 나의 기쁨은 항상 가슴 가득 넘친다. 그런데 날마다 들고 다니는 나의 이 가방을 들어 본 어느 제자가 〈선생님의 가방〉이란 시에서 이렇게 읊은 연이 있다.

　　선생님의 가방은 정말 무겁습니다.
　　선생님의 가방은 하나도 무겁지 않았습니다.
　　지식과 낭만과 추억의 가방!
　　주인이신 선생님에겐
　　추운 겨울이 없겠습니다.

　내가 제자들에게 주려고 연세 뜰에서 가을 낙엽을 주울 때 지금은 시인이 된 그 제자가 내 가방을 들어준 일이 있다. 그 제자는 '선생님의 가방을 받아 들고서/ 가슴이 설레었습니다'로 첫 연을 열며 나의 책가방에 대한 훈훈한 찬사의 꽃을 피워 준 것이다.

손때가 묻은 이 정든 가방의 손잡이는 이제 금이 가 있다. 그래도 그 가방이 고급스럽게 좋아 보였는지 지난 해 1월에 영등포에 있는 성서신학원 제자들 졸업식에 가서 신학원이 있는 교회 계단에서 제자들과 기념 사진을 찍고있을 때 누가 그 가방을 훔쳐갔다. 아찔한 느낌이 들었다.

책가방을 교회 뜰에 잠깐 두고 사진 한 장 찍는 사이에 없어진 것이다. 책밖에 없는 가방을 누가 가져갔을까? 졸업식장에 꽃 팔러 온 사람들 소행으로 짐작은 가나 증거가 없었다. 그들은 '찾아보세요. 나올 거예요.'라는 말만 했다.

학생들이 온 교회 뜰을 뒤지자 문간 쪽 자동차 옆에서 발견되었다. 무슨 큰 돈이나 든 가방으로 여겼는지 몇 안 되는 꽃장사치들이 귀신같이 가방을 훔쳐가 뒤졌으나 책밖에 없으니 그 자리에 버린 것으로 생각되었다. 꽃장사치들이 꽃 같은 고운 마음을 갖지 못하고 교회 십자가 앞에서도 하나님을 모르는 불쌍한 인간들이 되어 겁도 없이 절도행위를 한 것이다. 아무튼 가방을 찾아 기분은 좋았다.

그런데 올해 2월 20일, 부천치과에서 이 치료를 받고 김선임, 김금순 두 제자를 만나 점심도 나누었다. 두 제자와 시에 대한 대화를 팡세 찻집에서 나누고 그들의 마중 속에 62-1번 좌석버스를 탔다. 두 제자가 훌륭한 시인이 되길 바라며 나는 좀 전에 헤어진 제자 둘을 생각하며 시 잘 쓰라는 격려엽서를 썼다. 이 엽서를 빨리 우체통에 넣어야지 하는 생각에 사로잡혀 그만 책가방을 두고 내렸다.

이화여대 후문에서 내려 연세대 사회교육원 교학과 사무직원들에게 줄 빵을 좀 사다가 그때서야 내가 좌석버스에 가방을 두고 내린 사실을 알았다. 부랴부랴 다시 버스정류장으로 와서 부천 중동행 좌석에 올랐다. 가방을 잃었다는 내 말을 들은 운전기사는 분실시간을 묻더니 그 무렵의 운전기사에게 손전화를 걸었다.

가방이 없다고 했다. 그날따라 가방 속에 책 두 권과 볼펜밖에 없었다. 내가 타고 올 때는 오후 낮시간으로 손님도 몇 없었다. 손님이 들고 내리지 않았다면 종점에 있을 거라고 했다. 중동 종점에 이르러 차에서 내린 기사가 기사 사무실에서 가방 하나를 들고 나왔다.

내 것이었다. 찾은 것이다. '아, 하나님 감사합니다. 가방 찾아주셔서 감사합니다.'라는 감사 기도가 나왔다. 찾으러 갈 때도 찾아준 그 기사에게 감사의 말을 전하고 기쁜 마음으로 집에 왔다.

이미 가방을 두 번이나 잃었던 경험이 있어서 행여 차에 놓고 내릴세라 차를 탈 때면 가방 손잡이를 꼭 잡고 의자에 앉는다.

가방에 유난히 신경을 쓰게 되었다. 낡아서 볼품은 없어도 제자들이 사준 사랑의 가방이요, 정든 가방이라 내겐 가보처럼 소중한 나의 재산목록인 것이다. 그런데 주의를 하면서도 또 가방을 차에 두고 내린 것이다.

봄빛이 익어오는 3월 3일, 그간 만나기로 해놓고도 몇 번 뒤로 미루다가 그날은 강화에 있는 최지유 시인을 만나기로 한 것이다. 그날 기쁘게 강화행 버스에 올랐다. 천진난만한 외손녀 해나 생각이 났다. 세 살이다. 귀여운 해나에게 엽서가 쓰고 싶었다. 강화로 가는 벌판의 흙냄새를 맡으며 새 봄빛에 취하다가 해나 생각에 엽서를 꺼냈다. 아직 글도 모르지만 엄마가 읽어줄 수 있으리라 믿고 강화다리를 건너며 엽서를 썼다.

어느 새 종점에 왔다. 지난 달 20일에 한번 잃은 가방이라 잘 보이게 바로 내 옆에 챙겨 둔 가방을 엽서마저 쓰기에 정신이 팔려 또 책가방을 두고 그냥 내렸다. 내 스스로 왜 내가 이렇게 정신 없는 바보일까? 자책하며 사무실에 가 분실 가방을 찾아 달라고 하니 '차번호가 몇 번이냐?'고 했다. 무관심했기에 차번호도 몰랐다. 금방 서울에서 온 차라고 했더니 마침 그 기사가 자기 차로 가 가방을 들고 나온다. '아 하나님, 고맙습니다. 또 가방을 찾아 주셔서 고맙습니다.' 하나님께 감사 기도를 몇 번이나 드렸다. 첫 번 분실은 영등포 당일교회 풀밭에서 사진 찍다가 잃었고, 두 번째는 부천발 서울행 좌석버스에서 엽서 쓰다 의자에 두고 내렸고, 세 번째는 강화행 시외버스를 타고 외손녀에게 엽서를 쓰다가 챙기지 못해 잃었다. 나는 나의 정든 책가방을 세 번이나 잃었다가 찾은 것이다.

하나님께서 다 찾아 주신 것이다. 감사헌금을 교회에 내면서 나는 '하나님 책가방을 찾아 주셔서 정말 감사합니다.'하고 뜨겁게 기도했다. 만약 가방을 찾지 못했다면 내 가슴이 지금까지 얼마나 아플까? 오늘도 그 책가방을 들고 사랑하는 제자들을 찾아가는 나는 생각할수록 부족한 나를 사랑하시어 세 번씩이나 잃은 책가방을 다시 찾아 주신 하나님께 오직 감사, 또 감사할 뿐이다. 그리고 내 스스로 모든 삶에 정신차려 기도하며 자기 물건을 잃지 않도록 각별히 주의해야 한다는 생각을 항상 하게 되었다. 늘 얼이 산처럼 푸르게 살아 있는 사람으로 살아가야 할 것이다.

《기독교수필》 제13집. 2003

늙은 박사

싱싱한 젊음! 새파란 인생의 봄인 청춘이야말로 얼마나 아름다운가? 민태원의 수필 청춘예찬처럼 정말 '청춘'이란 말만 들어도 가슴이 설레는 말이 아닐 수 없다. 그 불타는 가슴과 넘치는 힘이 부럽지 않은가? 청춘이야말로 무한의 가능성에 도전할 저력이 있다. 그 때문에 청춘은 참으로 값 높은 보배가 아닐 수 없다.

그러나 잔인한 세월은 끝내 청춘을 노인으로 만들고 만다. 청춘의 검은 머리는 어느 날엔가 흰 파뿌리가 되고 만다. 늙은이치고 젊은 한 때가 없었던 사람이 누가 있겠는가? 다 꽃다운 청춘에 뜨겁게 사랑도 속삭이고 결혼식도 가져 본 것이다. 다만 시간과 조수는 사람을 기다려 주지 않기 때문에 누구나 주름살이라는 인생 계급장을 달게 된다.

그 어려운 박사학위도 젊어서 따면 얼마나 좋겠는가? 지금 자연과학 계통은 20대 젊은 박사가 쏟아지고 있다. 그렇지만 인문과학 쪽은 대개 젊어야 30대요, 늙으면 50대가 된다. 물론 60대에 학위 얻는 사람도 있을 것이다. 3년의 박사 학위과정을 수료하고 지도교수의 지도를 받아 새롭고 독창적인 이론의 학위논문을 써

내는 일은 결코 쉽지 않다. 아무리 학벌 인플레가 되어 대학마다 박사가 쏟아져도 그만한 땀방울의 결정이 아니면 영광의 학위는 있을 수도 없다.

그런데 왜 이렇게 박사학위가 필요한가? 흔히 말하는 대학교수가 되는 면허증이 되기 때문이다. 40대에 박사학위를 취득한 교수에게 학위 취득을 축하했더니 '교수 밑에 박산걸요.'한다. 기위 대학에 진출되어 있는 교수도 무슨 부속물처럼 박사학위가 필요하여 늙어서 설움을 받아가며 학위를 얻어낸 사람도 많고, 그나마 학위가 없어 고민에 젖어 있는 분들도 없지 않다. 아예 젊어서 외국 유학을 하여 다른 나라에서 학위를 얻는 젊은이들도 많다. 그간 쌓은 학문 업적을 높이 인정받아 명예박사를 받는 분들도 있다.

또 이 박사 학위가 무슨 벼슬이라도 되어 그런지 가짜 박사까지 등장하여 사회의 물의를 빚은 일도 있다. 하긴 언제 저런 사람이 공부하여 박사가 되었을까? 의심이 갈 정도로 믿기지 않는 돈많은 박사도 수두룩하다.

박사도 대학에 몇 명 없을 때는 귀하고 존경스럽고 그 가치가 높게 보였으나 이제는 박사 아닌 사람이 없을 정도로 지천으로 많다보니 자연히 예전보다 예사로 보인다. 심지어 그 때문에 별로 환영도 받지 못하는 서글픈 현실을 보게 된다.

70년대만 해도 대학교수 자격에 '박사학위 소지자를 환영함'이라 했는데 80년대 이후부터는 '박사학위 소지자를 원칙으로 함' 이라 밝혀 '환영'에서 '원칙'으로 대우가 달라진 것이다. 박사학위 소지자라해도 나이를 제한해서 젊은 쪽으로 채용하기 때문에 천신만고 끝에 박사학위를 취득한 만학도는 대학교수로 가는 길이 더욱 하늘의 별따기이다. 그렇게 천신만고 끝에 교수가 되고나면 주위에서 들리는 인맥, 지맥, 금맥 등의 배경을 안고 되었을 거라는 냉소적 비판의 소리는 가슴을 서글프게 한다.

대학교수면 그 나라 인격과 지성의 상징이 된다. 그런데 황금만능주의의 배경을 타고 인사권자에게 행운의 금열쇠나 안기고 교수로 채용되었다면 그런 교수 밑에 무슨 학문과 인격을 배울 수 있을까? 늙거나 젊거나 간에 학문과 인격을 갖춘 훌륭한 인물본위의 교수채용이 이루어져야 한다.

시간강사 하나 채용에도 초등이나 중등의 현직교사면 안되고 회사원이면 되는 조건도 납득이 가지 않는다. 오히려 교육 경력을 가진 사람은 밀리고 교육 경력도 없는 사람은 시간강사로 자격을 주는 일은 우습지 않은가? 현직 대학교수 중에 초, 중, 고교 교단경험을 안 거친 사람이 몇 명이나 될까?

교사, 교수가 무슨 벼슬이 아니다. 학생을 가르치는 선생님이다. 스승상을 보여야 하는 것이다. 초, 중, 고교 선생님이 자격을 갖추면 시간강사도, 교수도 되는 아름다운 풍토가 아쉽다. 허위적인 껍데기는 다 벗어 던져야 한다. 어느 교단에 섰건 간에 훌륭한 스승 밑에 훌륭한 제자가 있기 마련이다.

어느날 나의 병실을 찾아 온 친구가 대화 끝에 '요즈음 늙은 박사는 안 알아준다더라.'는 말을 한다. 참 쏩쓰레한 이야기이다. 모대학 부총장이 된 친척 동생이 그런 말을 하더라는 것이다. 그건 사실이요, 현실이다. 대학교수로 가는 길에 늙은 박사는 필요없다는 이야기다.

젊어서 박사학위를 취득해도 늙으면 다 늙은 박사가 되게 되어 있다. 지금 각 대학마다 머리 허연 존경스런 박사님들이 얼마나 많은가? 흔한 박사학위를 오히려 거절하시는 교수도 많다. 50년 대만 해도 국민학교도 안 나왔으나 교수 자격만 되면 채용되어 훌륭한 학문 업적을 남긴 분도 많다. 서양의 이기주의 바람이 불고 우리의 미풍양속이 무너져가는 각박한 현실이다보니 오늘날 노인들이 곳곳에서 푸대접을 받고 있다. 우리의 전통적 경로사상이 땅에 짓밟힌다. 젊은이도 늙으면 늙은이가 되고, 그것은 곧 온다.

교만을 부리지 말아야 한다. 누가 세월을 잡아 맬 수 있다던가? 인맥을 타고 젊어서 교수직에 들어서서 척척 학교 보직을 얻어걸치고 부총장 지위에 앉았다고 함부로 말하는 태도는 권위적인 교만에 지나지 않는다. 늙은 박사를 안 알아준다는 말보다는 만학에 학위 하느라 고생하셨다는 고운 말이 더 인격적인 말이 아닐까? 청춘은 60부터라는 말도 있고 평균 수명이 70을 넘어서는 마당에 50대면 한참 일할 청춘으로 볼 수도 있다. 50대 박사를 보고 늙어 별 볼 일 없다는 투의 부총장 말은 망언으로 들린다.

'존귀에 처하나 깨닫지 못하는 사람은 멸망하는 짐승과 같도다' 하는 성경 말씀이 생각난다. 우리는 늘 스스로 사람의 가치를 깨달으며 사라답게 살아가야 할 것이다.

《시문학》 1990. 7월호

갈비에 부러진 갈비

  십여 년간 한양 언덕을 오르다가 나는 아름다운 꽃을 하나 낳았다. 이름하여 세샘꽃이다.

  고교를 졸업하고 어쩌다 배움의 기회를 놓쳐 한양대 독학사 고시 과정에 와 공부할 때 내게 와 국어 교육을 받고 졸업한 해샘 김미자, 달샘 전미영, 별샘 이점성이 세샘꽃인 것이다.

  이 세 제자는 특별히 나를 따르며 존경했고, 나도 이들을 특별히 사랑하여 해, 달, 별같이 빛나는 인물, 샘같이 깊고 맑고 깨끗한 여성이 되라고 나이의 차례에 따라 해샘, 달샘, 별샘으로 아호까지 지어 주고 아끼며 사랑하며 기도하는 제자이다.

  해샘은 가장 언니로 학구열이 강하여 한양대 교육대학원으로 진학해서 번역 작가의 꿈을 키우고 있다. 달샘은 한밭으로 이사 가서 거기 개척교회인 도원교회 기둥 집사로 전도 열심히 하며 교회에 충성 봉사하는 믿음의 일꾼이 되어 있다. 막내인 별샘은 야무지고 개성 강한 제자로 이미 시조시인으로 문단활동을 하면서 건국대 대학원에 진학하여 교육학 석사의 꿈에 젖어 열심히 공부하고 있다.

이 세 사람 아름다운 세샘꽃이 재작년 한가위 때 내게 선물로 조그만 쇠갈비 상자 하나를 준 바 있다. 고마웠다. 기쁘게 이것을 들고 나는 마땅히 둘 곳이 없어 한양여전 예능관 5층에서 섬유디 자인과 강의실까지 가져갔다. 신나게 열강을 하고 나는 무거운 내 책가방과 쇠갈비 상자를 각각 한 손에 쥐고 문을 나오다가 느닷없이 왼발이 미끄러지며 그만 왼쪽 내 갈비가 쇠갈비 상자 모서리에 찍힌 것이다. 지극히 순간의 일이었다. 2, 3초 숨이 멎는 듯했다.

"교수님, 많이 다치셨어요?"

내 넘어진 모습을 보고 달려온 학생들이 나를 걱정해 주었다.

"아, 괜찮아! 아무렇지도 않아!"

창피하여 넘어지자마자 일어선 나는 왼쪽 갈비가 심히 아픈데도 태연히 승강기 앞으로 왔다. 한 학생이 내 무거운 책가방을 버스 타는 데까지 들어다 주었다.

"어머나, 다른 걸로 선물할 걸 그랬어요."

세샘꽃은 나의 갈비 다친 이야길 듣고 저마다 걱정하며 위로해 주었다. 빨리 병원에 가 뼈사진을 찍어 보라 했다. 바빠 며칠을 그냥 견디며 목욕탕에 가 더운물로 찜질을 해도 낫지 않아 어느 날 동네 근처 병원으로 갔다.

시간에 쫓긴 나는 뼈사진에 나타난 갈비의 다친 현상을 알지 못한 채 강의하러 떠났다. 서울여대 강의를 마치고 오후 5시경 병원에 와 보니 의사는 수술 중이었다. 6시 반에 회갑기념 출판기념회 사회를 꼭 봐달라는 김해성 교수의 요청 때문에 세종문화회관으로 달렸다. 옆구리 갈비가 뜨끔뜨끔하는데도 명사회 소릴 들

어가며 김 교수의 회갑기념 출판기념회 사회를 잘 봐주고 집에
돌아왔다.

　계속 강의에 쫓겨 며칠 병원에 못갔다.

　어느 날 오후 의사에게 전화를 걸었더니 대뜸

　"뼈가 바스러졌는데 왜 안 오느냐?"

　했다. 아니 뼈가 바스러졌다고? 나는 좀 놀라면서 그 정도로
크게 다쳤나 싶었다.

　의사는 찾아간 나에게 갈비는 주위에 살이 많아 잘 붙게 되므로
깁스할 필요는 없고, 며칠분 약을 처방해 주면서 더운물로 물리
치료를 해보라 했다. 제자들이 사랑으로 준 쇠갈비에 부러진 갈
비이므로 잘 나을 것이라 생각했다. 세샘꽃 제자들도 나의 건강
을 기도한다고 했다. 한동안 학교 계단이나 지하철 계단을 조심
했다.

　그럭저럭 나으면서 해를 넘기고 새해를 맞았다. 아내가 명절 때
는 한복이 있어야 한다면서 늘 벼르던 한복을 맞춰 준다고 종로
3가에서 나를 만나자고 했다. 한복을 맞추고 점심을 먹은 뒤 나
는 모처럼의 외출에서 만난 아내와 같이 영화가 보고 싶었다. 눈
도 멋지게 내린 날이다.

　나는 빨리 표를 살 생각으로 뛰다가 그만 눈에 미끄러져 다쳤던
갈비 위의 왼쪽 가슴팍을 콘크리트 바닥 모서리에 사정없이 찧었
다. 순간 벌떡 일어났다. 주위 젊은이들이 보는 앞에서 창피했던
것이다. 조심하지 그랬느냐는 아내의 걱정어린 말을 들으며 극장
좌석에 나란히 앉은 우리 부부는 신비의 게임 '주만지'라는 영화
를 잘 봤다.

30여 년 전의 젊은 날이 그리웠다.

그때 나와 아내는 새파란 20대 청년으로 연애 중에 가끔은 극장에 간 일이 있다. 결혼 후에는 텔레비전도 생기고 시간도 없어 내내 부부가 영화 보러 가는 일이 없었다. 내 옆의 젊은이들은 신나게 웃곤 했으나 애정 영화나 세계 명작 영화를 좋아하는 내게는 아내와 같이 영화를 관람한다는 의미 정도에 지나지 않았다.

또 다친 갈비에 충격을 가하며 가슴팍에 타박상을 입었다는 나의 낙상에 세샘꽃은 모두 병원에 가 보라 했다. 바쁜 중에 병원에 갔더니 안면 있는 의사는 조심하지 않고 또 다쳤느냐고 했다. 결과는 아무 이상이 없었다. 내 사랑하는 많은 제자들의 기도 속에 파묻힌 나의 갈비가 또 부러질 리 없었다.

세샘꽃은 지난 연말에,

"이번에는 가장 가벼운 선물을 드리겠어요."

하면서 도서 상품권을 두툼하게 선물해 주었다. 필요한 책을 기쁘게 샀다. 세샘꽃은 다 외솔회 회원이 되어 우리말 우리글 우리얼 사랑의 외솔 정신을 깨달아 국어사랑, 곧 나라사랑에도 앞장서고 있다. 나의 갈비가 부러지도록 존경해 준 세샘꽃 제자들의 푸른 꿈을 늘 빌고 있다.

《나라사랑》 92집. 1996

세샘꽃은 아름답다

하늘을 보면 밝은 세샘꽃이 피어 있다. 땅의 내 가슴도 열고 보면 세샘꽃이 뿌리 내려 활짝 피어 있다. 세샘꽃은 참 아름다운 꽃이다. 향기 곱고 밝은 꽃이다.

세샘꽃은 나의 사랑하는 제자이다. 셋이 하나의 아름다운 꽃을 이룬 것이다. 해샘 김미자, 달샘 전미영, 별샘 이민하가 바로 아름다운 세샘꽃이다. 사랑의 실천이 가르침의 뼈를 이루는 한양배움터에서 학부 때 가르친 꽃제자들이다. 열심히 공부하여 우등으로 졸업하고 학사고시에 응시하여 당당히 합격한 수재들이다. 해샘 별샘은 각각 한양대, 건국대 교육대학원에 어려움을 무릅쓰고 합격을 한 것이다. 땀의 보람이 아름답게 열매 맺고 있다.

이 세샘꽃은 예수님이 사랑하는 빛의 자녀들이다. 모든 착함과 의로움과 진실함으로 살아가고 있다. 항상 기뻐하며 기도하며 범사에 감사한 삶을 살아가고 있다. 나와는 강의실에서 홀소리 닿소리의 세계적 우수성과 함께 우리말 우리글 우리얼 사랑을 배운 것이다. 우리 말글얼 사랑이 곧 나라 겨레 사랑임도 깨친 것이다. 그리고 참삶 뼈삶 빛삶의 솔뼈세얼의 길을 걸어가고 있다.

해샘은 맏언니다. 소설 속의 연인처럼 곱고 아름다운 꽃이다. 인정 많고, 사려 깊고, 침착하고 자상한 성품을 가진 꽃이다. 그러면서도 활발하고 시원한 성격으로 자신의 목포를 위해서는 자존심도 접어두고 열심히 후배에게까지라도 물어가며 공부하는 학구파이다. 하늘 같은 남편을 모시고 꿈이 밝은 두 딸의 엄마로서 모시는 친정어머니께 효도할 뿐 아니라 시부모께도 극진히 효도를 다한 효부이기도 하다. 시아버지께서 둘째 며느리 공부에 방해된다고 모시려 해도 사양하실 정도로 시부모님께 친딸 같은 사랑을 받는다.

정작 그 어려운 한양대 교육대학원에 영광의 합격을 했을 때는 시부모님께서 같은 날 당신의 집 목욕탕에서 1~2분 사이로 거의 같은 시간에 하늘 나라에 가셨다. 여든 일곱의 팔십대 부부가 이처럼 복된 오복의 죽음을 맞는 것은 쉬운 일이 아니다. 해샘 부부의 효도는 물론 여러 형제들의 우애 좋은 효도가 부모님을 장수하게 하고, 복된 죽음으로 하늘 나라 가시게 한 것이다.

해샘이 하늘같이 모시며 청산처럼 튼튼하게 믿고 의지하며 살아가는 부군 김 사장님도 별샘이 참 좋은 친형부처럼 받들어 모시고 있다. 그도 아내를 그야말로 하늘의 해처럼 사랑한다.

해샘은 여상을 나와 은행에서 일하느라 대학 배움의 기회를 잃고 학업에 꿈을 두다가 한양의 사회교육원을 수료하고 독학사고시에 합격하여 문학사가 되고, 이제 교육학 석사의 길을 밟고 있다. 이처럼 귀한 꽃제자를 발견하여 해처럼 밝게 아름답게 살아가므로 해샘으로 아호들 지어 준 것이다. 한송이 하늘의 해샘꽃이다. 영문학도로서 모범을 보여 주고 있다.

달샘은 달과 같이 밝고 아름다운 달샘꽃이다. 하나님을 가슴에 모시고 십자가의 길로 걸어가고 있는 신앙인이다. 시가가 푸른 동해바다가 있는 강릉이다. 국가공무원인 남편을 하늘처럼 모시며 씩씩하고 꿈 밝은 남매를 잘 가르치며 기르는 훌륭한 아내요, 어머니이다. 늦게 시작한 공부를 조금도 게을리 하지 않고 열심히 파고 드는 학구형 노력파이다. 행동에 조금도 가식이 없이 진실하고 소박한 성품을 보여 준다. 밖에 나오면 초등학생, 중학생 남매의 식사와 공부를 부지런히 챙기는 전화를 잊지 않는다.

나와 한번 통화해 본 남편은 믿음직하고 장래가 밝은 국가공무원이다. 아내를 위해 부족하지만 내가 스승이라고 세샘꽃하고 우리 부부를 강남 어느 횟집에서 기쁘게 대접을 해 준 일이 있다. 업무가 바빠서 직접 횟집까지는 못 와도 그 아내 달샘을 통해 인정 깊고 따뜻하게 우릴 대접해 준 것이다. 루마니아에 선교사로 나가 있는 나의 딸에게 예쁜 샌달을 사 보내서 딸이 무척 기뻐하는 말을 국제전화로 들을 수 있었다.

달샘은 외동딸로서 친정의 부모님께도 알뜰히 효도하고 있다. 시부모님께도 뜨겁게 사랑 받으며 잉꼬부부로 아름답게 살아가고 있다. 아내, 엄마, 며느리로서 조금도 손색이 없는 한국적 여인상을 보여 준다. 달같이 밝고 고와서 달샘으로 이름 지었다. 한송이 하늘에 뜬 달샘꽃인 것이다.

세샘꽃의 막내로 하늘의 별같이 예쁜 별샘이 있다. 인형처럼 예쁘고 순진한 별샘은 여섯 여형제 중 맏딸이다. 그래서 그런지 하는 일이 무게 있고, 빈틈없고, 자상하고, 인정깊고, 알뜰하기 그지없다. 아주 책임감이 강하다. 같은 교회에서 중매로 만난 남편

양성모 권사님도 믿음이 독실하며 삶의 의욕이 강하고 부지런하고 성실하기 그지없는 청년 사업가이다. 롯데계열 회사 간부로 있다가 스스로 선운피혁주식회사를 설립하고, 물건을 만들어 외국에 수출하느라 외국에 자주 나가 눈부시게 뛰고 있다. 세종대학원에서 경제학 석사 학위를 취득할 만큼 부지런하고 학구적인 데가 있다. 아내 별샘을 극진히 사랑하며 학업의 뒷바라지를 뜨겁게 해준다.

슬하에 똑똑하고 의젓한 아들 신웅이가 있다. 엄마 별샘이 수필 〈소중한 기쁨〉(《기독교수필》 4집에 실려 있음)을 보면 아들 신움이가 엄마 이민하 집사를 존경하고 사랑하는 효도의 마음과 행동이 사실적으로 잘 표현되어 있다.

여고시절 건강이 좋지 못해 고교만 졸업하고 결혼을 하여 대학의 길이 막혀 있다가 우리 한양대 사회교육원의 문을 두두리고, 삼년간 우등으로 공부한 수재이다. 재학 중 시창작에도 전념하여 1992년도에 종합문예지 《문예사조》 3월호에 〈인형극〉 외 3편이 추천되어 시조단에 오르기도 하여 현재 현역시인으로도 활발하게 활동하고 있다. 어려운 중에도 독학사고시에 거뜬히 합격하여 문학사가 되고 이어 건국대 교육대학원에 진학하여 좋은 논문을 준비하고 있다.

모시는 시어머님과 친정어머님께 깍듯이 효도를 다하고 있다. 교회 여전도회 회장으로 지도력도 갖추고 있다. 한국시조시인인 협회, 한국기독교문인협회, 한국문인협회, 한국기독교수필문학회, 한국자유시인협회 회원으로 문단 활동을 하고 있다. 앞으로 주옥편을 많이 발표할 줄로 믿는다. 이 나라 훌륭한 국문학도, 큰시인으로 빛삶을 남길 여성으로 본다. 아내로서, 엄마로서, 며느리로서, 그리고 국문학도로서, 시인으로서 조금도 손색이 없이 자신의 뼈삶을 알차게 밀고 나아가는 별샘은 참 부지런하고 다부지고 패배를 모르는 승리의 삶을 살아가고 있다. 주님의 딸로 십자가의 길로 힘차게 달려가고 있다. 나이에 비해 너무 젊어 아직도 아가씨로 보는 사람이 많다. 천사처럼 아름답고 순진하기 그지없는 신앙인이다. 나무랄 데 없는 모범여성이다. 남편을 하늘같이 받들며 귀하게 생각하는 모습을 볼 수 있다. 하늘의 큰별처럼 큰 빛삶의 인물이 될것으로 기대하여 그의 아호는 별샘으로 지은 것이다. 하늘의 별샘꽃으로 향기가 참 아름답다.

해·달·별은 다 빛을 갖는 별의 덩어리로 우리가 사는 세상을 밝혀 준다.

샘은 끊임없이 물이 솟는 물의 근원이 된다.

그러므로 해샘, 달샘, 별샘은 꾸준히 밝은 빛을 샘처럼 솟게하는 빛의 존재들이다. 이들이 다 아름다운 여성이므로 고운 꽃으로 비유된 것이다. 해샘꽃, 달샘꽃, 별샘꽃, 세샘꽃인 것이다. 1993년 5월 15일 스승의 날에 부족한 내가 과분한 대접을 받으며 해샘, 달샘, 별샘으로 아호를 하나씩 선물한 것이다. 세 사람이 다 기뻐했다. 이렇게 하여 나는 세샘꽃 제자를 낳게 된 것이다. 기도와 사랑으로 정성을 다하여 키우고 있다. 내 믿음직한 사랑의 아내 안송회 권사님도 세샘꽃의 장래를 기도하고 있다. 제자들이 참삶 뼈삶 빛삶의 인물이 되도록 언제나 기도하고 있다.

제자 사랑은 얼마나 아름다운 것인가? 물질만능사상과 극도의 이기주의 사상으로 인간성과 인정이 상실되어 가는 오늘의 황무지 같은 삶의 벌판에서 내가 정성껏 생명같이 사랑하며 키울 수 있는 해샘나무, 달샘나무, 별샘나무를 둔 것은 큰 자랑이요, 나의 행복이 아닐 수 없다.

오늘도 솔뼈제자들의 참삶 뼈삶 빛삶의 승리를 빌고 있다. 해샘 달샘 별샘 세샘꽃! 친형제 이상으로 정과 사랑이 서로 뜨거운 셋이면서 하나인 세샘꽃! 나의 꽃제자 세 사람의 행복과 발전을 빈다.

《1996. 문예사조》3월호 1996(1995. 1. 7. 씀)

제4부 : 생활

췌장염을 물리친 승리자

케이엘엠KLM 비행기를 타고

루마니아로 떠나는 2월 19일 아침! 날씨는 참 맑고 푸르다.

유영권 목사님 운전 봉사로 짐을 차에 싣고 아내와 막내아들과 함께 김포공항에 나왔다. 김윤열 집사님이 먼저 나와 있다. 반갑게 맞으며 선교지에 가져갈 우리의 짐이 규정량을 넘어 무게가 초과되었으나 특별히 허락을 받아 6개의 짐이 루마니아 부카레스트로 운송되게 되었다. 교회로 떠나는 김윤열 집사님이 참으로 고맙기 그지없다. 지난 번 휴가차 왔다 떠나는 딸의 짐도 그 초과량을 해결해 준 것이다. 하나님 은혜로 믿음의 형제를 만나 선교활동이 잘 되게 이루어지는 일이니 하나님께 감사하지 않을 수 없다. 성령의 힘으로 걱정하던 짐을 다 잘 부치고 받은 비행기표엔 좌석번호가 아내는 11번A 나는 11번 B였다. 따뜻한 사랑으로 찾아온 은정자 권사님의 기도를 받으며 그의 고마운 전송을 받으며 우리는 커다란 대형 비행기 케이엘엠KLM의 10번 문을 통해 올랐다.

영어가 짧아 걱정인 내게 서양 스튜어디스와 함께 한국인 스튜어디스도 하나 있어 마음이 기뻤다. 좌석도 시원한 창이 두 개나 있는 비행기 왼편 좋은 자리였다. 비행기 앞쪽의 2인용의 넓은 자리였다. 자리도 좋아 기뻤다.

비행기가 12시 45분경 부웅 날아올랐다. 비행기 아래 보이는 아파트를 보고 아내는 성냥갑 같다고 했다. 사실 그랬다.

생각보다는 한국사람이 많이 탔다. 나의 앞좌석, 옆좌석 모두 한국사람이었다. 네델란드 비행기라도 한국사람이 많이 타는구나! 생각했다. 기장의 영어방송 끝에 한국인 스튜어디스의 한국말 방송도 나온다. 나는 처음 타보는 케이엘엠KLM인지라 좌석의 여러 시설물을 조작에서 틀었다. 앞좌석 청년의 도움으로 옆에 접혀져 있는 식사 받침대 쓰는 법도 알고, 또 좌석 가운데 설치되어 있는 미니 비디오 조작법도 배웠다. 앞쪽에 설치된 비디오에서는 초반에 광고가 지나가고 이내 잠잠해졌다.

아내나 내가 켜 놓은 좌석의 미니비디오는 채널이 8개가 있다. 7번은 비행기가 날으는 길을 계속 말해 준다. 서울에서 암스델담까지는 8571km이며, 도착 시간은 오후 15시 30분으로 되어 있고, 장장 11시간이 걸린다고 한다. 비행기는 고도 3만 5천피트에서 더 높이는 3만 9천피트까지 오르며 고도를 조절해 가며 시속 7백km에서 9백여 km로 부지런히 날았다.

서울을 벗어난 비행기는 심양, 북경 하늘을 거쳐 가도가도 모래벌판인 고비사막을 날아간다. 아직 겨울인지라 하얀 눈이 군데군데 무늬처럼 깔려 있다. 오후 3시경 고비사막을 지난 비행기는 몽고의 울란바토르를 지나 추운 시베리아로 들어섰다. 나는 인상적인 고비사막의 하늘에 대해 즉흥시를 썼다.

고비 사막의 하늘

구름을 경계선으로
새파란 하늘이
마냥 푸드기만한 그 아래
가도가도 눈벌판
눈바다 위로
젖꼭지 솟듯
하얗게 솟은
봉우리 산봉우리들
아름답다.

좀더 날아간 날틀 아래
눈 벌판 질러
하얀 강물 흐르고
하얗게 얼어붙은
대지 위엔
꽃구름이 한떨기 꽃으로
여기저기 고요히
묵상에 잠겨 있다

오후 3시 15분쯤 지은 나의 시다.

낯익은 이름 타슈켄트, 알마타, 티벳고원, 옴스크, 노오시비르
스크, 이투크츠크, 우스드카메노고르쇼크 등의 지명이 비디오에
나오는 시베리아 하늘을 고도 10700미터, 시속 800여 킬로미터로

비행기는 부지런히 날아가고 있다. 오후 2시경 점심이 나온 후 간간히 음료수, 과자 등을 스튜어디스들이 나누어 준다. 두 번 나온 기내식은 생선요리를 택해 먹었다.

암스델담에 내린 나는 하룻밤 자야 하는 아이비스 스치폴IBIS SCHIPOL호텔을 어떻게 찾아갈까 사뭇 걱정이 되었다. 영어가 서툴고 처음 가는 곳이라 고생이 될까 걱정이 앞선 것이다.

한국인 스튜어디스에게 아이비스 호텔 위치와 가는 길을 물었다. 잘 몰랐다. 그가 네덜란드인 스튜어디스에게 지리를 알아 온 바로는 20분 정도 걸리는 위치에 있다 했다. 그러나 한국의 여행사 설명으로는 걸어서 5분 내지 10분 정도에 있는 호텔이라 했다. 종잡을 수가 없다. 나와 인사를 나눈 정정희 한국인 스튜어디스는 서울예전 무용과 출신으로 33세의 미혼여성이요, 서울 서부이촌동 온누리교회 교인이었다. 그가 우리 부부를 걱정해서 케이엘엠KLM 데스크에 부탁하는 다음과 같은 영문을 써 왔다. 고마운 일이다.

Gentlemen!
  i : Please take them to IBIS Hotel. or
  ii : Please tell them to how do they taking bus to
     IBIS Hotel!
※ They are first time in Amstredam. also they can't speaks Engliseh!

우리가 처음 가는 암스델담 아이비스 호텔이 어딘가를 잘 알려 주라는 부탁의 말을 따뜻하게 쓴 것이다. 그도 믿는 사람이라 하나님께서 그런 형제 사랑을 불러 일으킨 것이다. 참 고맙게 느껴졌다.

나는 서툰 나의 영어 솜씨지만 그래도 직접 케이엘엠KLM 직원에게 물어보기로 했다. 정정희 스튜어디스는 하나님이 잘 인도해 주실 텐데 뭐가 걱정이냐고 했다. 우리 여행 목적을 들은 그는 딸의 선교활동이 참 행하기 어려운 귀한 주님의 일이라면서 딸에게 갖다 주라고 과자를 조금 가져 왔다. 초면에도 이렇게 다정한 스튜어디스를 만나게 해 준 하나님께 거듭 감사를 드렸다.

내 명함을 받고 낯설지 않은 이름이라면서 정정희 스튜어디스는 더욱 친절하게 컵라면도 가져와 아내가 잘 먹었다.

스튜어디스와 대화를 갖는 사이에 비행기는 모스크바 상공을 날고 있다. 여러해 전에 공산국가 소련이 무자비하게 우리 비행기를 두 번이나 대포질했던 옛날 생각이 났다. 한번은 저 푸른 얼음 위에 비행기가 비상 착륙했다. 그런 냉전시대는 가고 지금은 화해의 시대가 열리고 있다. 프랑크프르트, 비웬나, 스톡홀롬, 코펜하겐, 헬싱키, 민스크, 브카레스트 등의 지명이 보이는 비디오가 계속 비행기 위치를 보여준다.

우리 한국보다 8시간이 늦다는 암스델담에 우리 시계로 밤 11시 40분에 도착했다. 네덜란드 시계로 약 4시경으로 오후였다.

암스델담은 비행기에서 내려다보니 깨끗하고 아름다운 도시로 보였다. 공항도 반듯하게 거리가 잘 정돈되어 있고 집들은 단층 구조로 아담했다.

한국인 여자 직원을 만나 아이비스 호텔가는 버스편을 잘 물어 보았다. 친절히 알려 주었다. 영어가 소용 없었다. 우리의 국력도 이만큼 커졌다는 걸 알 수 있었다. 국력은 힘이다. 기내의 정정희 스튜어디스는 서양인이 일본 국력을 더 우세하게 보고, 일본인 스튜어디스를 더 우대하는 대우가 불쾌했다고 했다. 우리말 우리 글의 힘이 세계를 지배할 날의 올 것이다. 열심히 국어사랑 나라 사랑의 힘을 길러야 할 것이다.

마침 나이지리아로 가는 두 남자와 선교사로 가는 노처녀를 만나 아이비스호텔 셔틀버스를 탔다. 5분도 채 되기 전에 여자기사는 우릴 호텔에 내려놓는다. 가운데 작은 호수를 두고 4층으로 보이는 아담한 건물이었다. 아직 네덜란드 시간과 생활에 물들지 않은 우리는 피곤이 몰려온다. 나와 아내는 배정받은 1127호의 1층 방에 들었다.

창밖 작은 호수에 잔잔히 물무늬가 인다. 나는 아내와 함께 감사기도를 올렸다. 암스델담의 하루가 저물고 있다.

1997. 2. 20. 새벽. 아이비스 호텔에서

없어진 달라 돈

나의 부족한 딸이 루마니아에 가서 4년째 선교를 하고 있다.

하나님의 사명을 받은 딸은 3년간 재직했던 중학 음악선생을 그만두고 선교사의 길을 택했던 것이다. 소정의 교육기간을 마치고 1993년 11월에 기도하며 희망한 루마니아로 떠난 것이다.

화성교회 파송 선교사로 단기과정 2년을 잘 마치고 더욱 선교사명을 깨달은 딸은 루마니아 사람들의 영혼을 사랑하며 주님의 일을 더 하기로 했다. 인생의 가장 귀한 젊음을 하나님께 바쳐 일하고 했다. 딸아이가 자란 화성교회와 부모형제, 벗들 그리고 딸을 아는 모든 사람들이 딸 혜림을 위해 기도해 주셨다.

주로 어린이를 위한 사역에, 조그만 동양 여자로 서양인들 사이에 끼여 똑똑하게 선교하고 있는 것이다. 세상의 명예나 지위나 돈을 사랑하지 않고, 자신의 모든 욕심을 떠나 오직 십자가의 길을 걸어 승리의 인생을 살아가겠다는 딸의 믿음이나 뜻이 참으로 귀하고 착하지 않을 수 없다.

루마니아에 정들고, 루마니아 자연에 취하고, 하나님 말씀에 순종하는 딸은 5년째 일하고 있다. 이 뒷바라지는 먼저 살아계신

214

하나님께서 보살피며 도와주신다. 사람으로서는 딸의 어머니 되는 안송회 권사님이 헌신적으로 회생하고 있다. 새벽기도, 저녁기도에 일년 내내 빠짐없이 기도하며 금요일 철야기도에 한결같이 밤을 새는 안 권사님의 기도를 어찌 하나님께서 들어 주시지 않겠는가? 연관된 사람들과 뜨겁게 합심기도를 하기 때문에 딸은 그만큼 소신껏 선교사역에 전념할 수 있는 것이다. 주일학교 때부터 자라난 화성교회에서 모두 기도하며 물질적 뒷받침을 하기 때문에 딸은 주님의 일에 온 정성을 다 쏟을 수 있는 것이다. 선교비를 지원해 주는 여러 성도들의 기도와 후원도 딸의 선교에 밑거름이 되고 있다.

나는 아버지로서 딸에게 이사야 41:10절 말씀에 위안 받으며 도와주시고 보살펴 주시는 하나님께 전적으로 의지하며 타국에서 겪는 고통이나 고독을 이겨 나가라고 했다. 그리고 믿음 좋은 신랑이 짝지어질 것도 기도하고 있다.

딸이 조금은 남다르게 주 뜻대로 사는데 최선을 다하고 있어 나는 내가 팔불출 소리를 듣는다 해도 자랑스러운 것도 사실이다. 하나님께서 큰 도구를 쓰실 것이요, 바울과 같은 큰 전도자로 쓰실 것이다. 이런 딸의 뒷받침에 헌신적 사랑을 쏟는 안송회 권사님도 훌륭한 선교가 아닐 수 없다.

딸이 선교사역을 마치고 루마니아를 떠나기 전에 꼭 부모가 한 번 다녀가길 소망해 왔다. 올해가 마지막 기회다. 올 10월이면 선교사역의 임기를 마치고 귀국해야 하는 것이다. 한 주에 한 번 정도 국제전화비가 싼 새벽 4시경 주일날, 안송회 권사님과 전화통화를 자주 해 온 딸은 루마니아 사람들이 가지 말고 더 사역해 주길 소망하기 때문에 마음의 갈등도 느끼고 있다고 했다. 그러나 나는 지난 2월 18일 눈 오는 날, 아들의 합동신학교 제17회 졸업식에 참석하여 기도해 본 결과, 딸도 올해 새로 대학원대학으로 태어나는 이 학교 신학생으로 더 공부하여 교역자로 장차 주님의 일을 더 크게 헌신적으로 하면 좋겠다는 생각이 들었다. 하나님은 그렇게 이끌어 주실 것으로 기도가 되었다.

우리 부부는 1997년도 나의 겨울방학을 이용해서 딸이 있는 루마니아의 갈라츠에 가기로 했다. 두 사람의 항공료와 딸에게 선교용으로 줄 돈이 많이 필요했다. 하나님이 딸을 사랑하시어 그가 필요한 선교용 물건을 요구해 올 때마다 안송회 권사님은 어머니로서 최선을 다해 준비했고 알게 모르게 딸을 후원해 주시는 성도님들도 함께 기도해 주셔서 어느 정도 준비가 이루어졌다.

우리 부부는 아들의 졸업식이 끝난 2월 19일로 출발 날짜를 잡았다. 1월엔 살인적 추위가 루마니아를 강타하는 혹한기여서 2월로 잡았으나 구정이 끼고, 이일 저일에 얽혀 최종적으로 루마니아 선교지 방문 날짜가 19일로 잡힌 것이다.

나는 한 일주 전에 아내 몰래 선교비지원금 내지 나의 용돈조로 566달러를 한일은행에서 바꿔 나의 사물함 상자에 넣어 두었다. 그런데 18일날 밤 그 돈을 찾으니 없다. 돈이 송두리째 없어진 것이다. 내가 딴 데 둔 것이 아닌가 하고 나의 정신없는 일로 가끔 고생했던 아내는 나와 관계된 모든 곳을 다 찾아보았다. 솔직히 가슴이 아프다. 나와 같은 짚신서민이 준비한 566달러는 큰 돈이다. 전직 대통령 비자금이나 장차관, 국회의원들의 떡값에 비하면 차값 정도가 될지 모르겠으나 짚신정신의 서민인 내게 오십만 원의 돈은 아주 큰 돈이다. 안 쓰고 아껴 모은 돈이다. 그런데 18일날 큰아들 졸업식에 가족이 다 가고 집이 비었을 때 좀도둑이 들어 고스란히 다 가져 간 것이다. 누굴 탓할 것도 없다. 나의 탓이다. 돈을 멀리하고 돈을 사랑할 줄 모르는 나는 도둑놈 보고 가져가라는 듯이 응접실 사물함 속의 종이 상자에 방치하듯 두었던 것이다. 더 잘 관리했으면 분실하지 않았을 것이다. 이런 시련은 더욱 나의 믿음을 연단시키는 주님이 주시는 교육이다. 또 서울에 살다보니 같은 집에서 두 번째 도둑을 맞았다. 아내는 그만해도 다행이지 딸에게 가져 갈 물건까지 훔쳐 갔으면 어떻게 할 뻔 했느냐고 대단한 믿음과 관용을 보였다. 아내와 전화가 된 딸의 말대로 딸이 더 중하지 돈이 중한 것이 아니다. 나는 속이 쓰리고 아프긴 하나 용서와 관용의 넓은 믿음으로 이 불행을 잊으려고 애썼다. 내게 회개하라는 하나님의 채찍으로 알고 더욱 회개했다. 아내에게 거짓이 있어도 안 되고 바른 십일조를 어겨도 하나님의 징계가 크다는 교훈을 가슴 깊이 느꼈다.

루마니아로 떠나는 날, 큰아들과 작은아들은 각각 금일봉씩을 여비에 보태쓰라고 가져왔다. 도둑맞은 566달러를 잊고 무사히 다녀오시라고 말한다. 믿음직하고 자랑스럽다. 나의 3남매가 이 어지러운 세상에서 부모와 함께 십자가의 길로 잘 걷고 있어 참 기쁘다. 하나님 은혜다. 주님께 감사를 드린다.

나와 아내는 19일 아침 루마니아를 향해 비행기에 기쁘게 올랐다. 주님께 거듭 감사하면서 소망의 푸른 하늘에 꽃구름이 춤추는 하늘을 시원하게 날았다.

암스테르담 IBIS SCHIPOL HOTEL에서 1997. 2. 20

무엇이 아내를 뺏고 있는가

영국 여왕이 남편의 침실문을 두드렸다.

"누구요?"

남편의 목소리가 흘러 나왔다.

"나, 여왕입니다."

이렇게 대답을 하자 남편은

"여왕은 여왕실에 가서 일이나 보시오! 여기 잘못 찾아 오셨어요! 여긴 여왕님의 집무실이 아닙니다."

앗차 깨친 여왕이 다시 문을 두드렸다.

"누구요?"

"당신의 아내입니다."

그제서야 문이 열리며 남편은 여왕 아닌 아내를 맞이했다는 일화가 있다.

사실상 남편에겐 집안의 태양인 아내가 필요하지 사회적 지위가 필요한 건 아니다. 남편은 아내의 사랑이 필요하고, 아내는 남편의 사랑의 필요한 것이다. 남편의 아내는 성경대로 남편의 뼈 중에 뼈요, 살 중에 살인 것이다. 하나님이 짝지어준 것을 사람이

218

나눌 수는 없는 것이다.

원래는 남편은 집 밖에 나가 일하게 되어 있고, 아내는 집 안에서 일하게 되어 있다. 남편은 밖에서 사랑하는 처자식이 먹고 살아 가야 할 행복의 벌이를 해 와야 하고, 아내는 벌어 온 돈으로 밥을 짓고 빨래하고 애 키우고 청소하고 집 안의 해로서 늘 밝고 따뜻한 빛을 뿜는 일을 해야 한다.

남녀평등의 민주주의 시대엔 여자가 꼭 아내 구실만 하게 되어 있지 않고 능력에 따라 남편 이상의 일을 밖에서 하기도 한다. 사실 바람직하게 일을 잘하고 있다. 정치적으로는 한 나라의 수상이 되어 나라를 이끌어 가는 중요한 책임자가 되는가 하면 경제, 사회, 문화, 교육 모든 분야에서 남자들 못지않게 능률적으로 일할 수 있다. 좋은 현상이다. 계속 여자들의 지위가 올라 그야말로 여성 상위시대가 되는 게 좋다.

우리 나라는 남존여비 사상 때문에 암탉이 울면 집안 망한다느니, 치마 두른 계집이 무얼 하겠느냐는 등의 멸시가 심했다. 이조 사회에서는 여자의 일곱 가지의 악까지 남성 위주로 만들어 그야말로 여자는 남자의 부속품이거나 노리개 정도로 여겨지게 했다.

정치, 경제권이 없는 여자의 권리는 늘 이불 속 활개에 그쳤으나 이젠 정치적으로도 요소요소에 여자의 발언권이 거세지고, 오히려 남자보다 더 경제 수입을 올리는 실정이다. 당연히 환영해야 할 일일 줄 안다. 가정을 더 행복한 가정으로 만들어 보려고 생활전선에 뛰어든 여성들을 어찌 나무랄 수 있으랴!

그러나 너무 여성들이 집 밖에서 살다보니 가정에 아내들이 없게 된다. 가정부나 늙은 할머니가 집을 지키고 있다. 어린아이도 어머니보다 가정부를 더 따르는 경향도 볼 수 있다. 아내가 있어 밝고 든든해야 할 집에 아내들이 없다면 그 가정은 어찌 될까?

어느 대학교수의 아내는 초등학교 교사인데 아내가 퇴근할 오후 5시쯤 되면 다섯 살짜리 아들이 대문을 열고 엄마 마중을 나갔다가 다섯 번이나 길을 잃어 그때마다 경찰의 신세를 져 가면서 찾은 일이 있다.

어린이는 늘 엄마의 사랑이 그리운 것이다. 엄마가 집에 없으니 어린애가 자꾸 집 밖으로 뛰쳐 나가는 것이다.

어느 고교 교사는 교회가 저주스럽다고 했다. 왜 그러냐고 했더니 아내가 너무 집을 비우고 교회 일로 밖으로 나돌아 다니기 때문이라고 푸념을 늘어놓았다. 심방이라는 이름 속에 아예 가정을 팽개치고 다니는 아내들을 하나님이 기뻐하실지 모르겠다.

남편을 돕겠다고 길가에 양품점을 낸 어느 젊은 아내는 애를 둘이나 두고 있었는데도 의식적으로 접근해 온 젊은 총각 손님에게 반하여 남편의 호소에도 불구하고 가정을 버리고 나간 일도 있다.

또 교사 봉급만으로는 생활이 어려워 교직을 그만두고 대폿집을 차린 후 아내를 계산대에 앉혀 놓았더니 애를 셋이나 두고도 어느 돈 잘 쓰는 사장의 자유부인이 되어 달아났다는 말도 있다.

집안에 둔 아내들도 외국에 나간 남편이 고생하여 번 돈을 보내주니 그 돈으로 향락에 빠져 가정을 파괴해 버렸다는 신문기사도 있었다.

남편이 직장 관계로 오래 집을 비우게 될 때 남편 없는 무료를 참지 못하여 끼리끼리 모인 모임에서 처음 보는 낯선 남자들을 짝으로 정해두고 술잔이 흐르기 시작하면 노래 나오고, 춤 나오고, 끝내는 마음까지 나와 탈선하고 마는 일도 있다.

구더기 무서워 장 못 담을 리 없는 거와 마찬가지로 극히 일부 탈선 아내들의 어두운 일을 두고 전체를 걱정할 필요는 없다. 한국은 춘향정신이 흐르는 나라다. 크게 걱정할 필요는 없다. 그러나 서양 바람이 불고 세상이 어지러우니 집 안에 있든 집 밖에 있든 간에 아내들의 조심성이 각별히 요구되고 있는 시대이다.

가정과 사회 두 가지 일을 겪는 아내들의 고충도 클 것이다. 더욱이 이해 없는 남편의 성화까지 겹치면 더 살이 마를 것이다. 그러할 때 '슬기롭게'라는 말이 참으로 필요하다. 고도의 산업사회 속에 아내들이 집안에서만 머물기엔 너무 눈부신 변화가 많다. 그래서 〈노라〉는 여성해방을 부르짖고 일찍 가정을 박차고 나왔다. 아내가 가정을 박차고 나와야 한다면 거기에는 지극히 합리적이며 건설적인 명분이 있어야 한다.

직장이나 사회적 지위가 없는 아내의 경우 남편의 죽음은 캄캄한 절망이다. 그러나 경제권과 사회적 지위가 있는 아내의 경우에는 그저 슬플 뿐이다. 그렇다고 해서 남편을 하나의 장식품으로, 과부 소리 안 들을 정도로만 필요로 해서는 안 될 것이다.

여필종부의 시대는 지나갔으니 여성들에게 꼭 남편의 내조만 100% 강조할 수도 없으나 비록 자기보다 모자라는 남편일지라도 기쁘게 받드는 아내의 겸손에 하나님의 축복이 있을 것이다. 출근하는 남편의 넥타이를 골라 주고, 옷을 털어 주고, 일찍 들어오시라는 대문간의 환한 웃음 배웅은 행복의 꽃이 아닐까? 아내의 손으로 손수 밥을 짓고, 찌개를 바글바글 끓이는 정성이 바로 사랑받는 아내의 일이 아닐까?

　바야흐로 아내들은 가정의 태양으로서 아내의 제자리 찾기에 최선을 다해야 할 것이고, 남편들은 가정의 기둥으로서 그 가정이 쓰러지지 않도록 늘 말과 행실과 행동에 진실이 흘러야 할 것이다. 하늘 같은 남편의 도리, 태양 같은 아내의 정성이 사랑으로 잘 어울린 가정에 하나님의 축복은 쏟아질 것이다.

엄마라는 말의 사랑

이 세상에 엄마라는 말보다 더 좋은 말이 어디 있겠습니까?

누구든지 사람으로 태어나면 맨 처음 엄마로부터 배우는 첫말이 바로 엄마입니다. 엄마는 해산의 고통 끝에 옥동자나 공주를 낳아 기뻐하면서 하이얀 사랑의 젖을 먹여 진자리 마른자리 갈아 뉘며 〈어머님 은혜〉 노랫말처럼 손 발이 다 닳도록 고생하셨습니다. 그 때문에 우리 고려가요인 사모곡에서는 다음과 같이 어머니 사랑을 노래합니다.

'호미도 날이지마는 낫처럼 들 까닭이 없습니다. 아버님도 역시 어버이시지마는 아, 내게는 어머님처럼 사랑하는 사람이 없습니다. 마소서, 아버님이시여! 내게는 어머님처럼 사랑하는 사람이 없습니다.'

이와 같이 사모곡은 아버지를 농기구인 호미에 비유하고 어머니는 잘 드는 낫에 비유하며 어머님 사랑이 아버지보다 더 뜨겁고 거룩하다고 노래하고 있습니다.

한문학자요, 시조시인인 위당 정인보 선생님은 그의 《담원시조
집》 머리말에서 '내 양가 어머니 두 분이 다 거룩한 어머니'라고
했습니다. 낳은 어머니는 높고, 기른 어머니는 크다고 말했습니
다. 명문 동래 정씨 집안의 2대 독자인 위당 선생은 길러 준 양
어머니는 참 아닌 말씀이 없었으며, 친어머니는 큰동서를 시어머
니 모시듯 했던 예절 바른 분이라 했습니다. 이처럼 훌륭하신 생
모, 양모, 두 어머니 밑에서 사랑 받으며 가정교육을 잘 받았기
때문에 위당 선생은 훌륭한 한문학자요, 연희전문 교수를 지낸
교육자요, 중국에 가서 독립운동을 한 애국자가 된 것입니다. 그
분은 악랄한 일제시대에 변절하지 아니하고 대쪽같은 한국인의
지조를 잘 지켰습니다.

어려서 어머니 교육은 절대적 영향을 미칩니다. 말과 글과 예절
을 어려서부터 어머니가 잘 가르쳐야 합니다. 훌륭한 어머니 밑
에 훌륭한 자식이 태어나지 않습니까? 한석봉은 떡장수 어머니의
교육으로 당대의 명필이 되었고, 신사임당의 훌륭한 가정교육을
받은 이율곡은 조선조에 빛나는 큰 선비가 되지 않았습니까?

백범 김구 선생 어머니 곽낙원 여사는 바른사람 되는 것이 바른
공부라 했습니다. 사람다운 사람 만드는 교육이야말로 참교육으
로 알고 아들 김구를 잘 가르쳤기에 김구 선생은 우리 남북 7천
만 겨레가 우러러 모시는 위대한 애국자가 되셨습니다. 남산 위
의 저 소나무, 지조 푸른 남산 광장에 백범 김구 선생은 첫째도
둘째도 셋째도 당신의 소원은 오직 조국의 완전자주통일에 있다
고 오늘도 외치고 계십니다. 나고 자란 조국이 정치 경제 사회
문화적으로 완전자주통일이 된다면 그 민주 자주통일의 조국에서

문지기가 되겠다고 백범은 겸손하게 빈 마음을 말씀하셨습니다. 백범 김구 선생의 말씀은 월산대군이 지은 시조 종장에 '무심한 달빛만 싣고 빈배 저어 오노라'의 시사상과도 같지 않습니까? 백범 선생의 가슴엔 아무 욕심 없는 달빛 같은 오직 밝고 뜨거운 나라사랑 겨레사랑 그뿐이었습니다. 남북이 어지러운 오늘날 백범 김구 선생 같은 위대한 민족의 지도자가 얼마나 아쉽고 그립습니까? 김구 선생을 낳은 어머니 곽낙원 여사 같은 애국의 어머니가 얼마나 요청되는 오늘입니까?

　이 하늘 밑에 사람으로 태어날 때 최초로 엄마, 아빠 말을 가르치며 사랑을 쏟아 주시는 최초의 선생님은 바로 엄마, 어머니입니다. 엄마의 사랑은 하늘보다 더 높고 바다보다도 더 넓습니다. 엄마야말로 사랑의 태양입니다. 엄마가 계시는 집은 항상 대낮처럼 밝습니다. 엄마가 안 계시는 집은 칠흑같이 캄캄합니다. 아이들이 밖에 나가 놀다가도 집에 올 때는 대문간에서부터 '엄마!' 부르며 옵니다. 그 때 '오, 내 아들, 내 딸이 오느냐.'는 엄마의 대답이 없으면 아들 딸은 맥이 확 풀리고 집 전체가 쓸쓸해지면서 캄캄한 암흑으로 변하는 느낌을 받게 됩니다.

　집에는 엄마가 태양입니다. 엄마가 최고입니다. 물론 아빠도 최고요, 사랑의 태양입니다. 그러나 아빠는 밖에 나가 늦도록 일하시느라 집에 안 계시므로 어린 아들 딸들은 늘 집에 계시는 엄마가 아빠보다 더 좋은 것입니다. 뱃속에서 자랄 때부터 엄마의 사랑을 듬뿍듬뿍 받은 어린이는 확실히 고아원 어린이보다 더 잘 큽니다. 어머니 사랑이 햇빛이 되어 더 잘 자라게 하기 때문입니다. 어머니 사랑을 받지 못하고 자란 어린이는 커서도 성격이 이

상해지고 나쁜 길로 빠지기 쉽습니다.

어린이에게, 아니 커서라도 자식에게 엄마사랑, 어머니사랑은 한평생 생명수의 사랑입니다. 엄마, 어머니는 자식에게 구세주처럼 귀한 존재입니다. 그 때문에 자식들이 조금만 아파도 아이구, 엄마야 엄마야! 하면서 엄마를 구세주로 부르고 있습니다.

어느 40대의 남자가 술에 취해 차를 몰다가 그만 한강에 빠졌습니다. 한강을 지키던 젊은 헌병 하사 하나와 지나가던 택시의 젊은 운전기사가 줄을 타고 한강에 내려 물에 빠진 음주운전자를 건지려 하니 그는 그 죽음의 절박한 위기에서 엄마, 엄마!하고 엄마만 구세주처럼 부르고 있더라 했습니다. 참으로 엄마의 사랑은 우리 인간의 생명수로 태양이 아닐 수 없습니다.

1983년도 여의도 KBS 광장에서 이산가족찾기를 할 때 원효로의 70년대 어머니와 신길동의 40대 후반의 딸이 수상기에 마주나와 먼저 어머니가 대뜸

"너, 6·25때 신길 초등학교 6학년이었지?"

하며 강하게 '너'라고 묻자 딸은,

"네" 하고 대답을 했는데 그 어머니는 계속해서,

"너, 그때 한강다리가 끊겨 집에 못 왔지?"

"너 아버지 성함이 아무개시지?"

하고 거푸 질문하자 40대 후반의 딸은 그만

"엄마 나 몰라!"

하면서 기절하고 말았습니다.

피비린내 나는 동족상잔의 6·25전쟁으로 한강다리가 끊어지는 바람에 엄마와 딸이 한강을 사이에 두고 원효로와 신길동, 가까

운 한 서울에 살면서도 서로 폭격에 죽었겠거니 하고 찾지 않다가 33년만에 모녀상봉을 이루니 이 기쁨, 이 감격 그 얼마나 뜨겁고 눈물겹습니까? 그 광경을 본 나도 눈물이 펑펑 쏟아졌습니다. 나이 쉰살이 다 되어도 엄마라고 부르짖는 엄마라는 이 말은 단지 의사소통의 말이 아니라 오래 정이 밴 고운 우리말입니다. 정답고 아름다운 말입니다.

이번 제36회 사법고시에 초등학교 중퇴를 하고 검정고시를 거쳐 대학을 마친 36세의 안귀옥 아가씨가 일곱 번째 도전하여 합격의 영광을 이룬 그 감격의 소감을 신문 기자가 묻자 그 첫마디가,

"병든 엄마를 너무 오래 기다리게 해 무엇보다 미안하다."

고 했습니다. 36세의 어른 나이인데도 엄마라 부르는 안귀옥 아가씨의 효성이 돋보이는 말이기도 합니다.

황영조 마라톤 선수도 바로셀로나 올림픽에서 엄마의 고생을 눈에 그리며 효도의 마음으로 죽을 힘을 다해 뛰었기에 목에 대한 조국을 빛내는 금메달을 달았다고 합니다.

누구나 어머니가 계십니다.

엄마, 어머니는 우리 자식들에게는 사랑의 태양이요, 영원한 생명수입니다. 아빠와 함께 우리 사랑의 엄마, 어머니께 우리 자식들은 한결같이 극진히 효도를 다 합시다.

1994. 10. 28

사람과 짐승

　사람과 짐승은 어떻게 다를까?

　사람답게 살면 사람이고, 짐승처럼 살면 짐승이다. 아무리 많이 배운 사람이라도 짐승짓을 하면 짐승이고, 아무리 못 배워도 하는 짓이 사람다우면 사람이라 할 수 있다. 짐승과는 달리 두 발로 서서 걷고, 불을 쓸 줄 알고, 일상생활에서 연장을 잘 부리는 것만으로 사람이라 할 수 있을까? 이런 겉모양의 차이보다는 더 차원 높은 차이가 있다. 다 아는대로 생각할 줄 알고, 말할 줄 알고, 인사할 줄 아는 삶이 짐승과 확실히 다른 차잇점이다. 그 때문에 성경은,

　'존귀에 처하나 깨닫지 못하는 사람은 멸망하는 짐승 같도다.

　라고 가르치고 있다.

　사람이 높고 귀한 존재요, 천하를 주고도 바꿀 수 없는 만물의 영장이라 해도 그 하는 짓이 깨닫지 못한 바보라면 멸망하는 짐승과 무엇이 다르겠는가?

　사람 나고 돈 났지, 돈 나고 사람 났느냐? 하며 우리는 돈보다 사람의 값을 더 높인다. 당연한 일이다.

그런데 오늘날 앞뒤 생각도 안 해보고 돈이면 사족을 못쓰고 환장하여 미친 듯이 이돈 저돈 마구 삼키는 짐승이 얼마든지 있다. 그런 사람들이야 말로 나라 겨레야 망하든 말든, 이웃이 손해 보건 말건, 내 배만 부르면 된다는 돼지철학의 사람 아닌 짐승이라 할 수 있다.

성경엔 돈은 일만 악의 뿌리라 말하며, 외솔 최현배 님은 《나라 사랑의 길》 책에서 거짓의 온상은 돈이라 했다. 그 때문에 청년들은 희생 봉사를 아는 하나의 촛불이 되어 어둠을 밝히는 어리배기 곧 어리석은 사람이 되라 했다. 오직 저밖에 모르는 이기적이며 약빠르고 눈치 빠른 꾀배기, 곧 영리한 사람이 되지 말라 했다.

우리는 돈 때문에 쇠고랑을 차고 신문이나 텔레비전 화면을 어지럽히는 사람들을 많이 본다. 풀잎의 이슬에 지나지 않는 알량한 권력이나 별것 아닌 명예 때문에 이성을 잃고 날뛰다가 멸망하는, 짐승으로 타락하는 꼴을 주변에서 자주 본다.

우리는 생각하는 사람으로서 무엇을 생각하고 있는가?

어떻게 살고 있는가? 사람다운 삶으로의 사람인가? 아니면 뜻도 꿈도 없는 흔들리는 낙지족인가? 꼭 없어져야 할 짐승짓 하는 암적 존재인가? 우리 모두 두 손을 가슴에 얹고 생각해 보자.

정철은 그의 시조 〈훈민가〉 중의 한 수에서 사람으로 태어나서 옳은 일 못하면 마소와 같다고 했다. 무엇이 옳은 일인가? 옛날은 삼강오륜의 도덕을 갖추는 것이 옳은 일이었다.

오늘날도 이 삼강오륜은 옳은 도덕이 아닐 수 없다. 나라를 사랑해야 하고, 부모님께 효도해야 하고, 남편을 위해 아내의 도리를 다해야 하고, 친구간에 의리가 있어야 하고, 어른과 아이간에는 반드시 차례가 있어야 한다. 이 오륜의 삶이 결코 낡은 도덕이 아니다. 오늘의 눈부신 과학의 하늘 밑에서도 겨레의 사랑이 뜨거워야 나라의 삶이 밝을 것이며, 낳고 길러 주신 부모님께 극진히 효도함으로써 가정의 화목과 평화가 꽃 피게 된다.

남편과 아내는 결혼식 때 양가 부모님과 여러 친지 앞에서 비가 오나 눈이 오나 한결같이 사랑하기로 약속한 그 서약은 검은 머리 파뿌리 되도록 잘 지켜 한평생 부부의 행복을 잘 누려야 한다.

친구는 서로 믿을 수 있어야 한다. 아이는 어른을 공경하고, 어른은 아이들을 사랑해야 한다. 옛날 사람들은 전기 없는 호롱불 밑에 살고 텔레비전, 라디오가 없어 세계 소식, 국내 소식을 못 들어도 밝은 눈, 밝은 귀로 따뜻한 가정, 아웃사랑으로 잘 살아 왔다.

토끼하고 발 맞추며 살던 심심산골이나 온통 바다뿐인 섬마을까지 대낮 같은 전기가 들어가고 자동전화가 놓인 오늘의 현대문명 속에 살면서 오히려 사람들의 가슴이나 머리는 사람맛이나 사람값을 잃어가는 어둠에 더 잠기고 있다. 사람을 만나면 서로 반가와 뜨거운 손을 덥석덥석 잡던 그런 옛인정은 다 어딜 갔는가? 사람 목숨이 그저 파리 한 마리 죽듯 푹푹 사라지는 오늘이 너무 살벌하다.

부드러운 논들길을 걷던 우리 선조들은 사람을 성경 말씀대로 가장 귀하게 여겼다. 그리고 사람 노릇하고 살려고 애를 썼다. 동네의 궂은 일 마른 일에 서로 슬퍼하고 기뻐했다. 협동으로 동네 일이 잘 되어 갔다. 울타리마저 없어도 어디 도둑 하나 있던가?

사람이 어지니 개도 이웃 사람을 알아보고 짓지도 않고 오히려 꼬리를 쳐 주었다. 옛사람들의 신의와 인정은 다 어디로 사라져 갔을까?

아직도 고양이는 쥐를 잡아 준다. 개는 집을 지키고, 군견은 적을 찾아 준다. 소는 쟁기질을 하고 짐도 끌어 준다. 돼지는 집안의 행사에 목이 찔린다. 사위가 오면 닭도 삶긴다. 수탉은 길게 울어 새벽을 알린다. 사람 집에 사는 짐승들도 다 제 밥값을 하고 밥을 먹는다.

그런데 이런 짐승만도 못한 짓을 하는 사람들이 이 우주선 날으는 오늘날 더 많다. 공부 많이 하고 배운 사람 많은 이 21세기 과학시대에 짐승같은 사람이 더 많다. 지식은 많아도 사람답게 깨닫지 못해 짐승 같은 말을 하며 짐승 같은 짓을 하는 것이다. 짐승만도 못한 짓을 하기도 한다. 그러기에 사람이면 다 사람이냐 사람다와야 사람이지 하는 말도 있지 않는가?

사람은 먼저 자기가 누군가? 어떤 길로 가고 있는가? 어떻게 살고 있는가? 무얼 하고 있는가? 지금 어디 서 있는가? 등등 자기 스스로를 살펴보고 자기를 깨닫는 일이 참으로 중요하다. 국민의 한 사람으로서, 사회의 한 사람으로서, 한 가정의 식구로서 제대로 사람 노릇하고 있는지 분명히 깨쳐야 한다.

말이나 행동으로 남을 피해 주고 있지 않는가? 나라 겨레를 해치는 행위를 하고 있지 않는가? 비도덕적 행위를 하며 죄에 빠져 있지 않는가? 내가 꼭 필요 존재인가? 암적 존재인가를 잘 깨달으며, 늘 자신을 살펴보며, 돌이켜 보는 몸가짐, 마음가짐이 절실하다.

결코 우리는 '개 같은 놈, 여우같은 년, 이라는 소릴 듣지 말자. 그런 짐승의 삶에 동참하지 말자. 참배나무가 되어 참배 열매를 맺자. 아궁이로 가는 가라지가 되지 말고 곳간으로 가는 알곡이 되자, 바람에 나는 겨가 되지 말고 청산처럼 바위처럼 무거운 사람, 믿을 수 있는 사람이 되자. 건축의 머릿돌처럼 쓰이는 사람이 되자. 사람냄새 향기로운 꽃같은 사람이 되자.

짐승 같은 사람은 하나도 없는 사회, 사람다운 사람만 모여 사는 사회, 꼭 필요한 사람만 뭉쳐 사는 사회, 오직 사람다운 사람들이 참된 삶만 엮고 사는 사회는 밝고 나라의 앞날도 밝다.

우리는 하난데 왜 둘일까?

정든 고향 사람들과 미시령을 넘었다. 울산바위가 가까이 반기고 산마다 하얀 떡가루로 장식되어 있다.

일성콘도는 그런대로 시설이 좋다. 겨울 여행 온 사람들이 많다. 국민소득 만불을 자랑하고, 국제경제협력기구(OECO)까지 든 나라로 우린 잘 살고 있다. 오히려 분수없는 과소비가 나라의 앞날을 어둡게 하고 있다.

새파란 겨울 소나무가 내 마음도 푸르게 한다. 산마다 다정한 겨울나무들이 봄을 기다리고 있다.

콘도에서 온천을 하고 하룻밤 잔 우리 일행은 다음날 통일전망대로 향했다. 겨울 하늘이 너무 푸르고 바다도 어지간히 새파랗기만 하다. 바다 소나무가 푸른 꿈을 펼치는 해안길은 참 시원하고 아름답다. 해안 기슭을 때리는 하얀 파도는 쉬지 않고 노래하고 있다. 철썩!철썩!

간성, 거진, 대진, 명파를 거쳐 가는 통일전망대 가는 길은 잘 닦여 있다. 가는 차가 북한 원산, 회령까지라도 간다면 얼마나 좋을까? '우리는 하나,' '조국통일,' '철마는 더 달리고 싶다' 등의 글

을 보며 전망대 입구에서 신고를 마친 우리는 이윽고 통일전망대
에 닿았다.

'어서 오십시오 여기는 최북단 통일전망대입니다'의 글귀가 반긴
다. 먼저 온 승용차들이 늘비하다.

먼저 북쪽을 향해 우뚝 선 십자가가 눈에 반갑다. 통일의 기도
가 뜨거워 보인다. 까치 두 마리가 전선 줄에 앉으며 깍!깍! 우
리 일행을 반긴다. 기쁘다.

하얀 비단을 쉬임없이 펼치는 바다를 배경으로 사랑스런 아내는
사진기를 든다. 나도, 고향 사람들도 다 기념사진을 찍고 전망대
에 올랐다.

푸른 바다는 하나였다. 바다엔 섬 몇 개가 빠져 있다. 어느 것
은 남쪽 것, 어느 것은 북쪽 것으로 되어 있다. 망원경으로 바라
보았다. 다정한 섬들이 웃는다. 해금강이 아름답다. 전망대 안의
지도 풀이에 보면 섬들이 와주도, 사곤바위, 부처바위, 복선암,
현종암 등의 이름을 갖고 있다.

5백 원을 넣고 망원경으로 북한을 보는 가슴이 아프다. 바로 금
강산 일출봉, 채화봉, 육선봉, 집선봉, 세존봉, 옥녀봉, 신선대
등의 아름다운 산봉우리가 우릴 손짓해도 우린 갈 수가 없었다.
푸른 파도소리가 서러운 울음소리로 들리기도 했다. 같은 형제끼
리 반세기가 넘도록 총뿌리를 겨누고 남쪽 북쪽을 나누어 지키는
비극이 자꾸 가슴을 찌른다. 왜 이다지도 이 겨레의 시련은 길기
만 하고 아직도 통일은 차가운 겨울인가? 북쪽이 너무 추워 따뜻
한 남쪽나라 찾아오는 북한동포가 줄을 서고 있다. 먹을 것조차
모자라 울부짖는 북한동포 입에는 항상 〈어버이 수령 김일성 장

군 만세〉, 〈친애하는 김정일 동지〉 등의 말이 나와야 연명이 가능한 공산독재가 참으로 얄밉기도 하다.

어질고 착하기 그지없는 이병원 사장은 통일의 종소리를 울리자고 했다. 고향 선후배 몇 사람이 어울려 범종의 종치는 나무를 잡았다. 덩!덩!덩!… 아홉 번 범종이 울렸다. 이 영원의 종소리가 북한땅에 울리고, 김정일 일파의 귀에도 들렸을까?

노산의 〈금강에 살으리랏다〉 노래가 연상되는 금강산 구선봉이 코 앞에서 손짓한다. 오늘따라 겨울눈이 덮인 금강산 일부가 우리 눈앞에서 자꾸 부르고 있으나 우리의 발길은 최북단인 이 통일전망대 이상을 더 갈 수가 없다. 내 나라, 내 땅인데도 그런 비극의 한이 우리 겨레의 가슴에 반세기를 넘게 흐르고 있다. 그야말로 우리의 소원은 통일이라는 노래가 더욱 절실하다.

일본 동계올림픽에서 만났던 신금단 부녀상봉, 한필화 남매의 만남 등이 다 각각 한 지붕에 살지 못하고 남북으로 따로 헤어져 있었기에 생긴 일이다. 그날의 비극이 내 머리를 스쳤다.

부처도 마리아상도 푸른 바다를 바라보며 통일의 꿈을 앓고 있다. 가장 북쪽 가까이 서 있는 십자가 위에 통일을 비는 기도가 절절이 흐르고 있다.

북한관에는 분단의 아픔을 승화한 혜산 박두진의 〈아, 민족〉의 시가 몸부림치고 있다. 한때 육군 제5861부대의 격전지였던 이곳, 육이오 때는 북한 땅이던 여기에 자유가 흐르는 오늘, 그 승리의 전적비가 6·25의 아픈 추억을 되새겨 준다. 〈민족의 웅지〉라는 돌비석도 통일의 봄빛을 부르고 있다.

승용차나 버스로 자유로이 다녀가는 오늘의 국민들은 무엇을 깊이 느끼고 갈까? 북한의 얼음땅을 안타까이 여기며 우리와 같이 사람답게 사는 자유의 북한 땅이 되도록 마음의 기도를 쏟고는 가고 있을까? 나라보다는 나만을 더 생각하는 극도의 이기주의 사회에서 우리는 분단비극을 속히 청산하는 기도와 단결이 한결 아쉽기만 한 현실을 슬퍼하지 않을 수 없다.

흰눈 속에서도 푸른 지조의 솔숲을 이룬 인근 산과 훤히 한없이 트인 시원한 바다를 가슴에 안으면서 누구보다도 가슴 깊이 통일의 염원을 비는 나는 따스한 아내의 손을 잡으며 돌아서기 아쉬운 통일전망대 계단을 한층한층 내려 딛었다.

여전히 금강산이 우릴 자꾸 부르고 있다.

우리는 하나! 아, 어서 통일이 왔으면! 정축년 봄빛은 통일의 꿈을 이뤄 줄까?

췌장염을 물리친 승리자

그러니까 1990년에 있었던 일이다.

나는 갑자기 만난 췌장염으로 신촌 세브란스 병원의 병상 나그네가 되었다. 한양대에서 어렵게 박사학위를 받고 보름 만에 병원 침대 신세를 지게 되었다.

아내가 전화로 재개발될 집을 비워주려면 짐을 싸 옮겨야 한다면서 천안의 상가에 가는 것을 한사코 만류했다. 같은 국어과 김 선생 부친이 돌아가신 것이다. 내가 연세대, 한양대 등에 출강하는 것을 못마땅하게 여겨 내게 강한 비판을 가해 오던 김 선생이라 밉긴 해도 예수 믿는 사람이 같이 갈불 수도 없고, 성경 말씀대로 원수를 사랑하는 마음으로 천안까지 내려가 예의를 갖춰 문상은 잘 했으나 나는 췌장염에 걸려 올라온 것이다.

서울 시청 앞에 내린 나의 배가 칼로 찢는 듯이 아팠다. 전에 앓았던 담석증의 재발인가 생각하고 주위를 둘러 봐도 불켜진 병원이 없었다. 이미 12시가 가까워 병원 문이 다 닫힌 것이다. 식은땀을 쏟으며 좌석에 앉아 온 나는 화곡동에 내리자마자 공중변소부터 찾았다. 객!객! 한정 없이 토했다. 간신히 집에 돌아와 아

내가 병원으로 가 보자 했으나 너무 지친 나는 그냥 잠이 들었
다.

잠을 깼을 때는 새벽 3시였다. 여전히 해산의 고통 이상으로 배
가 아팠다. 누울 수도, 앉을 수도, 설 수도, 어쩔 수도 없었다.
오직 한 가지 죽을 수밖에 없었다. 할수없이 아내 말대로 화곡초
등학교 돌담을 잡고 불불 기며 겨우 더듬더듬 더듬거려 한길에
나왔다. 택시로 찾아간 화곡역 근처 종합병원 당직 의사는 간호
원에게 시켜 진통제 혈관 주사 한 대 놔주는 것이 치료의 전부였
다. 다시 항생주사를 맞아도 배의 통증이나 구토는 멈추지 않았
다. 해산의 고통보다 통증이 더 심하다는 생각이 들었다.

아내와 나는 큰 병원으로 가보기로 하고 택시에 올랐다.

신촌 세브란스병원 응급실은 초만원이었다. 의사들도 바빴다.
나를 돌봐 줄 겨를이 없어 보였다. 새벽이지만 아는 의사 분에게
빨리 진찰할 수 있도록 응급실로 전화 한번 넣어 달라고 딸을 통
해 전했다. 금방 의사가 우르르 몰려 와서 사진 찍고, 피 뽑고,
하더니 급성췌장염이라는 병명이 나왔다. 나의 두 콧구멍에 소코
뚜레처럼 고무줄이 끼였다. 한 손엔 영양제, 다른 손엔 항생제 주
사바늘이 꽂혔다. 주사 바늘 꽂힌 손으로 나는 병상일기를 썼다.
교회와 학교 그리고 제자들이 찾아와 위로해 주었다. 완전히 굶
고 19일 만에 췌장염치료가 다 끝났다.

이번엔 초음파에 잡히는 담석을 빼내자고 했다. 그 담석이 지라
를 누르면 또 췌장염을 앓게 된다고 했다. 췌장염 재발이라는 말
에 깜짝 놀란 나는 담석증 수술에 동의를 하고 만 것이다.

그리하여 수술 날짜가 잡히고나니 나는 내가 6호 수술실 1번 수

238

술 환자였다. 수술하는 날, 나는 고독한 침대 위에 홀로 누웠다. 벽시계 소리만 내 가슴을 자꾸 찔렀다. 나는 속으로

'주님! 잘 치료하여 죽도록 주님께 충성 봉사하게 하여 주소서!

하고 쉴 새 없이 기도와 주기도문, 사도신경을 욈으로써 나의 고독을 달래고 내 마음도 더 용감하게 단련시켰다. 이윽고 의사들이 우우 몰려 왔다. 한 의사가 내게 몇 살이냐 물을 때 나는 이미 마취 되어 의식을 잃었다. 나의 담석 수술은 하나님 은혜로 거뜬히 잘 마쳤다.

아내가 재개발로 짓고 있는 우리 집이 잘 지어지고 있는지 확인하러 집에 가고 없으면 그 사이를 못참아 아내가 몹시 기다려지고, 더 아픈 느낌을 받았다. 돌아오면 괜히 왜 늦게 왔느냐고 투정도 부렸다. 아내는 세브란스 기도실을 문턱이 다 닳도록 드나들며 기도했다. 원목실 목사님, 전도사님들도 오시어 간절히 기도해 주셨다. 나를 친아들처럼 사랑해 주시는 장경재 담임목사님의 기도와 위로 말씀은 지금도 귀에 생생하게 살아 있다. 그분께서 몇 년 전 소천하실 때 나는 임종해 드렸고, 나의 기도 속에 하늘나라로 가셨다. 그분은 일제시대 만주에서 신사참배를 거부하며 일제관리와 싸우며 신앙을 지켰고, 광복 후에는 북한에서 주일날 행하는 김일성 투표를 반대하다가 자유를 찾아 남한으로 넘어 오신 분이다. 인정 많고 눈물 많고, 사랑 많은 귀한 어른 목사님이셨다. 마냥 그리운 분이다. 우리 화성교회와 대신고등학교에서도 고맙게 심방을 많이 다녀갔다.

나를 심방한 정란이는,

"선생님 왜 이래요?"

하며 시크라멘 꽃 화분을 들고 눈물을 글썽거렸다. 강원도 횡성에 고교생들을 데리고 농촌봉사 갔을 때에는 유치원 어린이였던 정란이다. 내게 전도 받고 집사로 교회 봉사를 잘 하고 있다. 눈물로 기도해 주고 갔다.

늦게 나를 찾아 온 고등학교 동창 증모는 첫마디가

"동춘아, 나도 아팠다."

였다. 그는 이 말을 남기고 나의 쾌유를 빌며 떠났다. 이 친한 친구는 내가 퇴원했을 때 간암을 앓고 있었다. 내가 교회 함께 다니자고 늘 전도했는데 아산병원에서 주님을 영접하고 소천했다. 그의 장례를 내가 주선하여 기독교식으로 치렀다. 보고 싶은 친구다. 포항공대 총장을 지낸 친구와 그 친구와 나는 고교생 때 셋이 늘 붙어 다닌다고 반 친구들이 삼각형이라는 별명을 붙여 주었다. 삼각형의 한 모서리가 이승을 떠난 것이다.

전국국어운동고등학생모임 활동 때 제자인 최선희는 내게 병문안을 와서,

"선생님, 이렇게 아프셔서 어떻게 해요. 저는 꼭 선생님 주례로 결혼하려 했어요. 어쩜 좋아요."

하며 걱정이 태산 같았다. 결혼 날짜가 5월 5일 어린이날이라 했다. 나는

"선회야, 조금도 걱정하지마. 내가 살아 있는 한 네 주례는 꼭 서 줄 테니까……."

하고 안심시켰다. 그래도 그녀는,

"이렇게 아프신데 어떻게요?"

하며 못 믿겠다는 듯 의심하는 제자에게 어린이날 안으로 내가

퇴원할 것으로 말하고 집으로 보냈다.

5월 5일 결혼식 날, 담즙 주머니를 양복바지 안으로 차고 서교동 청기와 예식장에서 나는 예쁜 선희의 주례를 섰다. 믿음의 가정, 효도의 가정, 참삶, 뼈삶, 빛삶의 가정, 한글사랑, 나라사랑의 가정을 이루고 부디 잘사는 모범 부부가 되라고 힘차게 말했다. 그런데 병을 앓느라 내 허리가 가늘어져서 바지가 흘러 발목에 있는 게 아닌가! 조용히 바지를 끌어 올리고 주례를 끝냈다. 좀 길긴 했으나 모두 환자답지 않게 건강하게 주례를 잘 했다고 했다. 선희는 지금 중학생 아들의 엄마로 잘 살아 가고 있다.

그 후 나는 재입원하여 NBA라는 위험한 검사를 거치고 3주 만에 퇴원했다. 모두 두 달간 세브란스병원의 병상 나그네가 되었던 것이다. 나를 사랑하는 사람들의 합심기도와 아내의 열렬한 기도 속에 나는 췌장염을 물리친 승리자가 된 것이다. 낫게 하여 주신 하나님께 항상 감사와 영광을 돌리며, 심방해준 분들에게도 늘 고마운 마음으로 살아가고 있다.

《건강과 생명》 2005. 10월호

제5부 : 죽음

우리의 스승 한결

누가 자기 죽음을 알겠는가?

누가 자기 죽음을 알겠는가?

오늘도 수많은 어린이가 울면서 태어난다. 이 세상이 기쁜 곳이라면 '응아! 응아' 울면서 태어날까? 태어나면서 아예 죽는 어린이도 있다. 아이를 낳다가 목숨을 잃는 어머니도 있다. 어린이의 울음을 보면 확실히 이 세상은 슬픈 곳으로 생각된다. 다 울면서 태어난 오늘의 세상 사람들이 아웅다웅 싸우며 살아가고 있다. 나에게도 싸우고 죽고 하는 삶이 이 세상 살아가는 생활로 보인다.

사람은 누구나 행복을 원하고 장수를 원한다. 돈, 권력, 명예가 행복이라고 일생을 돈 벌기에 급급했고, 권력 쥐기에 피나는 싸움을 했고, 명예를 얻으려 인간힘을 써온 것이다. 그런데 돈을 엄청나게 번 재벌도 국화꽃에 장식된 영구차에 실려가고, 그처럼 권력의 칼자루를 높이 휘두르던 독재자도 자기도 모르게 다가온 총알 한 방에 죽음을 맞이하는 꼴을 보았다. 알량한 명예를 하늘 높이 떨치던 명예자도 병마에 시달리다 가는 처량한 모습을 보았다. 예로부터 이 세상에 무슨 일, 무슨 짓을 했던 간에 단 한 사람도 안 죽은 사람은 없다. 다 언제 올지 모르는 죽음을 맞아 한 줌 흙으로, 한 줌 재로, 다 떠나간 것이다. 지금도 손 저으며 떠나고 있다.

그 때문에 전도자는 이 세상 모든 일을 '헛되고 헛되다'는 말로 함축해 일깨워 주었고, 베드로는 인생은 시드는 꽃과 같고 그 영화는 떨어지는 꽃잎에 비유해 일깨워 주었다. 오직 길이요, 진리요, 생명이라 말씀한 예수님의 말씀 따라 가는 십자가의 길에 영생의 복락이 있음을 깨닫지 못하는 돈, 권력, 명예의 노예들이 오늘날 너무도 많은 것을 한심하게 생각하지 않을 수 없다.

인간이 본능적으로 다섯 가지의 욕심과 일곱 가지의 감정을 다 드러내놓고 살아도 결국 남은 것은 허무뿐이다. 고독의 화살뿐이다. 홀로 왔다 홀로 가는 인생 아닌가? 이팔청춘을 노래해도 금방 인생의 황혼이 저물어 오지 않는가? 그리고 항상 우리 주변 가까이에서 손짓하는 죽음의 화살이 언제 날아올지 알 수 없다. 우리가 탄 인생열차의 종점이 어딘지 알 수 없는 불안 속에 우리는 괴로운 삶의 길을 달려가고 있다. 김동인의 〈무지개〉라는 작품을 보면 머리 허옇도록 한평생 찾은 행복이 결국 손에 쥔 깨진 기왓장 한 조각이었다. 과연 행복의 파랑새는 어디 있는가?

찬란한 행복의 파랑새를 잡기 위해 미국 뉴욕의 쌍둥이 빌딩에 맑은 아침 희망을 안고 출근했던 수많은 사람들이 갑자기 돌진해 온 한 여객기의 공격으로, 417미터 110층의 그 높은 빌딩이 그만 모래성처럼 무너지는 바람에, 죽음의 출근이 되어버린 것이다. 80층 이하의 사람들은 억세게 재수 좋게도 질서있게 목숨을 구했지만 80층 이상의 선량한 시민들은 느닷없는 죽음의 공격에 천하를 주고도 바꿀 수 없는 목숨을 잃고 말았다. 9월 11일 아침 그날의 쌍둥이 빌딩이 죽음의 화장장이 될 줄이야 누가 알았겠는가?

워싱턴의 펜타곤 비행기 추락으로 일어난 사건이나 피츠버그에 추락된 비행기 사고 또한 인간의 죽음이 만발한 비극이 아닐 수 없다. 이런 죽음의 공격을 안 해도 인간은 어차피 한계상황의 동물로서 죽음을 꼭 한번은 맞게 되어 있다. 그런데 성전이라는 이름으로 자살테러 폭탄을 만들어 남은 인생의 삶을 행복하게 살아가려는 선량한 미국시민들의 고귀한 목숨을 한꺼번에 근 만 명에 이르는 숫자로 꺾어버리는 빈 라텐의 그 엄청난 살인죄에 어찌 하늘 심판이 없겠는가?

2001년 9월 11일, 미국 공격의 테러사건에 납치된 세 여객기는 그날 테러범들에 의해 갑자기 죽음의 비행기가 된 것이다. 죽음은 예고 없이 이렇게 돌발적으로 온다. 아직은 삶이 많이 남은 청춘의 죽음이야말로 그 얼마나 아까운 죽음인가?

한번 간 죽음은 다시 생존으로 오지 않는다. 올 수 없다. 오직 다시 오는 길은 부활 소망밖에 없다. 그러나 이 부활 소망도 누구나 가질 수 없다. 돈 많다고 가질 수 없고, 어깨 벼슬이 높아도 가질 수 없다. 명예를 높이 자랑하는 자도 가질 수 없다. 인류의 피를 대속하기 위해 십자가에 피 흘려 희생되었으나, 사흘만에 다시 사신 그 거룩한 진리를 믿는 믿음 없이는 누구도 부활 소망을 가질 수 없다.

대통령 한번 지내면 천문학적 숫자의 검은 돈을 갖게 되어 쇠고랑도 차고 그 권좌의 그늘에 살면 억대의 돈이 술술 생겨 신문,

방송을 어지럽히는 오늘날 그런 눈들이 눈들어 하늘을 어찌 보며, 예수님이 누구신지 알기나 하겠는가? 회개 없이 어느 날 느닷없이 맞는 죽음에 지옥이 기다릴 뿐이다.

하나님의 경고를 받은 미국도 회개해야 한다.

세계 네 번째로 높은 쌍둥이 빌딩이 모래성처럼 무너진 교훈은 '교만은 멸망의 지름길'임을 예고해 준 것이다. 근 만 명이나 생떼 같은 목숨을 앗아간 테러범들의 살인 악마 행위는 저주스럽고 하늘의 무서운 심판을 받아 마땅하다. 그리고 그 귀한 목숨을 갑자기 잃은 선량한 미국시민들의 죽음에 애도를 표해 마지않는다.

그러나 이처럼 엄청난 테러사건의 대참사를 깊이 살펴보고 미국도 세계 질서를 잡기 위해 약소국가에 인권유린이나 비인도적 행위, 그리고 민족의 우월감으로 극히 오만한 태도는 없었는지 깊이 반성해 보아야 할 것이다. 콧대 높은 해바라기가 땅에 낮은 채송화를 우습게보고 교만을 부리다가 새벽에 몰아친 태풍에 그 높이 뽐내던 고개가 톡 부러졌듯이 미국의 그 높은 무역센터 빌딩도 미국의 교만을 상징하듯 높이 솟아 뽐내다가 그만 테러범들의 공격 목표가 되어 사상 최대의 비극이 연출된 것이 아닌가! 세계 최강국이라는 미국의 심장부에서 고귀한 목숨을 만 명에 이르도록 무참히 빼앗고 죽음의 불길을 안기는 그런 비극이 밝은 아침에 올 줄이야 누가 알기나 했던가? 미국이라고 안전한 나라라 할 수 있을까?

1983년 9월 1일, 대한항공 B747 여객기가 사할린 부근 상공에서 소련 전투기의 미사일 공격으로 승객 269명 전원이 사망한 비극이나, 1997년 8월 6일 역시 대한항공 B747 - 300 여객기가 괌공항 착륙 중에 추락하여 229명이 사망하고 25명이 중경상을 입은 항공사고에서도 인간은 1분 뒤에 일어날 비극의 죽음을 누구도 예측 못한 것이다.

죽음은 예고없이 온다. 누구도 자기의 죽음이 하늘에서 올지, 땅이나 물에서 올지 모른다. 암만 오늘의 과학이 첨단을 달려도 인간의 죽음이 언제 올지 일초 앞도 알 수 없다.

당신도 나도 사람이다. 일초 앞 죽음도 모르면서 뭘 안다고 교만할 것인가? 겸손하게 하늘 나라 부활 소망을 품고 슬픈 세상을 기쁘게 살아가야 할 것이다.

《창조문예》 2001. 11월호

삶과 죽음은 'ㄴ' 하나 사이다

아등바등 싸워쌓지 말라. 사람이 살면 얼마나 더 살겠는가.

지금도 황금같은 시간은 화살처럼 내닫고 있다. 사람의 삶과 죽음이 그렇게 먼 줄 아는가? 이승과 저승의 거리가 하늘 땅만큼의 차이라도 되는 줄 아는가? 백짓장 한 장 차이보다 더 지극히 가까운 거리에 있다. 삶과 죽음, 곧 사람이 숨을 쉬면 살아 있고, 숨을 안 쉬면 죽은 것이다. 그러므로 사람은 숨을 쉬며 살아가는 존재이다. 피둥피둥 살아서 생각하는 갈대가 사람의 존재다. 살아서 내일의 꿈을 좇아 삶을 영위해서 가는 존재가 사람이다. 다 사람인가 사람다와야 사람이다. 사람값을 해야 하는 것이다. 만물의 영장이라고 스스로 뽐내고 자랑하지 않는가?

그래도 삶이 무엇이길래 속고, 속이고, 거짓말하고, 목에 핏대를 세워 날카롭게 싸우고 자기 이익을 위해서는 쌍심지를 켜고 덤벼들지 모른다. 삶이란 목숨 하날 이어가기 위해서 그것도 지극히 한정된 지구라는 인간감옥 안의 누구나 사형수와 같은 처지에 있으면서 고작 무기징역이라도 사는 인생 고역을 마쳐 봐야 팔, 구십의 세월 정도가 아닌가?

"

죽기는 싫어서 '노자 젊어서 노자.'하고 노랫가락으로 사람의 허무한 가슴을 달래기도 했다. 지극히 보잘 것 없고 나약한 인간이 어찌 감히 삶과 죽음의 문제를 해결할 수 있겠는가?

그래서 석가는 나서 늙어 병들어 죽는 삶과 죽음의 문제를 6년간 온갖 고행 끝에 보리수 나무 아래에서 인생의 진리를 크게 깨달아 부처가 되었고, 기독교에서는 '주 예수를 믿으라! 그리하면 너와 네 집이 구원을 얻으리라.'는 성경 말씀을 통하여 영원히 죽지 않는 삶의 길을 가르치고 있다. 인생의 늙는 길을 아무리 막대로 치고 억센 가시로 막으려 해도 옛시조의 한 구절처럼 백발이 제 먼저 알고 지름길로 찾아 드는 것이 잔인한 우리 인간의 늙음이다.

백성들을 달달 들볶아 만리장성을 쌓고, 별천지 같은 아방궁을 지어 꽃같은 색시들 품속에서 술마시고 춤추고 노래하고 억만 년이라도 살 듯이 서슬 시퍼렇게 설치던 진시황도 한줌 흙으로 끝나고 말았다.

음탕하고 표독스런 계집 달기한테 반해 포악한 독재정치를 하던 중국 은나라 주 임금도 한 줌 흙으로 사라졌으며, 반반한 나라의 계집이란 계집은 다 챙겨 모아놓고 술못을 헤엄치고 고기숲을 누비면서 밤낮 떵떵거리며 음란하게 장구치고 놀던 연산군도 끝내는 교동섬의 한 줌 흙으로 그 더러운 일생을 마치고 말았다.

예수의 으뜸제자 베드로는 '모든 육체는 풀과 같고, 그 모든 영광이 풀의 꽃과 같으니, 풀은 마르고 꽃은 떨어지되 오직 주의 말씀은 세세토록 있도다.'라고 우리 인생의 삶과 죽음을 일깨우고 있다.

　오직 죽음을 이긴 사람은 예수님 말고는 없다. 사흘만에 사망 권세를 이기고 다시 살아난 사람은 바로 살아 계신 하나님의 아들이요, 그리스도이신 예수님 말고는 지금까지 아무도 없는 것이다. 생명의 부활을 얻기 위해서는 예수님을 마음의 구주로 영접하고 하늘 나라에 소망을 두는 믿음을 가져야 하고, 슬기로운 사람은 바로 하나님을 늘 두려워하며, 떨며 우러러 바라보는 것이다. 결코 제멋대로 깜부기처럼 살지 않는다. 교만은 바로 멸망의 앞잡이가 되는 것이다. 참 사람이란 어찌 살았는가보다는 어떻게 살고 갔는가의 그 남긴 빛이 살고 간 값을 말해 준다.

　나는 삶과 죽음의 문제가 얼마만큼의 차이가 있을까? 생각해 본 결과 낱말상으로 'ㄴ' 하나 사이라는 것을 발견했다. 살아 있는 사람의 몸뚱이는 신체라 하고 죽은 사람의 몸뚱이는 시체라 부른다. 물론 갓죽은 사람의 몸뚱이를 신체라 부르기도 한다.

　죽기 직전의 어느 장로가 임종시에 교회 목사님과 여러 교인들을 둘러보고 '내가 죽어도 신체는 더럽지 않을 거외다.' 하던 말을 들은 일이 있다. 자기가 곧 죽어 송장이 되어도 자기 몸뚱이는 가히 더럽지 않을 것이라는 말로 '신체'라는 말을 쓴 것이다.

　한글학회에서 지은 새한글사전을 보면 '신체'는 갓죽은 사람의 몸을 높여 부르는 말로도 풀이 되어 있다. 그러나 죽은이의 몸뚱이는 거의 전부가 시체로 부른다. 산 사람은 '신체'라 부른다. 신체와 시체를 '身体와 屍体'라는 한자어로 쓰면 그 뜻이 글자의 외모에서 환히 드러나기도 한다. 나는 그 뜻보다는 삶과 죽음의 차이를 이 두 낱말에서 한글로 썼을 때 그 사이엔 'ㄴ' 하나가 가로 놓여 있을 뿐이다. '신체'에 ㄴ이 붙어 있는 한 살아 있고, '신체'

에서 ㄴ이 낙엽지듯 팔랑 떨어지면서 죽은 것이다. 결국은 삶과 죽음이 ㄴ 하나 차이 아닌가? 그렇다면 인생은 ㄴ 하나 달고 살다가 ㄴ 하나 버리면 캄캄한 죽음을 맞이하게 되는 존재가 아닌가? '신체'란 말에 ㄴ이 달려 있는 동안은 푸른 나뭇잎이 펄펄 살아 있는 여름나무 같고, ㄴ이 똑 떨어지면 쓸쓸한 알몸의 겨울나무 같이 생각된다.

사람들은 ㄴ 하나 더 달고 삶을 엮어 가는 ㄴ자 시대에 영원히 자기의 생명이 될 수 있는 빛을 쌓기에 바빠야 한다. 아등바등 서로 싸움질 할 것도 없다. 시간과 조수는 사람을 기다리지 않는다. 성경의 전도자도 인생은 '헛되고 헛되도다.' 라고 했다.

그렇다! ㄴ 하나 달고 살다 가는 것이 인생 목숨이다.

ㄴ이 한사코 살아 있는 동안 사람의 일을 다 이루도록 땀 철철 흘려야 한다. '신체' 라는 말이 ㄴ 떨어진 '시체'라는 말로 바뀌는 순간이 쏜살같이 달려오고 있다. 푸른 봄인가 했는데 어느 새 하얀 겨울이 온다. 우리 인생은 인생의 푸른 시절인 ㄴ 시대에 정의와 자유와 진리를 위한 빛탑을 높이 쌓아야 한다. 그 높고 밝은 ㄴ 시대의 빛삶은 ㄴ이 영원히 떨어지지 않는 삶의 생명이 될 것이다.

1981. 8. 27

나도 아팠다

내 배를 보면 지렁이 한 마리가 세로로 기고 있다.

가장 낮은 인생으로 하나님을 섬기며 충성 봉사하라고 올 3월 세브란스병원에서 하나님께서 주신 선물이다. 참 어처구니 없게도 느닷없이 급성 췌장염에 걸려 입원했더니 7년 전 발견하고도 지금까지 보류했던 담석증 수술까지 하게 되었던 것이다. 37일간 지루한 입원으로 바깥의 새 봄빛을 보지 못하는 중에 내 마음은 많은 병문안 손님 중에 이증모 친구가 기다려졌다. 누구보다 빨리 올 텐데 생각보다는 '늦구나, 무슨 일이 있는가?' 생각하고 있던 4월 어느날, 이 친구는 해쓱한 얼굴로 내 병상을 찾아 왔다. 첫 마디가 '나도 아팠다'였다.

나는 의외의 소식에 놀라 쇳덩이처럼 건강하던 네가 어쩐 일이냐고, 속히 낫기를 바란다는 격려를 뜨겁게 했다. 간염으로 늘 건강이 안 좋다고 하던 이 친구는 직장도 그만두고 집에서 쉬고 있다. 나와는 고등학교 동창으로 포항공대 장수영 박사와 함께 셋이서 가장 정깊게 친히 지내고 있다. 근 40년 사귄 친구다.

친구와 술은 오래 될수록 좋다고 하지 않던가? 장 박사는 대학 졸업 후 군복무까지 마치고 미국으로 건너가 한 20년 사는 바람에 증모와 나는 둘이서만 주로 만나 차를 나누고 바둑을 두곤 했다. 나는 한 8급정도라서 그 친구에게 3개 또는 4개의 바둑알을 더 놓고 두었다. 내가 지는 확률이 더 많았다. 바둑의 이기고 짐은 다음 문제고 우리는 서로 건강을 격려하며 우정을 다지곤 했다. 이북 북청이 고향이라 의지도 강하고 또 인정도 깊었다. 아버지와 형님, 자기, 그렇게 단 셋이 1·4후퇴 때 월남했다.

이 친구와의 만남은 휴전이 바로 끝난 1954년 봄 당시의 강문고교 한반에서였다. 1학년 때부터 이증모, 장수영, 오동춘 셋은 아주 친한 친구로 언제나 뜻이 맞아 행동을 함께 했다. 성적은 1.2등을 선의로 다투며 서로의 집을 방문하고 우정을 돈독히 했다. 우리가 진학할 대학순례를 하자고 하면서 서울대, 연세대, 고려대, 동국대 등을 둘러봤다. 언제나 셋이 졸업 때까지 한 데 뭉쳐 생활하니까 다른 친구들이 삼각형 친구라고 우리들에게 별명을 붙여 주었다. 졸업 후 수영은 서울공대로 증모는 한양공대로 나는 연세대로 진학했던 것이다.

대학 재학 때 우리는 수영 집에서 이대생, 숙대생과 크리스마스 이브의 밤도 갖곤했다. 그럴 땐 좀 활달한 성격인 내가 많이 떠들고 사회도 맡아 했다. 고교 때 경동고교 문예반 문학작품 발표회에 초대되어 갔을 때 사회자가 누가 소감을 말해 달라고 우리 셋을 보며 말했다. 숫기 좋은 내가 나가 잘했다는 칭찬을 늘어놓았던 일도 있다. 증모는 국내 영화배우 중에 여배우는 주증녀를 좋아할 만큼 한국적이었다.

수영은 점심밥을 아주 꼭꼭 씹어 먹을만큼 자상하고 모든 행동에 빈틈이 없었다. 우리가 영웅심으로 미래의 꿈을 꾸며 장난으로 조각했던 명단에는 수영이 총무처장관, 증모가 상공부장관, 내가 법무장관으로 되어 있었다. 나는 그때 법관이 될 꿈이 부풀었던 까닭에 문교가 아닌 법무 쪽으로 내정된 것이다.

6·25 직후 어수선하던 1950년대 그 어려운 보릿고개를 보내며 대학까지 마치고, 살기에 바쁜 우리들은 가정을 가진 뒤로 그렇게 자주 만날 수는 없었다. 미국 간 수영과는 편지로 자주 만났고, 증모는 전화로 자주 만났다. 머리에 허연 서리를 맞으면서 포항공대로 돌아온 수영과 서울에서 가끔 만날 수 있었다. 재작년 2월엔 증모와 내가 수영을 방문하여 포항공대의 웅장한 교육시설을 일일이 돌아보며 그의 설명을 들었고 백암온천에 가 뜨거운 물속에 우리 셋은 우정도 뜨겁게 익혔다. 망망한 동해 바다를 보며 회도 먹었고, 경치 좋은 내연산도 올랐다.

작년 여름엔 셋이 고교시절의 추억을 되새기며 창덕궁에서 몇 시간 지내고, 광화문에서는 사진을 찍었다. 셋이서 사진을 찍은 것은 푸른 꿈이 익던 고교 때, 그리고 그때가 처음이었다. 사진을 보니 의젓한 모습들인데 다같이 머리에 흰눈이 내려 있다. 잔인한 세월이 덧없이 흐른 것이다.

나는 서글프게도 췌장염의 후유증으로 5월 말에 재입원하여 3주 만에 퇴원했다. 사람들의 신세를 지지 않기 위해 이번엔 조용히 입원했다가 나왔다. 증모나 수영에게도 알리지 않았다. 새로 지은 우리 집에 입주하고 증모한테 더 건강해지면 5월 초 전화로 만나 바둑 한 수 하기로 했으니 증모를 어서 만나야지 이런 생각으로 내 건강에만 신경을 쓰고 있을 때였다. 바로 6월 29일 7시경이다.

전화벨이 울려왔다.

"여기 구의동이에요."

"아, 그래요."

"지형 아빠가 죽었어요."

"뭐요? 증모가 죽어요?"

나는 그만 이 청천의 벽력같은 소리에 뒤통수를 망치로 얻어맞은 듯 한참을 멍한 채 눈물을 흘렸다. 아내와 함께 찾아간 증모의 영전에 성경책이 놓여 있었다. 그는 병상에서 아내의 손을 꼭 쥐고 병이 나으면 교회에 나가겠다고 했다는 것이다. 6월 중순에 간암으로 판명되어 현대중앙병원에 9일간 입원했으며 가망이 없어 퇴원 후 3일 만에 하늘 나라로 간 것이다. 병원에서나 집에서 '오 박사를 만나고 싶다.'는 소릴 수없이 했다고 부인이 말했다. 나는 죄를 지은 사람처럼 증모의 사진을 보기가 민망했다.

한양대 기계과 동문들이 장례에 정성을 다하고 있었다. 나와 수영은 삼각형 친구의 한 모서리가 무너지는 아픔을 느꼈다.

육신은 한 줌 재로 사라졌다. 이제 쉰다섯! 더 일해야 할 친구가 멀리 떠났다. '나도 아팠다.' 말하던 증모의 모습이 마지막이 될 줄이야! 사람 일은 참 알 수 없다. 언제 무슨 일을 당할지 누가 알까? 겸손히 자기 건강을 잘 지켜야 한다. 올해 기어이 잃게 된 이증모를 어디 가야 다시 만날까?

그의 아내와 자식 남매에게는 신앙의 힘으로 잘 살아 가라고 위로해 주었다. 아직도 친구를 잃은 아픔이 가슴을 찢는다. 친구를 잃음은 손해 중 가장 큰손해가 아닌가? 우리 다시 하늘 나라에서 삼각형 친구를 이룰 수밖에 없다. 길이 친구의 명복을 빌 뿐이다.

우리의 스승 한결

　훌륭한 스승을 만난다는 것은 제자의 큰 자랑이요, 복이 아닐 수 없다.

　나는 연세대학교에서 외솔 최현배 박사님과 한결 김윤경 박사님의 가르침을 받는 영광을 누렸다. 인생을 외솔처럼 지조 있게, 한결처럼 한결같은 인격으로 살아가면 하나님의 축복을 받게 될 것이다.

　외솔과 한결은 우리말, 우리글, 우리얼, 사랑의 국어 교육을 한 힌샘 주시경 선생에게서 배웠다. 다같이 주시경 선생의 수제자이며 조선어학회를 함께 만들고 조선어학회 사건으로 함흥 감옥의 옥고도 함께 치른 애국자요, 교육자였다.

　1962년 2월 28일부로 외솔과 한결은 다같이 교육임시특례법에 의해 연세대학교를 사임하게 된다. 정년퇴임 후 한양대와 숙명여대에 출강하시던 한결 김윤경 박사는 경기도 광주 고향 땅에서 흙이나 파고 살려 했는데 한양대 김연준 총장이 문리대 학장으로 부임하라 하여 굳이 사양했으나 한양 발전을 위해 앉아 계시기만 해도 된다고 강하게 모시는 바람에 전임 교수가 된 것이다. 한양으로 오신 한결 김윤경 박사의 거룩한 삶과 사상, 가르침을 기리고자 여기에서는 외솔은 뒤에 더 논하기로 하고 한결 스승의 발자취를 대략이나마 살펴보기로 한다.

한결 김윤경 스승은 1894년 갑오 6월 9일(고종 31년 음력 5월 6일)자정에 경기도 광주군 오포면 고산리(3통 1호)에서 아버님 김정민, 어머님 밀양 박 씨의 맏아들로 태어났다. 다섯 살 때부터 어려운 한문 공부를 한 10년정도 향리에서 전념했다. 1908년, 열다섯 살이 되던 해, 신교육을 받기 위해 상경하여 우산학교, 의법학교 등에서 새 교육을 받았다. 국어 사랑의 횃불인 주시경 선생을 만난것은 1911년 1월, 한결이 18살 때의 일이다. 오늘날 남대문에 있는 상동교회 안에서 전덕기 목사가 세운 중학 과정인 청산학원에 입학하여 국어 선생인 한힌샘 주시경 선생을 만난 것이다. 한결은 〈우리글의 가치를 찾자〉의 글에서 주시경 선생에게 충격적인 감명을 받은 내용을 다음과 같이 서술하고 있다.

"우리 글은 세계에 자랑할 만한 가장 진보한 과학적 조직을 가진 글입니다. 이것은 나의 독단이 아니라 외국 사람이 우리보다도 먼저 그 가치를 잘 인식하고 있습니다. 요전에 나는 게일(J.S. Gale, 奇一) 박사의 부름을 받아 갔던 일이 있었습니다. 박사는 영국 왕립협회 아시아 지부장이므로, 늘 우리 역사를 상고하던 터라 세종의 사적 중 훈민정음 창제에 대하여 어려가지로 물은 뒤에 '세종은 동양 뿐 아니라 세계에 큰 공헌을 한 훌륭한 임금입니다. 여러 가지 위대한 업적이 많으나 무엇보다도 훈민정음의 발명은 세계적 자랑입니다.' 라고 했다. 그러하거늘, 도리어 우리는 우리의 글의 가치를 알지 못함은 크게 섭섭한 일입니다."

한힌샘 선생의 이 말을 들은 한결은 큰 감격을 받았다고 고백했다. 한결은 사숙에서 약 10년간 한문을 배우는 가운데 한문은 진서眞書요, 국문은 상글이니, 여자 글이니 하며 천대하여 우리 한글은 배울 생각도, 가르칠 생각도 않았다고 했다. 이처럼 한글은 한 푼의 가치도 없는 글로 그 인식을 낮게 취급하여 한글을 은근히 업신여기던 차에 주시경 선생으로부터 한글의 가치, 훈민정음의 가치를 들었을 때 그야말로 한결은 종래의 인식이 산산이 부서지는 충격적 교육을 받은 것이다. 주시경 스승의 국어 사랑에 관한 감명이 늘 한결의 머리를 지배하여 한결이 수학 방면으로 전공하려던 학문의 길을 국어로 돌려 연희 전문, 일본 입교대학에서 국어 방면을 깊이 전공하게 된 것이다.

사람과 사람의 만남에 얼마나 중요한가를 새삼 느낄 수 있다. 한결이 상동교회 청년학원 중학 과정에서 주시경 선생을 만나지 않았다면 일생을 우리말 우리글 우리얼 사랑의 길로 가지 않았을 것이다. 주시경 선생은 한결의 삶의 방향을 바꿔 놓은 것이다. 그 때문에 훌륭한 스승을 만나고 그 가르침을 받는 것은 참으로 뜻 깊고 중요한 일임을 거듭 새기지 않을 수 없다.

청년학원 중학생 때부터 국어 연구에 뜻을 두고 국어, 국문학 분야의 책을 읽고 자료를 모으고 하여 한결은 그의 불후의 명저 《조선 문자 급 어학사》라는 저서를 1938년 1월 25일 발행하게 된 것이다. 이 값진 책은 일제시대 발행된 국어 국문학 대표 저서로 외솔 최현배의 《우리 말본》, 《한글갈》 양주동의 《고가 연구》, 문세영의 《국어사전》과 함께 1946년 광복 직후 합동출판기념회의 출판 축하까지 받았던 것이다.

1908년 주시경 선생이 조직한 국어연구학회가 꾸준히 연구 활동을 하다가 1914년, 선생이 작고한 뒤로 힘이 약해져 중단되다시피 했다. 뒤를 이어 주시경 선생의 제자이거나 영향을 받은 사람들이 1921년 12월 3일 조선어연구회를 만들었다. 이 때의 창립 회원은 김윤경 선생을 비롯하여 임경재, 최두선, 이승규, 장지영, 권덕규, 이병기, 이상춘, 이규방, 박순룡, 신명균 등이었다.

일제는 우리말과 글, 그리고 성과 이름까지 빼앗아 가며 조선어 말살 정책, 조선 민족 말살 정책을 펴, 조선어학회사건을 1942년 10월 1일 일으켰다. 정태진이 9월 5일에 이미 홍원경찰서로 잡혀 가고, 10월 1일에 최현배, 이윤재, 정인승, 이희승, 권승욱, 장지영, 한징, 이중화, 이석린, 이극로 등과 함께 한결 김윤경 선생도 일차적으로 잡혀간 것이다. 10월 21일에 이병기, 김선기 등 7명, 12월 3일에 이인. 이은상, 안재홍 등 8명, 이듬해에 김도연, 서민호 등이 잡혀가고, 신육국, 김종철이 불구속 심문을 받았다. 권덕규, 안호상은 병중이므로 잡히지 않았다. 33인이 입건된 이 조선어학회 사건은 이윤재, 한징 두 애국자를 함흥 옥중 이슬로 사라지게 하고 나머지 회원들은 집행유예, 기소유예 등으로 풀리기도 하고, 이극로(6년), 최현배(4년), 이희승(3년 반), 정인승(2년), 정태진(2년) 등의 일심 판결을 받기도 했다.

한결은 주시경 선생을 만나 국어사랑 나라사랑의 정신으로 국어학 학문에 들어선 까닭에 조선어학회 사건에 연루되어 1년 동안 홍원경찰서와 함흥검사국에서 감옥살이를 하며 혹독한 심문을 받았다. 이 사건으로 4년 동안(49~52세) 실직의 쓰린 맛을 보게 된 것이다. 또 한결은 마산 창신학교 교편을 잡다 연회전문 문과에 입학하고, 3.1운동에 가담하여 왜경을 피해 1년을 숨어 살았다.

26세 때의 일이다. 1922년 2월 12일, 이광수와 함께 수양동맹회(흥사단 전신)를 조직한 한결은 1937년 6월 7일, 수양동우회사건으로 왜정 종로경찰서에 검거되어 치안유지법 위반이란 죄명으로 예심에 회부된 것이다. 이 때 부득이 배화여고를 사임할 수밖에 없었다. 이 사건으로 한결은 1년의 옥고를 치렀다. 1941년 12월 17일에야 확정 판결이 난 이 사건은 3심을 거치느라 5년이 걸렸다. 한결은 조선어학회 사건과 수양동우회사건으로 두 번의 옥고를 치렀고, 약 10년간 어려운 실직 생활을 하게 된 것이다. 광복이 되자 연회전문 교수가 되어 연회전문 문학부장, 연세대학교 대학원장, 총장 대리 등의 중책을 맡았다.

배화여고 재직시에도 모범 교사로 헨리 교장이 일본 유학까지 시켜 주었으며, 배화여고에서 허락하면 연회전문 교수로 갈 수도 있다고 한 바 있다. 그러나 훌륭한 선생님인 한결을 배화에서 대학으로 못가게 하여 일제 시대는 주로 배화여고에서 교편을 잡은 것이다. 배화여고 제자인 갈물 이철경 여사는 한결 10주기 추도식에서 경주를 다녀온 수학여행 기행문을 냈더니 빨갛게 교정을 봐 두고 점수도 좋지 않아 울음을 터뜨린 일이 있다고 회고담을 말한 바 있다. 이철경 제자와 동창인 시조 시인 조애영의 《슬픈 동경》 서문도 써준 일이 있다. 배화에서 존경받는 스승상, 모범 교사상을 이룬 한결은 광복 후 모교 연세로 자리를 옮기게 된다.

연세에서도 《연세춘추》 학교 신문이 나올 때마다 빨갛게 교정

을 보아 신문사로 보냈으며, 국문법 강의 시간에는 시간마다 10
분 정도 간단한 시험을 보고 그 다음 시간에 채점한 답안지를 다
나누어 주었다. 그 답안지에 적힌 점수를 합쳐 사사오입까지 해
서 정확한 학점을 내 주는 분이 자상하신 한결 스승이었다. 강단
에서 자주 가르쳐 주시던 성경 말씀은,

"그러므로 하늘에 계신 너희 아버지의 온전하심같이 너희도 온
전 하라." 마태 5:48

는 말씀이었다. 이 말씀은 경기도 광주군 중부면 광지원리에 있
는 선생의 산소의 비석에도 쓰여 있다.

연세대 국문과 학생들에게 결혼 조건으로 첫째 머리, 둘째 건
강, 셋째 가문을 보고 결혼하라고 가르쳤다. 셋째 가문은 사회적
지위가 높은 가문이나 경제적 가문을 보는 것이 아니라 그 집안
이 파렴치한 집안은 아닌가? 숨겨오는 유전병은 없는가? 잘 살펴
본 후에 결혼하라는 것이다. 결혼은 한 가정을 이루는 책임이 따
르기 때문이다.

한양대 교수로 오신 뒤에 세배를 가서 하루 중에 무슨 일이 가
장 고되신가 여쭈어 보았을 때 한결은 당시 문리과대학(현 인문과학
대학)을 오른 107계단이라고 하셨다. 백일곱 개의 높은 층계를 칠
십대 노인이 오르는 일은 참으로 숨이 찰 것이다. 그러나 한결은
그 때 승용차도 안 타고 버스나 전차를 탔다. 대중 교통을 이용
한 것이다. 참으로 자상한 성품과 훌륭한 인격, 인자한 마음씨를
가진 큰 스승이요, 겨레의 사표인 분이셨다.

연세 재직시에도 오석두 교수의 하나로 통하던 한결 스승은 한
문학에 연구가 깊으신 데도 한글 전용의 바른 길의 횃불이 되어

주시며 주시경 선생의 국어 정신을 철저히 실천해 주셨다. 바로 훌륭한 스승 밑에 훌륭한 제자가 있다는 밝은 교육의 모습을 모범적으로 보여 준 것이다.

한양대 국문과 기초를 이루고 국어학의 토대를 세우며 국어 정신의 뿌리를 심은 스승은 한결이다. 한양대에서 7년 정도의 짧은 동안 교수 생활을 했으나 한결 스승이 남긴 교육적 영향이나 사상적 영향은 크다고 본다. 제자, 동료, 그 모두가 한결은 성인이라 했다. 그만큼 인격과 사상이 훌륭하다. 이런 성인, 한결 스승을 존경하고 기리는 뜻으로 1969년 8월 20일 문리과대학 학생 일동이 세운 문리과대학 학장 고 김윤경 얼굴상 아래 아래와 같은 내용을 기록해 놓았다.

"한결 김윤경 선생은 1894년 6월 9일에 태어나서 1969년 2월 3일 세상을 떠나셨다. 학자로서의 선생은 〈조선 한문자 급 어학사〉의 연구를 중심으로 불멸의 학문적 업적을 남기셨고, 교육자로서의 선생은 40여 년간 교단에서 수많은 제자들에게 깊은 깨우침과 넓은 감회를 주셨으며, 애국자로서의 선생을 왜정 하의 두 차례의 옥고를 겪으면서도 그 뜻을 굽히지 않으셨다. 선생은 학자로서 뛰어난 교육자로서 성실하며 애국자로서 철저하여 그 고결한 인격과 지조는 일세의 사표이시었다. 이와 같은 선생의 뜻을 길이길이 이어받고자 그 모습을 여기에 새겨 두고 우리의 거울로 삼으려 한다."

위 한결에 대한 글은 학자, 교육자, 애국자로서 이 나라와 이

겨레에 끼친 높은 업적과 애국 애족 정신의 높은 뜻을 말해 주고 있다. 이와 같은 고매한 인격과 사상과 학문을 팔십 고개를 바라보는 칠십대 노교수로 가장 힘든 한양의 107계단을 올라와 한양 제자들을 가르친 것이다.

한 스승의 교육적 영향은 참으로 큰 것이다. 한양대 대학신문이 가로짜기 한글 전용의 시대적 사명을 다하는 진보적 신문이 된 데는 한결 스승의 가르침이 컸던 것이다. 언어란 문자관도 제대로 서 있지 못한 한 교수가 어려서 배운 서당 한문에 습관이 되어 한글 세대에게 부수, 획수, 필순, 독음, 해석 등 5가지나 어려운 한자 교육을 강요하며 한대 신문도 국한 혼용으로 표기했었다. 이와 같은 일은 시대의 흐름을 볼 줄 모르는 몰지각한 교수의 고집으로 볼 수 있다. 그러나 한글 세대가 대학신문의 편집권을 가지면서 한양대 대학신문도 가로짜기 한글 전용 신문으로 나오게 된 것이다. 그러나 아직도 신문 이름은 한자 표기를 벗어나지 못하고 있다. 한결 스승이 슬퍼할 일이 아닐 수 없다.

한양대 교수단에 합류하여 부산, 울산 산업 공업단지 시찰차 따라 갔다가 한결 스승의 얼굴상 동상이 인문과학대학 벽에 근엄하게 걸려 있는 것을 보았다. 그런데 운동권 학생들이 그 위에 대자보를 붙여 얼굴상을 가릴 때가 많다. 그 대학 4학년 학생이 아직도 한결 얼굴상 한 번 못 본 탓으로 그 아래에 쓰여져 있는 전기의 글조차 읽어보지 못한 학생들도 많이 있다. 스승이 드물고 제자가 귀한 세상이다. 스승도 세속에 물든 선생이 많고 이기주의에 사로잡힌 학생도 너무 많은 세상이다.

한결 스승의 제자다운 제자가 되려면 그 스승의 사상, 인격, 학

문 등을 따르며 스승의 가르침에 충실해야 할 것이다. 한결 제자
라고 자처하면서 스승의 훌륭한 인격이나 학문도 닮지 않고 물
질, 권세, 명예의 종이 되어 있는 제자도 많이 본다. 말로는 자신
이 가장 한결의 수제자처럼 행동을 보여도 학문이나 사상을 보면
눈살을 찌푸리게 하는 제자도 있다. 예수의 제자가 예수의 뒤를
따르듯 성인으로 존경받는 한결 제자임을 자처하는 사람이 있다
면 한결 스승의 한결같은 인격을 배우고 사상을 배우며 뜻을 좇
으며 그의 학문도 뒤따라야 할 것이다. 한결은 주시경 선생을 존
경하고 따르며 그의 국어 정신을 일생 지킨 제자가 아니던가!
　한결 스승은 그의 인생관의 일면을 아래와 같이 밝힌 바 있다.

"인생의 유일한 목적은 완전을 향하여 나감에 있다. 곧 그의 뜻
(意志)의 명하는 바에 쫓아서 삶에 있다. 우리 인류는 하느님의 뜻
으로 이 세상에 왔다. 그리하여 하느님은 우리에게 스스로 영혼
을 구제함에 있는 고로 우리는 만사를 하느님의 명령에 쫓아 살
지 않을 수 없다. 하느님의 명령에 쫓아 살려 하면 우리는 인생
의 쾌락을 버리고, 노동하고, 겸양하고, 참(忍耐)고, 그리고 만인을
애휼愛恤하지 않으면 안된다."

　위 글을 보면 한결의 인생관은 하느님의 뜻에 따라 완전한 인간
이 되는 데 있다. 한결의 신앙 인격을 잘 살펴볼 수 있는 인생관
이 아닐 수 없다.
　오늘날 제대로 학덕을 갖춘 선배를 찾아보기 힘들다. 한결같은
선비가 아쉽다. 한결은 선비가 돈을 알면 추해진다고 했다. 이 현

실에 돈에 추한 선비들이 수두룩하다. 일제 식민지 교육을 받은 선비 중에는 아직도 친일의식을 버리지 못하고 일본이 쓰는 한자, 우리도 쓰자면서 정치적 활동을 벌여 각종 상을 타 먹고, 꽤는 학문 깊은 선비처럼 날뛰는 사이비 선비도 대학의 도처에 우글거리고 있다.

한결 스승이야말로 선비 중에도 참 선비였다. 뵙기만 해도 고개 숙여지는 스승을 모시는 영광은 참 기쁨이 아닐 수 없다.

나는 〈참스승〉이란 제목으로 1994년 5월《복지신보》에 시를 발표한 바 있다.

스승은 밝은 길잡이
새싹밭 참거울

말 하나 모든 움직임
빛과 얼이 넘쳐 나고

뵈오면
고개 숙는 분
누가 아니 따를까

재물 따윈 멀리하고
배움 진리 즐겨 캐며

날로 더 새싹 가꿔
나라 기둥 키우는 분

다같이
우러러 모실
우리 스승 아닌가

　위 시에서 보듯 한결은 참거울 스승이다. 뵈오면 고개 숙여지는
존경받는 스승이며, 언제나 열심히 공부하는 스승이요, 다같이 우
러러 모실 우리의 참스승상을 보여주는 분이다. 나는 그의 신앙,
나라 겨레 사랑의 마음, 교육 정신, 일관하신 직업관, 무실, 역
행, 충의, 용감의 도산 정신을 존경하는 한결의 교육관, 국어 사
랑 곧 나라 사랑의 정신 등 한결 스승의 가르침을 나름대로 열심
히 따르고 있다.

　올해 문화 유산의 해 세종 탄신 600돌을 맞이한 이 해에 일생을
세종 뜻 받들고 한글을 사랑하신 한결 스승의 학덕을 기리는 행
사라도 있으면 좋겠다. 더 큰 한결 동상이라도 한양 교정에 서면
좋겠다. 전기라도 나오면 좋겠다. 오늘같이 어지러운 시대에 한결
스승이 한정없이 그립다. 1977년 12월 13일 건국 포장(942호)을 추
서로 받으신 한결 스승은 연세나 한양의 스승일 뿐만 아니라 우
리 나라 길이 모실 사표의 스승이다. 한결 같은 스승, 성인 같은
한결이 어둡기 그지없는 이 나라에 밝게 밝게 많이 배출되길 기
원해 마지 않는다.

《한빛누리》 (한양대사회교육원 국문과 글모음) 1997. 2.

우리 빛삶의 스승 눈뫼 허웅 박사님

참 아깝게도 우리 국어학계의 큰 별이요, 교육계 큰 스승이신 눈뫼 허웅 박사님을 2004년 정월 스무엿샛날에 여읜 우리의 슬픔은 아직도 가슴 깊이 남아 있다. 짚신나라 학자, 교육자, 한글 운동 지도자로 남기신 공적, 평생 쌓아 오신 삶의 업적은 산처럼 높고 해처럼 밝게 빛난다. 그 훌륭하신 빛삶의 이름은 길이 강물로 푸르게 줄기차게 흘러갈 것이다.

나는 하나님께서 언더우드 선교사를 통해 세워 주신 연세대학교에서 겨레의 스승이요, 목숨 걸고 악랄한 일제와 싸우시면서 우리 말과 글과 얼을 지켜 오신 외솔 최현배, 한결 김윤경 박사님을 스승으로 모시고 한글 사랑 나라 사랑의 국어 교육을 받게 된 것을 무한한 기쁨과 자랑으로 여기며 이 두 분 스승의 사상과 가르침을 지켜 살기에 최선을 다하고 있다.

눈뫼 스승께서도 동래고보 시절부터 동래고보 교사를 거쳐 연희전문 교수로 계셨던 외솔 최현배 스승을 존경하고 사모하시어 일제가 식민지 교육을 위해 세운 경성제대를 물리치고 우리 민족의 대학인 연희전문 문과 학생이 되셨다.

기독, 애국 정신으로 잃은 나라를 되찾으려는 항일의식이 강한 연희전문학교를 경성공업척식전문학교로 이름조차 바꾸고, 일본인 교장이 오게 되고, 존경하는 최현배 교수 마저 항일애국 단체인 홍업구락부사건에 연루되어 교수직이 파면되자 허웅 학생은,

"치워버리라고마! 왜놈 대학이 싫어 우리 조선민족대학 연희전문에 왔는데 왜놈 교장 밑에서 뭐 더 배울 게 있겠나!"

하면서 연희전문을 자진 중퇴하고 고향 김해로 내려갔다. 그리고 나서 폐침윤의 병마도 물리치면서 조용히 혼자 독학으로 국어학에 전념, 영어, 독어, 불어까지 능통한 외국어 실력도 쌓은 당당한 학자의 품위와 인격을 갖추셨다. 하나님 심판으로 원자탄 두 알에 일본이 망하고 연합국의 승리로 조선이 광복을 맞이하게 되자 허웅 스승은 광신상고, 한성고교 등에서 교편을 잡으셨다. 이어 부산대학교 강단에 있던 허웅 제자를 연희대(현 연세대)의 외솔 최현배 교수께서 연희대 국문과 교수로 부르신 것이다. 이렇게 연세대 교수가 되신 허웅 스승은 동래고보 시절부터 존경하던 최현배 스승의 수제자였다. 연희전문 선배이신 김선기 박사께서 문교부 차관으로 관계에 나가시면서 서울대 언어학과 당신의 교수 자리에 허웅 박사를 오시게 하셨다.

외솔, 한결 두 스승을 기둥으로 모시고 한글 전용의 횃불을 높이 든 허웅 교수가 서울대 교수로 가실 때 국·한 혼용의 대표 교수로 경성제대 조선어문학과 출신인 이희승, 이숭녕 두 교수가 반대할 수 없었다. 소신 있는 우리 국어학계의 젊은 교수인 허웅 스승은 벌써 15, 16세기 우리 옛말본 연구의 독보적 권위자로 영어, 독어, 프랑스어 등 외국어 실력까지 갖춘 국어학, 언어학의

보배 교수였기 때문이다. 연희전문 1년 중퇴의 학력으로 외국에 나가 연구하지 않았어도 한국 언하학의 제일인자가 되신 허웅 스승은 서울대학에서 문학박사 학위를 받으시며 국어 교육에 전념하셨다. 2000년 10월 16일, 제10회 자랑스러운 서울대인상을 대통령 부인 이희호 여사와 함께 받으신 일 등이 오히려 일석 이희승, 심악 이숭녕 박사보다 더 서울대를 빛내고 우리 국어학계를 크게 빛낸 큰 학자로 평가해도 조금도 지나친 말이 아닐 것이다.

허웅스승은 한글 세대가 만든 우주선이 푸른 하늘을 빙빙 도는 이 눈부신 과학 시대에 부수 찾기, 획수 알기, 쓰기, 차례, 읽기, 풀이 등 다섯 가지나 어려운 한자를 초등학교 새싹들부터 국·한 혼용으로 가르치자고 어지간히 주장하시던 고 남광우 교수의 그 시대 역행의 잠꼬대를 일깨우며, 한글 전용의 역사적·시대적 당연성과 우리 한글 겨레의 뼈 있는 주체성을 말로, 글로, 교육으로, 계몽으로, 강력히 앞장서 주장하셨다. 우리말, 우리글, 우리 얼을 지키는 큰 일을 한평생 하신 것이다.

이 나라 민족 정기를 바로 잡기 위하여 늘 역사 바로 세우기를 주창하시던 허웅 스승은 친일파의 힘에 밀려 역대 대통령이 헐지 못하던 조선총독부 건물의 그 흉악한 모습을 헐어 없애자고 주장하셨다. 허웅 스승은 동래고보, 연희전문 학생시절부터 항일의식을 다져 오셨다. 남한은 일본과 만주에서 설치던 친일파, 북한에서 넘어온 친일파, 남한에서 일제의 개노릇하던 친일파 등이 다 모인 친일파 천국이라고 늘 생각하셨다. 그리하여 갖가지 공식 행사에서 인사말씀을 할 때나 사석에서나 민족 정기를 바로 세우는 차원에서 친일파 청산 문제는 속히 이뤄내야 할 과제임을 힘

270

주어 말씀해 오셨다.

일본의 억지에 밀리고 있는 독도 지키기 일에도 적극적으로 앞장서 주셨으며, 셈틀(컴퓨터) 언어, 남북 언어 이질화 현상, 외래어 남용, 일본말 찌꺼기 등의 우리 언어 현실을 크게 걱정하시며 이를 바로 잡는 일에 늘 횃불이 되어 주셨다.

허웅 스승께서는 1975년 2월 22일, 한글학회 부설 '전국 국어운동 고등학생연합회'(나중에 '한겨레 한글나무 고등학생 모임'으로 이름을 바꿨음) 지도 교사로 나를 지명해 주셨다. 그리하여 남녀 고교생들을 데리고 매주 토요일마다 한글회관에서 모임을 열고 국어순화운동을 벌여 왔다. 또한, 고궁이나 거리에서 한글 전용 계몽을 하며, 세종대왕을 비롯하여 주시경 선생, 외솔, 한결 선생의 한글 정신을 받들고 한글사랑 나라사랑의 뜻을 한글 세대에 심어 주셨다. 나도 함께 한글 세대의 푸른 힘으로 최만리 사대주의의 노예가 되어 있는 일부 어리석은 국민을 일깨우는 데 앞장서 왔다.

내가 환갑을 맞으며 열 번째 시집《하늘하고 삽니다》출판기념회를 한글회관에서 열었을 때, 허웅 스승은 축의금 봉투에

"환갑 맞는 젊은이여, 앞으로 더 큰 일 이룩하소서! 허웅"

이라 쓰신 글을 잊을 수가 없다. 시간 강사로서의 나의 어려운 삶이나 대학 전임교수가 되는 일 등에 늘 걱정해 주셨고, 전국 국어운동 고등학생연합회 행사에 오시어 국어에 대한 강연도 자주 해 주셨다. 항상 고마움을 잊을 수가 없다.

백금석 사모님이 아산병원에 입원해 계실 때 나의 기도를 들으신 허웅 스승은 2001년 11월 20일, 사모님이 하늘 나라 가시어 내가 제일 먼저 아산병원 영안실을 찾아가자 응접실에 혼자 계시다

가 나를 보자,

"참 허망하구나. 나보다 10년은 더 살아야 할 사람이 나는 어쩌라고 저리 먼저 가나."

말씀하시는 모습이 참으로 비통하게 보였다. 사랑하는 사모님을 땅에 묻고 오신 허웅 스승은 그 절절한 그리움과 허전함을 메울 길 없어 《못 잊어 못 잊어서》라는 시집을 '일곱 달 동안의 시조 일기'로 펴내셨다. 소월의 시 못지않은 그리움의 정서가 읽는이의 심금을 울리는 일기 시조였다.

당신의 수제자인 김계곤 교수를 비롯하여 김석득, 김승곤 한글 학회 이사 등의 위로를 받으시며 지팡이에 의지해 한글학회 회장실에 나오시던 우리의 스승 허웅 박사님! 나라 위해 하실 일이 태산 같은데 너무도 사랑하시던 아내 백금석 여사를 못 잊어 곧 뒤따라 가시어 그 곁에 함께 누우시니, 이제 큰 스승을 잃은 우리들 마음이 허전하기 그지없다. 중앙 일간지들이 한결같이 애도하며 그 업적을 밝힌 대로, 주시경 선생이 국어학의 주춧돌을 놓고, 최현배 선생이 집을 지었다면 허웅 선생은 그 집을 더욱 튼튼하게 보수했다고 할 수 있다.

한글날 훈민정음 머리말을 읽으시던 그 인자하신 모습이 눈에 선히 떠오른다. 그처럼 갈망하시던 한글날이 국경일 되는 날, 훈민정음 머리말을 읽고 하늘 나라에 가셨으면 얼마나 좋을까? 우리 모두 허웅 스승께서 못다 이루신 일 힘써 다 이루며, 국보 제1호가 되어야 할 한글 문화 발전에 최선을 다해야 할 것이다.

눈뫼 허웅 선생의 삶 2005. 3. 25

늘 뵙고 싶은 성봉 선생님
- 김성배 박사님 일주기에 붙여

늘 우리가 뵙고 싶은 성봉 선생님! 가신 지 어언 1년이 되었습니다. 너무도 세월이 빨라 어지럽기도 합니다. 성봉이 가시던 작년 1월 16일은 하얀 눈이 내린 날이었습니다. 눈처럼 하얀 마음씨로, 그 눈속의 푸른 솔처럼 흔들림 없는 예순 아홉의 바른 일생을 사셨던 것입니다. 오늘날은 팔십, 구십을 넘겨 장수하시는 어른들도 많은데, 우리 스승 성봉은 고희도 못 채우시고 그리 홀연 가셨는지, 참으로 아깝고 아쉽기만 합니다.

고기도 놓친 고기가 크다고 정작 성봉이 가시니, 성봉이 일하시던 자리가 너무 큽니다. 제자를 친자식보다 더 사랑하실 정도로 제자들의 앞날이나 가는 길에 기도하시고 이끌어 주시던 성봉은 당신이 믿으시던 부처님 마음 그대로였습니다.

"오 선생도 어서 대학의 전임이 되어야 할 텐데, 왜 한국의 대학들이 오 선생을 그냥 두고 있을까?"

외람되게도 이런 말씀으로 부족한 송골을 격려해 주시던 사랑을 잊을 수가 없습니다. 우리 아버님이 돌아갔을 때에 주소만 들고 물어 물어 넓은 화곡동의 우리 집을 찾으시어 조문해 주시던 사랑도 잊을 수가 없습니다. 개성 있고 인자한 글씨로 국어교육학회 회비 받음표도 회원들에게 꼬박꼬박 보내 주시며, 제자들 편지에 일일이 회답해 주시는 정성은 참으로 자상하신 성품 그대로였습니다.

1963년 9월 29일에 일으키신 한국 국어교육학회는 성봉 당신이 회장으로 계시면서 일생을 바치듯 숨질 때까지 희생 봉사로 키운 학술단체입니다. 이 학회의 기금으로 정년 퇴직금 1천만 원을 선뜻 내놓으시는 큰마음도 갸륵한 일이 아닐 수 없습니다. 당시 최태호 부회장님은 성봉이 죽음의 준비를 하시는구나 하는 생각이 들며 그처럼 학회를 아끼는 성봉 친구의 마음에 감동된 바 있다고 했습니다.

"오 선생! 이 학회를 누구한테 맡기지? 아무래도 제자들한테 맡겨야겠어! 학회 사무실이라도 하나 마련되어 이제 회장 자리를 제자에게 넘겨야겠어!"

등의 말씀을 내게 하시던 성봉은, 두툼한 안경을 의젓이 쓰시고 94차 정례연구발표회를 여셨습니다. 《새국어교육》도 제40호까지 내셨습니다. 이 일에 사재도 많이 바치셨습니다.

탄압 심한 일제 시대부터 국민학교 교사가 되시어 고향 부여 땅에서 우리 흰옷겨레의 학생들에게 우리 말·글·얼 사랑을 밝고 높은 의지로 교육하여 민족 정기를 북돋우셨습니다. 그 때문에 왜경에 끌려가 고초도 많이 당하셨습니다.

광복 후에는 중·고교 교단을 거쳐 대학강단에 서시면서, 가싯길에 놓인 우리 한글을 한글학회 회원·이사로서, 외솔회 부회장으로서, 우리말 다듬기회 부회장으로서, 바로 펴 쓰도록 온갖 정성을 다 기울이며 횃불 구실을 하셨습니다. 문교부 국어순화 심

274

의 위원, 세종대왕 기념사업회 이사 등의 각종 말·글 관계 책임
일을 맡으시면서, 방송·신문·잡지 등에 말로 글로 나라 곳곳을
다니시며 강연으로, 우리말 우리글 우리얼 사랑에 심혈을 기울이
셨습니다. 방송을 통해 바른말, 고운말 지도를 오래 하셨습니다.
문교부의 어떤 이는 성봉 선생님 생전에 하시던 일 자리에 그만
한 인물을 골라 앉히기가 어렵다고 합니다.

그 잔인한 육·이오에도 서울 집이 조금도 파괴되지 않았고, 낳
은 자식 5남 2녀를 모두 잘 가르쳐 짝맺어 주시고 가셨으며, 임오
조 사모님과는 뜨거운 잉꼬부부로 훌륭한 남편이셨고, 나라·겨레
로 보면 훌륭한 애국자요, 교육자요, 학자였습니다. 수필집을 여
러 권 내신 수필가이기도 합니다. 《신 국어교육론》을 비롯한 여
러 저서가 한아름 됩니다. 당신의 고향 부여로 가는 양지 바른 언
덕에 유택을 정하신 성봉 선생님은 지으신 책 모두를 항아리에 가
득 담으시고 지금도 한국의 선비 정신으로 책을 읽고 계십니다.

성봉 가신 지 1주기가 되어도 그 흔한 추도식 하나 없이 가족
중심으로 모임을 당신의 가정에서 가졌습니다.

그리운 성봉 선생님! 못 다하신 일 제자들과 당신을 아끼시던
벗들이 다 이어 이룰 테니 부디 편히 잠들어 계시길 바랍니다.

《한글 새소식》 제162호

그리운 허귀송 모범 단우

진해 해병시절 정훈참모실에서 처음 만난 허귀송 단우는 첫눈에도 성실한 모범 단우였다. 내가 제대할 무렵 해병진해기지사령부 정훈참모로 부임한 허귀송 단우는 계급을 떠나 친형제처럼 만나 겨레의 스승 도산 선생 말씀을 많이 해주셨다.

1964년 12월, 나는 고등학교 교사가 되어 신경여상, 영등포공고, 중앙여고, 대신고교에 근무했는데 내가 근무하는 학교에 자주 찾아 오셨다. 윗옷에는 항상 홍사단 기러기 배지가 달려 있고 목에는 홍사단 넥타이가 씩씩해 보였다. 중앙여고 근무할 때 점심을 대접하는 자리에서 해병대 친목모임에 들라 했다. 봉급의 백분의 일의 돈을 내서 하나님 일을 해보자고 했다. 해병장교 네 사람이 만든 기독교 단체였다. 내가 다섯 번째 회원이 되자 총무를 맡겼다. 제대 후 홍사단 입단을 권유했으나 보류하다가 인생을 바르고 진실하게, 그리고 소신 있게 사는 모습, 그야말로 건전한 인격을 지닌 선배였기 때문에 홍사단 입단을 허락하였다. 명동 대성빌딩에서 오후에 이상주, 문병호, 두 단우에게 정의돈수 교육을 받고 예비단우로 1975년 5월에 입단했다. 그해 12월 통

276

상단우로 서약했다.

흥사단 단우가 되면서 허귀송 단우와 더 가까워졌다. 서울 오시면 꼭 나를 찾아 왔고 우리 집에서 나와 밤을 새면서 나라와 겨레를 위한 대화를 나누었다. 해병장교 넷이서 만든 기독교단체 이름을 열두 사도의 그리스도 정신을 이어 받자는 뜻으로 순우리말 형태의 '열두얼회'로 하자는 나의 제안이 받아들여져 모임 이름을 열두얼회로 부르고 회원 이름을 부를 때는 끝에 "오동춘얼", 이런 식으로 이름 뒤에 얼자를 붙여서 부르기로 했다. 그러나 허귀송 단우는 내게 보내는 편지에 내 아호 송골을 부르며 "송골 앞" 또는 "오 동지에게" 이런 호칭으로 썼다.

허귀송 단우가 진해 해병신병훈련소 중대장을 할 때는 별명이 SOP라고 했다. 원리원칙에 충실한 장교라는 뜻이다. '적당히' 라는 말은 통하지 않았다.

그는 함경북도 온성에서 태어나 연길에 있는 도문중학교를 졸업하고 북한 성진고급중학 과정을 마친 후 초등학교, 중학교 교편을 잡다가 1951년 1·4후퇴 때 혈혈단신으로 월남하였다. 해군 하사관으로 입대했다가 1949년 4월 15일, 진해 격납고에서 해군 장교 80명, 사병 300명으로 해병대가 창설될 때 창립 해병의 하나였다. 해병 9기 간부 후보생으로 소정의 교육을 받고 장교가 되셨다. 6·25전쟁 중이라 일선소대장으로 근무했고, 북한에서 전투를 많이 했던 참전용사이다.

해병 중위 때 낙동중학교 국어 교사였던 김희정 선생과 1957년 결혼하여 1남2녀의 자녀를 두었다. 원리원칙만 찾는 모범장교 허

귀송 장교의 아내인 김희정 선생은 교편을 그만 두고 이용소, 목
욕탕 등을 경영하여 가정의 경제적 어려움을 극복해 나갔다. 제
대 후에는 해병중앙도서관 관장, 해병초대기념관장 일을 맡아 30
여 년간 해병대에서 모범장교, 문관, 흥사단 단우 활동을 했다.
진해문화원 부원장이 되어 진해 향토 발전에 힘쓰며 진해흥사단
발전에도 온 정성을 다 쏟았다. 특히 단우들을 어떻게 지도해야
바른 도산정신, 주인정신을 심을 수 있을지에 대해 늘 기도하고
있었다.

흥사단 단우로서 바른 소리, 곧은 소리만 하므로 진급에 많은
영향을 받았다. 그러나 그는 귀신 잡는 해병대를 위해 계급에 관
계없이 바른 해병대, 바른 나라 건설에 최선을 다하는 모범군인
이었고, 흥사단 아카데미 중·고교생들을 책임 있게 지도하는 모
범 선생님이기도 했다.

그의 좌우명도 건전인격, 신성단결, 무실역행이었다. 그는 좌우
명대로 실천한 분이다. 명동 대성빌딩에서 실시하는 흥사단의 금
요개척자강좌에 참여하여 많이 배웠다고 한다.

송골이 흥사단을 개혁해 보라고 했다. 너무 침체하고 타성에 젖
어 흥사단 본연의 아무나 정신이 흐려졌다고 했다. 흥사단의 뼈
를 깎는 자기 개혁이 필요하다고 했다. 1493번의 단우번호를 가진
허귀송 단우는 진해, 진주, 창원, 마산, 부산 등의 흥사단 전체를
지도하는 중심 단우로 성실한 경남의 대표적인 모범 단우였다.

나라를 위해 할 일이 태산 같은 보배 일꾼이신데 1992년 11월
28일 희망원(고아원)에 재활용품을 운반해 주려고 세워둔 오토바이

로 가려다가 쏜살같이 달려오는 해군 중사의 자전거에 받쳐 넘어
지면서 뇌진탕으로 66세의 아까운 인생을 마감하게 된 것이다.

월드컵 4강 신화를 이루던 2002년 11월 23일, 그가 출석하던 진
해 〈사랑의 교회〉에서 김희정 부인은 허귀송 단우 10주기 추도식
을 열었다. 나는 조시를 읽었다. 열두얼회 회원 몇 사람과 함께
내려갔었다. 김희정 권사님은 마치 남편이 다시 살아난 것 같다
고 했다.

허귀송 단우는 흥사단 발전에 이바지한 모범단우로 공로패도 받
은 단우이다. 흥사단 4대 정신을 잘 실천하여 흥사단 각종 모임
에 개근으로 참석하며 각근히 의무금을 내고, 단우 생활을 자랑
스럽게 잘 하시던 허귀송 모범 단우님이 어지러운 이 오늘, 한정
없이 그립다.

제6부 : 한글

한글은 세계적 국보다

한글은 세계적 국보다

　대영성서공회의 조사와 발표에 따르면 온 세계에는 8천 개의 언어와 3천 개의 글자가 있다고 한다. 우리는 아름다운 우리말과 가장 과학적인 한글을 가진 자랑스런 문화 민족이다. 올해로 탄신 6백 돌을 맞는 세종대왕이 자주, 민주, 문화의 세 정신을 한글 창제 동기로 밝히면서, 정인지 글에서 보듯 아침을 다 마치기 전에 다 익힐 쉬운 한글을 만들었기 때문에 우리는 해와 같이 밝은 한글 겨레가 된 것이다.

　1994년 미국의 세계적인 과학잡지인 〈디스커버〉지에 켈리포니아대학 생화학과 제어드 다이어몬드 교수는 〈쓰기 정확함〉이라는 기고의 글에서 한글을 가장 과학적이고 독창적이며 체계적인 우수 글자로서, 바로 국제 알파벳이라고 극찬을 한 바 있다. 바야흐로 산업 정보 시대요, 속도 시대인 오늘날, 눈부신 개혁과 변화 속에서 1934년 중국의 대학자 노신은 부수, 획수, 필순, 독음, 해석 등 다섯 가지나 어려운 한자가 망하든지 중국이 망하든지 해야지 결코 한자와 중국이 병행할 수 없다고 부르짖은 바 있다.

　한자에 뿌리를 두고 만든 일본 가나글은 숙명적으로 한자를 섞어 쓰지 않을 수 없다. 어려운 한자를 일본글에 섞어 작전 명령을 했기 때문에 그 전달 속도가 느려 2차 대전 때 일본이 연합군에 패망했다는 어느 일본 학자의 지적도 있다.

우리 나라의 애국자 주시경 선생도 10여 년 어려운 한자로 서당에서 배워본 결과, 쉬운말 쉬운글을 배우고 익히면 더 빠른 문화 생활을 하게 될 것인데도 불구하고 공연히 딱딱한 한자어, 한자를 배우느라 시간만 낭비했다고 스스로 깨달아 신학문을 배우기 위해 늦게 배재학당에 입학했던 것이다.

오늘날 눈부신 과학 시대에 시간은 바로 생명이다. 이 생명 같은 시간에 한자 학습의 노예로 귀중한 시간을 다 보내면 우리 어린이 새싹들이 언제 과학 지식과 기술을 익히겠는가?

바야흐로 역사 바로 세우기의 문민정부에서 그 흉물이던 구 조선총독부 건물도 헐었고, 이제는 35년 동안 불행한 식민지 사상이나 일본말 찌꺼기를 청산해야 할 시점에 놓여 있다. 엄연히 나라와 민족과 언어가 다른 일본을 걸핏하면 예로 들면서 일본이 한자 쓰니까 우리도 따라 쓰자는 발상은 아직도 친일 사대사상을 버리지 못한 불행한 주장이 아닐 수 없다.

왜 우리 국어가 일본 국어를 닮아야 한단 말인가?

한자 발생 고장인 중국에서도 간체자가 3천자 정도 쓰이고 있으며 일본에는 상용한자 1945자 가운데 약자가 6백여 자 쓰이고 있다. 우리 나라, 대만, 홍콩은 한자를 번체자 즉, 정자로 쓰고 있다. 아시아 태평양 시대를 부르짖고 있으나 한자 쓰는 나라는 고작 한국, 중국, 일본 세 나라뿐이다. 이 세 나라의 한자의 글짜꼴도 다르고 뜻도 다 달리 쓰이는데, 언제 한자 문화권의 표준 한

자를 제정해서 그야말로 한자 팔아서 얼마나 경제 성장을 갖는
국제인, 세계인이 될 것인가?

지난 해 대학로의 강강수월래극장에서 귀순용사 5명이 〈코리랑〉
연극을 할 때 관람을 가서 북한의 한문 공부에 대해 질문해 보았
다. 중학교에서 주당 1시간 정도 배우는데, 북한 사회는 한자를
안 쓰기 때문에 배워야 소용이 없다고 했다. 귀순해 남한에서 회
사원으로 취직해 보니 필요 이상으로 한자가 쓰이고 있어 한자
공부에 시간을 다 뺏긴다고 대답했다.

우리 교회에 출석하는 귀순용사 황정국도 중학 6학년 과정을 주
당 1시간씩 공부했으나 다 잊어 먹었으며, 김일성, 김정일 이름과
자기 이름을 한자로 쓸 정도라 했다. 남한에서 한자를 계속 쓰니
까 통일을 대비해서 정책적으로 가르칠 뿐이라 했다. 북한 사회
는 한자를 안 쓰니까 배워도 소용이 없다는 것이다.

사실도 확인하지 않고 무리한 소리를 하지 말아야 할 것이다.
국한 혼용론자들이 필요로 해서 만든 한글 전용과 국한 혼용의
비율 숫자를 누가 믿을 것인가? 초·중·고교, 대학 교실에 들어
가면 한글 전용을 100% 원하는 학생들의 장래가 참으로 밝아 보
인다. 한글 시대, 나라 이름이나 성명을 한글로 쓰면 바른 글살이
인데 한자로 못쓴다고 무식하단 말인가?

한자 교육을 주장하는 국한혼용론은 시대 역행이 아닐 수 없다.
1994년 9월 15일부터 전면 가로쓰기를 단행한 중앙일보를 비롯하
여 여러 일간지들이 가로짜기 신문을 발행하여 거의 한글 전용의
역사적 사명을 다 이뤄가고 있다. 1948년 10월 9일 공포된 한글
전용법이 잘 지켜져야 하며 온 겨레가 한글로 겨레나 나라의 튼

튼한 뼈대를 이루도록 해야 할 것이다. 초등학교에 국한 혼용 교육을 안 한다고 노인들에 의해 한글이 제소 받는 불행한 일은 다시 없어야 할 것이다. 한글 재판은 이미 '각하'한다고 대법관 전원 찬성의 판결로 끝난 것을 보더라도 말이다.

한글 전용이다! 국한 혼용이다 하는 대결로 아까운 시간 낭비를 하지 말고 한자 교육은 중학 과정부터 더 잘 가르치고 오늘날 성급하게 실시된 영어 교육도 방법을 더욱 개선하여 중학 과정부터 가르쳐야 한다.

세 살 버릇 여든 간다. 어린 새싹 때부터 외국어, 외국 글자로 가슴이 멍들면 또 중국인, 일본인, 미국인, 영국인을 만드는 병든 시대 교육이 되기 쉽다. 교육부는 초등학교 한자 교육, 영어 교육에 더욱 깊은 연구와 검토를 거치고 깊이 생각해서 실시해야 할 것이다. 중국인, 일본인, 미국인, 영국인을 만드는 병든 사대교육이 되기 쉽다. 교육부는 초등학교 한자 교육, 영어 교육에 더욱 깊은 연구와 검토를 거치고 깊이 생각해서 실시해야 할 것이다.

한글날은 국경일로 다시 되돌아 와야 하며 세계의 국보인 한글이 우리의 국보 제1호가 되어야 한다. 이것은 강력한 시대적 사명이다. 지금 세계 하늘에 한글 깃발이 펄럭이고 있다.

《나라사랑》 94집. 1997

국보 제1호는 한글로 하자

　15세기에 세종의 한글 반포로 우리 한국은 세계에 해와 같이 밝은 문화민족이 되었다. 중국 사대주의에 젖어 그 어려운 한문에 시달리던 우리 짚신겨레는 배우고 익히기 쉬운 한글로, 한문 노예에서 해방된 것이다. 한문의 한자는 부수찾기, 획수알기, 쓰는 차례, 읽기, 풀이 등 다섯 가지나 어렵다. 그 학습에 엄청난 시간이 걸린다. 나라의 발전에 걸림돌이 된다. 글자도 하나의 생활도구인데 이 눈부신 과학시대에 가장 어려운 한자 학습에 시달린다면 삶의 승리를 이룰 수 있겠는가?

　일찍이 중국의 노신도 한자의 견해에 대해서 중국이 망하든지 한자가 망하든지 해야지 양립할 수 없다는 소신을 밝힌 바 있다. 일제시대 외솔 최현배 선생이 쓴 〈조선민족갱생의도〉에서 한자를 망국의 글자로 규정했다. 과학시대에 한자 학습에 시간을 낭비하면 나라의 발전을 이룰 수 없기 때문이다.

　말과 글은 그 겨레의 얼이다. 딴 나라 말과 글을 쓰면 그 나라의 정신에 사로잡히게 된다. 한글이 없던 시대에 한자가 우리 역사를 기록해 주었으며 1446년 한글이 반포된 이후는 우리 한글로 모든 것을 다 적을 수 있게 되었다. 우리 나라의 힘이 날로 신장되어 감에 따라 우리 한글을 세계 곳곳에서 가르치고 있다. 영국도 올해 2학기부터 초등학교에 한국어를 제2외국어로 가르친다고 했다. 폴란드 어느 고등학교 이름은 한글을 만든 세종을 존경하여 학교 이름을 세종대왕고등학교로 부르게 했다.

유네스코는 1997년 한글을 세계문화유산으로 정했다. 우리 나라가 경제성장이 날로 발전하고 한글문화가 세계 문화에 큰 힘을 드러내니 우리 한글은 세계 하늘에 그 깃발을 높이 펄럭이고 있다.

글이 없는 불행한 민족에게 우리 선교사들이 한글을 가르쳐 주며 성경말씀을 심어주고 있다. 아프리카 대륙의 미개민족이나 중국의 미개민족에게 한글을 가르쳐 길이요, 진리요, 생명인 예수님 말씀을 전하는 것이다. 훈민정음 뒷글에 정인지는 영특한 우리 임금께서 독창적인 한글을 만드시어, 슬기로운 이는 아침을 마치기 전에 다 배우고, 어리석은 이라 해도 열흘이면 다 깨칠 수 있다고 했다. 또 한글로는 못 적는 말이 없다고 했다. 개 짖는 소리, 학 울음소리, 바람 소리까지 다 적을 수 있다고 했다.

이처럼 배우고 익히기 쉬운 한글이 세계의 알파벳, 국제 알파벳이라고 미국 캘리포니아 대학교 제어드 다이아몬드 교수가 미국의 유명한 과학 잡지인 디스커버리지에서 〈쓰기 정확함〉이란 기고글에서 밝힌 바 있다. 이 한글 때문에 한국이 세계에서 가장 문맹률이 낮다고 했다. 한글전용을 하는 북한이 더 문맹률이 낮다고 한 것이다.

미국 시카고대학 맥콜리 교수는 20여 년간 한글은 세계에서 가장 빛나는 과학글자라고 칭찬하면서 학생들과 함께 한글날을 지켜왔다. 1989년부터 유네스코에서는 세계 문맹퇴치에 공헌이 있는 사람이나 나라에 세종대왕상을 주고 있다. 이 때문에 하나밖에 없는 훌륭한 글이라고 주시경 선생이 1913년 우리글 이름을 '한글'이라 짓지 않았던가.

약소민족으로 자기 자세를 너무 낮춘 우리 조상들은 한글을 상놈의 글로 말하는 언문으로 부르고, 한문 숭상에 깊이 빠져 사색당파의 싸움질만 하다가 끝내 일본제국주의에 나라까지 빼앗겨 35년간 일제의 노예가 되었던 것이다. 주시경 선생은 말이 오르면 나라가 오르고, 말이 내리면 나라도 내린다고 했다. 말과 글이 그 나라의 흥하고 망함을 좌우한다는 뜻이 된다.

아직도 한글 반포를 반대했던 조선조 최만리형 사고방식에 빠져 한자는 우리 나라 사람이 만든 우리 글자라고 우기며 필요 이상의 한자교육을 부르짖는 21세기 잠꼬대의 소리가 나라를 어지럽히고 있다. 한문숭상의 진서사상을 버리지 못한 사대주의에 깊이 빠진 행위가 아닐 수 없다.

한자는 고작해야 한국, 중국, 일본 세 나라만 쓰고 있다. 한국이나 대만, 홍콩은 한자의 정자를 쓰고 중국은 획을 줄인 간체자, 일본은 약자를 쓰고 있어 한자는 그 모양과 뜻이 세 나라가 다 다르다. 한자의 종주국인 중국이 어려운 한자를 뜻글자에서 소리글자로 쓰고 있는 오늘, 우리 상용한자는 1800자만 중학교 때부터 교육하면 된다. 더 이상 시간낭비의 한자교육을 내세우지 말아야 한다.

그리고 6·25 이후 쏟아져 온 서양 외래어가 홍수처럼 날뛰고 있다. 우리 나라는 영어 식민지가 아니다. 뼈도 없이 영어를 우리 공용어로 하자는 얼빠진 얼간이 지식인이 나오는가 하면 영어 마을을 만들어 영어가 설치고, 제주도를 영어 공용어지대로 만들려고 한다는 정부의 소리가 들린다. 초등학교는 또 1학년부터 영어 교육을 하겠다고 한다. 다 자기 모국어를 무시하는 행위가 아닐 수 없다.

우리는 1948년 제헌국회가 만든 법률 제6호인 한글전용법과 2005년 7월 28일 공포된 국어기본법대로 우리 한글을 사랑하면서 우리 한글겨레는 한글을 우리 국보 제1호로 삼아야 한다. 한글이야말로 우리 한국인의 밝은 모습과 주체성을 잘 보여주는 나랏글이 아닐 수 없다. 남대문은 제1호의 국보 자리를 한글에게 양보해야 한다. 일제가 총독관저(청와대)는 큰 대(大)자, 악의 상징이던 총독부건물(전 중앙청)은 날 일(日)자로, 시청은 근본 본(本)자로 지어놓고 경성역(서울역)에 내려 대일본大日本으로 들어가는 관문을 남대문으로 삼고 그 관리번호 1번을 남대문에 준 것이다. 그런데 광복을 맞은 지금도 남대문이 국보 제 1호에 놓여 있다.

일제는 우리 국보를 남대문을 비롯하여 돌탑이나 비석 등의 유형문화재에 앞선 번호를 매겼고, 1940년 경북 안동에서 발견된 훈민정음 원본은 432호의 번호를 주었다가 박정희 정권 때 국보번호를 재조정하여 한글 국보번호는 현재 70호가 되어 푸대접을 받고 있다. 정부나 우리 국민은 정신문화의 핵심인 우리의 세계적 보배 한글을 국보 제1호로 삼고, 한글로 세계를 다스리는 큰 나라를 이루어야 할 것이다.

물이 높은 데서 낮은 데로 흐르듯 지금은 한글시대다.

한글세대가 밀물처럼 밀려오고 있다. 가장 과학적인 우리의 생활무기인 한글로 한글 나라의 승리를 이뤄야 한다. 반드시 한글은 국보 제1호가 되어야 한다는 시대적 사명이 우리 가슴을 치고 있다. 노태우 정권이 없앤 한글날의 공휴일이 국경일로 속히 제정되어야 하고, 인천국제공항도 세종국제공항으로 이름을 바꿔야 한다.

국보 제1호 한글로 조국통일을 이루며 한글 나라를 세계 으뜸나라로 꼭 만들어야 하겠다.

《연대교육대학원 총동창 회보》 2005. 12. 57호

말과 나라

누구나 자고 깨면 한 마디라도 말을 하지 않고는 살아갈 수 없다. 우리의 육체를 튼튼히 해주는 육체의 양식이 음식물이라면 우리 영혼의 양식은 바로 날마다 우리가 쓰지 않고는 살 수 없는 말인 것이다. 영혼의 양식이 되는 말을 어찌 함부로 아무렇게나 쓸 수 있겠는가?

말은 사람의 뜻을 표현하고 전달하는 기호적인 측면과 한 언어 공동체의 공통의식을 창조하는 얼의 힘이라는 철학적 측면이 있다. 말, 곧 국어가 사물을 해석하고, 정리하고, 뜻을 전하는 표현 도구로서도 중요하지만 한 나라를 이끌어가는 겨레의 원동력이 된다는 이 나라 겨레사랑의 사상적 바탕을 이루는 얼의 힘이 된다는 것이 더욱 중요하다.

이 때문에 19세기 초 독일의 피히테는 그의 유명한 연설인 〈독일 국민에게 고함〉에서 '국어는 국민에 의해 형성되지만 국민은 다시 국어에 의해 형성된다.'고 외치면서 순수한 독일말을 갈고 닦아 쓰자는 주장을 한 바 있다.

그렇다. 국어는 그 나라의 국민정신을 형성한다. 그러므로 국어를 사랑한 나라는 번성하고, 국어를 업신여긴 나라는 쇠하거나 망했다는 사실을 우리는 만주나 몽고의 예를 들지 않아도 잘 알 수 있다. 제 나라의 말과 글을 깔보고 업신여긴 나라가 어찌 발전할 수 있겠는가?

"나라"라는 말도 "나이다"의 뜻을 가지고 있다. 남이 아니고 〈나〉, 곧 자기 주체를 강한 웅변으로 뜻하는 자주적인 말이다. 그런데 이 자주, 주체적인 "나라"라는 뼈와 살과 피 속에 나의 말이 아닌 딴 나라, 곧 남의 말과 글이 판을 친다면 "나"라는 기둥은 쓰러지고 "나라"의 가슴 속에는 남의 얼이 살게 된다. 그러므로 말과 나라는 제 힘으로 스스로 서서 살아가야 하는 물과 고기와 같이 떨어질 수 없는 관계에 놓여 있다.

세종임금님이 말과 글과 얼은 하나라는 중요한 이치를 일찍 깨쳤기에 훈민정음 서문에서 우리 국어가 중국과 다르다는 자주정신과, 쉬운 말과 글로 제뜻을 누구나 능히 발표할 수 있어야 한다는 백성사랑의 민주정신과, 백성들이 쉬운 글을 날마다 익혀 쓰므로 편한 문화생활을 하라는 문화정신을 똑똑히 밝혀주지 않았던가? 정인지도 훈민정음 뒷글에서 바람소리, 학울음 소리, 닭울음소리, 개짖는 소리까지도 다 적을 수 있는 한글은 스승 없이도 깨칠 수 있기 때문에 '슬기 있는 이는 아침을 마치기 전에 다 깨칠 것이요, 어리석은 이라도 열흘이면 넉넉히 배울 것이다.'라고 한글의 세계적 우수성을 말한 바 있다.

이런 기막히게 좋은 한글을 두고 최만리 일파는 한글은 여진족이나 일본 같은 오랑캐 나 쓰는 글이요 중국을 사모하는데 방해되는 길이니 한글창제나 반포를 반대한다고 되지 못한 극성을 부렸다. 더욱이 중국정부에 한글 반포의 결재도 얻지 않고 마음대로 할 수 있느냐는 극도의 사대주의 사상을 고집하였던 것이다. 이 억세고 끈질긴 고집 때문에 세종이 임금이 아니었으면 한글반포는 안 되었을지도 모른다. 만일 그랬더라면 오늘날 우리는 한자투성이의 신문, 한자투성이의 책을 앞에 놓고 얼마나 괴로워했겠는가? 생각만 해도 아찔한 일이다.

신라 때 이두형식으로 빌려 쓴 중국한자는 이제 돌려주어야 한다. 한자의 사대주의가 한자는 참된 글 곧 진서요, 한글은 속된 글 곧 언문이라 하여 우리말 우리글을 업신여긴 결과로 간악한 일본의 여우수작에 속아 나라까지 빼앗기지 않았던가?

훈민정음 서문에도 나오는 〈놈〉이란 우리말이 도둑놈 강도놈으로 나쁘게 쓰이고, 한자의 놈자인 者는 인격자, 학자, 필자 등으로 품위 있게 쓰는 사고방식이 바로 사대주의에서 온 것이다. 냉수하면 먹는 물이고, 찬 물 하면 발 씻는 물이라 생각해서 되겠는가? 사대주의 아부의 천재들이 나라를 망쳐온 사실을 우리는 깊이 깨쳐야 한다.

우리 나라 말과 글의 주인은 바로 우리 자신이다. 그런데 주인인 우리가 서양말이나 일본 식민지 교육 때에 배운 일본말 찌꺼기나 어렵고 딱딱한 한자말을 써야 유식해진다는 말인가? 이런 옹고집과 거짓을 버려야 나라가 바로 된다. 아내를 두고 와이프, 손톱깎이를 두고 쓰메끼리, 싼값을 두고 저렴한 가격이라 말해야 고상해지는가?

흰옷 겨레여! 우리 짚신겨레야말로 훌륭한 문화민족이다.

바야흐로 속도시대, 정보시대다. 어려운 한자고집으로 이 눈부신 속도시대를 살아갈 수 있겠는가? 성경이 한글로 번역되어 오늘의 큰 기독교 보급을 보지 않았는가? 한자가 망하든 중국이 망하든 해야 한다고 한자의 어려움을 꼬집은 노신의 말을 상기하더라도 우리는 다시 한자의 노예가 되지 말자.

용비어천가 제 2장의 순수한 우리말로 엮어진 그 작품의 우수성을 보라. 15세기부터 한글전용은 충분히 가능했던 것이다. 한글은 여자나 배우는 암글이라고 우습게 여겨온 탓으로 한글반포 532돌이 되어도 완전 한글 전용이 안 되고 있다. 국민교육헌장, 자연보호헌장 등이 한글로만 적혀도 다 알 수 있지 않은가? 한자는 학문적으로만 배우고 우리는 우리의 모든 생활에서 내 말, 내 글을 사랑하고 내 것, 우리 것을 아끼는 국민정신을 드높이는 자주민으로 살아가자.

대신고교 《왕희신문》 1970

한글겨레와 한글얼

절찬리에 방영되는 케이비에스(KBS)의 드라마 〈용의 눈물〉을 보면 태종의 셋째 아들 충녕대군은 이수, 유창, 변계량 등의 스승에게 사서삼경의 한문공부는 물론이며 천문, 지리까지 깊이 익혔다고 한다.

이성계와 이방원 부자간의 정권쟁탈의 골육상쟁을 진저리나게 경험한 양녕대군은 의도적으로 그 막중한 왕세자의 자리를 포기한다. 그 때문에 부처가 다 된 둘째 아들 효령대군도 제치고 아버지 이방원의 마음에 든 충녕대군은 1418년(태종 18년) 22세에 왕세자로 책봉되는 영광을 안게 된다.

왕세자로 책봉된 두 달만에 충녕대군은 왕의 자리에 오르니 이분이 세종대왕이다. 등극 삼 년 동안에 정종, 원경왕후, 태종이 차례로 승하하고 세종은 자주적으로 정치를 행하게 된다.

세종의 정치 가운데 으뜸정치는 1443년 47세의 나이에 훈민정음 28자를 만든 일이다. 이 훈민정음 서문에서 어려운 중국 한자와 우리말은 서로 달라서 민족주의 입장에서 한글을 만든다는 훈민정음 창제의 첫째 이유를 밝히고 있다. 어리석은 백성을 사랑하는 민본(민주)주의와 쉬운 한글을 날로 편안히 써 익힘으로 문화생활을 잘 하라는 문화주의 사상을 밝힘으로써 세종 자신의 언어 문자관을 잘 드러내고 있다.

이와 같은 자주, 민주, 문화의 훈민정음 정신을 깨치지 못하고 최만리 일파의 중국 사대주의자들이 한글을 오랑캐들이나 쓰는 글자로 무시하고 부수, 획수, 필순, 독음, 해석을 알기가 무척 어려운 한자를 진서로 숭상한 언어 문자의 사대사상이 사실상 나라를 망쳐온 근본 원인이었다고 말할 수 있다. 왜냐하면 말과 글이 그 겨레의 얼이 되기 때문이다. 얼빠진 겨레가 어찌 흥할 수 있겠는가?

자기를 속이지 말고 혼자 있을 때 행실을 삼가하라고 가르치는 유교 양반들이 자신들의 그 알량한 권위의식을 드러내기 위해 사대망상의 한자만 숭상해 온 것이다.

그들은 여자는 아예 남자의 종처럼 생각하고 아내를 내쫓을 수 있는 일곱 가지 조건을 만들었다. 내용을 보면 부모에게 순종하지 않는 것, 자식을 못 낳는 것, 행실이 음란한 것, 질투하는 것, 나쁜 병이 있는 것, 말썽이 많은 것, 도둑질하는 것 등으로 이 가운데 하나만 해당되어도 아내를 내쫓을 수 있었던 것이다. 남자를 높이고 여자를 낮추는 사상에서 나온 규범이다.

이런 봉건적인 생각을 가진 양반의 후예들과 일제 식민지 시대에 일본 선생 밑에서 한자를 섞어 배운 친일파들이 우리 글인 한글을 무시하고 국한혼용의 한문숭상사상을 버리지 못하고 있다. 최만리형 현대판 언어 문자의 사대사상을 그대로 보이고 있는 것이다. 참 한심한 일이다.

이들은 한자를 우리 글자라고까지 우기며 우리말, 우리글 사랑을 국수주의로 몰아 세워 우리말과 우리글을 무시하고 있다. 제 나라 말과 글을 무시하는 나라가 어디 있던가? 세종의 뜻을 따라 15세기부터 우리말 우리글 사랑의 한글 전용을 실천해 왔다면 우리 국어사전에 한자어가 70%라는 말은 없을 것이다. 일본 국어사전을 그대로 베끼다시피 한 이희승 국어사전은 우리의 표준 국어사전도 아니요, 거기 인명 지명 중심의 한자어가 70%라는 것은 객관성도 없고 설득력도 없다. 오직 한글전용정책을 비판하기 위한 조작적인 자료에 지나지 않는다.

한문을 신물이 나도록 공부하며 그 어려움을 체험했던 세종성왕이 하루아침에 다 배울 수 있는 한글을 만들었다, 또 1926년 동아일보에 66회에 걸쳐 발표한 외솔 최현배 선생은 〈조선민족갱생의 도〉라는 글에서 '한자 너 망국의 글자'라고 규정했다. 최현배는 6살부터 14살까지 한문을 배웠으나 나라의 문화발전과 언어 문자의 주체성을 한힌샘 주시경 선생으로부터 깨닫고 〈우리 말본〉을 지어 이 나라 문법의 경전을 이루며 한글전용의 횃불이 된 것이다.

중학교 수학선생이 되고자 했던 한결 김윤경도 경기 광주에서 서당 한문을 많이 배웠으며, 가람 이병기도 전북 익산에서 한문 공부를 많이 했다. 그러나 한결, 가람도 한문공부가 얼마나 시간이 많이 걸리는 학습인가를 깨닫고 외솔과 함께 함흥감옥에서 옥고를 치뤄가며 우리말과 글을 지켰고, 국어사랑 나라사랑의 스승이 된 것이다.

이렇듯 한자, 한문공부를 많이 한 학자들이 우리 말과 글의 삶을 뼈 있게 하자고 한글전용을 부르짖는데 일제시대에 초등학교, 중학교, 그리고 대학에서 황민사상의 일제 식민지 교육을 받은 얼간이 친일파들은 한자 몇 자 배운 얕팍한 한문지식으로 망국적 국한혼용을 지금도 외치고 있는 것이다.

이젠 일제 식민지 한자세대도 밤이 오는 저녁세대로 차츰 사라져 가고, 새벽 아침 세대인 한글세대가 밀물처럼 밀려오고 있다. 때는 바야흐로 한글 전용시대이다. 물은 높은 데서 낮은 데로 흐르듯 시대를 역행하고 살아갈 수 없는 것이다.

미국의 캘리포니아 주립대학 생화학과 제어드 다이아몬드 교수는 그가 세계 문자를 유전학적 입장에서 연구한 결과 한글이 가장 체계적 독창적, 과학적인 글자임을 깨닫고 한글은 세계 알파벳이라고 세계적인 미국 과학잡지 디스커버리지에 〈쓰기 정확함〉이란 제목으로 1994년 6월호에 발표하여 한글의 과학적 우수성을 온 세계에 극찬한 바 있다.

배우기 쉽고 익히기 쉬운 우리 한글을 두고 과학시대 문자 골동품으로 박물관에나 가야 할 한자 학습에 우리 한글세대가 고통을 받아야 하겠는가? 눈부신 과학시대, 속도시대가 아닌가?

지식이 화산처럼 폭발하고 있다. 산업정보시대이다. 머리가 어지럽게 돌아가는 이 우주 과학시대에 승리의 글자는 과학글자인 한글이다. 어려운 한자가 아니다. 한자학습은 중학교 때부터 상용한자선에서 조금씩 가르치면 된다. 대학에서는 한문학과에서 한문을 전공하면 우리 고전 번역에 아무 걱정이 없다. 중국에서 획수를 줄인 간체자가 3,700자 정도 쓰이고 있으며 일본에서는 약자가 600자 정도 쓰이고 있다. 한국, 대만, 홍통 등에서는 한자의 정자를 쓰고 있다. 동양권 한·중·일 세 나라마저 한자의 모양과 뜻이 달라 글자의 혼란을 보이고 있는데 어찌 어려운 한자가 태평양시대 국제글자가 되며 경제 수단이 될 수 있겠는가?

이제 한자의 운명은 끝났다. 중국, 일본은 우리 한글을 빌어다 그들의 문화 발전을 이뤄야 한다. 중국과 일본이 한자를 나랏글로 쓰는 한, 큰 문화적 발전을 이룰 수 없다. 중국과 일본이 한자를 쓰니까 우리도 쓰자고 하나 이는 우리 언어 문자를 무시하는 비주체적 행위에 지나지 않는다. 중국이나 일본에 가 봐야 우리 한글 간판은 없다. 중국 일본에도 우리 한글 간판이 숲을 이룰 때 동양문화의 세계적 발전을 꽃피게 할 것이다.

나라의 지도자부터 문자 언어관이 투철해야 한다.

터키의 게말 파샤가 터키의 어려운 문자혁명을 통하여 나라의 문화부흥에 크게 이바지한 것은 주지의 사실이다. 우리의 세종성왕도 깊고 넓은 말과 글에 대한 주체성으로 한글을 만들어 〈월인천강지곡〉에서 한글의 존엄성을 보인 문화정신을 높이 평가하지 않을 수 없다.

교육지도자인 외솔 최현배, 한결 김윤경, 가람 이병기 등은 그들의 주시경 선생의 국어사랑 곧 나라사랑 정신을 잘 드러내며 그들의 삶에 한글겨레로서 한글얼을 잘 발휘한 선비가 아닐 수 없다. 그런데 문민정부가 열릴 때 찾아 온 클린턴 미국 대통령에게 대도무문大道無門이라는 한자 서예품을 김영삼 대통령이 선물한 것은 잘못이다. 한글나라 대통령은 한글서예를 선물해야 나라의 뼈도 살고 보람도 있다. 일본이나 중국 수상이 왔다면 한자서예 선물이 이해가 가지만 소리글인 영어를 쓰는 나라 대통령에게 어려운 한자서예를 선물한 것은 결코 격에 맞지 않는 중국 사대주의 모습을 보인 잘못에 지나지 않는다.

대통령이나 나라의 지도자들이 외국에 가면 한글 서명을 하고 한국어로 말하면서 통역하게 하는 것은 지극히 상식적인 일이다. 우리 나라 대통령부터 우리말, 우리글, 우리얼에 대한 언어 문자관이 투철한 지도자가 되어야 한다. 우리의 신문, 잡지, 방송의 대중매체는 물론, 우리의 문패, 명함, 상호, 상품 이름, 집 이름 그 모든 우리의 일상생활에서 쓰는 말과 글은 우리말 우리글로 되어야 마땅하다. 한국 옷을 입고 딴 나라 말과 글을 쓰는 얼간이 겨레가 되어서는 안 된다. 얼이 새파랗게 살아 있는 겨레가 되어야 한다.

국한혼란이 아직도 설치는 때에 영어마저 설친다. 영어 사대주의가 판을 치고 있다. 영어 교육에 대해 깊이 생각해 봐야 할 것이다. 우리는 우리 것을 사랑해야 하며 세종성왕의 뜻을 잘 이어받아 나라를 세계 으뜸나라로 만들어야 할 것이다. 우리의 한글 얼이 깃든 한글 깃발을 온 세계 곳곳에 휘날리며 한글 문화 창조에 온 힘을 기울여야 하겠다.

한글얼을 잘 실천해야 할 것이다. 이것은 시대의 사명이요, 역사의 흐름이다. 한글 겨레의 한글얼 실천으로 세계에 으뜸가는 한글나라를 만들어야 할 것이다.

《세종성왕 육백 돌》 1999. 5. 15

한글과 주인정신

주인정신을 잃으면 허수아비다. 그 때문에 주인정신으로 나라사랑하자는 주장이 도산정신이다.

그렇다면 우리 나라 글의 주인은 누구일까? 그건 두 말할나위 없이 우리 흰옷 겨레가 아닌가? 그럼에도 불구하고 우리 한글이 몹시 수난을 겪어 온 사실은 누구나 다 잘 아는 일이다. 속된 글이라는 뜻의 언문, 여자나 배우는 암클, 뒷간에서나 배우는 뒷간글, 아침에나 배울 수 있는 아침글 등의 이름은 우리 한글을 업신여기는 사대의식의 소치에서 온 것이다.

주인이 자기 것을 버리고 남의 것만 섬긴다면 그 주인은 바로 남의 노예에 지나지 않는다. 우리 말과 글을 업신여기다가 일본에게 나라까지 빼앗겼던 사실을 이 겨레 가운데는 잊어버린 허수아비, 꼭두각시들이 많이 있다. 눈부시게 과학이 발달하는 오늘같은 정보시대, 속도시대, 지식의 폭발시대에 초등학교부터 한자교육을 실시하고자 우기는 한문중독자들이 바로 최만리의 사대의식을 벗어나지 못하는 오늘의 허수아비라 할 수 있다.

신라시대에 이두형식으로 빌어 쓴 한자는 불편하지만 우리 역사를 기록해 준 고마운 글자임에는 틀림없다. 그러나 민족주의 입장에서 우리 국어는 중국 국어와 다르다. 때문에 우리 겨레의 속뜻, 품은 마음을 잘 드러낼 수 있는 배우기 쉽고, 쓰기 쉬운 한글 스물 여덟 자를 만든다고 훈민정음 서문에서 밝히고 있다. 글자의 사대주의에서 글자의 자주주의를 세종의 빼어난 슬기로 만든 한글로 찾은 것은 청사에 빛나는 일이 아닐 수 없다. 한자는 이제 중국 본고장으로 되돌려 주어도 좋을 시대가 되어 있다. 이제가 아니라 한글 반포시기에 한문글자는 중국에 되돌려 주고 우리 한글을 열심히 갈고 닦아 썼으면 우리의 〈큰 사전〉에 58%의 한자어가 우리의 국어를 비웃는 현실을 맞이하지 않았을 것이다. 얼마나 겨레의 깨침이 필요한 일인가? 정신 차려야 한다.

 광복 30년이 지난 오늘 서양 외래어가 판을 치고, 일본말 찌꺼기가 아직도 우리말 속 깊이 숨어 있는 것은 우리 겨레가 너무 제것을 업신여기고 남의 것이면 소화불량적으로 받아 들여 쓴 우리의 허영과 사치의 생각에 말미암은 일이다. 뜻도 모르면서 외래어 간판을 예사로 내붙이는 그런 마음은 지조가 없는 일이다. 새로 높이 올라가는 호텔건물을 보면 꼬부랑 글자를 버젓이 붙여 손님을 부르고 있다. 35년 간이나 일본의 간악한 압박을 받다가 연합국의 승리로 꿈에도 바라던 나라를 되찾아 이름 그대로 우리는 나라의 주인이 되었다. 그런데 어찌하여 우리말 우리글만 아직도 한자말, 서양말, 일본말의 종이 되게 하고 있는가?

 말은 써 버릇하는 데 따라 쉽고 어렵고가 있다. 잘못 써온 말은 다소의 불편을 무릅쓰고라도 고쳐야 한다. 말과 글은 나라를 이끄는 힘이요, 또 말과 글은 그 겨레의 얼이다. 그러므로 말, 글,

얼은 하나이다. 이 말, 글, 얼이 그 나라의 빛나는 문화를 이룬다. 그렇다면 내말, 내글 내얼을, 지극히 지켜 살리는 것이 주인된 우리의 의무이다. 그럼에도 불구하고 우리는 함부로 외국어, 외래어를 쓰고, 필요 이상으로 한자를 남용하여 유식의 체면을 드러내려하며, 영어 단어를 휘갈겨 지식 자랑을 예사로 해오지 않았던가?

현대는 소리글 시대다. 한자는 컴퓨터를 만들어 놓고도 너무도 부사가 많고 획이 복잡하여 그 어려움 때문에 쓰지 못하고 있다. 중공이 한자는 고전으로 일부 학자만 알게 하고 로마자로 시도한 지 오래이며, 이미 신강성에서 학생들에게 로마자 교육으로 그 시험교육을 하고 있다고 신문은 보도하고 있다. 한자 섞어쓰기 주장자들이 중국, 일본 등을 예로들어 한자를 계속 쓰자고 주장하나 중국, 일본이 한자 때문에 글자생활이 기계화되지 않아 오래 전부터 고민해 오고 있다.

또 우리 국어가 일본을 따라 갈 필요가 없다. 국한혼용을 주장하는 사람들 120명의 평균 연령을 조사해 보니 59.4세였다. 환갑 나이에 일본 식민지 교육 속에 배운 한자를 쓰자는 것은 그들의 써 버릇해 온 경험 탓이다. 이들은 그들이 배운대로 한자를 섞지 않으면 다소 불편하겠지만 자라나는 아침세대인 한글세대에게 양보하여 한글만의 사회가 되도록 해야 한다.

그들은 저녁세대요, 인생의 황혼세대다. 이 나라 한글문화 창조를 위해 한글세대에게 한자 기성세대는 글자의 주도권을 한자에서 한글로 바꿔야 하다. 한자교육은 중등학교에서부터 실시해도 늦지 않다. 고전 번역 및 문화 계승을 위해 대학에도 한문학과를 둘 필요가 있다. 이렇게 되면 국한혼용론자들이 걱정하는 전통문화 계승도 된다.

신문, 방송이 한글전용, 국어순화, 한글기계화에 앞장 서 준다면 우리말 우리글이 급속도로 발달할 수 있다.

한글시대다. 시대를 역행할 수 없다. 〈벤또〉는 〈도시락〉으로 〈무우드〉는 〈분위기〉로 〈저렴한 가격〉은 〈싼값〉으로 써 버릇하면 된다. 버릇은 제2의 천성이다. 쉬운 우리말, 쉬운 우리글을 써버릇 하자.

우리말, 우리글의 주인이 누구란 말인가? 흰옷 겨레 우리다. 그러면 가장 쉬운 우리 주위부터 한글화해 보자. 문패, 명함을 한글로 하고 공문을 한글로 하자.

말은 표현 이상의 철학적 힘을 가지고 있다. 조상의 핏줄이 담긴 우리말 우리글을 어찌 다시 업신여길 것인가? 우리 흰옷겨레 모두가 내 말 내 글을 사랑하여 주인정신으로 살면서 우리의 염원인 조국통일도 이룩하도록 해야 한다.

《기러기》 1976 10월호

간자체가 많은 베이징 거리

　중국의 정치·경제·문화의 중심지요, 서울인 베이징을 올해 여름 팔월 초에 가 보았다. 2008년도 올림픽 개최지로 선정된 베이징은 많은 변화와 현대적 규모의 큰 발전을 이루고 있다.

　나는 베이징 공항에 내리면서부터 베이징의 간판과 그들의 문자 생활에 큰 관심을 가졌다. 그들은 간판에 한자를 써 놓고 그 밑에 로마자 표기를 하였다. 그런데 한자의 정자를 쓰지 아니하고 간체자를 쓴 간판이 눈에 많이 띄었다. 만리장성에 가다 보니, 거리 표지판에 '順义'라는 지명이 보였다. '义'자는 '義'자의 간체자였다. 우리 서울을 중국에서는 '汉城(漢城)'으로 쓴다. 전화는 곳곳에 '电话(電話)'로 써 놓았다. 음식점을 찾은 간판에는 '北京肆 维外宾餐厅'이라 쓰여 있고 그 밑에 'BEIJING SIWEI RESTAURANT'으로 써 놓았다. 한자의 정자, 간체자 그리고 로마자가 쓰여 있다. 어려운 한자나 중국 글자를 높여 위로 쓰고 외국인을 위해 아래에 로마자 병기를 한 것이다. 받아본 광고 명함에는 '售票處'라 쓰여 표 파는 곳으로 인식되었다. 어느 병원엔 '蕙兰医院'이라 쓰여 있다. 간체자 두 자가 쓰인 것이다.

　이처럼 간체자로 문자 생활을 하는 중국의 고민은 무엇일까? 최첨단의 속도 과학 시대에, 쓰는 데 시간이 오래 걸리는 한자를 획이나 부수를 줄여 시간 낭비를 막아 보자는 속셈인 것을 알 수 있다. 일찍이 모택동이 어려운 한자살이로는 도저히 중국의 발전을 도모할 수 없기 때문에 문자의 과학화에 눈을 뜨고, 문화원장인 곽말략에게 우선 로마자로 개량해 보라 했으나 시험해 본 신강성에서 실패하였다. 다시 문자 개량을 재지시하여 1950년대 최대로 개량한 한자가 바로 간체자다. 그래서 중국에서 변소를 가려면 '卫生间'으로 가야 한다. 우리 한글의 '고'와 비슷한 간체자 '卫'가 무슨 글자인지 알아야 할 게 아닌가? '衛'라는 번체자를 깨쳐야 '위생간'으로 읽고 변소에 갈 수 있다. 그러나 '위생간'도 처음에는 병을 치료하는 간이병원쯤으로 인식하기 쉽다.

　오늘날 한자 쓰는 나라는 한국, 중국, 일본 세 나라밖에 없다. 한국은 글이 없어 한사군시대부터 중국 사람에 의해 들어온 한자가 쓰였고, 신라 때는 이두 형태로 우리의 주체성을 살려 한자를 빌려 쓴 것이다. 그러나 1446년 세종이 한글을 반포한 뒤로는 한자를 쓰지 않아도 말살이, 글살이에 아무 불편이 없었다. 바로 한글 전용으로 말삶, 글삶을 사는 북한은 언어 문자의 뼈대를 살려가며 한국의 자랑스런 한글얼을 잘 살려가고 있다.

　우리 한국은 유교 의식과 서당 한문에 젖은 국민의 일부와, 일제 시대에 일본 선생 밑에서 한자를 일본 글과 섞어 배운 친일 사상에 젖은 일부 국민들이 악착같이 국·한 혼용을 주장하고 있는 것이다. 시대의 흐름이나 언어 문자의 가치를 모르는 불행한 사람들이 아닐 수 없다.

물은 높은 데서 낮은 데로 흘러간다. 글자도 하나의 삶의 도구로서 과학적인 글자가 과학적 삶의 승리를 이룰 수 있다. 중국은 약 4천 자로 추산되는 간체자 교육과 한자의 정자 교육이 함께 필요한 것이다.

일본은 한자에서 부수를 따서 가나 글자를 만들어 쓰는데, 가나 50 글자로는 문자 생활이 되지 않는다. 그러므로 숙명적인 한자 기초 교육이 필요하고, 그들의 1945자의 상용한자가 불가피하게 쓰이지 않을 수 없는 것이다. 그 때문에 한자 쓰기의 시간 절약을 위해 한자의 약자를 만들어 약 600여 자를 쓰고 있다. 중국과 일본은 그들의 전통적 문화 여건상 한자를 쓰지 않고는 글살이가 되지 않는 불행을 안고 있다. 그 때문에 일제 시대에 서양 선교사가 중국 사람들에게, 한국의 과학적인 한글을 중국 나랏글로 갖다 쓰면 좋지 않겠느냐고 권면했더니, 암만 한자가 어렵다 하더라도 남의 식민지 나라 글을 갖다 쓸 수는 없다고 그들의 높은 자존심을 보이며 한글 수입을 거부했다는 것이다.

일본 또한 배우기 쉽고 익히기 쉬운 한글을 빌어다 일본 나랏글로 쓰라 했더니, 자신들의 식민지 나랏글은 자존심 상해서 갖다 쓸 수 없다고 거절했다는 것이다. 우리에겐 참으로 분노가 일어나는 말이 아닐 수 없다. 《강희자전》에 6만 자나 올라 있는 한자의 노예가 될지언정 한글은 갖다 쓰지 않겠다는 중국이나 일본은 한글문화의 방해물이요, 한글 나라의 적대 국가가 아닐 수 없다.

그러나 한글은 우리 나라의 힘이다. 중국 베이징의 상점이나 음식점에 가면 '어서 오세요.' 정도의 한글이 쓰여 있다. 명함에도 한글이 많이 쓰인 것을 보았다. 곳곳에 한글 글씨가 보인다. 베이징이 '자금성, 이화원, 천단 공원, 명 13능, 용경협' 등의 관광지를 자랑하나, 그 관광지의 거의 전부가 한국말을 쓰는 한국인이 관광의 주인공이요, 한글 세대도 베이징을 많이 찾고 있다. 곳곳마다 한국 돈이 쓰인다. 상점의 물건 설명을 한국말로 해 준다. 중국 대륙의 15억 인구를 한국 관광객이 먹여 살린다는 느낌이 들었다.

중국의 심장인 천안문 광장에서 바라보는 천안문 벽에는 '中华人民共和国万岁', '世界人民大团结万岁'라고 쓰여 있다. 이 글 속에는 간체자가 들어 있다. 간체자는 부수가 없기 때문에 뜻글자로서 생명을 잃고 소리글자의 기능만 보여 준다. 중국·일본 한자들이 표의문자로서의 장점을 다 잃은 것이다. 그런데도 우리말의 동음이의어나 한자어를 한자로 쓰지 않으면 뜻이 통하지 않는다고, 아직도 중국 문자를 사모하는 사대주의자들이 한자를 노출시켜 쓰는 국·한 혼용을 끈질기게 주장하고 있다. 일본《광문자전》을 베끼다시피 한 이희승 국어사전에 한자어가 70%이니 국·한 혼용을 해야 한다 하고, '豚, 家, 豕' 등의 한자를 보아 돼지 키우는 한국 사람이 한자를 만들었다고 우기며 국·한 혼용을 어지럽게 부르짖는다. 불필요한 한자 급수 시험을 본다고 선전하여 시간 낭비와 물질 낭비를 한꺼번에 행하고 있다. 한자 배우면 머리 좋아진다는 허황한 말로 학부모들을 속여 한자 조기 교육에 헛된 시간을 보내고 있다.

그 나라의 말과 글은 그 나라의 얼을 나타낸다. 버젓한 제 나라 말과 글을 두고 남의 나라 말과 글에 미쳐 날뛴다면 나라와 겨레를 배신하는 반역자가 되지 않을 수 없다. 한글의 가치는 1997년 유네스코에서 세계 기록 문화유산으로 지정되며 세계적으로 인정받았고, 우리 정신문화로서도 국보 제1호의 가치를 지니고 있는 것이다.

1989년부터 세계 문맹 퇴치에 공로 있는 나라나 개인에게 문맹 퇴치 공로상을 주는데, 유네스코에서는 그 이름을 '세종대왕상'으로 지어 수상하고 있다. 세계의 언어학자들이 한글이야말로 가장 독창적이고 체계적이고, 과학적인 문자라며, 세계 알파벳, 국제 알파벳으로 높이 평가하고 있다. 남들도 높이 평가하는 한글, 보배의 빛을 스스로 깔아뭉개고, 중국, 일본이 강대국이니 한자를 익혀 그 나라를 섬기고 살자는 현대판 최만리형 사대주의자들이 곳곳에 있다. 그들은 시대적 흐름을 살펴서 어리석은 잠꼬대에서 깨어나거나, 중국이나 일본으로 가서 그 나라 겨레로 핏줄을 바꿔야 할 것이다.

베이징에서 발행되는 《남방일보》는 영어로 'NANFANG DAILY'로 왼쪽 위에 작은 글씨로 쓰고, 본문의 제목이나 내용은 간체자 투성이로 쓰고 있다. 자기 나라 글자인 한자로만 발행하고 있다. 일본 신문은 한자, 일본 글로 발행한다. 우리 나라 일간지는 한글, 한자, 영어 세 나라 글자로 잡탕 신문을 내고 있는 것이다. 아직도 일제 시대 때 쓰던 한자 표제를 고집하는 신문도 있다. 그 새까만 한자 제호에 일본 제국주의 냄새를 아직도 풍기면서 국민의 신문을 자처하고 있다. 참 가증스럽게 느껴진다.

암만 친일 보수 세력과 유림 서당 세력이, 그리고 얼빠진 경제계가 물질 논리만 펴서 한글을 업신여기고 한글날을 단순 기념일로 격하시켜 한글을 깔아뭉개도, 민주·자주를 상징하는 한글만

쓰기의 큰 물결을 거스를 수는 없다. 이를 거스르려는 반민족적 국·한 혼용론자들은 광복 60주년을 맞이한 올해에, 우리 말, 우리 글 사랑의 한글 전용 대열에 참여하면서 그들의 그릇된 문자관을 바로잡아야 할 것이다. 새로이 날뛰는 서양 외래어 홍수를 막고 한글 사랑, 나라 사랑의 뼈대 있는 민주국가 건설에 횃불이 되어야 할 것이다.

한자의 간체자, 약자, 정자 교육은 과학 시대에 맞지 않는 시간 낭비다. 한·중·일 세 나라 나랏글을 한글로 통일하자.

《한글새소식》 397호. 2005. 9

영어식민지로 변해가는 한국

　한 나라의 대통령이 언어 문자관도 없이 국제화·세계화를 하기 위해 영어 조기교육이 필요하다고 한마디 한 것을 빌미로 1997년도 초등학교 3학년부터 영어교육이 실시되자마자 우리는 금방 영어의 노예가 되고 말았다. 지금 신문·방송 대중매체를 비롯하여 거리의 간판, 상호, 명함 할 것 없이 영어가 판을 치고 있다. 한국어가 영어로 변해가고, 초등학교 어린이가 우리 김치보다 햄버거나 치즈를 즐기는 서양인으로 국적이 바뀌고 있다. 청소년이나 대학생 중에는 머리까지 노랗게 물들여 아예 미국인이나 영국인이 되려는 국적 상실의 얼간이를 보는 듯한 서글픈 현실이 우리 눈쌀을 찌푸리게 하고 우리 국민의 영육이 모두 영어 식민지의 노예로 전락하는 위기의 비극을 맞고 있다.

　나라의 정치 지도자 아호를 예사로 YS, DJ, JP 등으로 부르고, 대통령이 국어의 존엄성을 무시하고 공식석상에서 서툰 영어로 말하며, 총리가 일본에 가서 유창한 일본말로 연설하는 우리 지도자의 언어 문자관이 한심하지 않을 수 없다. 시간 절약상 그렇게 외교를 한다하지만 나라의 자존심이나 자기 나라 국어의 뼈대까지 무시해 가며 영어를 써야 하고 일본말을 써야 하겠는가?

중국·일본이 쓰니까 약소민족인 우리도 무조건 한자를 써야 한다는 최만리형 한자 사대주의자들이 제헌 국회가 법률 제6호로 만든 한글전용법마저 폐기하자는 이 어지러운 언어혼란 속에, 6·25사변을 계기로 미군이 상륙하면서 영어의 힘이 한국을 짓누르는 위엄을 떨쳐오고 있다. 미국과 영국의 힘을 뒤에 업은 영어는 오늘날 세계 표준어의 위세를 누리고 있다. 사대근성이 농후한 우리 국민들 일부는 강대국에 친러파니, 친청파니, 친일파니, 친미파니 하는 볼상 사나운 사대주의 수치를 드러낸 것이다.

미국의 힘이 온 세계를 지배하는 정치·경제·문화·군사적으로 막강한 실력을 드러내는 현실을 바라보고, 미국의 핵우산 아래 보호받는 한국은 강국의 모국어를 우리 모국어로 써야겠다는 사대근성의 발상을 일으킨 복거일 소설가가 지난 1998년도에 영어 공용론을 편 이래 말도 안되는 이 소리가 국민여론으로 떠오르고 신문지상이나 방송토론까지 하게 되니 참으로 한심한 일이 아닐 수 없다.

말은 곧 그 겨레의 얼이요, 상징이다. 말이 다르면 겨레도 다르고, 겨레가 다르면 말도 다른 것이다.

자기 나라 말이 따로 없는 오스트레일리아, 캐나다, 뉴질랜드, 남아프리카 등에서는 영어를 모국어로 쓰고 있다. 이 나라들은 당연히 영어를 통한 영어의식의 국민이 되지 않을 수 없다.

같은 말을 쓰다보면 사상·감정이 같은 겨레의식을 다루게 된다. 일제시대 강제로 우리말과 글을 없애고 일본말, 일본글을 써서 내선일체의 일본국민을 만들기 위해 조선민족 말살정책을 폈던 일제의 압박을 생각하면 지금도 분노가 솟구치지 않는가? 모국어를 버리고 일본말, 일본글로 작품을 썼던 문인들의 친일행적이 오늘 우리 역사에 얼마나 낯부끄러운 행위였던가? 문학인은 섹스피어나 괴테처럼 모국어를 빛내는 훌륭한 작품을 남겨야 하는 것이다.

아름답고 의젓한 우리 한국어를 두고 영어를 모국어로 삼자는 복거일 작가의 주장은 작가정신이 없는 소리인 것이다. 우리의 작가들은 자주, 민주 정신을 보여준 세종 정신을 본받아 우리말을 작품으로 갈고 닦아 세계에 빛나는 한국말을 자랑해야 할 것이다. 고작 2억 5천만 명 정도가 모국어로 쓰는 영어를 모국어로 삼자는 국적 상실의 한국인은 없어야 할 것이다. 특히 문학의 자주 정신을 상실한 작가, 한국어를 무시하는 문학인은 결코 없어야 할 것이다.

나는 먼저 사상적 측면에서 영어 공용론을 반대한다. 말과 글은 그 겨레의 얼이고 상징이기 때문에 영어를 공용어로 삼으면 자연히 자기 국어를 무시하고 영어 숭상의 미국인, 영국인으로 의식이 바뀌게 될 것이다. 이런 차원에서 영어 조기교육도 반대한다. 세살 버릇 여든 간다는 말처럼 초등학교에 영어를 가르치면 암기 효과는 다소 있겠지만, 나라사랑이나 겨레사랑의 마음이 희미해지고 어려서 배운말과 글의 습관 때문에 영어를 주로 쓰는 멍든 한국인이 되는 것이다.

미국에 유학을 다녀온 대학 교수들이 예사로 강의에 영어를 마구 섞어 말하지 않는가? 한 나라의 교육부 장관이 언어 순화에 대한 의식도 없이,

"이제 교육은 티칭(Teaching)이나 러닝(Learning)이 아니라 씽킹 (Thinking)입니다."

라고 장관 취임 접견에서 말했다니 참으로 한심스런 언어표현이 아닐 수 없다.

국어공부란 말하기, 듣기, 읽기, 쓰기 네 가지 교육목표가 있 다. 한 나라 교육의 최고 책임자가 줏대없이 습관대로 티칭, 러 닝, 싱킹 등의 영어로 표현한 것은 바람직한 말하기로 볼 수 없 다. 나라의 지도자들이 나부터 고운말, 바른말, 쉬운 말, 깨끗한 말을 써야겠다는 국어의식이 투철해야 한다. 날마다 보는 신문에 도 스포츠, 레져, 미즈앤드미저르, 매거진, 라이프 등의 외국어로 지면 배치를 하고 제목에 CD, PC, COD, WTO 등 영어를 그 대로 쓰고 있다. 말을 순회시켜 쉽게 외래어 표기법에 따라 써야 할 것이다.

날마다 보는 텔레비전 제목에도 KBS 뉴스, KBS 앙코르, 시네 마 데이트, 글로벌 코리아, 파워 인터뷰 메디컬 쇼, 스타레블루 션, MBC 뉴스데스크, 로드쇼 등의 제목이 언어 순화면에서 우 리를 슬프게 한다. 특히 여성 잡지에 퀸, 엘레강스, 우먼센스, 라 벨레 등의 외국어 이름이 판을 치고 있다. 영어로 이름을 지어야 현대감각이 있다는 것이다. 심지어 앙드레김이라는 이름도 있지 않은가?

신문, 방송 제작자는 물론이고 잡지 편집인도 주체상실의 영어 사용을 버리고 우리 토박이말 사용에 최선을 다해야 할 것이다. 이 눈부신 과학시대에 대중매체의 힘은 절대적이다. 롱다리 숏다리 같은 말은 개그맨들이 방송에서 만들어 낸 것이며, 토큰 같은 말은 무책임한 교통부에서 만든 외국말이다. 우리말 순화은행 같은 기구를 만들어 말을 바로 만들어 보급해야 할 것이다. 국립국어연구원은 본래의 기능을 발휘하지 못하고 한자교육 강화에 주력하는 느낌을 주고 있다. 무엇보다 영어교육에 대한 그 사상적 피해나 학습적 효과에 대한 연구가 강화되고 바람직한 국어발전책을 내놓아야 할 것이다.

다음은 학습효과면에서 영어공용론을 반대한다. 복거일 작가가 민족주의, 우리말과 한글의 국수주의를 비판하면서 경제를 내세워 영어공용론을 제기하자 장삿속으로 이익을 챙기려는 출판인, 기업인, 일부지식인, 영어학원 경영자, 몇 사람의 문인 등이 가담하여 영어 판매시장을 넓히려 하고 있다. 날마다 영어를 쉽게 배울 수 있다는 학원 광고나 영어강사가 소개되고 있고, 영어가 크게 돈벌이가 되는 것으로 본다. 교육이야 어찌되던 간에 돈만 벌고 보자는 수작이다. 요즘 신세대 엄마들은 태교를 위해 임신한 상태로 영어교육용 텔레비전 앞에 나서는가 하면 자식의 이름을 헨리, 존 등으로 지어놓고 집에서는 영어로만 말하는 사람들도 있다고 한다.

영어사회에 영어가 필수과목이요, 제1외국어라는 사실은 인정하지만 지금처럼 기승을 부릴 과목은 아니다. 영어는 초등학교 때 철저히 국적 있는 한국어 교육을 시킨 후에 중학교부터 가르쳐도 늦지 않다. 초등학교 때부터 가르쳐야 국제인, 세계인이 되는 건가? 김대중 대통령도 초등학교에 컴퓨터교육을 가르치도록 지시하고 있다. 초등학교에서는 국어교육, 컴퓨터교육을 바로하여 과

학시대에 대처하는 나라 겨레사랑의 민주시민으로서의 기초교육
을 잘 해야 하는 것이다.

　초등학교에 처음 영어공부가 시작될 때, 어느 여자 어린이는 좋
은 한글이 있는데 왜 어려운 영어를 배우느냐고 학교에 안 가겠
다며 엄마에게 우리 것을 소중히 여기라는 자주적인 항의를 하더
라고 어느 제자가 말한 바 있다. 영어교사의 자질이나 영어 교육
방법, 영어 실력도 부진한 교사들을 마구 초등학교 영어교사로
내세워 영어 학습을 한들 무슨 큰 효과가 있겠는가?
　사립초등학교에서 미리 영어 학습을 받고 중학에 진학해도 중학
교 때 배운 학생보다 성적이 뒤떨어진 경우가 더 많은 것을 경험
한 사람들은 말하고 있다. 영어 조기교육의 역효과는 학습부담만
과중하게 하여 과학교육에 지장을 주고 자기 국어를 무시하는 멍
든 한국인을 만들게 된다.
　이와같이 사상적 측면이나 학습적인 측면에서 영어공용론을 반
대한다. 그리고 오늘날 판치는 영어 위세로 이 땅이 영어 식민지
로 전락해 가는 것을 심히 슬퍼하며 영어 교육에 대한 새로운 대
책과 영어 사대의식을 버릴 때 새천년 우리 나라 국민정신이 뼈
대있게 바로 서리라 본다.

월간 《순국》 2000. 5월호.

우리말이 짓밟히고 있다

　지난 6월 3일 오후 3시, 아카데미 하우스에서 문인들이 자리를 함께 하여 중국에서 온 조선족 시인 박화, 김성휘 두 분과 대화를 가진 일이 있다. 먼저 박화 시인의 '중국의 조선족 시문학의 흐름'이라는 논문 발표가 있었다.

　이 날 나는 우리 말과 글에 대해서 질문하였다. 연변의 조선족 문학 활동에서 한글 사용과 우리말 사용의 실정은 어떤가 하는 것이 나의 질문이었다. 이에 대하여 작가협회 연변분회 상무 부주석이며 1급 작가 시인인 김성휘(57세) 님이 대답을 해 주었다.

　김성휘 시인은 중국에서의 우리말이나 한국에서의 우리말이 강간되고 있는 공통점을 보았다고 말했다. 중국에서는 조선말(한국어)이 중국말에 강간당한 것들이 많아서 걱정이라 했다. 조선말만으로 우리말의 뿌리를 잘 지키려 하나 중국 정치 밑에 살고 있으니 정치 용어나 생활 용어가 은연중에 침투해 들어와 우리말을 흐려 놓는다고 했다. 한자말은 쓰지 않고 한글만으로 문학 활동을 하고 있는데, 중국말에 강간된 조선말은 참 곤란한 일이라 했다. 아무리 막고 쫓아내도 어느새 중국말이 스며드는 데는 어쩔 수 없

다고 했다. 그러면서

"아침 8시에 쌍발해서 씨아발할 때까지"

라는 말을 예로 들었다. 이는 현재 연변 조선족들 사이에서 쓰이는 말인데, 여러분은 전혀 이해가 안 될 줄 안다고 했다. 뜻을 말하면, '아침 8시에 출근해서 퇴근할 때까지'라는 말이다. '쌍발'(출근)이나 '씨아발'(퇴근)은 중국말이다. 이렇게 중국말이 연변 조선족말을 강간하고 있는데, 서울에 와 보니 여기 한국말도 영어 외래어에 많이 강간당하는 모습을 보고 놀랐다고 했다.

김성휘 시인은 거리를 가며 늘비한 간판을 보거나 호텔에서 텔레비전을 볼 때도 알 수 없는 외래어가 많이 쏟아져 나왔으며, 사람들과 대화를 할 때도 외래어 사용이 너무 많더라고 했다. 그리고 연변의 조선족은 우리 말과 글의 뿌리를 지키기 위해 애쓰며 중국에 동화되지 않기 위해 중국말을 열심히 배격하고 있는데, 서울에 와서 거리의 간판, 신문 광고, 텔레비전의 자막이나 방송말, 사람들과의 대화 등에서 느끼는 우리말이 강간된 모습은 심히 안타깝고 섭섭한 일이었다고 상기된 말투로 힘주어 말했다.

중국에서 태어나 고국 땅을 처음 밟아 본 김성휘 시인의 눈에 고국 땅의 언어 현실이 너무 서양말의 홍수에 사로잡혀 서양말에 강간당하는 모습으로까지 비친 것은 부끄러운 일이다. 우리가 다시 한번 우리말, 우리글에 대한 반성을 갖지 않으면 안 된다.

나라가 일찍부터 한글 전용 정책을 편다고 해 왔으나 아직도 딱딱한 한자어나 한자 표기를 완전히 버리지 못하고 있다. 깨끗하고 아름다운 한글만으로 써야 할 우리글 속에 어려운 한문을 섞어 쓰고 한자 표기를 예사로 하는 일은 우리글 우리말을 짓밟는

짓이라고 아니 할 수 없다.

우리말이 서양말에 강간당하고 있다는 김성휘 시인의 지적은 바로 오늘의 혼탁한 우리말의 위험수위를 고발한 것이다. 얼마나 부끄럽고 창피한 일인가? 지금 시중 서점에 나와 있는 잡지 이름만 봐도 '엘레강스, 우먼 센스, 홈 토피아, 엔터프라이즈' 등의 외래어 이름 잡지가 쏟아지고, 뜻도 모를 외래어 간판이 날로 번져 가고 있다.

그러나 어려운 한자어 쓰기를 즐기고, 혀 꼬부라진 서양말 쓰기 좋아하는 일부 그릇된 이들의 사대 근성은 말끔히 씻을 때가 왔다. 광복 50년이 다 되어 가고 있지 않는가?

신문, 방송, 잡지, 영화 등의 대중 매체가 앞장서서 우리말, 우리글, 우리얼 바로 펴기에 땀흘려야 할 것이며, 우리 교육도 우리 말·글·얼 사랑으로 철저히 국적 있는 교육을 실시해야 한다. 광복 50년이 다되어 가도 정부가 한글 전용 신문 하나 발행 못한 것도 부끄러운 일이다. 국민학교 교과서에까지 한자를 노출시켜 쓰자는 넋나간 어른들은 이제 시대의 흐름을 바로 보고 최만리식 잠꼬대에서 깨어나야 할 것이다. 나라의 지도자부터 더욱 '국어 사랑이 곧 나라 겨레 사랑'임을 깨쳐야 하며, 명함, 문패, 편지 쓰기 등 생활에서부터 한글만으로 쓰는 우리말 우리글 사랑의 버릇을 길러야 한다.

김성휘 시인은, 소련의 어느 공산당원이 '소련 공산당이 70년의 사회주의를 했으나 뭐가 좋은지 모르겠다.'고 하더라 했다. 그 까닭은 분단 국가만 봐도 서독이 동독보다 더 잘 살고, 대만이 중국 본토보다 더 잘 살고, 올림픽까지 치른 한국이 북한보다 훨씬 더 잘 사는 것만 보아도 민주주의가 더 좋다는 것을 느낀다는 말을 서슴없이 했다는 것이다.

김성휘 시인은 창작의 자유가 없는 중국에서 문화혁명 때는 민족어 말살 정책에 맞서다가 자산 계급이라 하여 옥고도 치렀고, 삶의 시련을 많이 겪었다고 한다. 그는 고국 방문 중에 《사랑이여 너는 무엇이길래》라는 장편 서사시집을 지난 5월 정음문화사를 통해 발행했다.

난생 처음 고국 땅에 온 김성휘 시인이 우리 말이 외래어에 강간당하고 있다는 지적에 우리는 깊이 반성하고 우리말, 우리글, 우리얼을 지켜살며, 우리 말·글·얼 사랑의 한마음, 한뜻을 한데 다지고 뭉치도록 하여 오늘 우리의 절실한 소원인 통일의 지름길을 앞당기도록 해야 할 것이다.

《한글 새소식》 204호. 1989. 8. 5

한자교육진흥법 제정이라니?

　전국 한자교육추진총연합회의 36명으로 구성된 공동대표의 한 사람인 박원홍 한나라당 국회의원이 지난 9월 5일 대표로 발의하여 국회에 상정한 한자교육진흥법안은 빠르기를 다투는 산업정보 시대에 역행하는 내용일 뿐만 아니라 겨레의 주체적 삶을 거스르는 반민족적 처사가 아닐 수 없다. 바야흐로 한글세대가 밀려오고, 한글꽃이 만발한 시대 아닌가.

　이 변화무쌍한 과학시대에 인류문화 발전에 걸림돌이 되는 한자진흥이 왜 필요하며, 우리말 발전과 민족문화 창달에 기여하기 위한 중앙부처와 지방자치단체에 한자교육심의회를 설치할 때이며, 나랏돈으로 한자교육개발진흥원을 두어 한자 교육에 매진할 일인가? 물이 높은 데서 낮은 데로 흘러가듯 신문·잡지·방송, 각종 학위 논문, 저서들이 한글로 100% 가까이 작성되고 있으며, 1997년 국제연합 교육과학문화기구에서 훈민정음을 세계 문화유산으로 지정한 바도 있다.

　글자도 하나의 생활도구다. 이 첨단과학 시대에 부수 찾기, 획수 알기, 쓰기, 읽기, 풀이 등 다섯가지나 어려운 한자를 도구로 세계화, 국제화 시대에 삶의 승리를 거둘 수 있겠는가? 국한문 혼용론자들이 광복 이후 끈질기게 우리 한글 전용 정책에 딴죽과 빗장을 걸어왔다.

숱한 시행착오 끝에 이제 한글 전용정책으로 뼈대 있게 한글세대의 교육이 되어가고 있는 참인데도 근래 전직 교육부 장관 등 몇몇 인사들이 전 김영삼 대통령의 정치적 힘과 권위를 빌려 초등학교에서 한자 교육을 강화하자는 주장을 펴더니 끝내 한글세대에게 경로당으로 비판받는 한나라당 중심의 국회의원 85명의 이름으로 한자교육진흥법안을 불쑥 국회에 상정한 것이다. 이는 한글전용 단체의 반발이나 시민단체의 거센 저항을 의식하여 어물쩍 16대 국회 마지막 회기에 통과시키려는 속셈을 그대로 드러낸 행태가 아닐 수 없다. 참으로 한심한 일이요, 그런 부당한 행위는 비판받아 마땅한 일이다.

한글전용법이 법률 제6호로 1948년 제헌국회에서 만들어져 그해 10월 9일, 한글날에 공포된 뒤, 한글전용 정책은 수난 속에 오늘에 이르기까지 펼쳐져 왔다. 그런데 이 우리의 말글정책을 뒤엎고 초, 중, 고, 대학 교과서를 국한 혼용 교과서로 만들고, 거리 간판, 표지판, 신문, 잡지, 상호, 명함 등을 모두 새까만 한자로 쓰자는 턱없는 마음이 한자교육진흥법안에는 고스란히 담겨 있는 것이다.

한글전용 정책 속에서 한자 교육은 초등학교 특활시간, 중·고교의 정규 한자 교육, 대학에서의 교양한문, 한문학과의 한문 전공 등으로 한자교육 과정을 펴고 있다. 이처럼 1800자 중심의 생활한자는 지금 초 중 고에서 정규과목으로 가르치고 있지 않은

가. 이른바 국어교육의 보조수단에 그쳐야 할 한자 교육이 최근
엔 제2외국어 과목으로 승격된 바도 있다. 그러나 바야흐로 한글
세대가 한글세대 대통령을 뽑는 이 눈부신 한글시대에 어렵디어
려운 한자를 더욱 잘 가르치기 위해 시대역행의 한자교육진흥법
을 만들자는 소리는 21세기 잠꼬대에 지나지 않는다.

고작 한·중·일 세 나라에서만 쓰이는 한자는 한국의 정자, 중
국의 간체자, 일본의 약자로 한자의 형태도 뜻도 다르다. 20세기
초, 중국의 큰 학자인 루쉰(노신)도 "한자가 망하든지 중국이 망하
든" 해야 한다며 한자 망국론까지 외친 바 있다.

죽은 한자 부활뿐만 아니라 영어 따위 외국어가 마구 설칠 때가
아니다. 557돌 한글날을 맞으며 우리는 공휴일에서 빠진 한글날을
국경일로 만들고 한글사랑의 국민정신으로 뜻을 합하여 우리의
염원인 민주·자주 통일을 속히 이뤄야 할 것이다.

《한겨레 신문》 2003. 10. 7

한글 전용 정책, 누가 다시 흔드는가?

　새해, 새 시대, 새 정치가 열리는 대망의 21세기를 맞으며 온 겨레가 새 마음을 다지는 요즈음, 한강물처럼 도도히 흐르는 한글 전용 정책을 다시금 흔드는 자가 누구란 말인가? 바야흐로 21세기의 씩씩한 주인공 한글세대가 밀물처럼 밀려오는 한글 시대다. 반만년 역사 깊은 한국 땅에서 한국 국민이 한국말을 한글로 적는 글살이는 너무도 당연한 일이 아닌가? 아직도 중국을 사모하는 조선 한자 시대인가? 일제의 압박과 설움을 받던 일본글 시대인가? 이제 정부 수립 50년을 맞는 자랑스런 자주 민주 문화의 꽃이 피는 한글 시대가 아닌가?

　물은 높은 데서 낮은 데로 흐른다. 말과 글도 어려운 데서 쉬운 데로 흐르기 마련이다. 중국에서 부수 알기, 획수 알기, 쓰는 차례 알기, 읽기, 풀이 등의 다섯 가지나 어려운 비생산적인 한자를 빌어 이두 형태로 써온 그 한자 생활이 조선조, 일제 시대까지 권위적으로 우리를 지배해 왔다. 어려운 한자 노예에서 우리는 15세기 세종의 훈민정음 반포로 해방될 수 있었으나 공자, 맹자를 종교처럼 숭배하는 유학자, 양반들의 진서 사상으로 한글은 언문,

324

또는 암클로 내내 천대를 받아 왔던 것이다.

제 나라 말과 글을 업신여기다가 끝내 우리는 1910년 악랄한 일제에 의해 경술국치의 망국을 당해 35년 동안 일제의 노예가 되는 비극을 겪은 바 있다. 이 비극의 식민지 시대에 일제의 앞잡이 노릇하던 일부 친일파나 식민지 교육에 길들여진 오늘의 친일파들이 일본 국어를 예로 들어가며 끈질기게 국·한 혼용의 글살이를 주장하고 있다. 조선 민족 말살 정책, 조선어 말살 정책으로 아예 한글겨레, 한국말을 송두리째 없애려 했던 과거 일제 치하의 지긋지긋하던 그 종살이를 어찌 우리가 잊을 수 있단 말인가? 지금 독도를 일본 영토로 주장하며 우리 어선을 잡아가는 일제 망상의 침략 행위를 보면서도 일본 국어 사상을 본받아야 옳단 말인가?

우리는 얼이 살아 있는 얼산이 겨레가 되어야 한다. 똑바로 정신 차려야 할 때이다. 호랑이한테 물려가도 정신만 차리면 산다고 했다. 우리 말과 글이 뭔지도 모르고 어릿어릿하다가 또 나라 망하는 비극을 당하게 될지도 모른다. 그러므로 오늘의 나라 지도자들은 말과 글이 그 겨레의 얼이 되므로 국어 사랑이 바로 나라 사랑임을 철저히 깨달아야 한다. 터키의 게말 파샤 대통령처럼 나라의 지도자들이 우리 말·글·얼 사랑의 모범을 보여야 한다.

세종임금이 나라의 최고 지도자로 국어의 주체성과 존엄성을 깊이 인식하고 중국 한자의 노예에서 벗어나기 위해 성삼문, 정인지, 신숙주 같은 머리 좋은 집현전 학자들을 데리고 배우고 익히기 쉬운 한글을 만든 것이다. 우리의 문화와 제도가 중국과 같아져 가는데 왜 오랑캐나 쓰는 언문을 만들었느냐고 한글 반포를 반대한 최만리 일파의 중국사대 사상을, 세종은 나라와 겨레를 위해 한글을 만들었다고 어질게 설득해 가며 소신있게 한글 반포를 했던 것이다. 세종대왕의 문자 언어관이 얼마나 거룩하고 아름다운가?

이 뼈대 있는 한글 정신을 숙종 때 서포 김만중이 이어받아, 어려운 한자로 한시를 지은 양반의 글은 개성 없는 앵무새의 소리에 지나지 않으나 물 긷는 아낙네나 나무꾼의 노래소리는 개성 있는 소리라고 그의 《서포만필》에서 높이 평가했던 것이다.

서당에서 어려운 한자에 시달리던 주시경 선생은 '말은 쉬운 글로 적으면 그만이다.'라는 문자관을 스스로 깨치어 신교육을 받으며 우리 문법의 기초가 되는 《국어 문법》을 짓고, 조선어 강습소를 남대문 상동교회에 열어 국어 사랑이 곧 나라 사랑이오, 국어 사랑으로 망한 나라를 되찾자는 애국 애족의 횃불을 높이 들었던 것이다.

또한, 어려서 서당에서 한문을 한 10년씩 공부했던 최현배, 김윤경, 이병기 같은 주시경 선생의 제자들은 세종과 주시경 선생의 한글 정신을 바로 이어받고 일제에 저항해가며 한글 사랑으로 나라 사랑의 대열에 앞장서다가 조선어 학회 사건에 걸리어 혹독한 고문을 당하고 옥고를 치렀던 것이다. 이윤재나 한징 같은 선비는 끝내 광복을 못 본 채 함흥 감옥에서 옥사하고 말았다. 우리말과 글과 얼을 지키기 위해 일제의 모진 고문을 당하고 옥사까지 하는 이런 선현들의 나라와 겨레 사랑이 없었던들 오늘날 우리가 어찌 바른 말과 글살이를 할 수 있었겠는가.

세 살 버릇 여든 간다. 습관은 제2의 천성이다. 어려서 잘못 배운 말버릇, 글버릇은 일생을 좌우하게 된다. 그러므로 가정의 어머니들이 갓난아기 때부터 가르치는 국어 교육이 엄청나게 중요한 것이다. 우리 어머니들이 어린 자녀들에게 바른 말을 잘 가르쳐야 한다. 가정에서부터 우리 말과 글을 잘 가르쳐 어려서부터 주체성 있는 언어관, 문자관을 갖게 교육하여 국가관, 민족관이 뚜렷한 한국인 교육을 하는 것이 바람직한 국어 교육이다.

초등학교에서는 말하기, 듣기, 읽기, 쓰기의 국어 교육 목표대로 바른 국어 교육을 해야 한다. 한자, 영어 교육은 중학교 때부터 가르쳐도 늦지 않다. 북한에서도 한자 교육은 중학교 때부터 주당 1시간 정도로 한문 시간에 가르치고 있다. 귀순 용사들의 말을 빌면, 남한이 한자를 쓰니까 적화 통일을 대비해서 가르칠 뿐이지 결코 한글 전용에 실패해서 중학교에 한자 교육을 하는 게 아니라고 한다. 북한에서 초등학교 때부터 한자 교육을 한다거나 한자 배우면 머리 좋아진다는 국·한 혼용론자들의 말은 거짓이다. 한글을 헌법재판소에까지 고소해가며 한글 전용 교육으로 청소년 범죄가 많아지고 나라를 망쳤다는 억설은 한글 세대를 모독하는 소리에 지나지 않는다.

한글 전용이 국민의 지성을 낮게 하고, 교육의 효과를 떨어뜨리고, 국어 혼란을 가져오고 전통 문화 말살을 가져 왔다고 몰아세우고 있다. 이런 억지가 어디 있는가?

일찍이 성경을 한글로 번역해 쉽게 전도되어 오늘의 한국은 제2 예루살렘으로 부흥했고, 합천 해인사의 한자 숲에 가렸던 팔만대장경이 한글로 번역되어 불교의 포교가 갑자기 확대되어 가고 있

다. 조선왕조실록을 남·북한이 다 한글로 번역해 조선 역사를
한글 세대가 잘 알게 되어 있다. 우리의 한글 전용 교육이 문맹
률을 0.5% 이하로 낮추게 하고 문학, 학술 모든 문화 분야에서
세계를 놀라게 하고 있다. 세계 80여 개 이상의 대학에 한국어과
가 생기고 국제학술대회에 외국 교수들이 한글 논문을 한국말로
발표하고 있다. 이제 골동품으로 박물관에 가야 할 어려운 한자
를 자기가 배운 습관대로 강화하자고 하는 국·한 혼용론자들이
잘 되어 가는 한글 전용 정책을 방해하여 끈질기게 흔들어야 옳
단 말인가?

　한자를 중국은 간체자, 일본은 약자, 우리는 정자로 쓴다. 고작
한·중·일 세 나라만 쓰는 한자가 어찌 국제 글자가 되며, 언제
표준 한자로 만들 것인가? 엄청난 시간 낭비만 초래할 뿐이다.

　오늘의 눈부신 과학 시대를 바라보라. 과학적 삶의 승리를 위해
한글 전용은 시대적 사명이오, 역사의 흐름이다. 어찌 국·한 혼
용으로 시대를 역행할 것인가?

　《독립 신문》을 발행한 서재필 선생의 애국 애족의 한글 정신
으로 우리 신문은 가로짜기와 거의 한글 전용으로 가고 있다.

　새 시대, 새 정부는 국민의 화합을 이루며 한글 전용 정책을 잘
시행하여 아이.엠.에프(IMF) 경제 수치를 벗어나고 희망의 21세
기 조국 통일도 기어이 이루어야 할 것이다.

《한글 새소식》 307호. 1998. 3. 5

빨리 한글날을 국경일로 정하자

우리의 신성한 한글날이 왜 공휴일에서 빠지게 되었는가?

1991년, 노태우 군사정권이 빼버린 것이다. 문교부를 문화부와 교육부로 분리한 노태우 정권은 10월에 새 문화부장관이 된 신임 장관의 강력한 반대도 무릅쓰고 국군의 날과 함께 한글날을 공휴일에서 빼버리고 단순한 기념일로 격하시켰다.

이 얼마나 어리석고 한심한 말글정책인가? 말과 글이 망하면 나라와 겨레까지 망한다. 만주족이 비근한 예다. 칼의 힘으로 한때 세계를 제패했던 만주족은 중국 문화의 힘에 끝내 굴복하고 지금은 보잘 것 없는 민족으로 전락되고 만 것이다.

정치 지도자는 먼저 나라말과 나라글을 사랑하는 언어 문자관이 투철해야 한다. 말과 글이 바로 그 겨레의 국민정신을 이루기 때문이다. 외국에 나가서도 공식 석상에서는 우리말을 쓰고 통역을 하도록 해야 하고, 세계에서 가장 독창적이고 과학적인 한글을 자랑하는 주체성을 보여야 하는 것이다. 그것이 바로 국어사랑 나라사랑의 정신이 아니겠는가?

한글날은 우리말 우리글 우리얼을 일제로부터 바로 지키고, 죽어가는 민족정기를 되살리며, 잃은 조국을 되찾는 조국 광복을 위하여 1926년 양력 11월 4일 조선어학회(현 한글학회) 주최로 한글반포 480주년을 가갸날로 기념하면서 처음 시작되었다.

악랄한 일본 제국주의의 압박과 설움 밑에서 삼일운동의 독립선언을 한 한글날 제정은 그야말로 온 세계에 자랑스런 문화민족의 문화 독립선언이 아닐 수 없다. 한글은 유네스코에 의해 세종 탄신 600돌이 되던 1997년에 세계문화유산으로 지정되었으며, 1989년부터는 세계문맹 퇴치에 공로 있는 나라나 개인에게 유네스코에서는 세종대왕상을 시상해 오고 있다.

미국 시카고 대학의 맥콜리 교수는 '한글은 가장 과학적으로 창제된 문자이기 때문에 언어학자로서 국경을 초월하여 한글날을 기념하는 것은 지극히 당연한 일이며 세계인 모두가 축하해야 할 날'이라고 말하면서 스스로 한글날을 20여 년간 기념하며 축하잔치를 베풀고 있다.

미국의 제어드 다이어몬드 교수는 배우고 익히기 쉬운 한글은 가장 체계적이고 독창적인 과학 글자이기 때문에 세계 알파벳, 국제 알파벳이라고 극찬했다.

오히려 외국인이 한글을 극찬하고 한글날을 축하하는데 우리 나라에서는 아직도 일부 친일파 무리나 일제 식민지 교육을 받은 얼빠진 지식인, 그리고 한문 중독에 빠진 서당 세대들이 한글 전용을 반대하고 초등학교에서부터 한자교육을 강화하자는 어리석은 시대역행의 잠꼬대를 부리고 있는 것이다.

상용한자 2천 자 정도를 중학교 때부터 잘 가르치고 있는데도 일본의 한자 국어교육을 본받자는 이 친일 사대주의자들 때문에 일본의 우익분자들이 그들의 역사 교과서까지 왜곡하여 한국을 무시하고 하늘을 짓밟으며 한국의 또 다른 이완용 무리를 이용하여 다시 한국을 식민지로 삼으려는 망상에 젖게 한 것이다.

세계화라는 미명하에 이제는 영어 공용어론까지 대두되어 완전히 한국을 영어식민지로 전락시키려 하고 있다. 한자, 영어 식민지로 나라의 앞날이 캄캄한 우리의 언어 문자 현실을 개탄하지 않을 수 없다. 나라의 말과 글이 망하면 국민정신이 무너지고 끝내는 나라가 망한다는 이 중대한 사실을 나라의 지도자부터 망각하고 있다. 참으로 한심한 일이 아닐 수 없다.

말과 글의 중요성에 무지했던 노태우 대통령이 역사적이고 민족적인 한글날을 공휴일에서 뺏는데도 김영삼 문민정부나 김대중 국민정부도 아직까지 한글날을 국경일로 바로잡지 못했다. 새 천년 국민의 정부가 할 주체적 문화업적이 무엇이겠는가?

민주당 신기남 의원 등 여야 의원 30여 명이 한글날을 국경일로 만들자는 법률안을 냈다. 이에 법률 제53호 국경일에 관한 법률을 바로 고쳐 올해 555돌 한글날로부터 큰 겨레, 온 세계 인류가 기뻐하는 축제일로 반드시 만들어야 할 것이다. 한글은 첨단의 과학 시대, 산업정보 시대인 현대에 우리 삶의 과학적 무기이다. 자주, 민주의 근본으로 문화의 터전이요, 나라 겨레의 힘인 것이다. 삼일절, 제헌절, 광복절, 개천절보다 더 뜻 깊은 국경일로 바로 한글날을 넣어야 한다.

외국의 118일, 124일 등의 휴일과 견주어 보면 우리의 휴일은 적은 편이다.

바야흐로 한글시대다.

한글 겨레여! 한글날을 국경일로 삼고 한마음 한뜻으로 한글 깃
발을 온 세계에 앞세우고 우리의 조국 통일도 속히 이룩하자.

오리 전택부 선생 미수 기념 언론문집《우리의 소원은 한글날 국경일이오》

2002. 5

'각하한다'로 끝난 한글 재판

　유정기(전 충남대 교수), 임원택(한국 정신문화원 교수), 안 병욱(홍사단 이사장) 님 외 2명이 공동으로 1992년 2월 19일 〈한글 전용 초등 국정 교과서 편찬 지시 처분에 대한 헌법 소원〉을 냈던 일이 있다. 소원 요지는, '한글 전용에 관한 법률에 의거 1950년 1월 20일자 문교부가 한 한글 전용 초등 국정 국어 교과서 편찬 지시 처분은 헌법 제31조 소정 능률적 균등 초등 의무 교육 학습권, 전통 민족 문화 창달권을 침해한 것으로, 이를 취소한다라는 결정을 앙구함.'으로 되어 있으며, 당시 재판장으로는 김진우 대법관이 선임되었다.

　이번 사건의 청구인측은 중국 글자인 한자를 우리 글자라고 우기는 한편 '한글 전용 교육으로 인해 국민정신의 지성이 저하되고, 민족 문화가 단절되며, 한자 문화권에서의 고립, 국어의 혼란, 교육 효과의 감퇴, 학술 발전 저해, 현실 부적응 등의 피해가 많다.'고 교육부 장관을 피고로 하여 한글 전용을 헌법 재판소에 제소한 것이다. 그 뒤 약 5년 동안 퍽도 시끄럽게 굴던 국·한 혼용론자들의 주장은 엄청난 시대 역행의 소치로 상식에 벗어난 행위가 아닐 수 없었다. 세계 역사상 제 나라 고운 글을 70대 노인들이 재판에 올려 딴 나라 글과 섞어 쓰게 하자는 그런 비교양적이며 비지성적인 행위를 하는 일은 우리 나라 노인들 말고 어디 있더란 말인가?

국·한 혼용론자들은 걸핏하면 '대학생이 한자 모른다, 일본은 한자 쓰는데 우린 왜 안 가르치나, 동음이의어를 어떻게 하려느냐, 동양 문화권에서 고립된다, 주변 강대국의 글을 배워야 한다.'는 등의 상투적인 소리로 한자 살리고 한글 죽이는 일에 혈안이 되어 왔다.

'나쁜 돈이 좋은 돈을 몰아낸다.'와 같이 시대에 맞게 쉽게 말하고 쉬운 한글로 써야 속도 시대 과학 시대에 맞는 글살이가 됨에도 불구하고 국·한 혼용론자들은 굳이 '惡貨가 良貨를 驅逐한다.'로 글살이를 해야 한다고 우기는 것이다.

오늘날 시간은 생명이다. 이 생명의 시간에 '나쁜 돈', '좋은 돈', '몰아낸다' 등으로 말하면 초등학교 1학년 학생도 알 것을, 70대 할아버지들이 자신들이 일본 선생 밑에서 배운 한자 쓰기 습관이나 서당에서 한문 배운 고질적 습관을 버리지 못하고 부수, 획수, 필순, 독음, 해석 등 다섯 가지나 어려운 한자로 글을 쓰도록 어린이에게 강요하며 '惡貨', '良貨', '驅逐' 들로 말글살이를 시킨다면 그 학습 시간이 얼마나 많이 소요되겠는가?

《강희 자전》엔 약 5만여 자의 한자가 있다고 하며 글쓴이가 헤아려 본 '구' 자만도 252개나 있다. 글자도 생활 도구인데 생명의 시간을 낭비해 가며 낡은 한자 교육을 초등학교 때부터 교과서마다 노출시켜 교육하자는 일제 식민지 시대의 노인들의 주장은, 초등학교를 서당으로 만들어 국어 교육을 후퇴시키고 과학 지식이나 기술을 익힐 어린이들의 학습 시간을 빼앗는 불행을 강요하는 일이며, 한자 기성세대의 잔인한 횡포가 아닐 수 없다.

습관은 제2 천성이다. 세 살 버릇 여든 간다. 제 버릇 개 못 주는 법이다. 말과 글은 써 버릇하기에 달려 있다. 그 때문에 어려서부터 자기 나랏말과 나랏글을 바르게 배워 나라 겨레 사랑의 얼이 펄펄 살아 있어야 하는 것이다. 말과 글은 곧 그 겨레의 얼이 되기 때문이다.

오늘날 우리 초등학교 국어 교육은 끈질긴 국·한 혼용론자들의 한자 교육 강요로 혼란을 빚고 있다. 영어까지 가세되어 21세기 세계화·국제화를 부르짖는 오늘의 어문 교육이 완전히 영어 사대주의로 멍들고 있으며, 고작 한국·중국·일본밖에 안 쓰는 한자 교육 강요로 현대판 최만리 사대사상이 우리 어린이들을 중국인·일본인으로 만들려는 죄악을 서슴지 않고 있다.

세종 탄신 6백 돌을 맞아 문체부는 1997년도를 '한글의 해'로 정하려 했으나, 국·한 혼용론자들의 극성스런 반대를 두려워하여 포기했다는 소문이니 슬픈 일이 아닐 수 없다. 셈틀 시대까지 내다보며 한글을 만든 과학의 임금 세종의 한글 정신을 깨닫지 못하고 있으니 안타깝기 그지없다. 나라·겨레와 말과 글도 다른데 왜 우리 국어가 중국을 따르고 일본을 닮아 가야 한단 말인가?

한국·대만·홍콩은 정자, 중국은 간체자, 일본은 약자, 이렇게 한자의 꼴이 다르고 뜻도 달리 쓰이는 한자를 언제 표준 한자로 통일시켜 한·중·일 동양 삼국이 제대로 쓸 것인가? 미국 캘리포니아 대학 제어드 다이어몬드 교수가 '가장 독창적이며 체계적이며 과학적인 한글은 국제 알파벳'이라고 1994년 세계적인 과학 잡지 《디스커버》에서 말한 바 있다. 이에 비하여 동양 삼국에서도 달리 쓰이는 한자가 국제 알파벳이 될 수 있겠는가? 어려운 한자를 언제 다 배워 우리의 경제 성장을 이룰 것이며, 한자 학습에 시간 다 낭비하면 과학이 뒤떨어지는 망국의 비극이 온다는 사실이 두렵지 않은가? 오직 국·한 혼용만이 최선의 언어 생활이라는 시대적 미신이나 잠꼬대에서 속히 깨어나 한글 깃발을 온 세계에 앞세우고 한글 문화의 꽃을 온 세계에 널리 피워야 할 것이다.

그리고 우리 염원인 통일도 이뤄야 한다. 북한에서 온 귀순 용사의 말을 빌면 중학 6년 과정에서 주당 1시간의 한자를 배운다고 한다. 남한이 한자를 쓰니까 통일을 대비해 한문 중심으로 한자를 배우긴 하나 사회에 나오면 안 쓰므로 북한은 한자가 필요없다고 했다. 또 학교 졸업하면 배운 한자를 다 잊어버리기 일쑤이며, 남는 것은 김일성, 김정일, 자기 이름 정도 쓸 수 있다는 것이다. 북한은 한자가 필요 없는 사회임을 귀순 용사들의 증언으로 우린 알 수 있다. 이에 대하여, 우리는 한글날까지 공휴일에서 빼 버렸다. 또한, 초등학교에서 한자를 안 가르쳐 어린이들이 머리까지 나빠진다는 그럴듯한 말로 한자 바람을 일으켜 한자책 파는 출판사가 상당히 재미를 보고 있다.

5년 동안이나 끌어온, 〈한글 전용 초등 국정 교과서 편찬 지시 처분에 대한 헌법 소원〉이란 한글 재판은 1996년 12월 26일 오후, 헌법 재판소 대법관 9명의 전원 일치로 "각하한다"라는 최종 판결이 났다.

소송감도 안 되는 상식 이하의 일을 가지고 변호사, 법대 교수 등을 동원해 가며 교육부를 괴롭히고 선량한 국민들을 어지럽게 만들었던 것이다. 생명의 시간을 엄청나게 낭비한 불행이 아닐 수 없다. 우리 민족 정기를 짓밟고 오래 버티던 구 조선총독부 건물도 속시원히 지난해 헐리고, 일제 식민 사상에 사로잡혀 일본 한자 교육을 예들어 가며 우리 한글을 괴롭히던 한글 재판도 '각하한다'로 현명한 대법관들에 의해 판결이 났으니, 자주 민주 문화의 한글 정신에 사는 한글 겨레의 승리가 아닐 수 없다.

이제 다시는 연산군의 한글 탄압이나 일제의 조선어 말살 정책이나 한자 사대주의에 의한 한글 재판 같은 불행은 겪지 말아야 할 것이다. 제헌국회가 만들어 1948년 10월 9일에 공포한 한글전용법을 모두 잘 지켜 우리 말글의 뼈대를 잘 세워야 할 것이다. 한자 학습이나 영어 공부는 중학교 때부터 실시해도 늦지 않다. 어린이들을 국어사랑, 곧 나라 사랑의 한국인으로 잘 기른 다음에 한문 영어 등의 외국어 교육을 하는 것이 마땅하다.

바야흐로 한글 시대다. 한자 기성 세대나 한글 세대가 힘을 모아 한글 문화를 온 세계에 꽃피울 과학 시대, 속도 시대이다. 가장 과학적 글자인 한글로 과학 생활의 승리를 이뤄야 할 것이다.

우리는 세계 알파벳인 한글을 국보 제1호로 삼고 한글로 큰 힘을 길러 나라와 한글 겨레의 높은 뜻을 온 세계에 힘차게 뿌리며 살아가자.

《한글 새소식》 294호. 1997. 2. 5

광화문 한글 현판을 살리자

　우리 서울 세종로 한글 1번지는 광화문이라 할 수 있다. 광화문은 바로 경복궁의 정문으로 대한민국의 얼굴이다. 여기 곱게 잘 걸려 있는 '광화문' 한글 현판을 광복 60주년을 맞이하여 원래대로 복원한다는 그럴 듯한 구실로 8월 15일에 한자 현판으로 바꿔 달겠다고 한다.

　참으로 어처구니 없는 일이다. 왜 자랑스런 한글 현판을 떼고 한글 시대에 한자 현판으로 바꾸어 달겠다는 것인가? 그 한글 현판이 유신 독재자의 글씨라 싫어서 굳이 바꾼다면 연고 깊은 세종대왕의 글씨 중에서 집자하여 한글 글씨로 현판을 달아야 사리에 맞는 시대적 사명이 아니겠는가?

　광화문은 태조 4년(1395)에 건축된 경복궁의 남쪽 정문이다. 경복궁 동서남북의 문 이름과 침전, 편전, 다리 이름들은 세종대왕의 명을 받은 집현전 학사들이 지은 것이다. 더 뜻 깊은 일은 세종대왕이 집현전 학사들을 데리고 경복궁에서 훈민정음을 창제한 것이다. 경복궁 안의 보루각 간의대 등 관측 시설도 세종대왕이 만들었다. 이처럼 한글과 과학으로 오늘의 눈부신 과학 시대를 미리 내다본 그 안목이 그 얼마나 높고 거룩한가? 세종대왕은 15세기에 한자 문화에 억눌려 있던 우리 배달민족을 해와 같이 밝은 문화 민족으로 만들었으며, 자주·민주 정신과 과학 정신을 함께 보이는 한글 시대를 연 것이다. 참으로 자랑스런 일이 아닐 수 없다.

한글을 낳은 경복궁은 임진왜란 때 불타버리고, 중국 사대사상에 젖은 한문 숭배의 양반 계급에 의해 한글은 상놈의 글로 천대받은 설움이 많았다. 270년 간 폐허로 남았던 경복궁 자리에 고종 2년(1865) 대원군이 집권한 힘으로 착공하여 고종 9년(1872), 7년 만에 완공했다. 경복궁의 복원으로 광화문도 제 자리에 복원된 것이다. 그러나 경복궁을 뒤로 가리면서 악의 상징이던 조선총독부가 1926년 완공될 때, 광화문은 총독부 건물을 가린다는 이유로 헐리어 동쪽 문인 건춘문 왼쪽에 옮겨 짓게 되었다. 당시 동아일보 기자였던 설의식의 '헐려 짓는 광화문' 기사를 보면, 일제에 대한 울분과 그 부당한 행위에 대한 당시 조선민족의 항일 의식을 느낀 일제가 광화문을 완전히 없애지 못하고 옮겨 지었던 것이다. 광화문은 우리 민족 정기가 살아 있는 문화재임을 알 수 있다.

조국이 광복되자 친일파 중심의 자유당 독재정권이 들어섰으나, 이는 4·19 학생 혁명의 자유·정의·진리의 성난 파도 같은 물결에 무너지고, 순수한 학생들의 힘을 입어 정권을 잡은 민주당은 8개월 만에 힘없이 박정희 소장의 군사 쿠데타에 의해 무너지고 말았다. 1961년부터 군사 정권을 이룬 박정희 전 대통령은 장기 집권 18년 동안에 나름대로 긍정적인 정치 활동을 편 것도 사실이다. 다만, 공화당 정권 말기에 유신 독재로 인권 탄압을 한

통치 행위는 짚신나라의 큰 비극이요 박 정희 전 대통령의 생활에 씻을 수 없는 오점이 아닐 수 없다.

박정희 전 대통령은 1968년 광화문을 본래 위치에서 좀 떨어진 자리에 콘크리트로 복원하고 그 현판을 한글로 써 붙였다. 일본 육사출신인 박정희 전 대통령도 한자를 즐기는 사람이었다. 그러나 민족시인 이은상, 한글학자 한갑수 등의 한글 사랑 건의를 받아들여 광화문도 한글 글씨를 써서 세종 정신을 보여 준 것이다. 한문 사대주의 정신을 버린 당연한 한글의 승리였던 것이다.

광화문을 한글 현판으로 두어야 할 첫째 이유는, 광화문을 복원한 박정희 전 대통령이 쓴 한글 현판도 이제 37년이 된 역사의 문화재로 남게 되었기 때문이다. 한글이 반포된 15세기부터 한글 시대이므로, 꼭 중국 글자인 한자 글씨로 복원해야만 바른 복원이라고 볼 수는 없다. 정확히 현판을 쓴 사람도 없는데 비록 유신 독재자의 비판을 받긴 하나 엄연한 하나의 역사로 현재의 한글 현판은 그대로 두는 것이 바람직하다고 본다.

둘째로, 군사 독재자의 광화문 한글 현판이 미우면 경복궁이나 광화문과 깊은 연고가 있는 세종대왕의 《훈민정음》, 《월인천강지곡》, 세종의 명을 받아 정 인지 등이 지은 《용비어천가》, 세종의 아들 세조가 지은 《석보상절》 등에서 한글을 집자하여 한글 현판을 달아야 옳은 일이다. 한글 현판은 세종로 한글 1번지의 우리 나라 자랑스런 얼굴이요, 뼈대 있는 독립 국가의 상징이 되리라 믿는다. 광화문과 아무 연고도 없는 정조대왕, 한석봉, 김정희 글씨로 한자 현판을 다는 것은 반역사적, 반시대적 행위가 아닐 수 없다. 그리고 배후에 검은 정치적 음모가 숨어 있다는 비판 여론도 면치 못할 것이다.

셋째는, 한자 현판을, 그것도 어설프게 오른쪽에서 왼쪽으로 써서 달면 광복 이후 끈질기게 한글 전용 정책의 발목을 잡아 온 국·한 혼용론자들이 가장 먼저 반길 것이다. 그리고 고구려를 자기 나라 변방 국가였고 속국이었다면서 동북공정을 획책하는 중국이 춤을 출 것이며, 한국을 35년 간 내선일체를 내세우며 잔인하게 통치한 일본이 좋아할 것이다.

한글, 한자, 영어 세 나라 글자로 글살이하는 나라는 우리 한국 말고는 없다. 이는 아무 주체성도 없는 얼간이 글삶이 아닐 수 없다. 버젓한 우리 나랏글인 한글을 두고 한글 시대, 한글 세대 대통령이 나라를 다스리는 오늘, 왜 산업 정보 시대, 이 눈부신 과학 시대에 어렵기 그지없는 중국 한자 글씨 현판을 달아야 하겠는가?

아침 세대인 한글 세대가 밀물처럼 밀려오고 있다. 바야흐로 도도한 한글 세대 물결이 해처럼 밝게 파도치는 한글 시대 아닌가? 역사를 바로 보는 눈이 필요하다. 물은 높은 데서 낮은 데로 흐른다. 순리에 따라서 역사를 바로 세워야 할 것이다.

지조 있는 학자, 양심 있는 문사가 꿈이라는 유홍준 문화재청장은 세종대왕의 민주, 자주, 문화의 한글 정신, 집현전 학사 성삼문의 독야청청 선비 정신을 배울 수 있는 '광화문' 한글 현판을 그대로 살려 주기 바란다. 꼭 광화문 현판을 바꿀 생각이라면 역사적 연고 깊은, 세종대왕이 지은 책에서 한글을 집자하여 한글 현판을 달아 주기 바란다. 이것이 국민 대다수의 여론이요, 역사와 시대의 순리적 흐름인 것이다.

모든 일은 다 순리대로 해야 아름다운 것이다. 무슨 일을 억지나 무리로 행하면 부작용이 생기거나 끝내 망하게 된다. 유네스코에 의해 세계 기록문화 유산으로 지정된 훈민정음(한글), 우리 한국의 정신적 국보 제1호인 세계 알파벳 한글로 광화문 현판을 다는 것이 당연한 순리임을 잘 인식해야 할 것이다. 오늘날 한글은 세계에서 가장 우수한 소리글자임이 증명되어, 해마다 세계 문맹 퇴치에 공로 있는 나라나 개인에게 유네스코에서 '세종대왕상'을 주고 있다.

그 얼마나 가슴 뿌듯하고 자랑스러운가? 우리 한국의 대표적 얼굴이요 한글 독립 국가의 상징인 광화문의 한글 현판은 남북 7천만 한글 겨레의 역사적 염원이 아닐 수 없다. 목조 복원은 그냥 둔 채 옛 모습대로의 복원이란 표면적 구실로 우리 숨결인 한글 현판을 떼어 내고 반시대적인 한자 현판을 단다면 광복 60주년을 아주 어둡게 장식하는 어리석은 행위가 될 것이다.

푸른 한글겨레의 염원을 무시한 반역사적 행위로 두고두고 규탄의 비판을 벗어날 수도 없을 것이다. 문화재청이 한글 세대가 나라의 주인공인 오늘 더욱 한글 문화 발전에 앞장서 주길 바란다. 주체성 있는 한글 문화 건설의 횃불이 되어 주길 빈다. 결코 한글을 죽이는 역사의 심판대에 오르지 않길 빌어 마지 않는다.

《한글 새소식》 391호. 2005. 3. 5

새 공항 이름 '세종 국제 공항'으로 하자

대망의 21세기를 바라보며 지금 한참 건설 중인 영종도 새 공항은 인천 시민만의 공항이 아니라 대한민국의 당당한 국제 공항이다. 2002년이 되면 한국의 월드컵 축구경기 관람을 위해 세계시민이 이 새 공항을 통해 구름처럼 몰려올 것이다. 이 밝은 21세기의 희망을 앞두고 우리는 줄기찬 민족정기와 빛나는 세종 문화를 온 세계에 알리는 세종 국제 공항으로 새 공항 이름을 짓는 것이 참으로 마땅한 일이 아닐 수 없으며 이는 우리 국민의 절대적 여론이기도 하다.

영종도에 새 공항이 건설되면서 건설교통부와 한국공항공단 공동 주관으로 수도권 신국제공항 명칭 현상 공모를 1992년 9월에 실시했다. 그 결과 1,644건 접수에 명칭 종류도 586종이나 되었다. '세종'이 101건으로 1위, 서울이 70건으로 2위, 아리랑이 62건 3위, '인천'은 30건으로 8위에 지나지 않았다. 10명으로 구성된 심사위원회에서는 국민의 여론을 존중하여 '세종'으로 결정하고 문화체육부에 의견을 문의했다. 문화체육부에서는 여론대로 '세종'으로 결정해도 좋다는 회신을 보내기도 했다.

이와 같은 새 공항의 명칭 심사결과가 신문지상에 발표되자 인천지역 주민들이 항의 집회를 가지면서 강력히 반발했다. 1994년 9월까지 새 공항 명칭 결정을 보류하고 1995년 1월에 두 번이나 새로 심사를 했으나 '영종' 지명이 1위에 오르고 '인천'은 2위로 밀렸다. 이에 다시 인천지역 주민들의 끈질긴 반발과 항의로 말미암아 새 공항 이름이 계속 보류되다가 지방 자치단체장 선거, 국회의원 선거 때 인천지역 후보자들이 주요 공약사항으로 내걸고 주장하며 인천지역 사회단체들과 힘을 합하여 조직적인 활동을 벌임으로써 1996년 3월 건교부 장관, 국무총리, 대통령을 거쳐 '인천'으로 최종 결정을 보게 된 것이다.

민주국가에서 절대적인 국민의 여론을 무시하고 새 공항 이름을 '인천'으로 정한 것은 참으로 잘못된 일이다. 인천의 일부 공무원이나 지방의회 의원, 국회의원 등의 이기적인 정치업적을 드러내기 위해 여론 1위의 '세종'을 뒤엎고 8위의 '인천'으로 결정한 것은 결코 정상이 아니다. 마땅히 세종 국제공항으로 이름을 바꿔야 한다. 이는 온 국민의 여론이요, 바램이다.

사람 이름으로 된 다른 나라 공항 이름을 보면 미국에 캐네디 공항, 프랑스에 드골 공항, 독일에 슈트라우스 공항, 중국에 장개석 공항, 인도에 간디 공항, 필니핀에 아키노 공항 등이 있다. 모두 자기 나라를 빛낸 인물 이름으로 되어 있다. 최근에 미국에서는 뉴욕에 레이건 공항을 탄생시키고 있으며, 영국에서도 다이아나 공항을 기획하고 있는 것으로 들린다. 그러나 우리 나라엔 위인의 이름으로 된 공항이 하나도 없다.

우리 나라에도 한글 창제로 자주, 민주, 문화의 나라를 이룩한 세종대왕이야말로 나라를 빛낸 큰 인물이요, 세계에 널리 알려진 평화의 왕이다. 지난 해 세종 탄신 600돌을 맞아 유네스코에서 훈민정음을 세계문화유산으로 지정하였으며 세계 문맹퇴치에 공로 있는 시민에게 세종성왕상을 시상하고 있다. 작년 10월에는 일본인이 발견한 소형성 이름을 세종대왕별로 정했다. 외국인도 우리 세종대왕을 존경하여 이와같이 세종의 이름으로 별 이름까지 짓게 한 것이다.

새 공항 이름을 세종 국제 공항으로 이름짓자는 여론은 이제 세계의 여론으로 볼 수 있다. 인천지역 시민들은 대국적 견지에서 '세종'으로 공항 이름을 바꾸는데 기쁘게 동의해야 할 것이다. 이는 칠천만 한글겨레의 소원이다. 애국가 4절에 '괴로우나 즐거우나 나라 사랑 하세'로 나라 사랑을 일깨워 주고 있다.

온 겨레의 큰 세금으로 짓고 있는 새 공항은 인천만의 공항이 아니요, 대한민국, 그리고 온 세계의 국제 공항인 것이다. 인천지역 시민들은 인천 푸른 바다보다 더 넓고 큰 나라 사랑의 마음으로 세계적으로 존경받는 세종성왕의 이름과 우리 한국 문화와 정신을 온 세계에 길이 펼 세종 국제 공항으로 이름 짓는데 만장일치의 박수를 쳐 주어야 할 것이다.

세종 국제 공항은 언제나 인천에 있고 인천을 빛내며 공항 옆에 세종기념관, 세종탑, 세종동상까지 세우면 인천은 더욱 문화도시로 온 세계에 크게 빛날 것이며, 우리나라도 아이엠에프IMF의 경제국치에서 벗어나게 되고 더욱 힘세고 잘 사는 나라로 날로 더욱 발전할 것이다.

《나라사랑》 96집. 1998

국경일이 된 한글날

　지난 해 12월 8일 한글날 국경일 제정 법안이 여야 만장일치로 국회 본회의에서 통과되어 우리가 그토록 애써온 한글날이 드디어 국경일로 승격되었다.

　1926년 11월 4일(음력 9월 29일)에 가갸날이란 이름으로 한글날은 조선어학회(현 한글학회) 주최로 한글반포 480주년을 기념하면서 처음 장안 식도원에서 지식인 400여 명이 모여 기념식을 가졌다.

　조국광복을 이루기 위한 민족정기의 구심점을 이룬 한글날이 처음 가갸날로 기념된 것이 너무 기뻐 만해 한용운은 1926년 12월 7일자로 동아일보에 〈가갸날〉 축시를 썼으니 그 첫연을 보면,

　　아아, 가갸날
　　참되고 어질고 아름다워요.
　　축일 제일
　　데이 시이즌 이 위에
　　가갸날이 났어요, 가갸날.
　　끝없는 바다에 쑥 솟아 오르는 해처럼

힘 있고 빛나는 뚜렷한 가갸날 (뒤 생략)

라고 기쁨을 표현했다.

만해는 젖꼭지 만지는 어린이도, 무식한 사내, 계집도 쉽게 익힐 수 있는 것이 우리 한글이라고 노래했다. 가갸날 속에 우리의 향기론 목숨이 살아 움직이고 낯익은 사랑의 실마리가 풀리면서 감긴다고 했다. 가갸로 말을 하고 글을 쓰라는 만해의 가갸날 찬양은 오늘의 우리 한글날을 나라 겨레 사랑의 마음으로 힘차게 외친 것이다.

음력 9월 29일의 한글날을 양력으로 고쳐 10월 29일, 28일로 한글날을 기념해 오다가 1940년 경북 안동 이한걸 님 댁에서 훈민정음 원본이 발견됨으로써 음력 9월 상한을 양력으로 환산하니 10월 9일이 된 것이다. 일제 말기 일본의 최후 발악으로 우리 한국을 식민지로 심히 압박하던 때였기 때문에 집회의 허가를 해 주지 않아 일제 말기는 한글날 기념식을 가질 수가 없었다.

1945년, 조국 광복이 된 이듬해 한글반포 500돌을 맞이하여 조선어학회(현 한글학회) 주최로 덕수궁에서 서울 시민 2만여 명이 모여 10월 9일로 한글날 기념식을 가졌다. 이승만 정부는 한글날을 공휴일로 제정했고, 제헌국회는 1948년 법률 제6호인 한글전용법을 만들었다. 온 국민이 하나님의 은혜와 세종대왕의 큰 공로로 한글을 만들어 어려운 한자생활에 시달리던 우리 겨레를 해와 같이 밝은 문화민족으로 만든 한글의 국보적 가치는 더 말할 나위 없이 큰 것이다. 일제는 한글을 국보순위 432호에 두었었으나 박정희 대통령 지시로 순위가 70호로 앞당겨졌다.

한글은 마땅히 국보 제1호가 되어야 한다. 세계문화유산으로 유네스코에 의해 지정된 한글이 절간의 사리탑보다 국보순위가 뒤로 처져 있다. 친일파들의 농간이 아니라면 한글을 국보 제1호에 올려두고 한글의 힘으로 세계를 다스리는 한국이 되어야 할 것이다. 일제시대 조선어학회 사건으로 3년간 함흥 감옥에서 옥고를 치룬 최현배 박사가 지은 〈한글날 노래〉 후렴에 보면 '한글은 우리 자랑 문화의 터전 / 이 글로 이 나라의 힘을 기르자'고 외치고 있다.

도산 안창호 선생도 동포를 가르치는 글에서 '내가 간절히 부탁하는 바는 이것이외다. 여러분은 〈힘을 기르소서 힘을 기르소서〉 이말이외다.' 라고 일깨워 주었다.

우리는 나라의 힘 겨레의 힘을 가장 배우기 쉽고 익히기 쉬운 한글의 무기로 오늘의 과학시대를 지배하며 승리의 삶을 이뤄가야 할 것이다. 한글날 기념식이 한글학회와 세종대왕 기념사업회가 공동 주최로 거행되어 오다가 한글반포 535돌을 맞이하여 그 기념식을 정부가 맡게 되었다. 그리고 1982년부터는 문화관광부가 주관하여 한글날의 기념식을 열고 있다. 한글 겨레의 축제일로 한글날이 공휴일로 되어 1990년까지 잘 지내 왔다. 그런데 10월은 공휴일이 많아 돈 버는데 지장이 많다는 경제인들의 건의를 받아들인 노태우 정권은 한글날을 공휴일에서 빼버렸다. 단순 기념일로 떨어뜨린 것이다.

어려운 한자가 우리 글자라고 우기는 21세기 잠꼬대를 들으며 영어 식민지가 되어가는 오늘날, 우리는 한글을 뼈 있는 삶의 무기로 삼고 한글 생일날인 한글날을 바로 지켜 한글문화를 세계

온 나라에 빛내야 할 것이다.

　언어 문자관이 무식하기 그지없는 노태우 정권 때 초대 문화부 장관을 지낸 이어령 교수도 따지고 보면 한글날을 단순 기념일로 떨어뜨린 일밖에 한 일이 없다. 우리는 안호상, 한갑수, 이은상, 허웅 등의 국어학자와 기독청년회 명예총무인 전택부 선생을 모시고 한글날을 국경일로 승격시켜 달라고 관계기관이나 반대자들과 치열하게 투쟁했던 것이다.

　이제 국경일로 승격된 한글날이 다시 푸대접 받는 그런 일은 없어야 할 것이다. 나라를 잃고 망국의 한이 높던 1926년, 조국광복이나 민족정기의 정신적 구심점이 된 한글날은 우리 겨레의 세계적 자랑이 아닐 수 없다. 글자를 만든 사람이 뚜렷한 한글이야말로 이 눈부신 과학 시대에 가장 과학적인 세계 알파벳이요, 국제 알파벳으로 높이 평가하지 않을 수 없다. 우리 한글의 보배적 가치를 인식하지 못하고 중국과 일본의 틈바구니에 있는 우리 한국은 지정학상 한문공부를 할 수밖에 없다는 사대주의를 드러냈다. 20세기 한자타령을 외치던 시대적 잠꼬대를 하는 어리석은 한자 숭배 인간들이 한글의 주체성과 한글정신을 무시했던 것이다.

　한국 땅에서 한국 사람이 한국의 나랏글인 한글을 배우고 익히기 쉬운 한글을 발전시키는 일은 너무도 당연한 일인 것이다. 그런데도 일제시대 식민지 교육을 받은 친일 사대주의자들이 일본의 한자교육을 들며 초등학교 때부터 어려운 한자교육을 해야 한다고 우리의 주체성 있는 국어교육에 쐐기를 박은 것이다.

　21세기 오늘은 눈부신 과학시대요, 속도시대이다. 한글이 가장 과학적인 소리글자이므로 21세기 가장 알맞은 시대적 글자는 한글말고 어떤 글자가 있겠는가? 한글을 유전공학적으로 연구해 보고 한글이 체계적이며 독창적인 가장 세계적 과학글자라고 한글을 극찬하며 한글의 세계적 우수성을 외친 미국 캘리포니아대학 생화학과 교수인 제어드 다이어몬드 교수는 배우고 익히기 쉬운 한글이 영어보다 더욱 규칙적인 세계 알파벳, 국제 알파벳으로 정의한 바 있는 것이다. 1994년 5월 25일자 동아, 조선일보를 비롯한 일간지를 비롯 방송 등의 매체들이 크게 보도했던 것이다. 이렇듯 세계가 높이 평가하는 우리 한글을 노태우 정권은 가볍게 보았던 것이다.

이제 우리는 국경일이 된 한글날을 기뻐하며 한글을 국보1호로 만들어야 한다. 결코 남대문이 국보 제1호가 될 수 없다. 정신문화인 한글을 국보 제1호로 삼고, 인천국제공항도 세종국제공항으로 만들어야 할 것이다. 이제 세계적으로 이름 높은 한글이나 세종은 바로 우리 한글문화의 가치 높은 보배꽃인 것이다.

그런데 대망의 21세기를 맞은 우리는 지금 영어 식민지에 살고 있다. 김영삼 대통령이 국제화를 부르짖으며 초등학교 3학년부터 영어교육을 실시한 것을 도화선으로 무분별한 영어붐이 우리 한국혼과 정신을 말살해 가고 있다. 나라는 초등학교 1학년부터 영어 조기교육을 하려한다. 아예 유치원에서도 영어를 가르치고 있다. 그러나 그보다 앞서 우리말, 우리글을 뼈대 있게 가르친 다음에 영어를 가르쳐야 할 것이다. 어느 작가가 영어를 우리의 공용어로 하자고 넘나간 소릴 하더니 전국에 영어마을이 늘어가고 드디어 서울대학이 교양강좌 129개를 새학기부터 영어로 하겠다고 영어 교육 방침을 세웠다. 모국어 경시의 얼빠진 행위가 아닐 수 없다. 제 나라 말과 글을 버젓이 두고 왜 영어 노예가 되려 하는가?

지금 우리는 한국어 위기에 처해 있다. 한글전용법, 국어기본법을 바로 지키며 우리말 우리글 우리얼 사랑으로 우리 대한민국을 바로 지켜야 할 것이다.

올해 560돌의 한글날을 국경일로 기쁘게 기념하며 한글세대 한글의 힘으로 한국을 반석처럼 튼튼한 나라로 이뤄야 할 것이다. 그리하여 남북이 통일을 이루고 함께 한글날 축제를 가져야 한다. 그리고 우리 한글문화, 세종문화, 짚신문화를 온 세계에 꽃피우며 우리는 한글날을 가진 나라, 한글겨레로서 부강한 나라, 잘사는 우리 대한민국 만세를 크게 외쳐야 할 것이다. 한글만세, 세종만세, 짚신정신 만세도 크게 외쳐야 할 것이다.

대학봉사회 기관지. 제50호 2006. 봄.